小林芳弘

石川啄木と義父 堀合忠操

コールサック社

石川啄木と義父堀合忠操　目次

第四章　好摩から盛岡　結婚式前後の啄木謎の行動

第一一章　石川啄木と平野喜平

第一二章　堀合忠操の苦悩

第一章

啄木が在籍した二つの小学校と堀合忠操

はじめに

啄木は渋民《しぶたみ》小学校の尋常科を卒業し盛岡高等小学校を経て盛岡中学へ進学した。中学中退後二度の上京の末、詩集『あこがれ』を出版して盛岡に戻り、やがて母校である渋民小学校の代用教員として一年余り勤務した。その間に小説を書き始めたが、ストライキ事件を引き起こし免職になった。渋民小学校は啄木と深いつながりのある学校であり、ここを舞台にしていくつもの啄木伝説が生まれた。

もともと、渋民小学校は宝徳寺《ほうとくじ》で始まった。啄木が生まれる前のことであるが、この学校は火災で焼失した。その後、啄木の父の石川一禎《いってい》が宝徳寺に入り本堂を再建した。そのような意味を含めて渋民小学校は石川家との縁がきわめて深い。さらに、後に啄木の義父になる堀合忠操《ほりあいちゅうそう》とも不思議なかかわりのある学校であった。

また、啄木が進学した盛岡高等小学校は妻節子の母校でもあり、節子の父忠操はこの学校の誕生と深いかかわりがあった。そして、この学校には節子の叔父すなわち忠操の弟加藤正五郎が訓導として勤務していた。

ここでは、近年明らかになった明治期の新聞記事と『岩手県教育史資料』を手がかりに、一禎と亀井大屯との関係について触れた後、渋民小学校と盛岡高等小学校の歴史をたどり、忠操との関係について考察してみたい。

一　石川一禎と亀井大屯

渋民小学校「沿革史」によれば、万宝院住職亀井峯諄《ほうじゅん》の長男大屯は幼少の頃より比叡山で修業をし、学なって郷里に帰り子弟の教育に当たった。明治五年の学制発布後、大屯は学校設立の必要性を訴えてまわり、その結果、「仁王学校」「沼宮内学校」に遅れることわずか半年で宝徳寺に学校が設置されることになり「渋民学校」最初の教員になった。

渋民小学校開校記念誌の歴代校長欄には初代校長として亀井大屯の名前が掲載されているが、校長という職制はある年から一斉に置かれたのではなく、最初は一定の校格を有したと考えられた時点で置かれたものである。岩手県の小学校教員に校長、訓導、授業生という三種の職制が定められたのは明治二〇年二月からである。この時、初めて高等小学校および尋常小学校の大規模学校に校長が置かれることになった。そのため渋民小学校沿革史には初代から四代までは校長という名前では記載されていない。

亀井大屯に関しては、啄木の父一禎の出生と関わるもう一つの逸話がある。

岩城之徳は一九五五年出版の『石川啄木伝』の中に「一禎は、岩手県岩手郡西根村平舘の石川与左衛門の五男として嘉永三年四月八日に生まれ、母は与左衛門の後妻ゑつであると戸籍に記されている」と書いている。しかし、その六年後、石川正雄は以下の「懐妊説」と呼ばれる論考を発表する。

ゑつが最初に嫁いだのは巻堀村の亀井家で、峯諄との間に一男一女（長男大屯、長女アキノ）をもうけたが第三子を懐妊中に離縁された。大更村の実家に戻ったゑつは、間もなく縁あって隣村平舘の、四人の男の子を持つやもめの農業石川与左衛門と再婚した。そこで出産した男の子が啄木の父石川一禎だった。世間体は与左衛門の五男とされたが、血を分けた実の父は、漢学者亀井峯諄だったのである。

（『新編石川啄木選集　別巻　啄木入門』「第一章　運命の人」）

その後、遊座昭吾は『渋民と啄木』（一九七一）の中で石川正雄の「懐妊説」に対して「ゑつは亀井峯諄の第三子を実家で分娩、一、二年してから五里の道を馬に揺られながら、我が子とともに平舘村の石川与左衛門に嫁いでいった。」とする「連れ子説」を発表している。

これらの資料的裏付けのない説に対し、岩城之徳は現存する戸籍の調査資料をもって反論した。岩城は、亀井峯諄と一禎の母ゑつの年齢がかけ離れており、長男の大屯が生まれた時の歳は、峯諄が二四歳、ゑつが三〇歳という理由から、ゑつの方が年上で当時の娘の結婚適齢期をはるかに過ぎており釣り合わないと論じている。さらに岩城は、「懐妊説」「連れ子説」のカギを握る「秋浜アキノ」という人物を、亀井、秋浜家一族の古い除籍謄本に遡って調査した結果、該当する人物が見当たらなかったこと、峯諄の娘はアキノではなく別の女性であることを突き止めている。（『啄木評伝』一九七六）

大谷利彦は「連れ子説をとると、大屯は一禎の実兄、啄木の伯父に当たるが、大屯・一禎の間に直接の交流があった形跡はない。」（『啄木の西洋と日本』）と記している。

ところが、岩城は『啄木評伝』の「啄木の父一禎『連れ子説』への疑問」追記の中で、亀井慶郎宅から発見された石川一禎、亀井大屯名併記の「暁雛」と題する二首の和歌を示して、次のように書き二人は歌友であり交流があったと結論づけている。

これは大屯が若かりし頃、京都で修学中寺町通の古本屋で買った「類題若菜集上巻」の末ページ余白に記載されたもので、短歌は一禎、大屯の順に並んでいることから、当時の習慣からいって、もし大屯・一禎が兄弟ならば長幼の順に歌が記載されるであろう。

西脇巽は、これまで約二〇年の間に一〇冊以上の啄木関連の書物を出版している。「連れ子説」をもとにして「啄木の波乱の人生の源泉は、啄木の責任とは無縁の一禎の出生に求めることができる」と捉え『石川啄木　悲哀の源泉』（二〇〇二）を書いたのがその最初である。

一方、飯田敏（元国際啄木学会盛岡支部会員）は「啄木の故郷渋民村　その一」（『大阪啄木通信』20号　二〇〇二）の中で亀井大屯について詳細に論じていながらこの問題を取りあげていないのは、『大阪啄木通信』を主宰している天野仁に忖度してのことと解釈される。天野は『大阪啄木通信』の中で再三にわたり一禎の出生の問題を論じている。二〇〇六年28号掲載の「啄木曼荼羅13　再説石川一禎・カツ夫婦の家系」では、大屯の父亀井峯諄を中心とした家系図をもとに岩城説を否定し、渋民村に古くから伝わる言い伝えの方が正しく一禎の戸籍は作為的で信用できないと書いている。しかし、天野の論考は全て仮定の上に立っており一方的で戸籍を誤りだとする論拠が薄弱である。

啄木が秋浜善右衛門を「わが従兄」と詠いその長男浩一や秋浜三郎に対して「お前たちは俺と親戚だ」と言っていることを重く見ているが、考察が不充分だと思われる。

天野は『大阪啄木通信』25号「一禎和尚、宝徳寺入山の周辺」では、遊座昭吾の『啄木と渋民』の内容に関して事実とかけ離れていることを的確に指摘しているにもかかわらず、この問題に関しては簡単に遊座の「連れ子説」にひきずられているのはなぜなのか。25号の中に「一禎一家は日戸から渋民入りする時に直接遊座家の遺族たちの住んでいる宝徳寺には入らずに渋民村九十二番地　旅館業秋浜善兵衛方の一室に寄寓して寺に通うという適切な配慮をした」と書いている。

この時、啄木が「わが従兄」と表現した善右衛門は一一歳、母カツと長女サタ、次女トラと啄木の四人は、善兵衛方より南に四軒目の立花良吉に仮寓させてもらっていた。この時代に一方ならぬ世話になったことから親しみを込めて啄木は「従兄」と表現したのだと考えるべきであろう。

私は「連れ子説」に対する岩城の説は、実証研究という看板に恥じない優れた論考であると考えておりこちらを支持したい。

特に岩城が『啄木評伝』の追記であげている『類題若菜集』上巻末尾余白の二首の和歌と二人の名前は、両者に交わりがあったという決定的な証拠である。一禎と大屯は面識があり互いに趣味を同じくする同好の士だったということになる。ところがどちらからも異母兄弟であったという証言はなされていない。これが二人の間には血縁関係がないという何よりの証拠なのではないだろうか。

『岩手県教育史資料』によれば、亀井大屯は明治九年九月二八日に渋民学校六等教師、同年一一月一六日には渋民学校五等教授を申し付けられている。また、大屯は一八年五月の岩手県第二回教育会に米内光政の父受政や盛岡中学教諭葛親順らと共に出席しており、その時の会員番号が一番と記されている。岩手県教育会発足初期における重要人物の一人であったと考えることができる。

二　渋民小学校の成り立ち

啄木が学んだ渋民小学校は、明治六年（一八七三）に開設された全国でも古い歴史を持つ学校の一つである。「学制」は前年の五年に交付され学校制度が導入された。しかし、岩手県における小学校の開設は簡単には進まなかった。六年に盛岡を含む岩手郡で開設された小学校はわずか一四校にすぎなかった。

この学校は六年九月五日に公立渋民学校として宝徳寺内に開校した。最初は旧来の寺子屋形式で設置された。盛岡仁王小学校がこの年の四月一〇日開校であり県内で最も早かったが、両者の間にあまり差がないことに驚かされる。当時の渋民村民の教育に対する意識の高さをうかがい知ることができる。

明治八年の調査では、全国の小学校の約四割が寺院を借用しており、翌年の岩手県小学校校舎調べでも新築校舎は全県で一三・五％にすぎず、民家五七・一％、寺院二七・二％、その他二・二％である。同じ年の「岩手県学事統計」では一校平均教員数一・三七人、生徒数七一・八人であり、大部分の学校が寺子屋的性格を残したままであった。

亀井大屯は渋民小学校記念誌には七年在職し退職したと記録されている。『岩手県教育史資料』第一〇集には、明治一五年三月二四日付けで南岩手郡玉山小学校訓導補に任用されたと記されているので、この年を最後に渋民小学校を離れたものと解釈することができる。

渋民小学校の草創期に亀井大屯と共に教鞭を執っていたのが立花良吉である。飯田敏の「啄木の故

郷渋民村　その一」によれば、二代目戸長を務めた立花理七の次男である良吉は、大屯の教えを受けて明治八年一〇月に教師補、一〇年に助手を拝命して一一年六月まで渋民学校に奉職した。その後漢学修業をし、一二年五月より一四年一〇月まで仮授業生として奉職した。一一月には小学訓導補の証明書を拝受し一六年一月同校の七等訓導として勤務したが四月に退職した。

『岩手県教育史資料』第四集には、八年一〇月一〇日に渋民学校助手として立花良吉のほか中村種八、村山源右衛門の二人が申し付けられたと記されている。渋民学校はこの一年半後に発生した火災により焼け落ちた。

一〇年二月一八日午前一時に発生した宝徳寺の火災で渋民学校のほとんどの書籍や機器は消失した。渋民村から岩手県に提出された「書籍器機焼失届」には教員用椅子二、生徒用椅子四七のほか、各種の学習に必要な書籍や帳簿類が記されており、学校としての体裁がきちんと整備されていたことがわかる。しかも、火災の翌日には早くも沼田彦右衛門宅を借り受け仮校舎として授業を再開、子どもたちの学校教育に支障のないように努めている。

同年教育史資料の三月七日には渋民学校八等教授佐藤長九郎の依願免職、これに続き三月二六日に第二大区七小区渋民学校から書籍、器械、焼失届が提出されたことが記されている。

さらに、五月には五日、渋民学校寄付（同村駒井太兵衛他五一人より二三円七三銭五厘）願が提出され、続く八日には渋民学校五等助教として立花良吉、中村種八、佐藤伊太郎三人が任命されている。七月九日にはこれに加えて渋民学校三等助教三浦義右ヱ門が申し付けられており、火災の後教員の出入りが激しかったことや学校再建の際に渋民村民がお金を出し合って協力したことなどがわかる。

渋民小学校の『開校八十周年記念誌』の「学校に功労ありたる人々の事蹟」によれば、当時の初代戸長工藤包吉が、子どもたちの教育は一日もおろそかにできないことを説いて有志者から寄付金を募り、借家を借り上げ存続させたという（飯田敏「啄木の故郷渋民村　その一」）。

渋民小学校開校記念誌には明治一四年以降に就任した職員の名前しか記載されていない。それ以前の記録は火災などにより失われたためと思われる。亀井大屯と立花良吉以外の教員名は『岩手県教育史資料』の調査から今回初めて明らかになったものである。

沼田家を借用して始めた仮校舎も、その後、何かの都合で使えなくなり閉校になっていたようである。

明治一一年一一月一一日の日進新聞記事には「田頭学校教員菅竜造氏を招いて学校再開した」と掲載されていることから、渋民学校再建にあたり田頭《でんどう》学校から教員を迎えたものと考えられる。

菅竜造に関して田頭小学校を訪ね履歴書ほかの調査をしたが手がかりは得られなかった。しかし、『岩手県教育史資料』第三集から一四集までの間に以下のような記録が残されていることが判明した。

菅は明治八年五月二二日に寄木平学校仮教師を依願退職した後、二年後の一〇年一月一二日に田頭学校二等教授を申し付けられ、同じ年の九月二日に準訓導補に昇格している。その一年数カ月後に渋民学校に転じたものと考えることができる。

亀井大屯がまだ在任中に菅竜造が招聘された模様である。明確なことは不明であるが、大屯は自分の後継者として田頭小学校にいた菅竜造に狙いをつけ渋民小学校の後を託したのかもしれない。

その後も民間の借家を借りて渋民学校は続けられた。一三年には渋民の町並みのほぼ中央に位置する秋浜正宅を借用して移転した。一五年には秋浜宅から中村與吉の住宅へと移ることになり個人の私邸を転々としている。

『岩手県教育史資料』第八集（明治一三年）の一八〇頁、郡書記中島貞による学校視察景況具申の中の一つに以下のような記載がある。

渋民学校　学務委員　立花理七　教員　亀井大屯

当校は、借家にして渋民村にあり。生徒一五〇余名現時昇校するもの六〇余名あり。学業沼宮内に次ぎ進歩の勢いあり寄付の学資金四〇〇余円あり。

飯田敏は「啄木の故郷渋民村　その一」の中で中村與吉持家借用図を示しながら、渋民学校の教場は四つあり、教員は訓導菅竜造、立花良吉の二名、助手が沼田逸蔵、佐藤熊太郎、村山源右ェ門の三名、生徒数一三〇人だったと書いている。しかし、沼田逸蔵が教員として任用されるのは、一六年七月四日でもっと先のことである。したがって、当時の訓導は菅竜蔵と立花良吉の二名、助手は立花市郎、佐藤熊太郎、村山源右ェ門の三名と訂正されなければならない。

中村家との間に交わされた建家借貸約定書には借家賃が一カ月九〇銭であったと記されている。

菅は一四年一月二六日には渋民学校訓導として傭継され、その後五等訓導となり一七年には月給一三円が支給された。

渋民学校という名称が渋民小学校に変更になったのは一六年である。この時代には生徒数がすでに二〇〇名を超えていたという。県内で、四百人以上の学校が一校、三百人以上は二校の時代であったので大規模な学校であったということができる。生徒数が多くなり中村家から借りた校舎には収容しきれなくなり、新校舎建設の機運が高まったと思われる。

この年の三月に南北岩手紫波郡長宮部健吉宛に小学校設置事項開申の文書が提出された。開申文書の中に名前が記されているのは、「士族菅龍造訓導三九年九カ月月俸一二円」「農立花良吉訓導二一年一一カ月月俸七円」の二名で両者の品行は何れも「性質温和なるものにして能く職務に注意し」となっている。

翌一七年五月、村は岩手県令石井修一郎宛に新築願を提出し許可された。ついに念願の二階建ての木造新校舎が愛宕下に建設されることになったのである。

菅竜蔵は一九年九月九日に巻堀小学校に異動になり、翌二〇年六月一五日には立花良吉が玉山小学校へ転任になっていた。

啄木が入学してくるのは、新校舎が建設されてから約六年半後の明治二四年五月二日のことである。当時の教員は、二二年一二月二四日に任用された校長格の小田島慶太郎のほかは渋民村出身の若い三人の教員であった。

啄木卒業後の三一年に松内小学校を分教場とし六月に高等科が設置された。これにより校格を有した学校であることが認められ校長職が置かれた。したがって、渋民小学校の沿革史に記される校長は四代目小田島慶太郎からである。

三三年八月には三年制の尋常小学校が廃止になり、全国的に四年制に統一された。これに伴い学童数が増え校舎が不足し、三四年一一月増築するため渋民村長から県知事宛に「小学校設備費貸付申請書」が提出された。翌三五年、校舎増築申請に対する北條元利知事の認可がおり旧校舎と同じ規模の増築工事が行われた。この時、寄付金として村の有力者から集められた金は一〇〇七円に上った（飯田敏「啄木の故郷渋民村　その三」（二〇〇三））。この時代の渋民村の人口は二六〇〇人余りである。出資した人たちの負担がいかに大きかったかがわかる。啄木が代用教員として採用され教鞭を執ったのは、この時増築された校舎である。明治一七年に建てられた校舎の倍以上の大きさの学校になっていた。

三　渋民小学校と堀合忠操

●学校新築　当夏中より新築に取掛り居たる北岩手郡渋民村の渋民小学校は此ほど落成し去る二十日開校式を執行し県庁より七等属伴野新甫君郡役所よりは准判任御用掛堀合忠操君が臨まれしよし右学校の敷地は渋民駅立花文七の所有地を同氏より寄付し校舎は五間に八間の二階造にて同郡中第一等の校舎なる由式場は二階にて午後四時より式を開き式辞を朗読するもの二十余人臨学区の教員学務委員も残らず集会して午後七時式畢《おはり》し後盛莚を開きたりしと

（「岩手新聞」明治一七年一〇月二三日記事）

啄木がまだ生まれる前の明治一七年の新聞記事の中に、渋民小学校の新築祝いの開校式に岩手郡役所を代表して堀合忠操が出席している記事を見つけた。啄木と忠操との不思議な縁を感じ、これが契機になって本書を書くことを思いついた。

これまで忠操について記された書物はそれほど多くはない。塩浦彰は『啄木浪漫　節子との半生』（一九九三）の第一章「誕生前後と家の問題」の中で節子の父忠操を取りあげ詳細に論じている。堀合

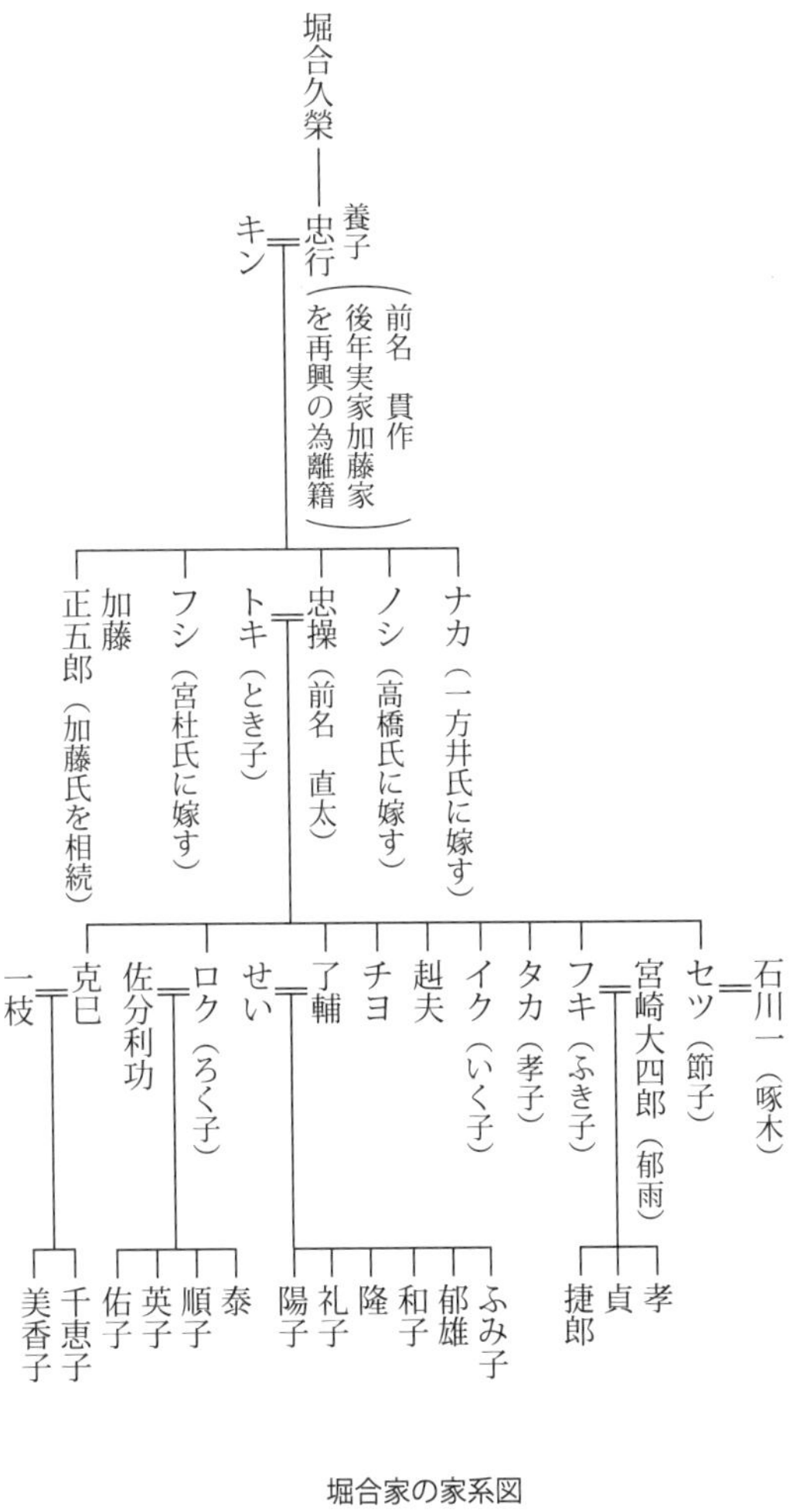

堀合家の家系図

家は節子誕生当時は平民であったが、もとは南部藩士族であった。塩浦は、堀合了輔の『啄木の妻節子』や『岩手県史』、堀合家戸籍の調査から、「忠操の父貫作は忠行と改名して郡長や戸長を務めていたが、加藤家から堀合家の養嗣子となり、工藤キンと結婚し節子の父忠操ほか四人の子を持った。明治二〇年一月、廃家となった加藤家を再興するため次男正五郎を連れて加藤家に戻り、堀合家は長男の忠操が継ぐことになった。」と説明している。堀合了輔著『啄木の妻　節子』（一九七四）によれば忠操は最初「陸軍教導団」にいたが父親忠行の失明か何かの事情で帰郷し、秋田の第七連隊に入り鬼軍曹と言われていたという。

岩手日報ほかの新聞掲載記事をもとに、郡役所時代の忠操の略歴を辿りながら飯田敏の「啄木の故郷渋民」を参考にして、忠操が渋民小学校の開校式に招かれた経緯を考察してみたい。

忠操は明治一五年に南北岩手紫波郡役所に奉職した。当時の名前は堀合直太であった。戸籍によれば忠操に改名したのは明治一六年のことである。忠操が御用掛として郡役所に働き始めた当時は雇であるが、本節冒頭の記事では「准判任御用掛」という役職名に変わっている。御用掛はいろいろな仕事が回ってくる庶務、総務係のようなものであったようである。翌一七年八月二日、下米内村の士族石井綱朝の妹トキを妻として入籍した。トキは一七歳で堀合家に嫁ぎ、長女節子をはじめ三男六女を産み育てた。

岩手県所蔵の保存文書の中に資料を発見し、その解読を岩手古文書学会員佐々木祐子の協力のもとで行い、明治一七年愛宕下に新築された渋民小学校の建設までの足取りを克明に調べ上げたのは、飯田敏である（「啄木の故郷渋民村　その一」（二〇〇二））。以下にその概要を紹介しながら、郡役所吏員として堀合忠操がどんな役割を果たしたかを考察することにする。

渋民小学校建設の要望が学務委員立花理七と戸長立花文七の連名により岩手郡役所に提出されたのが一六年三月のことである。渋民村から出された小学校設置事項開申書は郡役所で調査しその必要性が認められ岩手県に報告された。この過程で郡役所の担当官として書類の受付から調査、県に対する報告書の作成を任されたのが忠操であったと考えることができる。渋民村から出された開申文書は審査の結果、半年後の一〇月一八日付で嶋岩手県令宛に南北岩手紫波郡長宮部謙吉の名で進達されている。これを受けて次の段階の問題として県から土地をどのように担保するかという問い合わせがあったようである。渋民村からの回答がなされ、新築願が提出されたのが翌一七年五月八日になってからである。これらの過程で県と渋民村の間に入って調整役として働くことを命ぜられたのが忠操であった。

新築願には縦三間横八間の二階建て校舎の設計図が添えられており、「土地は立花文七所有の私有地を寄付により、建設費用を区内の人民から四百円の寄付を募り、学齢人員一五〇名に応ずるために校舎を新築いたしたく」と記されている。前述した『岩手県教育史資料』第八集に掲載されていた「寄付の学資金四〇〇余円」がここに投入されたものと推定される。

『石川啄木事典』によれば建設に要した金額は、六五〇円ということなので差額の二五〇円は村の予算から捻出されたものと考えられる。

立花文七は、自分の土地を提供し学校建設費用を強制ではなく有志者からの寄付金で賄うことで貧しい人たちに配慮し、全国に先駆けて授業料の撤廃をした。渋民小学校建設の先頭に立った立花文七

旧渋民小学校校舎

は当時の四代目戸長で、飯田敏さんの母、飯田三七（旧姓立花）の曾祖父にあたる人である。

五カ月後に念願の木造二階建て寄棟屋根柾葺き、外壁下見板張りの新校舎が完成した。萱ぶき屋根の古い家ばかりの村には珍しい柾屋根の学校であった。

その後、就学率の高まりや高等科併置などにより児童生徒数が増加したため教室を増築してしのいでいたが、明治四四年になり現在の場所に校舎を新築し移転した。この際に、愛宕下に建てられた校舎は解体移転され松内文教場校舎として使用され、分教場閉鎖後も地区公民館になっていたが、昭和四三年（一九六八）石川啄木記念館敷地内に移転復元された。

ここからは、本節の冒頭に引用した新築祝と開校式の模様が記された「岩手新聞」記事を詳しく見ていきたい。この年、渋民小学校と同時に隣村の巻堀小学校も新築されている。巻堀小学校は一七年四月九日に新築移転が完了したので開校式を執り行うべく郡役所に対して係官派遣を要請したが出席不可と断られたことが六月一三日の記録として残されている。（『岩手県教育史資料』）

これに対し、渋民小学校は五月一四日に新築移転申請が受理され、工事に五カ月以上かかったことになる。『岩手県教育史資料』の第二一集によれば、渋民小学校から郡役所に対する開校式への係官臨任願の布達は一〇月二〇日である。この文書には明確に「係官臨任願」と記されているので、儀礼的に郡長に対して出席依頼したのではなく、校舎建設のために実質的に関わった忠操に出席を求めたものであることがわかる。

本節冒頭に紹介した岩手新聞記事によれば四時から始まった開校式は延々三時間続いたことになる。祝辞を朗読するものが二十余人いたのだからそれくらいの時間はかかったのであろう。開設以来一〇年以上にわたって渋民小学校の運営にかかわりのあった人々が、新校舎にかけるそれぞれの思いを語ったのであろう。午後七時に始まった祝宴には忠操も出席したに違いない。鉄道が敷かれる六年以上前のことである。忠操は往復徒歩で渋民まで出張しこの夜は一泊したものと考えられる。ここでそれまでの学校経営に関わった人たちや渋民小学校建設に尽力した沼田兄弟、小田島校長、菅竜造らの話を聴きほかの先人たちの苦労を実感し、新たに渋民で多くの人脈を得たものとみられる。

忠操もまた郡長代理の祝辞を述べたかもしれない。忠操がトキと結婚してから二カ月半後のことであった。

長女節子は、この二年後一九年一〇月一四日、現在の岩手大学資料館そばの「節子の井戸」のある場所で生まれた。当時の住居表示は南岩手郡上田村新小路一一番地である。

岩手日日新聞二面記事には、忠操は二一年一〇月一〇日に後備軍軀員を満期により兵員免官になったことが報じられている。

啄木一家が渋民へ移転した同じ年、明治二〇年に忠操は堀合家を相続した。そして、一家が四歳半の節子と一歳年下の妹フキを連れて、この家から盛岡市新山小路三番戸に移転したのは二三年四月下旬のことである。盛岡市役所の戸籍には「四月二十六日新山小路三番戸ニ移ル」と記されている。直ちに実弟加藤正五郎と連名で岩手日日新聞に広告記事掲載を依頼したようである。

盛岡市新山小路　　　堀合　忠操
三番戸ニ移転ス　　　加藤正五郎

この記事は四月二七日から翌日二八日の新聞休刊日を挟んで五月四日まで七回にわたり掲載された。したがって、堀合一家と加藤正五郎が一緒に転居したと考えるべきである。

堀合了輔の『啄木の妻　節子』には「節子の生まれた場所は藩士屋敷のあった上田村新小路十一番地だが、明治二十年四月二十八日の土地台帳によると、忠行の名がなく斗ヶ沢宜樹の名義になっている。」と記されており、『もりおか物語（五）上田かいわい』に示されている「高農校地買収以前の面図」からもそのことは確認できる。七八百坪の広さを持つ広大な敷地と屋敷は、忠操が堀合家を相続した二〇年にはすでに他人名義の家になっていたと考えられる。その理由について堀合了輔は何も触

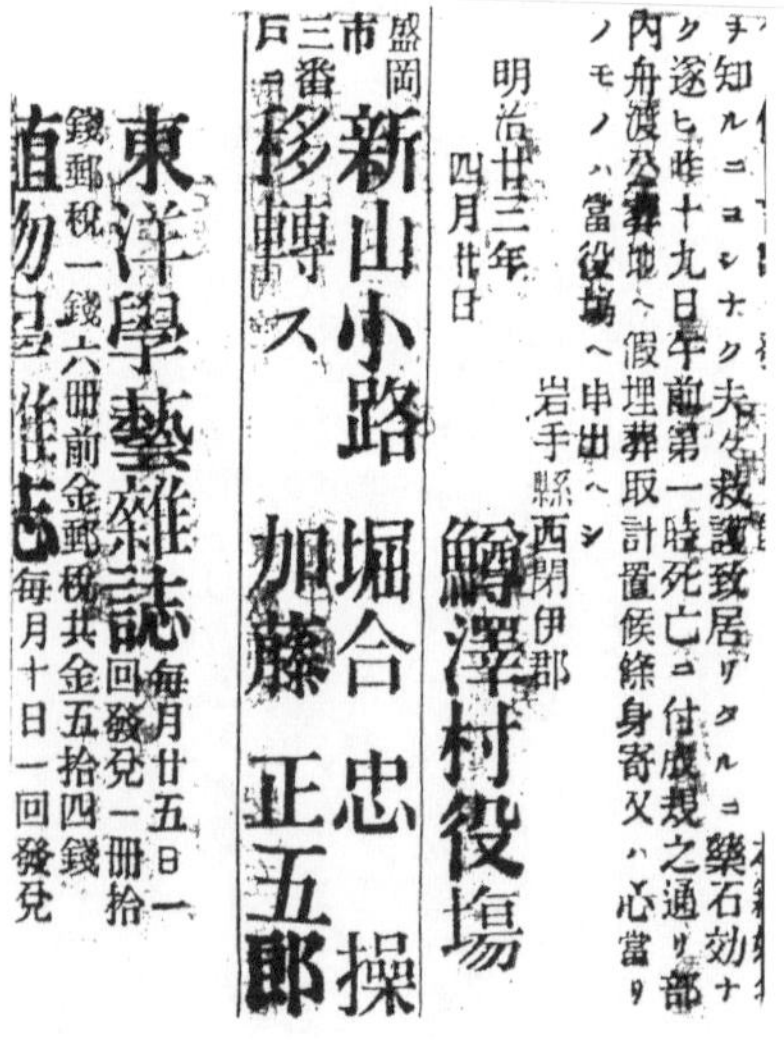
明治廿三年四月廿日
岩手縣西閉伊郡
鱒澤村役塲
盛岡市新山小路三番戸移轉ス
堀合　忠操
加藤　正五郎
東洋學藝雜誌 毎月廿五日一回發兌一冊拾錢郵税一錢六冊前金郵税共金五拾四錢
毎月十日一回發兌

岩手日日新聞・明治 23 年の堀合家移転の広告記事

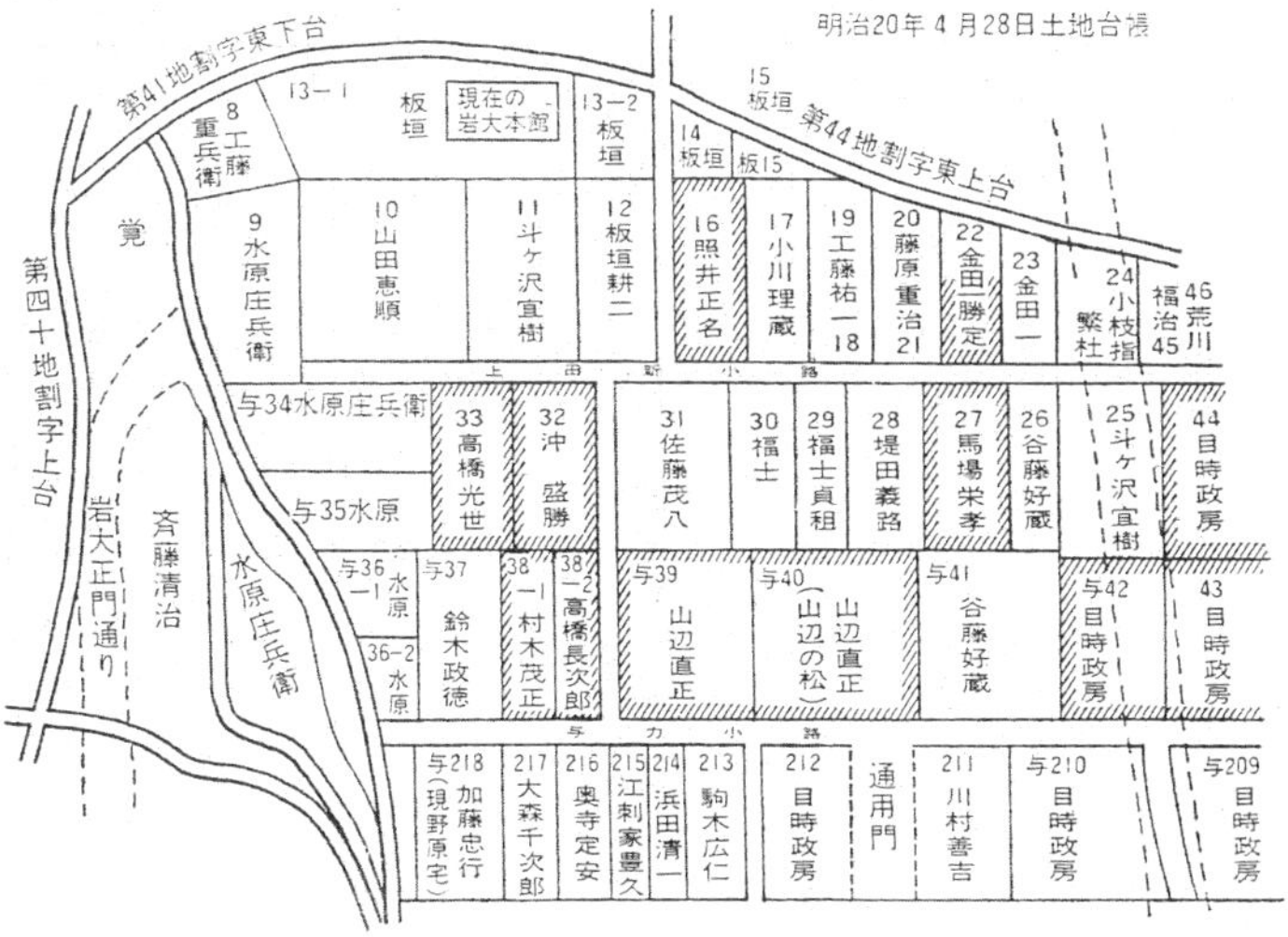

高農校地買収以前の面図〔榊原権治氏提供〕(『もりおか物語〈五〉』より)。11が旧堀合家

れていないが「(忠操の父)忠行は、明治になってから郡役所に勤めたが、その時、鍵を盗まれたとか、印鑑をだまされて押したとかで失敗し、財産をなくした。」とあるところから、広大な敷地と屋敷はすでに他人の手に渡っていたということかもしれない。

忠操とともに加藤正五郎が移転したことを示す証拠はもう一つある。転居してから二カ月経たないうちに、二人はもう一度新聞に広告記事を掲載している。六月二〇日夜、現在の長田町で火災が発生した。火災の発生状況は以下のとおりである。

●長町の出火　一昨日二十日午後十一時市内長町百五番戸西川長七方の厠より出火折節別に風とてなかりしが旱上《ひでり》がりの事なれば見る〳〵両側に延焼全焼二十二戸半焼二戸(略)よく二十一日午前一時鎮火したり近来市内には打絶えて出火のなかりしに云はば久

振りにての出火なりし為め一時余程の噪《さは》きなりし（略）（六月二二日三面）

逃げ惑う人や弥次馬で周辺は大変な騒ぎになった模様である。出火の原因はいまだ判然としないが放火の疑いを口にする者もあるとこの記事は締めくくられている。

火災の際、近火見舞いに来てくれた人たちに対する御礼広告が二二日に掲載された。記事は四面右下に一一件あるが、ほとんどが個人や一族、会社名で出されている。しかし、二人の名前が掲載されているのは一〇名の連名でほかの広告とはかなり違っている。

●昨夜近火の節は早速御見舞被下御厚意難有奉謝候混雑中
　御名前伺漏も可有之候に付乍略儀新聞紙上を以て右御禮申上候
六月二二日

一人一人の住所は記されていないので、近所の仲間が集まり金を出し合って載せることにしたと思われる。引っ越して間もないにもかかわらず、新山小路は近くの平山小路、帷子《かたびら》小路と並んで士族の町であったため忠操の友人、知人が多かったのかもしれない。忠操はこれから七年後の三〇年には、士族への編入願を申し出ている。

明治三四年になり、盛岡に実業専門学校が設置される方針が定められ、翌年勅令により決定、この場所を含む上田村与力小路、新小路、米内村にまたがる敷地約九万坪が岩手県からの一〇万円の寄付金により買収され、三六年に盛岡高等農林学校が開校された。

明治一七年以降の岩手新聞、岩手日日新聞、岩手公報には、南北岩手紫波郡役所御用掛として、現在の岩手郡、盛岡市、紫波郡内を忙しく歩き回る堀合忠操の消息記事を多数確認することができる。以下時系列にまとめてみた。用向きは実に多種多様で忠操の仕事ぶりが良く見えてくる。

一九年　三月一九日　川口村会における教育費議定のための議案説明員として出張
　　　　七月　五日　大更《おおぶけ》村、平笠村へ麻畑に発生した害虫駆除を行うため出張
　　　　　　　七日　同上
　　　　　　　　　　　　　　　　　　（以上岩手新聞）
　　　　一〇月一六日　紫波郡上飯岡近傍の小学校へ試験監臨として出張
　　　　一一月一五日　北岩手郡一本木駅へ行軍用で出張
　　　　一二月　四日　紫波郡郡山、北岩手郡沼宮内へ高等小学校舎位置取調のため出張
　　　　　　　一一日　沼宮内へ行軍御用で出張
二〇年　三月　八日　沼宮内へ北岩手郡高等小学校開設事務調理のため出張
　　　　　　　一〇日　紫波郡へ高等小学校創設事務取調のため出張
　　　　九月二五日　各村戸長役場へ他の郡役所吏員とともに勧業委員選挙会取扱いとして出張
　　　　　　　　　　（大更村は工藤寛得《かんとく》が当選）
　　　　一〇月　八日　南岩手高等小学校建築掛を久慈祐吉とともに命ぜられる
　　　　一一月一五日　紫波郡郡山駅へ演習御用で出張

一七日　沼宮内へ演習御用で出張
一二月　五日　仙台鎮台へ入営徴兵付添いとして出張
二一年　三月二七日　日詰赤沢乙部黒川へ四月施行の小学校定期試業監督用で出張
四月一四日　小学校生徒定期試業監督として出張（行先不明）
二三年　四月　五日　太田他一一校へ小学校定期試業監督として出張
七月　三日　第一回衆議院議員選挙盛岡第一区選挙会場開票（選挙会）書記を他の郡役所吏員とともに務める
一二月一九日　簗川村へ勅語奉読式挙行のため出張
（以上岩手日日新聞）

ここまでの約五年間に忠操が担当した仕事は、教育、軍事、選挙、害虫駆除など種々様々あることがわかる。中でも最も多かったのが郡内各小学校での教育関係の仕事であり、その一環として渋民小学校の開校式に出席するよう命じられたものと解釈される。

盛岡駅まで鉄道が敷かれたのは、明治二三年一一月のことである。したがって、それまでの出張はすべて徒歩で移動したと考えられる。盛岡の中心部から岩手郡沼宮内や紫波郡日詰までは、距離にして二〇キロほどしか離れていないが、徒歩だと往復するだけで約一〇時間を要するので日帰りは無理である。盛岡周辺への出張で一泊二日、沼宮内、紫波郡郡山などは二泊三日以上の日程が必要であったに違いない。これらの仕事を通して、堀合忠操は、岩手三郡すなわち南岩手郡、北岩手郡、紫波郡の地理を知り、同時にそれぞれの地域で数多くの人脈を得て行ったものと考えることができる。

ここまで「忠操と渋民小学校」とのかかわりを中心に見てきたが、渋民と啄木との関連をテーマに掲げ長く研究を続けてこられた国際啄木学会盛岡支部会員佐々木祐子、飯田敏にこのことをお知らせできないままにお二人は故人になられた。生前この話を知ったらどれほど驚かれたであろうか。

一方、何よりも不思議な縁を感じていたのは堀合忠操その人ではなかったかと思う。

啄木が宝徳寺住職の長男であり、若き日に自らが新校舎建設に関わり開校式にも出席したことのある渋民小学を卒業してから、さらに、設計段階から建設を手掛けたことのある盛岡高等小学校に在籍し、やがて我が娘節子と恋仲になり、結婚して苦労の末母校の渋民小学校の代用教員に採用してもらうことに成功するが、ストライキ事件を引き起こして免職になり、一家離散して娘と孫の京子を実家に残して単身北海道へ去って行った時、忠操はどんな思いを抱いていたのであろうか。

四　啄木の渋民小学校時代

生後間もない啄木が、日戸《ひのと》の常光寺から宝徳寺に移って来たのは明治二〇年になってからである。愛宕神社近くに新しい渋民小学校が建設されてからまだ三年しか経っていなかった。二四年五月二日、啄木は正規の学齢よりも一年早く、五歳で入学をした。新入生二五名のうち正規の学齢入学者四名、学齢を過ぎて入学した者一八名に対して、学齢前の子どもは、村の駐在巡査高橋隼之介の次男等（のち友松等）が啄木と戸籍上同年のほか四歳児が一名いたという。（大谷利彦『啄木の西洋と日本』）

その他、啄木と首席を争い後に渋民村長を務めた工藤千代治、天理教信者である立花六之助の息子種松、啄木が入学した時に代用教員をしていた秋浜善右衛門の弟善実、当時の学務委員であった佐藤庸三の子庸一などがいた。

啄木がこの学校に入学した時の学籍簿の父母あるいは後見人の姓名欄には、養父一禎となっており、住所は大字渋民四二番戸となっている。一禎がカツを正式に妻として入籍したのは二五年九月であり、それまで啄木は母工藤カツの私生児として届けられていた。啄木渋民小学校二年の秋に工藤一が訂正され石川一が誕生したのである。

啄木は、二八年三月に卒業するまでの四年間をこの校舎で過ごした。渋民小学校開校記念一二〇周年記念誌「あすを拓く子どもたち」掲載の累計年度卒業生数には男二三、女二と記されており、女二のうちの一人が金矢《かなや》光春の長女ノブであり、もう一人が佐藤庸三の娘ミワであった。また、啄木の二番目の姉で八歳違いのトラは、教育を受けていなかった。啄木より一カ月遅れて六月一二日、裁縫修行のため補修科に入学し年の離れた弟と学ぶことになったが、わずか四カ月在籍しただけで一〇月五日に退学している。

啄木の同年生は明治一三年から一九年生まれまで年齢に大きな差があったばかりでなく、入学月日も五月が多かったが六月や一一月に入学したものまであったという（飯田敏「啄木の故郷渋民村」）。有力者の子弟や、早熟利発な子どもを早めに入学させる例は当時全国的に見られたが、学齢を何年か過ぎたのちに入学するケースの方がむしろ多かったようである。

啄木が入学した当時の教員には、校長格で正教員の訓導小田島慶太郎がいた。

飯田敏の「啄木の故郷渋民村　その二」（二〇〇二）には「地元の教員沼田逸蔵は佐藤庸造の弟で二三年九月から二四年三月まで訓導として勤務していたが四月には他校に転勤した」と書いてある。しかし、『岩手県教育史資料』第一八集には、二三年九月一一日に沼田逸蔵が月俸四円の授業生として任用されたことが記されており、また、第二二集には二六年一一月八日に沼田が御堂村久保尋常小学校から渋民尋常小学校へ転任になったことが記録されている。これにより飯田が書いた「他校に転勤」の他校が久保尋常小学校であったことが判明した。さらに、転勤になった時の給料が七円と明記されているので渋民小学校には訓導として戻って来たものと考えることができる。したがって、飯田の「（沼田逸蔵）は二三年九月から二四年三月まで訓導として勤務していた」は間違いで「授業生として勤務していた」に訂正されなければならない。

沼田逸蔵が久保尋常小学校に抜けた後の後任には、いずれも渋民出身の補助教員として屋号善兵衛家（ゼンベ）の秋浜善右衛門、屋号精六殿《せろくど》で丑松の長男である千代治、屋号バグロ殿《ど》（牛馬を売買する人の意）、米田長四郎の三人が採用された。

伊五澤富雄の『啄木と渋民の人々』によれば、秋浜善右衛門は父正次郎と母フミの長男として明治一〇年五月三〇日、渋民村大字渋民九二番戸に生まれた。一七年に完成したばかりの渋民小学校に入学、頭の良かった善右衛門は乞われて渋民小学校の代用教員として採用されたという。どのような理由か解らないが善右衛門は二六年一一月に退職している。

それから一一年後の明治三七年一月一二日の啄木日記に「午後より秋浜善右ェ門君来遊。三時頃うち連れて其宅に至り、馳走になりて、夜かへる。」とあり自宅を訪れご馳走になっていることがわかる。また、代用教員時代にストライキ事件を起こして免職になった後の、四〇年五月三日の日記には「岩本、沼田清民、秋浜善右ェ門氏より一円宛餞別として送らる。」とある。当初の予定はこの日に北海道へ出発する計画であったが、旅費が思うように集まらず翌日に延びた。

また、日戸小学校長伊五澤丑松の長男千代治も一四歳の時に代用教員になったが、ノイローゼの症状が悪化して長く続かなかったようで二六年四月に退職している。千代治については、代用員時代の日記の一節に「小説の構想は沢山ある。（事実）と書いたのは、事実に基く」として挙げたものの中の一つに「◎伊五澤千代治、狂人。（事実）夜渋民村を見下ろす。夕の星を見て跳り上がる。（狂人の幸福）」と記されており、小説の題材として構想を練っていたことがわかる。

一方、米田長四郎は伊三郎―長七と続く資産家に明治一〇年八月二二日に生まれた。米田は三人のうちで最も早いわずか八カ月後の二四年一二月、家業に精を出すという理由で退職している。啄木の母カツは、明治三七年に宝徳寺を退去後一禎とともに盛岡へ出てくるまでの間と、ストライキ事件の後一家離散して渋民に一人取り残された時期の二度、米田家の世話になっている。

いずれこの三人は同じ一四歳という年齢で授業生として雇われていたということになる。この三人のうち誰が入学したばかりの啄木のクラスの担任をしたかはわからないという。千代治以外は小学校卒業後も啄木と深いつながりがあったことがわかる。

他校に転勤になっていた沼田逸蔵は、二六年一一月から再び渋民小学校に戻り、それ以降は、小田島校長と沼田が四学年を二つのクラスに分けて複式授業をしたとされ、そのような状態が三一年まで続いたようである。伊五澤富雄はこの時代に沼田が啄木の受け持ちになったのだろうと考察している。

沼田逸蔵の名は明治三七年の「甲辰詩程」に最もよく出てくる。三月四日には「午前より秋浜善実君来たり、一件相談。沼田逸蔵氏も来られて三時半まで種々合談」と記されており、前夜の「村学校の校長排斥事件にて談合」を受けて相馬徳次郎排斥に関する打ち合わせをしたことがわかる。三月一八日記に「昨夜の書きつぐ。沼逸（沼田逸蔵）諸氏に見せて投函」とあり前日夜「平野郡視学に宛てゝ、当村校長の排斥の事」の続を翌日朝になって書き継いだ。さらに、三月二八日には「秋善方にて鴨汁沼逸先生と共に食ふ。」とあるので、二三日にもたらされた平野郡視学からの校長排斥事件の「吉報」を祝って祝盃をあげたのかもしれない。さらに、四月に入ってからも六日には「招かれて沼丑（沼田丑太郎）君方に至り、沼逸（沼田逸蔵）先生頼三君らと飲む」とあり当時の渋民小学校長の相馬徳次郎を「相馬氏」「相馬」と書いていながら沼田逸蔵には「先生」をつけて敬意を表している。

啄木は成績が良く、明治二八年三月にこの学校を首席で卒業した。まわりからは神童と呼ばれていたという。

大谷は前出の『啄木の西洋と日本』の中で「ナポレオン伝説、バイロン伝説などの世界的伝説が存在したと同様啄木にもさまざまな啄木伝説が語られてきた。（略）啄木ほど自己を伝説化した近代文学者も稀である。」として「情熱の詩人」「望郷の詩人」「輝けるヒューマニスト」「プロレタリア文学の先駆者」などをあげている。

渋民小学校時代の啄木伝説として挙げられるのが「渋民の神童」であり、教員時代につくられた伝説が「日本一の代用教員」と「故郷を追われた」伝説である。これらの伝説の舞台がこの小学校である。すなわち渋民小学校は啄木伝説発祥の場所として極めて重要である。

大谷利彦は「啄木神童説が流布しているが、はたして渋民で神童の名をほしいままにしていたかどうか。本当のところは、よくわからない。」として『一握の砂』の中の一首「そのかみの神童の名のかなしさよふるさとに来て泣くはそのこと」を取りあげ、以下のように論じている。

啄木神童説の由来はむしろ彼自身のこの歌に発しているようである。彼が稀有の稟質を秘めていたことは言うまでもないが、一般に言われているように、小学校の成績が抜群であったというのは、前述の級友の回想によっても、大げさであろう。啄木が首席になったのは、四年卒業時の一回だけである。（略）問題は、啄木が学業面において神童ぶりを発揮したか否かというよりも、自己を神童視するナルシシズム、非凡な才能を恃みとする自負心が傲慢なまでに強かったという点である。

さらに、続けて「挫折にもろい面を露呈しながらも才能への過大な自負に支えられて文学への意識は停滞を見せなかったが、やがてその自負が大きく崩れるとき、危機感の中で激しく揺れながら、抒情性に溢れた短歌を生み、新しい社会の到来を夢想する詩や評論を書いていったのである。そこに啄木の独自な天分があった。」と評価している。（『啄木の西洋と日本』）

大谷が論じているのは渋民小学校時代の「神童伝説」だけであるが、本書では以下の章で「相馬徳次郎校長排斥事件」「故郷を追われた」などの伝説について触れていきたいと思う。

五　盛岡高等小学校と堀合忠操

啄木は二八年四月、盛岡高等小学校（現在の盛岡市立下橋中学校）へ進んだ。仙北組町四四番戸（現仙北町二丁目）の母方の伯父、工藤常象《つねかた》宅に住み明治橋を渡って通学した。この学校の先輩に金田一京助、田子一民《たごいちみん》、煙山専太郎《けむやませんたろう》や小笠原迷宮がおり、同じ組には七戸綏人、小田島真平、伊東圭一郎などがいた。さらに、渋民小学校を同時に卒業した金矢ノブ、大更尋常小学校卒業の造り酒屋の息子工藤弥兵衛がおり、一年下には堀合忠操の娘節子もいた。

後世『人間啄木』を書いた伊東圭一郎は、「啄木とはじめて会ったのは、（二八年）四月一日のことで、（略）それから以降、私は在学三年間の間、ずっと啄木と同じ机だったように思う。」と書いている。高等小学校に通いながら江南義塾で学び盛岡中学を受験し啄木は一〇番、伊東は一一番の成績で合格した。

また伊東は、「高等小学校時代の啄木を、私は神童などとは思わなかった。啄木は二席か三席だったような気がする。しかし作文はずばぬけて上手だった。いつも担任の佐藤熊太郎先生から『石川の作文は、学校にのこしておきたいからと』取り上げられた。」と書いている。

伊東の父圭介は自由民権運動の活動家で第一回衆議院議員選挙で岩手県選出議員として当選した。二八年の国会開催中に死去、その時長男の圭一郎は一〇歳にして喪主を務めた。伊東の家は決して裕福ではなく、中学に入ってからは新聞配達をして学費を稼ぐなどしており、高等小学校時代から伊東は啄木よりもはるかに世事にたけ大人びていたに違いない。

この時代から、啄木は伊東から学んだことは多かったと思うのだが、伊東に対して決して弱みを見せることがなかったようである。三七年夏、宮古の小学校の代用教員を辞めてきた伊東を、岩手日報に就職させるべく啄木が世話を焼いたこともそのような意識の表れであろう。(拙書『石川啄木と岩手日報』参照)

盛岡高等小学校は二〇年二月一二日、南岩手郡高等小学校として創立された。岩手日日新聞には高等小学校設立前後の様子が頻繁に掲載されている。最初の記事は二月二日二面の以下の記事である。

●高等小学校設置　同校は仁王村内丸乙七十二番地葆光《ぼこう》社内の建家を以て仮校舎に宛不日開校せるに付き、庁下各小学校の高等生徒には退学の上同高等学校に入学すべき旨、他に指示せられたるよし

『岩手県教育史資料』第十五集によれば南岩手高等小学校として明治二〇年度経費予算伺いが認可されたのが二月二六日である。あわただしく学校設立が決められ生徒募集が始められていたことが新聞記事だけでなく教育史資料からもわかる。校舎は下ノ橋北側にあった葆光社という繭《まゆ》乾燥場兼取引所に使われていた民間の建物である。南北岩手郡は県内でも養蚕が盛んな土地であった。

これに続き、二月四日には「●高等小学校生徒　南岩手郡高等小学校へ本日二日まで入校を願い出たるもの二百六十余名」という新聞記事が載り、多くの応募者があったことが報じられた。さらに、六日二面の雑報には「●辞令」の見出しのついた、四人の男性教員が同じ南岩手郡内の小学校から高

等小学校に異動になったという記事と「●開校　高等学校は来る七日頃開校相成るの都合なりと又生徒は已《すで》に三百二十余人入校せりと」が並んでいる。

盛岡市内に創立した高等小学校に多くの生徒が応募したが、未解決の課題が山積みだった模様である。まず、校舎の問題で、一一日には「●授業」の見出しで「南岩手高等小学校は去る七日を以て開校せられたれども構造の都合にて依り授業は明一二日より始めらるるよし」となっている。当初予定されていた七日ではなく実際に授業を開始した日を創立された日と定めたことがわかる。

教職員の選定にも手間取っていたようである。二月四日の「寄書」と題する読者による投稿欄に掲載された「高等小学教員ノ配置」という「切望生」の意見に対して、九日に「不望生」と名乗るものから「切望生に御忠告」という反論が寄せられた。市民も大きな関心を寄せていたことがわかる。

一三日には「●女教師の招聘」と題して「南岩手高等小学校へは追々女生徒の入学しある故女子に必要の学科を置かるゝ都合にて教員に適当なる女教師を招聘せんとて宮城県へ照会したりと」が載り、一六日に同じ郡内の仁王と上小路小学校の訓導二名が高等小学校に任命されたと報じられた。

授業を開始してから一週間後の一九日は「日々入校する者多く已に四百名に及ばんとし今の仮学校にては手狭に付鍛冶町小学校へ分教場を設けられたりと」と報じられている。結局この年に入学手続きをした者は五六六名であった。急遽本町に設けた分教場に三年生一三八人を三教室に分けて収容し、四人の教師が対応した。開校当初から教室が大幅に不足していたのである。

新校舎建設の候補地として白羽の矢が立ったのが、東中野村馬場小路一番地の草ぼうぼうの空き地であった。以前この場所には盛岡監獄が建っていたが、一七年一一月四日の失火が原因で、あたり一帯の民家に燃え広がり大火になったからである。

初代校長斉藤貞蔵が就任したのは七カ月後の二〇年九月になってからであり、新校舎建設計画が練られ実際に動き出したのが一〇月である。八日付岩手日日新聞二面上の雑報欄に次の記事が載った。

●高等小学校建築掛　南北岩手紫波郡役所雇堀合忠操久慈祐吉の両氏は南岩手高等小学校建築掛を命ぜらる

すでに渋民小学校建設で実績のある忠操がここでも建築掛の仕事を任されたのであろう。『岩手県教育史資料』にも、一〇月一三日付で南北岩手紫波郡長宛てに通知が出されたことが記録されており、建設工事は順調に始められたようである。翌二一年四月二一日には「南岩手高等小学校の新築は、大概竣工せしに付多分本月中には上棟式を執行せらるべし」、八月二五日には「南岩手高等小学校　建築すでに竣工九月一日より移転授業開始」という記事が載り、約一年がかりで校舎が完成したことがわかる。敷地面積九六五〇坪に総額六三九五円の費用を要したと記されている。八月から替わった二代目の山中克己校長のもとで、一〇月一二日森有礼文部大臣を迎え一五〇人の来賓が招かれ開校式が挙行された。

当時の様子は次のように報じられている。森文部大臣一行は四日に上野を出発仙台で一泊、五日は仙台高等中学を訪問、六日は宮城県尋常師範学校、宮城農学校を視察し、七日は石巻を経て、その後一関から岩手県入りしたのは九日のことである。東北線はまだ仙台までしか開通していない時代である。そこから先は馬車での移動であったのに加えて、雨のため当初の予定からすでに二日遅れていた。一〇日に胆沢高等小学校落成式に出席、一一日は途中稗貫、紫波郡の高等小学校を巡視し、夕方盛岡に到着した。一二日は午前中に岩手尋常師範学校を巡視した後、午後からは南岩手高等小学校に集まった三〇〇人の県、郡、町村吏員に対し一時間の演説をした後、同校の落成開校式に臨んでいる。校門の両側に並んだ生徒教職員一同に迎えられ、門内の前庭に設けた式場に着いた森大臣は演説の中で、「教育の資本は貧民の子弟を育てるためのものである」ことを訴えている。

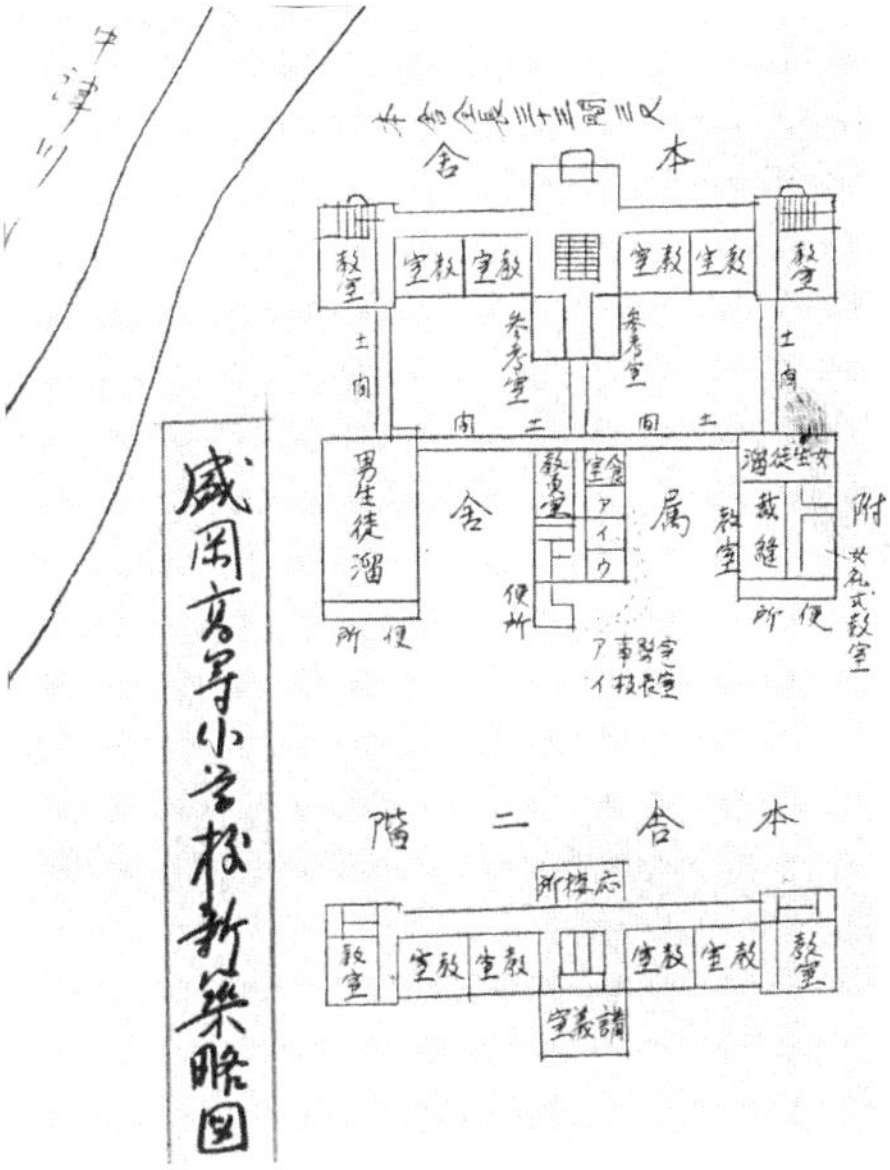

盛岡高等小学校新築略図

一〇月一四日の新聞記事が報じる式典に招待された来賓の中に堀合忠操の名前はない。しかし、駆け出しの郡役所吏員であるが、計画段階から校舎建設に貢献した功労者として招待され、忠操も末席にいたのではないかと思われる。

高等小学校創立二年後、市町村制が実施され近隣の村が合併して盛岡市が誕生した。これにともない、二三年九月三日に校名が盛岡高等小学校と変更された。一二月に初代校長（下橋中学校沿革では第三代）として新渡戸《にとべ》仙岳《せんがく》が就任した。

新渡戸仙岳は安政五年八月二九日盛岡市馬場町に生まれた。家庭内において国学、漢学、書道を修得し盛岡の藩校作人館で皇学、柔道を修めのちに英学を学ぶ。さらに明治六年から三年間で経学、漢詩文を修めた。明治九年に師範学校制度が制定され検定により初等教育教師の資格を取得して中野学校仮教師に任用され一〇年一一月に準訓導補になったあと一二年四月には岩泉学校準訓導補に転出、一四年一月に中野学校訓導補に返り咲いている。

一七年四月に気仙予備学校助教として採用され、この年に田茂山（現大船渡市盛）小学校長に就任した。二〇年四月には気仙高等小学校長兼同郡小学督業に転出、二二年一二月に盛岡高等小学校長に任ぜられた。教職のかたわら気仙在住時代から鉱物、化石、植物の研究に従事し『岩手学事彙報』に「気仙鉱物略史附化石」「植物の細胞及び花粉」などの論文のほか「我が県下に一大教育会の起こらんことを渇望す」を発表し、この頃設立された岩手教育会の設立発起人として初代会長となった。

高等小学校卒業後の啄木と仙岳との関係については拙書『石川啄木と岩手日報』第七章を参照いただきたい。

校長以外の高等小学校の教員としては二年、三年の時の担任佐藤熊太郎が知られている。

佐藤熊太郎は一九年に師範学校を卒業し鍛冶町小学校（現盛岡市立城南小学校）に勤務した後、二〇年六月に南岩手高等小学校三等訓導として任用され、月俸金一〇円が支給されている。その後紫波高等小学校を経て再び南岩手高等小学校に戻り、二二年に校名が盛岡高等小学校に変わっている。二九年一二月には月俸一二円六五銭、翌三〇年六月には増給して一三円になっている。

高等小学校時代の友人友松等、七戸綏人の回想によれば啄木は佐藤熊太郎から非常に可愛がられたという。

佐藤熊太郎と同時期にこの学校の訓導に任用された教員に加藤正五郎がいる。堀合忠操の実弟加藤正五郎が盛岡高等小学校訓導として『岩手県教育史資料』に記載されるのは、二九年一二月九日のことである。それ以前は二七年一月一二日に本宮村の平民佐藤熊太郎、北岩手郡渋民村士族小田島慶太郎とともに甲種小学校検定試験による免許状を取得したことが記されているだけで、盛岡高等小学校の前任がどこの学校であったかについては不明である。

『岩手県教育史資料』の記録から、加藤正五郎が啄木、節子在学時に盛岡高等小学校訓導として勤務していたことは明確であり、二九年から三九年までの一〇年間に最初一二円であった給料が倍以上の二五円に跳ね上がったことが記されている。

盛岡高等小学校で三年間学んだ啄木の成績は、学業、行状、認定すべて五段階評価最高の善であった。吉田孤羊の『啄木写真帖』（一九八五）によれば、盛岡高等小学校一年上級の小笠原謙吉らが出していた「筆戦」というコンニャク版の回覧雑誌を見て羨ましくなった啄木が、自分も負けじと臨席の伊東圭一郎やその他の三、四人を誘い、下宿であった大沢川原の海沼方の二階で編集会議などを開いて、原稿を書いたり綴じこんだりしていたという。浦田敬三は「（啄木は）実にこの時期、小笠原謙吉らによって啓発されていた」と書き、啄木文学の出発点は盛岡高等小学校にあったことを指摘している。

（『啄木その周辺――岩手ゆかりの文人』（一九七七））

盛岡中学へ進学し節子と出会い、やがて結納を交わし堀合家と深いかかわりができるのは、高等小学校を出てから六年後のことである。

第二章

忠操と明治三陸大津波、八甲田山雪中行軍遭難事件

はじめに

明治期の岩手日報、岩手毎日新聞には、啄木ゆかりの人々の消息記事が多いことに着目して『石川啄木と岩手日報』を書いた。そこに取りあげた工藤常象、大助親子、新渡戸仙岳、福士神川、佐藤北江《こう》以外では、啄木の義父堀合忠操に関する記事が飛び抜けて多い。

忠操に関しては、堀合了輔の『啄木の妻節子』（一九七九）、塩浦彰の『啄木浪漫　節子との半生』（一九九三）の中に記されている以外に、西脇巽により啄木と宮崎郁雨《いくう》の義絶の真相を究明するテーマの中で論じられているほかは、ほとんど研究が進んでいない。また、国際啄木学会編『石川啄木事典』（二〇〇一）のキーワードには堀合忠操の項目がない。

さらに、啄木が渋民尋常高等小学校代用教員時代に忠操は郡役所を退職し、渋民のとなり村である玉山村藪川村組合村の村長に就任しているが、この事実はほとんど知られていない。ここでは啄木、節子が誕生した後の郡役所時代の堀合忠操についてとりあげ、村長に就任するまでの経緯を追ってみたい。

一　岩手郡役所と新渡戸仙岳著「三陸大津波志」

岩手県内では、明治四年一一月郡役所が設置される前に郡長という職制が置かれるようになったが、当時の郡長は郡中三民の長で、常に郡中を取り締まりして一切のことに心を尽くすべき職と定められ、民生上重要な地位であった。のちの郡長とは職務の範囲を異にし、一郡の支配者ではなく数郷を管轄する者であった。この職務は明治五年六月に廃止され、岩手、紫波郡を一四の地域に分けそれぞれの郡長が任命された。そのうちの下厨川、鵜飼、滝沢村を管轄する郡長として、堀合忠操の父貫作（忠行）の名があげられている。『目でみる盛岡今と昔』には、明治一二年当時の下厨川の戸数は四八九戸、人口二、四八六と記されている。

堀合家は節子誕生当時は平民であったがもとは南部藩士族であった。塩浦彰は『啄木浪漫　節子との半生』（一九九三）の中で「当時の郡長には、もと士族で帰農した者もあてられた。（忠操の父）忠行もその一人である。」と記し、さらに、『岩手県史』の調査から新制盛岡県全官下四郡が二九区に分けられ区長が置かれた時の名簿の中に「堀合貫作（忠行）下厨川の人　文政九年生（四九歳）」を発見している。この時代の郡長は明治一一年以降には郡区長、戸長という職制に名称が変更される。

明治一二年一月、郡区町村編制法の交付により、郡村を編制し初めて郡役所が設けられた。北岩手郡役所は大更村に、南岩手郡役所は仁王村に設置され、郡に郡長一人、書記数人および筆生、雇員等を置くことになり、この月の一五日から開庁された。明治一三年一〇月北岩手郡役所は、紫波郡役所と共に南岩手郡役所のある盛岡市に合併され、南北岩手紫波郡役所と呼ばれるようになった。

この時代の郡長は宮部謙吉で県知事のもとで、法令を郡内に執行し行政事務を管理、郡内官吏と町村長を指揮監督していた。その補助機関として郡書記、郡視学、技手があり郡参事会の議長となり、郡会の議決を執行し、郡の財産、営造物ならびに会計事務を管理する職権が与えられていた。

山根保男との共同調査により、岩手県文書の中から発見された堀合忠操自筆の履歴書には以下のように記されている。

明治十一年十月拾日	任陸軍伍長	陸軍教導団
同	教導団付申付候事	陸軍省
明治十四年一月十二日	一等給下賜候事	陸軍教導団
明治十五年三月七日	予備軍軀員申付候事	同
明治十五年四月五日	筆生申付候事但月給金四円支給	南北岩手紫波郡役所
明治十五年七月二十一日	月給金四円五拾銭支給	同
明治十五年十一月十三日	月給金五円支給	同
明治十六年十月二十三日	月給金六円支給	同
明治一七年六月	歩兵二等軍曹ト改称	
同　年十月拾六日	南北岩手紫波郡郡役所御用係	岩手県
	中付月給金七円下賜候事	
明治一八年拾月十日	予備役満期後備軍軀員申付候事	仙台鎮台
明治二十年一月十六日	御用済ニ付出仕ニ及ハス	岩手県
同　年一月十七日	雇申付月給金八円支給	南北岩手紫波郡役所
明治二十一年一月七日	月俸金九円支給ス	同

同　年十月九日　　後備役満期免本官　　第二師団司令部
明治二十四年三月二十一日　月給拾円支給　　南北岩手紫波郡役所

忠操は二〇歳の時、陸軍教導団の陸軍伍長であったが、それから四年半後の明治一五年四月五日に南北岩手紫波郡役所に転職したことが履歴書から明らかになった。それ以降、退職する三九年秋までの間忠操が在職中に仕えた郡長は以下の五人である。

宮部謙吉（在任期間　明治一三年六月〜二五年一一月）
松橋宗之（二五年一一月〜三三年四月）
太田時敏（三三年四月〜同年一〇月）
原恭（三三年一〇月〜三八年六月）
長谷川四郎（三八年六月〜四三年一〇月）

忠操が郡役所に勤務した二四年間の中で明治二九年は、岩手県に最も多くの災害が発生した一年であった。

六月から九月までの四カ月間に大洪水に見舞われたことが四回、このほかに大地震が二回起こった。合計六回の大災害の幕開けが、最初の地震により引き起こされた大津波の襲来であった。

新渡戸仙岳は「三陸大津波志」に次のように書いている。

明治二十九年六月十五日午後七時頃地震があった。強くはなったが振動時間は長かった。十数分過ぎてからまた激震が有って、それから数回強震があった。（略）八時二十分ころになると、沖の方に当たって轟然と大砲のような響きが聞えた。人々は皆海上で軍艦の演習でもしているだろう位に思っていて心にとめる者もなかった。すると間もなく万雷の一時に激するような音響と共に、二三十メートルにも有らんとおぼしき黒山のような波浪が、耳をつんざくばかりに怒号して、天をつき地を捲き、猛り来たり、狂い去り、一瞬の間に沿岸一帯七十里の人畜、家屋、船舶、ありとあらゆるすべてものを一なめしに払ってしまった。市街も村落も片影も留ない。巨岩は砕かれ、大木は倒され、見渡すかぎり荒涼たる泥海沙場と変じ、死屍累々として数限りなくかさなっている。（略）

はじめ第一回の大波が襲い来てから六分ばかり過ぎて、第二回の大波に襲われた。此時までは波濤の怒号の声と叫喚、救いを求むる声と相和して、凄惨を極めたが、此大波の襲い去ったあとは、轟々たる狂濤の音ばかりで、人の声は全く聞こえなかった。

兎角する間に第三回の大波が襲い来た。斯くて翌日までに大小数十回の波が襲来して来たが、第一回から第三回までは最も大波であった。波の高さは場所によって一定しないが、大概十五メートルから二十四メートルに達した。

（森嘉兵衛著『岩手をつくる人々　近代篇　下巻』より）

この地震の規模はマグニチュード八・二～八・五と巨大ではあったが、各地の震度は二～三程度で緩やかで長く続く地震であったため、揺れによる直接的な被害はほとんどなかった。震源地は釜石沖東方二〇〇キロメートルで最大震度を記録したのは、三陸沿岸から遠く離れた秋田県仙北郡の四であった。それにもかかわらず巨大津波が発生したのである。

被災地域は、北海道南部から宮城県までの太平洋沿岸三〇〇キロメートルの範囲におよんだが、最も被害が大きかったのは岩手県であった。死者は、約二万二〇〇〇人、岩手県だけで一万八〇〇〇人を超えた。

この地震から一一五年後に起きた二〇一一年東日本大震災は、規模がマグニチュード九・〇と一〇倍近くあり、被害地域も青森県から千葉県まで五〇〇キロメートル以上におよび、最大震度は宮城県栗原市の七であったが死者は約一万七〇〇〇人であった。

「三陸大津波志」を書いた新渡戸仙岳は、啄木が在学中であった盛岡高等小学校の校長として勤務しており、実際に大津波を見たわけではない。地震発生当時、盛岡に住んでいた仙岳がなぜこのような文章を書き残す気持ちになったのか。

仙岳は盛岡に生まれ藩校作人館で学んだあと、検定で資格を取り教職に就いた。これまで、仙岳が教職に就いた若い時代のことは明らかにされていなかったが、『岩手県教育史資料』から今回新たに次のようなことが判明した。

明治八年一〇月九日付で、仙岳は、外岡元知とともに中野学校仮教師を依願免職になっている。同日、乙部克孝も盛岡学校仮教師依願免職と記されているが、外岡、乙部ともに後に岩手郡役所で堀合忠操の上司になる人物である。仙岳は一〇年秋に中野学校訓導補に、一方外岡は盛岡学校準訓導補に任用された。一二年四月、仙岳は岩泉学校訓導補に任用され盛岡を離れている。しかし二年後の一四年一月二六日付で中野学校訓導補として盛岡に呼び戻されている。

仙岳は一九年に気仙郡教員予備学校一等助教諭として勉励手当一五円が支給されたことが教育史資料の中に記されているので、再び盛岡を離れて気仙地区に赴任したのは一五年から一八年の間のことと判断される。その後、田茂山（現大船渡市盛）小学校長となり、気仙高等小学校開校と同時に校長を務めた。

明治三陸津波の被害は甚大で、気仙地方だけで校舎流失五校、破損一校、ほとんどの小学校が壊滅的な被害を受けすべての学校が閉校、休校せざるを得なかった。死亡した生徒数は五八九人で教員八名も命を落とした。

仙岳は若くして気仙教育会を立ち上げ盛部会長を務め、地元の人々との交流を積極的に行っており、地域社会に大きく貢献していたことが当時の新聞記事から確認できる。「三陸大津波志」の記述は極めて正確で、津波の直後に仙岳自身が聞き取り調査を行い、それをもとに書いたものと考えることができる。盛岡高等小学校が夏休みの期間を利用して気仙地区に出向いたのであろう。

このほかに仙岳は俳句、書道の大家として知られており、数多くの著作を残しているばかりでなく気仙時代には教員生活の傍ら植物や地質、鉱物などの研究論文を執筆している。仙岳の執筆、研究、教育活動の原点になったのが気仙地方であり、この地域の人々、教え子たちに対する特別な思いがあったのだと想像される。

仙岳と啄木との関係については拙書『石川啄木と岩手日報』第七章を参照されたい。

二　明治三陸大津波と忠操

明治二九年六月から九月にかけて岩手公報に掲載された三陸大津波と度重なる水害、堀合忠操関連の新聞記事を以下に示した。

29年6月15日　午後7時前後2回の地震、激浪襲来4回
21日　人夫募集記事
22日　午前3時100人に小屋敷が付き添い小本街道から、50人に大沼が付き添い久慈街道から被災地へ記事
28日　忠操　50人に付き添い宮古へ出発記事
30日　200人の人夫募集記事
7月9日　忠操　義援金広告記事　堀合忠操1円
10日　人夫引揚　小屋敷・藤田他2名の郡書記帰盛記事
16日　忠操　堀合忠操帰衙記事
19日　忠操　義侠人夫記事
21日　大洪水　号外記事
23日　忠操　南北岩手紫波郡役所吏員は水害地調査に出張記事
8月5日　猛雨車軸を流す如き洪水記事

8日　忠操　岩手郡巻堀村へ出張記事
9月1日　激震記事
2日　大小200回の地震
9日　大雨による洪水記事
10日　忠操　他1名と共に水害罹災者救助用件で紫波郡へ急行出張記事
11月10日　忠操　松橋郡長に従い紫波郡乙部数村へ学校巡視　翌日帰庁
14日　忠操　松橋郡長に従い紫波郡各小学校へ学校巡視　翌日帰庁
21日　忠操　松橋郡長に従い紫波郡飯島他数村学校巡視　翌日帰庁

三陸大津波の第一報が岩手公報に掲載されたのは、地震発生から三日後の六月一八日である。遠野発の電報「山田港九分通り人畜死傷百余名」は一七日午前六時に、釜石発の電報「大槌、安渡、吉里々々にて五百戸余流失死亡六百人余なり」は一七日午後零時二五分に発信されている。

岩手県庁は翌一六日まで大津波が発生したことをまったく感知していなかった。翌日の午前六時に、青森県庁から入った急電により初めて事の重大さを知り、庁員を非常招集し医師、看護師、人夫派遣を決め、食糧の供給を手配した。しかし、被災地と内陸部との間には険しい北上山系が自然のまま存在していたため救助活動は極端に制限された。救護処置の遅れにより助かる命も助からず多くの傷病者が亡くなった。岩手県の三陸東海岸は徹底的に破壊されていた。現地の被害情報がいかに盛岡まで伝わりにくかったかがわかる。

青森県から第一報を受けた岩手県は、県の中央から北部沿岸地域の被害が甚大だと判断した模様である。つまり、釜石、大船渡、高田よりも宮古以北の被害の方が大きいと判断した形跡があり、このことが後の対応に大きな影響を与えた可能性が高いことは、新聞に掲載された各被害地への派遣人夫配分記事からも推測できる。

岩手公報六月二一日二面上に「今回気仙郡内へ一〇〇人山田方面へ一〇〇人田老小本田野畑普代へ一五〇人南北九戸へ一〇〇人を大至急派遣することとなれり」と記されている。これから約一〇日過ぎた三〇日になってようやく「東西磐井、胆沢、江刺郡内で人夫二〇〇人募集し至急気仙へ派遣せしむべく旨県庁より当郡長へ発電」という記事が掲載される。県南沿岸地域に対する対応は大きく遅れていたことが見て取れる。

二二日には南北岩手紫波郡役所書記二名が事務補助として南北九戸郡役所へ出発し、同日午前三時、人夫一〇〇人に同郡役所吏員小屋敷美憲が付き添い小本街道から、五〇人に大沼茂三が付き添い久慈街道から、それぞれ被害地へ出発したという記事が掲載された。

忠操が宮古地区に派遣される記事は二八日二面下に掲載された。

人夫出発　本日人夫五〇名は南北岩手紫波郡書記堀合忠操氏付添罹災地なる東閉伊郡宮古へ出発せり

被災地での任務を終えて人夫が帰還したのは出発から二〇日後である。七月一〇日に小屋敷、藤田他二名の郡書記帰盛記事に続き、一六日には堀合忠操帰衙記事が掲載された。被災地滞在に一四日間、盛岡と現地の往復に最低六日間を要したと思われる。

その後、岩手公報紙上に忠操の功績をたたえる記事が載るのだが、その内容を説明する前に当時の盛岡―宮古間の交通事情について説明をしておく必要がある。

東京―盛岡間の鉄道が開通したのは明治二三年一一月のことであるが、開通前は鉄道が敷かれることに反対する人もいた。仙北町の住民はそこに盛岡駅ができることを拒否した結果、盛岡市街地から離れた北上川を挟んだ西側の不便な場所に盛岡駅を設置せざるを得なくなった。このため開運橋が必要になったが市議会が認めず、時の岩手県知事石井省一郎は急遽私費で橋を建設した。建設費用を回収するには利用者から橋銭を徴収する以外に方法がなく、この橋銭をめぐって多くのトラブルが発生した。

しかし、鉄道が敷かれてみると東京―盛岡間一一日の行程が半日に短縮され、当初心配した伝染病が蔓延し犯罪者が大勢で押しかけて来ることもなく、物流が盛んになり便利になったことを多くの市民は実感したようである。鉄道開通直後、盛岡市内では焼き芋屋が大繁盛した。関東地方で生産されたサツマイモが安く大量に運び込まれるようになったからである。

東北線の開通後に岩手県民が期待したのは、三陸から岩手県を横断して秋田県を抜け日本海側に通ずる陸羽中央鉄道の設置であった。二つのルートを想定し実際の調査も行われており、国内が日清戦争に勝利し鉄道建設ブームに沸いている時期であったので実現の可能性は十分にあった。しかしながら、このような北東北住民の期待をすべて流し去ったのが明治三陸大津波であった（森嘉兵衛『岩手を

つくる人々　近代編下巻』）。

盛岡—宮古間の乗合馬車が開通したのは明治三七年夏のことである。これにより三陸沿岸部と盛岡は一四時間二〇分で結ばれるようになった。定期便は、盛岡発午前四時二〇分宮古着午後六時であったが、途中からは乗車することができないくらいの大繁盛で、開業から一カ月しないうちに新型馬車を注文するほどの人気であった。それまでは、宮古街道を徒歩で三日〜三日半、あるいは人力車で二日間料金五円のルートか、鉄道で塩釜まで南下しそこからさらに二日を要する船舶ルートのいずれかを選択するしかなかった。

忠操は五〇人の人夫を率いて約一〇〇キロの道のりを徒歩で宮古へ向かったことになる。

三　義俠人夫

七月一六日付の「堀合忠操が五〇人の人夫と共に盛岡に戻った」という記事から三日後の一九日付岩手公報三面に「義俠人夫」という見出しの長い記事が掲載された。

●義俠人夫　市内八幡町藤原與三郎外七名は先きに南北岩手紫波郡役所に於いて海嘯罹災者救護人夫を募集するに際し義俠組と称し無賃就役の儀を志願したるも県庁の都合に依り通常人夫同様の賃金を支給することとし堀合同郡書記の手に属し宮古付近に出張し律儀正実にその任務に精励

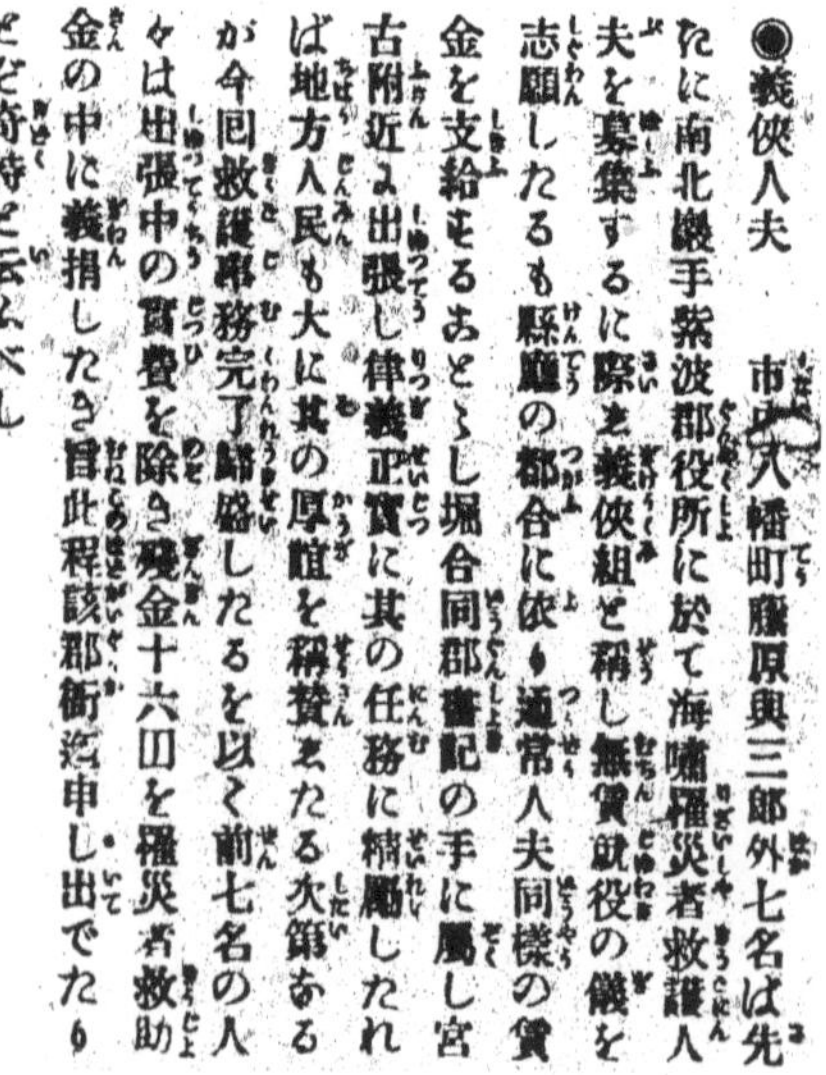
◉義侠人夫　市内八幡町藤原與三郎外七名は先に南北岩手紫波郡役所に於て海嘯罹災者救護人夫を募集するに際し義侠組と稱し無賃就役の儀を志願したるも縣廳の都合に依り通常人夫同樣の賃金を支給せらるゝことゝし堀合同郡書記の手に屬し宮古附近へ出張し律義正實に其の任務に精勵したれば地方人民も大に其の厚誼を稱賛したる次第なるが今回救護事務完了歸盛したるを以て前七名の人々は出張中の實費を除き殘金十六圓を罹災者救助金の中に義捐したき旨此程該郡衙迄申し出でたりとぞ奇特と云ふべし

岩手公報・明治29年7月19日の記事

したれば地方人民も大いに其の厚誼を称賛したる次第なるが今回救護事務完了帰盛したるを以て前七名の人々は出張中の実費を除き残金十六円を罹災者救助金の中に義捐したき旨此程該郡衙迄申し出でたりとぞ奇特と云ふべし

地震に続いて押しよせた津波による大惨事の知らせを受けた岩手公報は、直ちに社員の白戸勝郎を被害地へ派遣して現地の詳細な情報収集にあたらせたとともに、いち早く一八日の三面上に「大海嘯大惨害義援金」募集広告を掲げた。そして、翌日から集まり始めた義援金の額と応募者の氏名を市町村、団体ごとにわけ広告欄に掲載した。応募者が多くなるにつれて四頁の紙面だけでは紹介しきれなくなり「大海嘯大惨害義援金」広告欄のみを別刷りにしている。

七月九日の義援金広告記事の中に南北岩手紫波郡役所のものがある。この一覧表から当時の郡役所の構成員が約二〇名であったことがわかるほか、義援金の額から吏員の上下関係をも推測できる。松橋宗之は郡長であり、義援金二円の外岡、乙部は部長クラス、義援金一円二〇銭の四人は課長クラス、堀合忠操ほか義援金一円グループ八名が書記、一円未満の五人は雇であったと判断される。この広告記事が発行された時期は、少なくとも堀合忠操、小屋敷美憲、藤田専治、大沼茂三他一名が長期出張中で留守であったことを考慮すれば、郡役所内での義援金の取りまとめは、人夫の第一陣が出発する六月二二日の前日すなわち二一日以前に行われていたと考えることができる。

緊急に数多くの人夫を集める有効な手段は既存の組織を利用することである。ここでは消防団が使われた。二二日に県北沿岸に向けて第一陣の人夫が出発してから第二陣の堀合忠操グループ五〇人が出発するまでに六日間のギャップがある。これはどうしたことなのか。盛岡周辺の方が消防組織は整備されており人も集めやすかったのではないか。

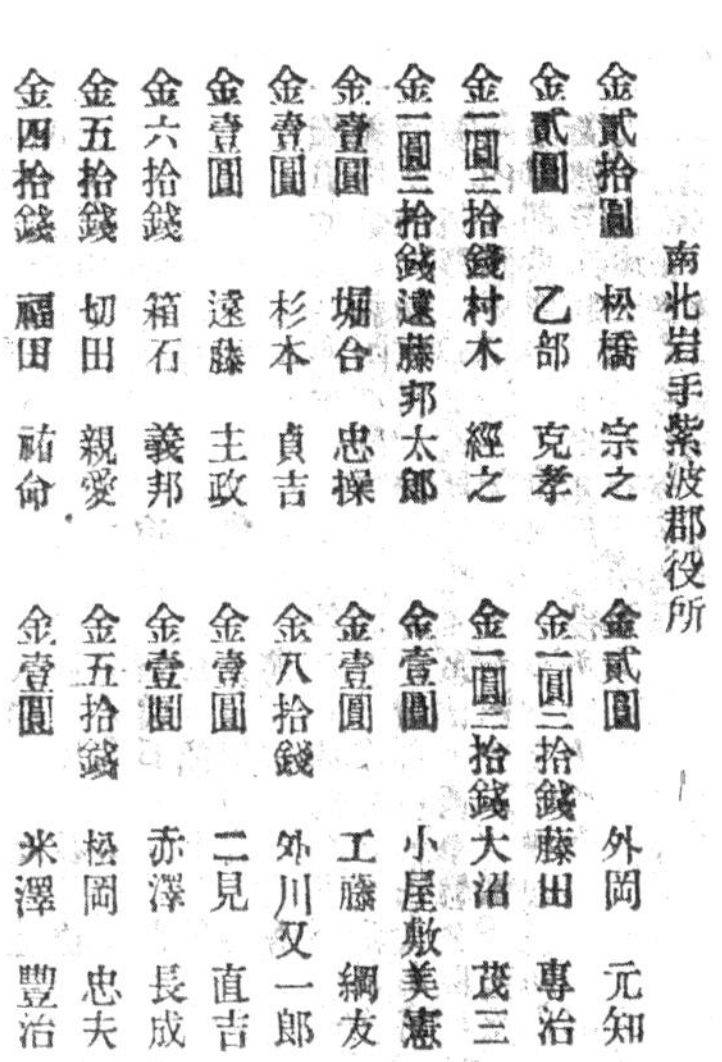
南北岩手紫波郡役所

金貳拾圓	松橋 宗之	金貳圓	外岡 元知
金貳圓	乙部 克孝	金一圓三拾錢	藤田 專治
金一圓三拾錢	村木 經之	金一圓三拾錢	大沼 茂三
金一圓三拾錢	遠藤邦太郎	金壹圓	小屋敷美憲
金壹圓	堀合 忠操	金壹圓	工藤 綱友
金壹圓	杉本 貞吉	金八拾錢	外川又一郎
金壹圓	遠藤 主政	金壹圓	二見 直吉
金六拾錢	箱石 義邦	金壹圓	赤澤 長成
金五拾錢	切田 親愛	金五拾錢	松岡 忠夫
金四拾錢	福田 祐命	金壹圓	米澤 豐治

岩手公報・明治29年7月9日の義援金広告記事（部分）

第一に考えられることは、地震と津波の第一報が青森県から入ったことによる対応の遅れであったと思われる。最初の段階で青森県に近い県北沿岸部へ、続いて宮古周辺の人夫派遣が優先され、県南沿岸の被害は少ないと錯覚した可能性がある。

次に考えられることは、宮古付近へ派遣される五〇人の中に「義侠組」と称するグループがいたことである。行く前は賃金はいらないと言いながら、終わった時点で人夫への待遇のまずさなどを理由に法外な額の報酬を要求してくる可能性も想定される。慎重な対応を迫られたに違いない。「義侠組」と称する得体のしれない分子のいる五〇人を率いて大幅に派遣が遅れた被災現場に急行しなければならないという難題が忠操に課されたわけである。この時まで忠操の出張先のほとんどが南北岩手郡、紫波郡に限られていた。岩手県外へ行ったのは、入営徴兵付添いで仙台鎮台へ出かけた時ぐらいのものである。今回は県の要請もありすべてが緊急かつ異例のことであった。

これらの事態に対し、岩手公報は通常通りに県・郡吏員の動向を一〜二行で短く報じている。ここでは「●義侠人夫」が県や郡役所の役人の動向を知らせる記事とまったく性格を異にしていることに注目する必要がある。

忠操が五〇人の人夫を率いて戻ったことを短く報じた後で、さらにそのことに関する詳細かつ長い記事を掲載したということになるからである。この記事のニュースソースはどこからもたらされたものだろうか。疲労困憊して帰ってきた人夫が、その翌日か翌々日に新聞社に知らせに走ったとは考えにくい。五〇人の中に「義侠組」と称する輩が七人いたことを出発前から知っていたことや、記事が役所の目線で書かれていることなどを考慮すれば、出所は南北岩手紫波郡役所長松橋宗之あたりとするのが妥当であろう。岩手県・郡役所の立場からすれば、忠操のグループが大任を終え無事に帰還したことは、対応の遅れなどの失態をすべて帳消しにしてくれるような快挙であったに違いない。最も困難な状況の中で、不安分子がひしめく集団を率いて無事任務を果たして帰還したことに対する行政の側からの最大の堀合忠操評価であったと考えられる。

すなわちこの記事は、義侠組を称讃するとともに、過酷な状況の中で一つ対応を間違えれば管理能力と責任を問われ、職を失いかねないような困難な使命を無事にやり遂げて帰ってきた忠操の功績を讃えたものと解釈できる。この時、忠操は三九歳であった。二五歳で郡役所に奉職してから約一五年の時を過ぎ、書記としての実績を積み重ね着実に官吏の道を歩んでいた時期の大きなできごとであった。これまでの業績に加え、忠操はここでもまた郡役所吏員としての信頼を得て一段と評価を高めたことと思われる。

四　八甲田山雪中行軍遭難事件、日露戦争と忠操

啄木の友人伊東圭一郎は『人間啄木』で「号外を売って足尾へ義金　キリスト協会へ寄託か」と題し「われわれユニオン会員が足尾鉱毒被災地へ義援金を送ったことも、中学時代の思い出の一つである。」と八甲田山雪中行軍遭難事件後の啄木らの行動を綴っている。

明治三四年一二月、社会運動家で元衆議院議員の田中正造は、開院式から帰る天皇に直訴を企てたことが大きく報じられ、足尾銅山鉱毒問題に対する国民の関心が急激に高まった。翌三五年一月二九日夜、啄木はユニオン会の伊東圭一郎、阿部修一郎ら五、六人とともに、呉服町の小野弘吉の家に集まり、その晩は足尾鉱毒事件被災地の農民へ義援金を送ることを話しあっていた。そこへ八甲田山で青森第五連隊が遭難して岩手日報社が号外を出すという情報が飛び込み、その号外を売って義援金にすることに話がまとまった。小野が新聞社と掛け合い、啄木とユニオン会の仲間たちが刷り上がった

ばかりの号外を売り歩いた。中学生の号外売りと知り一銭の号外に五銭玉をはずんでくれた人もいたという。

　本稿を執筆するにあたり、当時の岩手日報をはじめとする新聞各紙を再度調査したが、ユニオン会の集まりと号外が出された日付については、伊東著『人間啄木』の「号外売って足尾へ義金　キリスト教会へ寄託か」に記されていることが正確であることが判明した。なぜこれほどタイミングよく号外を売って金を集めることができたのか。それは小野弘吉が当時岩手日報の新聞配達をしていた関係で社内の情報が入りやすかったからである。

　一月二九日の岩手日報は「北地の鉄道郵便」という見出しで「今年の北東北の降雪は二〇年来の大雪にて再昨日（二六日）降雪と暴風のため列車不通となり」鉄道便も停滞していることを短く伝えているだけで、八甲田山で大事件が発生していることにまだ気づいていない。一夜明けた三〇日の一面に「●雪中に陥りたる第五連隊」と題して二三日午前六時に青森歩兵第五連隊が雪中一泊行軍として出発したが、翌二四日午後になっても帰営せず降雪と烈風で歩行も困難なほどになり、行軍兵からは二五日を過ぎても何の音さたもないので二五日、二六日捜索隊を編制して現地へ向かわせたが未だ隊の所在を発見できないでいることを報じている。ところが同じ日の岩手日報三面には「●五連隊の凍死兵（別報）」という見出しで「二大隊雪中行軍中二百十余名全員風雪の為凍死し唯一名蘇生他の屍体は本日（二十八日）より捜索中」という手紙による情報と「二三日に一泊行軍の予定で出発した部隊が二五日になっても帰還しないので捜索部隊を派遣した結果二七日になって三名を発見した。そのほかはあらゆる手段を尽くして捜査中である」という電文が掲載されている。岩手日報の号外が発行さ

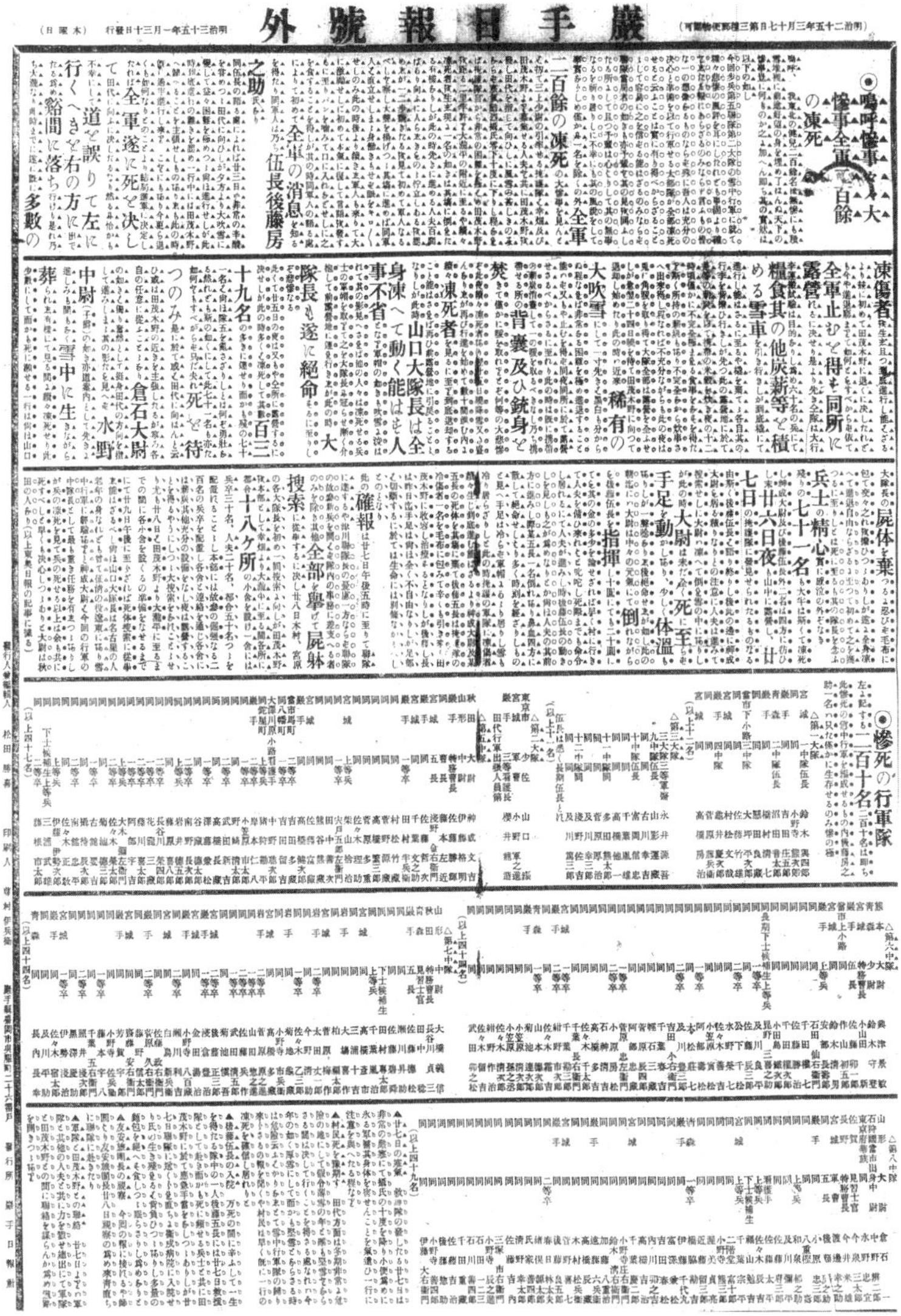
（明治二十五年三月十七日第三種郵便物認可）　巖手日報號外　明治三十五年一月三十日發行（木曜日）

嗚呼慘事　大慘事

全軍二百餘の凍死

二百餘の凍死　大慘事全軍

伍長後藤房之助

全軍の消息を知るを得たり

全軍遂に死を決して

行くべきを右の方に出て谿間に落ち

凍傷者

全軍止むを得ず同所に露營

糧食其の他炭薪等を積める雪車

大吹雪

稀有の

背嚢及び銃身を

身凍へて動く能はず

山口大隊長は全く人事不省

凍死者

隊長も遂に絶命

十九名

倉石大尉

水野中尉

雪中に生

屍体を棄

兵士の精心

七十一名

廿六日夜

手足動かず

確報

搜索

十八ケ所

全部を擧げて屍躰

慘死の行軍隊

二百十名

八甲田雪中行軍遭難事件を報じた岩手日報・明治35年1月30日号外

れたのはその翌日三〇日のことであった。

『石川啄木事典』(二〇〇一)年譜、『啄木と節子まるわかり年譜』(大室精一編著、桜出版、二〇二二)では、啄木らが岩手日報号外を売り歩いた日を二九日と書いているが、三〇日以降に訂正するべきである。

号外は、一月二三日から八甲田山中で雪中行軍訓練中の青森第五連隊の遭難を伝えていた。弘前を進発した第三一連隊は三七人の特別選抜だったこともあり、まったく犠牲者を出さなかったが、第五連隊は二一〇名の参加将兵のうち一九九人が凍死した。そのうち一三八人が岩手県出身者であった。

雪中行軍は日本とロシアの関係が緊迫するなか、寒冷地での戦闘を想定したものであった。満州、朝鮮の厳冬の寒さや積雪の中でも迅速な行動ができるように、各地で軍事演習訓練を実施しており弘前第八師団もその一つであった。この事件は日本陸軍始まって以来の最悪の遭難事故であったが、陸軍はこれを隠匿しようとしたため、事件の全貌が明らかになったのは太平洋戦争終結後の昭和二〇年以降になってからである。

後日、岩手日報をはじめ全国各地の新聞社が遭難者遺族のために義援金を募集した。啄木らが号外を売り歩いて得た金は、八甲田事件の義援金として送られたとする「啄木伝」もあるが実際はそうではない。二〇円は足尾鉱毒事件の義援金として、内丸にあったキリスト教会に寄付されたのである。

雪深い八甲田山中を行軍訓練中に遭難した将兵たちの捜索は困難を極めた。二月五日になってもまだ風雪烈しく、投入された三千人の捜索隊員にも凍傷患者が出るありさまであった。陸軍による八日の調査では、行軍者二一〇名のうち生存者一七名、死体で発見された者一〇八名、死体が見つからないものが八五名と記されている。遭難した兵士たちは荒れ狂う吹雪の中で助けを求めてさ迷い続け山中に散らばって行ったからである。

二月一一日岩手毎日新聞は盛岡出身の歩兵伍長ほかの遺体が列車で到着したことを伝えた。さらにその後に発見された死者の名前を掲げ、生存していた川井村出身の兵士が大手術を行った後死亡したと報じている。三月二日同紙二面の「公私来往」欄の冒頭に以下のような記事が掲載されている。

▲岩手郡書記　堀合忠操氏は御所村故歩兵一等卒南野長次郎葬儀のため昨日出張本日帰衙する筈

忠操は、原恭《はらゆたか》郡長の代理として片道四時間の道のりを歩いて御所村まで出かけ、犠牲になった歩兵の葬儀に出席し翌日帰庁したのであろう。この記事のすぐ下には、その後発見された死者三名、五日の同紙にはさらに四名の氏名が公表されている。

四月二四日の岩手毎日新聞は、和賀郡沢内村の一等卒菊池連次郎の死体が二二日に発見されたことを伝え、この時死体が発見されていない県内出身者がまだ一四人いることを報じている。遭難者の捜索は山の雪解けの始まる春遅くまで続けられ、遭難者全員の遺体が見つかったのは五月二八日であった。

事故発生後、第五連隊長は遭難の顚末ならびに捜査の模様を報知するよう各地方の郡役所に依頼している。岩手郡役所でこの仕事を任されたのが兵事係の忠操であった。遺体が見つかり身元確認が行われ遺族に引き渡され、葬儀が執り行われるまでの仲介を任されたと思われる。葬儀の際には郡内各地へ出張して岩手県知事、岩手郡長の代役を務めていたのである。

『岩手郡誌』の末尾近くには、明治以降の西南戦争、日清戦争、日露戦争に出兵し戦病死した人の名が記されている。日清、日露戦争の間には八甲田山雪中行軍で遭難死した岩手郡出身の歩兵たち一五名の名簿もありその範囲は岩手郡の全域に広がっている。

忠操が長年勤務した岩手郡役所は現在の県民会館の場所にあって、大正一五年六月に廃止されるまで郡役所として機能した。

この建物が完成したのは明治三五年二月の事であった。三四年一二月二八日の年内最後の岩手日報には、岩手郡役所は公園地内旧県議事場跡に移転することと開所祝宴は秀清閣で催されることがすでに報じられている。一方、岩手毎日新聞によれば岩手郡庁舎の開庁式は当初二月二五日に予定されていたが、青森第五連隊の八甲田山遭難事件に対応することに追われ一〇日余り延期されていた（二月二七日二面下）。その開所式が三月八日に執り行われた。その時の模様は、翌日九日の岩手毎日新聞二面二段にわたり詳細に報じられている。

正午一二時一同郡役所に集合午後零時三十分に至り奏楽の中に来賓一同式場へ参列次いで北條知事は原郡長の先導にて臨場するや建築担当技師鈴木課長の報告ありそれより知事の祝辞郡長の答辞ありて（略）この間すべて奏楽にて式を終わり二時三十分より秀清閣にておいて宴会を催せし当日の来賓は北條知事を始め（略）百六十名にしてすこぶる盛大に見受けたり

この記事とともに「岩手郡役所建築報告」として「用地七一四坪が岩手郡の寄付により二八六円を

支出して基礎工事を終え、前年六月三〇日から半年間に工費三〇四四円八八銭かけて建物が完成した」ことを伝えている。その後に、北条元利知事の式辞、原恭郡長の答辞が紹介されている。当然のことながら忠操も式典の準備の段階からかかわり、式の後に行われた秀清閣での宴席にも出席していたに違いない。

明治三七年二月に勃発した日露戦争は約一年半続き、戦死者の数も日清戦争をはるかに超えていた。『岩手郡誌』末尾の戦没者は、日清戦争が五三人だったのに対し日露戦争は九六人と倍近くに増えていた。

ここでも忠操は郡役所教育係兼兵事主任として忙しく働いていた。

第三章

相馬徳次郎校長排斥事件の真相

はじめに

近年、啄木と結婚する前に堀合節子が勤めていた篠木小学校時代のことについて書かれた新資料が発見された。山形の短歌誌『赤光』(一九六〇)に掲載された北邑壺月の「石川節子のこと」をもとに、山崎潔が「米沢と石川啄木　北條元一史料の『再発見』」(『米沢文化』第47号(二〇一八))を発表した。

この中で山崎は、「元岩手県知事北條元利の甥北村南州生(雅号北邑壺月)は堀合節子が篠木小学校時代の同僚であり、出会いから五六年後に『節子のこと』を書いているため、思い違いはあろうが節子に関する一次資料として極めて重要である」と記している。篠木小学校時代の節子に関する資料は極めて少ないので、山崎が指摘するとおり貴重な資料であることは間違いない。

この資料には、代用教員時代の節子像を伝えるということ以外にもう一つ重要な意味がある。相馬徳次郎校長は、前任の渋民尋常高等小学校を啄木らの排斥運動により異動になったとされてきたが、論証が充分なされているとは考えにくい。新資料は、相馬校長排斥事件を考察するうえでも重要である。ここでは排斥事件に関するいくつかの論説の是非を再検討し事件の真相を解明することにしたい。

一　「啄木日記」の中の相馬徳次郎

篠木小学校に残されている履歴書によれば、相馬徳次郎校長は明治九年三月一五日二戸郡福岡町一五番地（現二戸市）生まれで啄木より一〇歳年長である。二四年三月に福岡の小学校を卒業し二年間漢学、英語を私塾などで学んだ後、岩手県尋常師範学校（現岩手大学教育学部）に入学、三〇年に卒業した。

現在の滝沢市立篠木小学校には初代校長平野喜平の履歴書は存在しない。三六年三月の火災で鈴木俊治二代目校長のものと一緒に焼失したと考えられる。

相馬徳次郎は母校の福岡尋常高等小学校訓導を皮切りに沼宮内、盛岡市仁王尋常小学校を経て三五年一〇月一一日渋民尋常高等小学校訓導兼校長に就任した。盛岡中学を中退した啄木はこの月の末に文学で身を立てるため東京に向けて旅立った。相馬と入れ替わるようにして啄木は故郷を離れたことになる。東京へ出てから三カ月余りで体調を崩して渋民に戻った啄木はその年の日記を書いていない。日記が再開されるのは三七年の一月からである。したがって、三六年の暮れまでに啄木と相馬校長の間にどのような交流があったのかは不明である。相馬は、九月に五歳年下の同僚ミネと結婚した。ミネはこの年の六月から半年間渋民小学校で教鞭を執っていた。

啄木日記には相馬の名が六回出てくる。最初は明治三七年「甲辰詩程」一月二五日で「相馬氏より借りて、太陽一号、及び議会史を読み、一時就床」と記されており、二度目は「夜、相馬氏へ一寸立ち寄り。学校にゆきて佐々木君を訪ひオルガンにロビンソン奏す」（一月二九日）とある。相馬校長から借りた雑誌「太陽」を返しに行ったのだろうか。ところがこの前日二八日に「午後金矢朱絃君来たり日暮まで閑談。夕飯後共に村教師高橋氏を訪ひ、校長排斥事件につき九時まで合談」と書いているので、相馬校長排斥事件の発端は金矢朱絃《しゅげん》情報にあったと考えることができる。朱絃から聞いた話を宿直中の渋民小学校教師高橋に確認に行き、こんな悪徳校長は排斥しなければならないということになったのかも知れない。二九日も相馬校長宅を訪問した後、学校に立ち寄って佐々木教師に面会したのは、前日高橋から聞いたことが事実かどうか確かめたかったからだろうか。オルガンを弾いた後、学校に七時までおり「小児ら」を引き連れて帰って宝徳寺で遊ばせたのは、大人が言っていることが本当かどうかを子どもたちにも確認する意味があった可能性もある。

三月二三日に「小学校事件にて平野郡視学より吉報来」で終わる「相馬徳次郎校長排斥事件」は約二カ月前にこのようにして始まった。

一月以降、相馬校長が啄木日記に登場するのは二月九日である。「夜、相馬へ一寸行く」とだけ短く書いているが何のためだったか。二月一日、日本基督教青年会の招待で盛岡市内の杜陵館で講演する姉崎嘲風に会うため、啄木は夜になってから盛岡へ出かけ海沼宅に二泊した後、三日に書店を訪ね「太陽」二月号を購入した。この「太陽」二月号を貸すために持って行ったのではないか。その後一カ月以上相馬校長の名は「甲辰詩程」に現れない。

「排斥運動」はどうなったのだろうか。この間に日露戦争が勃発し、村中が日本中がわきたった。しばらくは校長排斥運動どころではなかったのかもしれない。排斥運動が進展したことを思わせる記述はどこにも見当たらない。この事件が本格的に動き出したのは三月も中旬過ぎである。一八日、「夜、平野郡視学に宛てゝ、当村校長排斥の事」とあり、平野喜平に宛て手紙を書いたことが記されている。その翌日、それまで手紙でしか交流のなかった村役場の職員である畠山亨が初めてやって来た。「畠山亨氏午後三時より十時まで来遊、相馬の一件賛成也」とあり、宝徳寺に半日滞在したのである。夕食時を挟んでいるので晩御飯も御馳走になったと考えられる。その場に秋浜善実、立花理平の二人の友人も加わったようである。相馬校長排斥運動は、この時点で村役場の職員、郡役所の教育行政官である郡視学に伝えられたということになる。それまでは、啄木と彼を取り巻く友人を中心とした渋民村の中の一部の人間だけでささやかれていた問題であったと解釈することができる。

次に相馬問題が日記に記されるのは二一日「夕、沼丑君来たり、相馬一件合談の後」とあり、翌二二日「小学校の卒業式に出席」、そして二三日になって平野郡視学からの返事をもらったことになっているのである。平野郡視学にあてた手紙が書かれたのが一七日夜であるから、投函されたのは一八日であろう。すなわち、この書簡が郡視学宅へ届けられたのは、一九日以降ということになる。一方、二三日に啄木のもとに届いた「吉報」は、前日の二二日に投函されたと考えれば、郡視学が相馬校長の異動を決定したのは二一日以前ということになる。平野郡視学は、啄木の手紙が届いてからわずか二日間でその内容を確認し、問題の矢面に立たされている相馬校長自身や周囲の人間からの聞き取り調査を進め、関係者と協議の上、異動させる学校と後任校長の人事を決めることになるが、果たしてそのようなことは可能であったであろうか。年度末は渋民小学校はじめどこの学校も卒業式の時期であり新学期からの人事異動の内示もすでに出ていたと考えるべきである。実際に相馬徳次郎篠木小学校長が発令されたのは三月三一日であり、岩手日報紙上に異動が公表されたのは四月九口である。啄木の手紙をもらってから平野郡視学が郡内の小学校長の人事配置の調整を行ったと考えると日程的に大きな矛盾が生じるのである。

先行研究で取りあげた全ての研究者は、三月二三日の啄木日記「小学校事件にて平野郡視学より吉報来」という啄木側からだけの資料を手掛かりにして相馬校長が排斥運動により異動させられたと結論付けているが、単純にそのように考えられない理由はここにある。

二　先行研究

遊座昭吾は『啄木と渋民』（一九七一）に「校長相馬は、県北二戸郡福岡町の出身で、第九代校長として、盛岡の名門仁王小学校から赴任した人であった。渋民小学校は伝統も古く、当時としては格の高い学校であったので、代々ここの校長には、相当の経験者が配置されていた。相馬は明治三五年に赴任していたので、石川一とは知り合いであった。その人柄や業績は、郡視学平野喜平の信頼を得ていたので申し分なかった」と書いている。こうした人を排斥しようとした理由は、教場に刀を持ち込んだり、私生活において酒をたしなみ酔いつぶれて夫婦喧嘩をした際に刀を抜いて妻を追いかけるという奇行があったとして、このような教師に村の子弟の教育は任せられないと考えたからだという。また、「（排斥）運動の頂点は、人事異動期にすること、そのためには村当局、あるいは郡視学への訴えを一方でやり、かつ広く村民の支援を受けることが必要である――ということが確認されていった。」「歎願状を投函して六日目、郡視学より善処するという吉報が石川一宛に届いた。彼らの運動が功を奏したのである。」とし、啄木らの排斥運動が成功して相馬校長は篠木小学校に転任したと書いている。さらに、この事件により石川一はわずかながら渋民での地位を回復し、裏通りを小学校に通っていた彼が堂々と表通りを通れるようになったと記している。

『啄木と渋民』は小説である。日記、書簡、小説などの啄木作品をもとにしているが遊座の私見や憶測が多く、出典や論拠が明確に示されていないので引用する際にはよほどの注意が必要である。数え上げればきりがないので二つだけ例をあげておきたい。第一は相馬校長の奇行に関しては、記されていることがらが事実かどうかを判断できる資料がこれ以外に見当たらない。第二に「郡視学より善処するという吉報」が石川一に届いたとさりげなく書いているが、この吉報の文面は実に重要である。実際にどのように表現されていたかは、排斥事件究明には避けて通ることのできない大問題である。現存しない誰も見た事のない手紙で、「善処する」と書いていたかどうかまったくわからないのである。

岩城之徳は『啄木歌集全歌評釈』（一九八五）の中で「酒のめば／刀を抜きて妻を遂《お》ふ教師もありき／村を遂はれき」の評釈として「酒を飲むと刀を抜いて妻を追いまわす酒乱の教師がいた。その教師はとうとう村を追放された」と書き「モデルは渋民小学校校長相馬徳次郎。酒を飲んで刀を抜いて妻を追い回すなど教育者にふさわしくない奇行があったため啄木たちの排斥を受け、明治三七年三月三一日付で隣村の滝沢村立篠木尋常高等小学校校長に転出したが、翌年三月八日に死亡した。自殺であるといわれている」と解説した。

岩城は、相馬徳次郎の解釈に関しては『啄木と渋民』をそのまま鵜呑みにしており、そこには実証研究などという言葉のかけらも感じられない。

天野仁は『啄木の風景』（一九九五）で渋民小学校長排斥事件を取りあげ、「日記にはなぜか相馬校長を排斥しなければならない理由を書いていない」としながら、平野郡視学が師範学校で同期だった相馬校長を篠木小学校に転任させた際に「裁縫の代用教員として発令したのが、(略)相馬を排斥した張本人の啄木と婚約している節子だった。このようなおまけのついた形の転任であったから、相馬校長の内心はとても複雑だったであろうことが想像できる」と書いている。さらに「排斥運動が起きた頃は、(相馬校長が)結婚してまだ四、五カ月しか経っていない、従って、その排斥理由には何か釈然としないものがありそうである」とし「当時十九歳の啄木とすれば、一方では平野郡視学から『実に有能であった』(遊座)と見られるほどの人物であったことなどもあり、また雑誌『太陽』を読む文化人的な校長の資質が、必ずしも相いれないものであったことから、あえて朱絃をはじめとして、村の友知人と語らって、この挙に出ることになったのではなかろうか」と書いている。遊座と岩城の言説をそのまま踏襲して、啄木が日記には書いていない「排斥運動」の理由を無理に説明しようとしているのだが支離滅裂で意味不明の文章である。しかし、「相馬校長は『転任後は不遇』(岩城)だったらしく、翌一九〇五(明38)年三月九日、自殺したと岩手日報に報じられている。」と書いているだけで排斥運動と自殺の関連性について論ずることだけは巧妙に避けている。

篠木小学校と節子、相馬徳次郎校長についてこれまで最も詳細に論じているのは、塩浦彰『啄木浪漫　節子との半生』(一九九三)である。この著書の中で塩浦は「相馬の転任は渋民と篠木の学校規模や校史を比べてもいわゆる左遷には当たらず、たまたま第二代校長鈴木俊治校長が九カ月間休職していた穴を埋めた形になっている」と書いていながら、相馬校長が篠木小学校に転任後に自殺した当時の岩手日報明治三八年三月一〇日記事の一節「昨年当校に轉じたる人にて教員中にありて中以上の人物」を引用して次のように書いている。

詳細後報とあるが、その後の紙面に該当する記事はみられない。明確な原因があれば報道されたと思うが、後報のないところをみると結局、「中以上の人物」と世間的に評価されながら、校長として初めて勤めた渋民小学校を逐われた屈辱感が胸中に鬱積して、パラノヤとでもいうべき病を来したことが原因であろうか。

篠木小学校に転任後約一年で自殺した原因が不明だから、前任の渋民小学校時代に起こった校長排斥運動の後遺症が災いしていたのではないかという推論であるが、果たしてそうであろうか。そのように考える理由として、明治三八年度には平野郡視学が篠木小学校に学事視察に一度しか行っていないのに三九年度には三度も行っていることをあげている。現職の学校長が自殺したことを重く見て、その後学校視察を増やしたことは確かであろう。そのことと相馬校長の自殺の原因が何であったかまったく別の問題であるが、それ以外には自殺と排斥運動を関連づけるための根拠を示していない。

塩浦彰の篠木小学校の調査は完璧である。新潟から盛岡まで調査に訪れ、地元の研究者にはまったく及びもつかない緻密な非の打ちどころのない調査を行っている。今回明らかにされた山崎潔の「米沢と石川啄木　北條元一資料の『再発見』」の中に出て来る北村南州生が準訓導で五月に赴任していることまで調べ尽くしている。

これまでの研究者に共通していることではあるが、重大な誤りの一つは、啄木日記の明治三七年三月二三日の項に「小学校事件にて平野郡視学より吉報来」とあることから、単純に啄木らの要望を聞き入れ平野喜平が相馬校長の転任を図ったと結論づけ、事実関係を深く考察しなかったところにある。校長の転任は、啄木らが画策した排斥運動が功を奏して実現したものかどうかは、慎重に検討する必要があると考えられる。これに加えて塩浦と森義真は、排斥事件と自殺を結び付けるという二つ目の重大な誤りを犯している。

森は「相馬徳次郎――『啄木 ふるさとと人との交わり補遺』」（二〇一七）の中で岩城之徳の『啄木歌集全歌評釈』、遊座昭吾の『啄木と渋民』を引用しながら「甲辰詩程」に記されていることをもとにして「はたして徳次郎は、節子が啄木の婚約者ということを知っていたのだろうか、疑問が残る」としながら「二人が勤務していたほとんどの期間は知らないでいたところ、翌年の二月ごろに誰かにその事実を知らされたことで、気が狂ったように混乱し、自死に至ったとは考えられないだろうか」と推定している。森は、塩浦の説を直接引用していないが、塩浦説をさらに前進させより具体的に「翌年二月（自殺をする一カ月前）ごろに」と期日まで特定して排斥事件と自殺との関連性を論じている。しかしながら、そのように考察する根拠が何かをまったく示していない。果たしてこの推論は正しいのだろうか。

三　平野喜平郡視学人事

ここで私は、相馬渋民小学校長の篠木小学校への異動は、啄木らが行った排斥運動によるものではなく、平野喜平郡視学がかなり以前から用意周到に準備していた人事異動構想により実現したものであることを論証したい。

遊座昭吾が書いているように「教場に銘刀をもち運び、騒然たる生徒を前にその刀の鞘をはらい、竹むちを空に飛ばし、落ちてくるところを、すばやく切って鞘に納めて得意然とした」ということが実際にあり、相馬徳次郎校長の学校内外における日頃の振る舞いが、渋民村の子どもを教育するにはふさわしくないと判断されたのなら左遷されても仕方ないであろう。しかし、この人事が左遷でないことは塩浦彰も認めている。給与は六級上俸（二〇円）で据え置きであるが、渋民小学校の教員数が四名であるのに対して篠木小学校は七名とはるかに規模が大きく、盛岡に近く新築されたばかりの学校であることを考慮すれば左遷どころかむしろ栄転と考えるべきである。

ここから先は、啄木日記以外の資料を中心に相馬校長排斥運動を見ていきたい。

岩手日報二面紙上に明治三七年度の教員人事が公表され始めたのは四月六日からである。「●師範卒業生の任用」という見出しで「今回の本県師範学校本科卒業生の任用左の如し」の後にこの日は三一名の氏名と赴任先、給与等級が示されている。さらに翌四月七日、前日とまったく同じ見出しで盛岡師範学校を卒業し県内の学校に赴任することが決まった三二名の新任教師が掲載されており、そのうちの一人として「上野サメ任渋民尋常高等小学校九級下俸」の記事が認められる。さらに、翌々日の九日からは「●教員異動」の見出しで県内の小学校訓導、校長の人事異動が公表された。一日目は二八名の中に「岩手郡渋民尋常高等小学校訓導兼校長相馬徳次郎氏は任同郡篠木六級上俸、同郡田頭尋常訓導兼校長遠藤忠志氏は任同郡渋民高等小学六級下俸」という記事が並んで掲載されている。

最近、山根保男により発見された資料によれば、上野サメが渋民小学校に赴任した当時の様子について以下のように語っていることが明らかになった。

> 私が渋民村へ行ったのは当時の郡視学平野喜平といふ方のお世話でした。昔は学校勤めの失敗といえば校長と女教師との醜聞でそれがすぐ噂になって拡がりそれで一生を駄目にした女教師が数多くありました。兄広成の世話になったことのある平野郡視学は私を一番安全な地帯に就職させてくれたわけなのです。ちなみに私は岩手県《ママ》で最初の女教師でした。渋民小学校の校長は遠藤忠志という実に温厚篤実なまことに真面目な方でありました。

この資料は、相馬校長排斥事件の真相を考えるうえで極めて重要であるとともに、ストライキ事件と遠藤忠志校長をめぐる問題を考察する際にも不可欠である。

当時は正規の資格を持った教員が大幅に不足していた。上野サメの手記から、正規の教員資格を有した恩義のある上野広成の妹サメを、最も安全な環境のもとに置いて教育に専念させることを、平野郡視学は最優先に考えていたことが読み取れる。

さらに、佐藤則男の「クリスチャンの女教師上野サメと啄木」（一九八〇）には、「私（上野サメ）は渋民小学校に赴任する時に、平野郡視学にあいさつに行ったのですが、その時『遠藤校長は人格者で、本当に教育者らしい教育者だ』と言われたのを今でも覚えております」と書かれている。

上野サメが、渋民尋常高等小学校訓導に任ぜられたことが新聞紙上に報じられたその日、啄木は小学校を訪ねた。「甲辰詩程」には「午前、金田一君と共に学校に行き遠藤、上野諸氏に逢ふ」とだけ記されている。新任女教師上野サメと遠藤忠志校長は四月になってから会ったのだろうが、渋民小学校に赴任するよりも前にサメは平野喜平郡視学のところへ挨拶に行っていたのである。

篠木尋常小学校は明治三二年秋に高等科を併置したが、これに先立ち七月三一日に平野喜平が初代校長として任命された。三五年二月末に平野喜平が郡視学として転出した後、二代目校長鈴木俊治の時、学校火災が発生した。三六年三月二三日午前四時に一階玄関左側の三、四年教室より出火、校舎、校具が全て失われた。この火災で使丁斎藤八十八が二階の奉安所にあった御真影を奉遷しようとして殉職した。この後、民家を借りた仮の校舎で授業を再開しつつ新校舎の建設がすすめられた。新校舎は翌三七年一月一日に完成した。鈴木校長は、火災発生後三カ月で体調不良を理由に休職しており、この年の後半からは校長不在の状態が続いていた。火災発生による学校管理の責任を問われたのは、学校長一人ではなかった。初代の校長として三五年二月末まで篠木小学校に勤め岩手郡視学に昇進していた平野喜平は、この事件により譴責《けんせき》処分を受けていた。篠木小学校を再建し運営を立て直すことは、平野郡視学に課せられた喫緊の重要課題であった。

三七年四月九日岩手日報には、渋民小学校長と篠木小学校長の異動人事が並んで公表されているが、二つの人事案件だけを取りあげて考えれば、優先順位は篠木が上である。校長不在の異状が長く続き、校舎も新しくなった篠木小学校の学校再建は、郡内の新年度教育事業計画の最重要課題に位置づけられていたと考えられる。相馬徳次郎を篠木小学校長にするために、田頭小学校長の遠藤忠志が渋民小学校に異動させられたのであろう。平野郡視学は遠藤校長に渋民小学校の経営を頼んだとともにもう一つ大きな課題を与えたことになる。

上野サメは、岩手郡で最初の正規の教員資格を持った女教師であることに加えて恩義ある知人の妹でもある。平野が上野サメを渋民小学校に配置するに当たってはよほど慎重、かつ細心の注意を払っていたことは明白である。数ある岩手郡内の小学校の中から遠藤忠志校長を選んで上野サメを託したのである。すなわち、遠藤校長が赴任する場所が渋民小学校と決まり、そこが「一番安全な地帯」であるとして新任女教師上野サメが配置されたのである。

遠藤忠志校長は平野郡視学とは師範学校同期の同じ釜の飯を食べた仲間であり、相馬校長も二人の後輩に当たり同窓である。相馬校長の異動と遠藤校長・上野サメの渋民小学校就任人事はセットで行われていると解釈すべきである。時間をかけて構想を練り用意周到に準備されて実行に移された人事案件であると判断される。

啄木から書簡をもらった平野が、わずか数日のうちにこのような人事案件を決断し三月三一日に辞令を交付できるわけがない。しかも、この人事は他の人事と切り離されて交付、新聞紙上に公表されたのではない。三年後の渋民小学校ストライキ事件に伴う人事異動が、岩手日報紙上に公表されたのは六月に入ってからである。突発的に起こったストライキ事件から二カ月近くが過ぎているのである。人事案件が生じてから異動の公表までには相応の時間が必要であることを物語っている。

三七年一二月一九日岩手日報には、平野郡視学が御堂へ出張二四日帰庁という記事が掲載されている。平野は御堂へ巡回指導に行った際に渋民小学校に立ち寄ったと考えられる。

篠木小学校新校舎完成を目前にして相馬校長に面談、新年度からの異動を打診、了解を取り付けたと解釈される。

この時平野は、昇進人事であり栄転だが、直ちに立て直す必要のある多くの問題を抱えた難しい学校であるから誰にでも頼めることではない、信頼している相馬校長だから頼んでいるくらいのことを言っていたかもしれない。

四　啄木・節子と相馬徳次郎との関係

森義真は「相馬徳次郎――『啄木　ふるさと人との交わり』補遺」の「はじめに」の中で「啄木が追い出した形となった二人の校長がいる。二人とも啄木の『敵』であり」と書いている。二人のうちの一人が相馬徳次郎であるが、相馬校長を「敵」と見做しているのが啄木であるのか、森自身がそのように捉えているのかが不明確である。

ここでは啄木・節子と相馬徳次郎校長の関係を考察してみたい。啄木と相馬徳次郎、二人は敵対関係にあったのか。

本論の一、「啄木日記の中の相馬徳次郎」で示したように「甲辰詩程」に相馬の名前が出てくるのは六回である。そのうちの四回目は三月一八日の「相馬の一件賛成也」であるが、一回目から三回目までの日記の表現からは、二人の間に何らかのトラブルがあったとは解釈しにくい。

問題は六回目である。

相馬校長に関する先行研究の中で啄木日記と短歌以外の資料を用いて論じているのは、塩浦彰ただ一人である。塩浦は『啄木浪漫　節子との半生』第五章「婚約時代」の中で、「甲辰詩程」の最後の部分、七月二一日から二八日までについて「その内容は日記というよりも節子に宛てた書簡の形態をなしていることはじつに興味深い事実である。」として詳細に論じている。そこで、「節子が代用教員を勤めた一年近い篠木での日々を語る資料も証言者もほとんどない」としながら、節子の前任者山崎ヱキの思い出話、金田一京助の思い出話他を引用して五つの事実を取りあげている。しかし、これ以外に重要なことを見逃している。

「甲辰詩程」の最後は特殊な日記であり、塩浦が指摘する通り節子に宛てた手紙文と解釈できる。この中に相馬校長の名がある。七月二二日部分が相馬の名前が日記に出てくる最後、すなわち六回目になるのであるが、なぜか塩浦本にはこの部分が抜けておりまったく引用されていない。

私時折は学校にゆきて相馬先生の楽譜帖より、何かと漁り試み居候。御送り被下し曲、うれしう候。近頃は破格ながらマーチ二ッ三ッ習ひて（略）ワグネルのそれ、メン《マ》デルゾ《マ》ンのそれ、早くきゝたきものなり

（「甲辰詩程」七月二二日）

この部分をどのように読むべきか。節子が篠木小学校に勤めだしてから二カ月半以上経っている。その間、節子と啄木は手紙のやり取りをし、節子は週末には盛岡の実家に帰らずに渋民に行っていたという山崎ヱキの証言もある。この時期の書簡は残されていないが、「御送り被下し曲」という記述

からだけでも二人の間で交信があったことは明らかである。啄木は篠木小学校の様子を節子から直接聞くか、あるいは手紙で知らされていたと考えられる。

明治三九年度の篠木小学校卒業生の回顧談によれば、相馬徳次郎校長は「バイオリンを奏く先生」であったと記憶されている。七月二二日の「甲辰詩程」からは、篠木小学校在任中に節子と相馬校長が一緒にバイオリンを弾くこともあったのではないかと想像される。

相馬校長が篠木小学校へ転任になった後、一カ月後に節子が同じ学校の代用教員として採用され赴任することになるのだが、この知らせを聞いた啄木は一瞬青ざめたのではなかろうか。村の若者、知人、学校関係者、役場の人間、果ては小学生まで巻き込んで繰り広げた排斥運動である。それが相馬校長の耳に入らないはずはないだろう。節子の婚約者が啄木であることを相馬校長が知ったらどのような仕打ちを受けるだろうか。気になっていたのではないか。自分たちが画策した排斥運動によって相馬校長は異動させられたと啄木は思い込んでいるからである。

「甲辰詩程」における相馬徳次郎の表記がここだけ「相馬先生」になっていることに注目したい。ここまでの啄木日記の表記は一回目と二回目は「相馬氏」である。二月九日の三回目になって「相馬」に変わり、四回目は三月一八日に「相馬の一件」、五回目は三月二一日に「相馬一件」と記されている。排斥運動が取りざたされてから「相馬氏」の「氏」が抜けて「相馬」に変わっていったとも考えられる。したがってこれまでは、啄木は「相馬校長」とも「相馬先生」とも表記していない。排斥運動により渋民を追われたはずの相馬徳次郎を、啄木は篠木小学校に行ってしまってから「相馬先生」と表記したのである。なぜこのようなことが起こったのか。最初に「相馬先生」と表現したのは節子ではなかったか。二人の会話か手紙の中で、節子は「相馬先生」と呼び、啄木はここで節子の表現通りに記したのではないか。

この日の日記文からは節子と相馬校長との良好な関係が感じられる。少なくとも啄木と恋仲であることを知って、節子が嫌な思いをさせられているだとか不利益を被っているという雰囲気は伝わってこない。啄木は、節子の話を聞いて相馬校長から大切に扱われていることを知り安堵しほっと胸をなでおろしたであろう。ここの描写を見る限り、わずか数カ月前に排斥運動を繰り広げ、相馬を村から追い出したことをまるで忘れてしまったかのようである。

節子が赴任した時からここまで、相馬校長は二人の関係を聞かされておらず、恋仲であることを知らなかったからこのような寛大な態度をとることができたのであろうか。

前述の「相馬徳次郎――『啄木ふるさと人との交わり補遺』」の中で森義真は「節子が啄木の婚約者だということを知っていただろうか、疑問が残る」とし「これは全くの推測だが」と断りながら「二人が勤務していた期間のほとんどは知らないでいたところ、翌年（明治三八年）の二月ごろに誰かにその事実を知らされた」と推論している。

相馬校長は、啄木との関係を知らなかったから節子に優しく接することができたのか。果たして相馬校長はどの時点で節子が啄木の婚約者であることを知ったのか。

五　北邑壺月著「石川節子のこと」資料発見の意義

「石川節子のこと」は、「石川啄木夫人節子が、篠木村小学校の訓導をしていた期間について、ここに書きしるしておきたい」と始まり、盛岡から学校まで「北上川橋を渡り厨川柵址を右手に雫石川に沿うて約二里半ののち篠木の部落に入った。道路の左側に新しい校舎があった。」と続く。篠木村小学校は滝沢村立篠木尋常高等小学校、北上川橋は夕顔瀬橋の誤りで、節子は月俸五円の裁縫の代用教員である。北村南州生（北邑壺月）が到着したその日、「昼食の時校長は一同に、昨日堀合先生を迎え、本日K（北村）先生を迎え不日S先生が他に転出の模様である。ついては余り唐突ではあるが、本日放課後三君のため、歓送迎会を開きたい」と語ったと書いている。

同校に残されている『学校沿革史』の関係名簿では節子の就任年月日が四月三〇日になっている。これに対し節子の履歴書には三月三一日の日付が記されている。裁縫教員免許を持ち授業雇から訓導として篠木小学校に七年勤務していた山崎ヱキが退職することになり、節子の後任が決まって履歴書を書いた日が三月三一日と解釈すべきであろう。

塩浦彰は節子の前任者山崎ヱキの退職が三七年四月七日付であることと、啄木日記で節子の就職について一言も触れていないことから、四月三〇日の方が正しいと結論づけている。今回発見された資料では、節子が赴任した翌日五月一日に北村が篠木小学校に着任していることになり、塩浦彰の説が正しいことを、壺月著の「石川節子のこと」が裏づけた形になる。

篠木小学校は岩手県下でもっとも古い学校の一つである。節子が赴任した年の教員は校長の他訓導二名、準訓導二名（このうちの一人が北村南州生）、九月に赴任してくる男性代用教員と女性代用教員節子の七名である。渋民小学校よりもはるかに規模の大きい学校であることに着目する必要がある。

北村南州生は三七年三月に米沢中学を卒業し盛岡高等農林学校を志望したが果たせず、やむなく、当時岩手県知事であった北條元利の斡旋で準訓導として篠木小学校に赴任した。新校舎が完成してからまだ数カ月しか経っていなかったのでまさに「新しい校舎」だったのである。

壺月は歓送迎会の後「私は適当な下宿がないので、その晩から宿直室に常宿直として自炊を始めることになった」と書いている。当時の宿直制度では夕食料金も決まっており、運用は各学校の事情により校長の裁量に任せられていたようだが、火災で使丁が焼死したとなれば学校長の管理責任が問われるのは当然のことである。再建されたばかりの篠木小学校の経営を任された相馬校長は、宿直体制をどのようにすべきか熟考した末、近くに適当な下宿先がないことを理由に、新任の準訓導北村南州生に常宿直として学校に寝泊まりさせることにしたのであろう。

「石川節子のこと」の中でもっとも重要だと思われる個所について、壺月の記憶違いと判断される部分を除いて要点を整理すると以下のようになる。

晩春の夕方、盛岡高等農林学校で開催された講習会の帰りに、同行した相馬校長から「堀合は石川という青年と恋仲なのだ。君は石川を知っているか」と聞かれ、知りませんと応えると「石川は隣の渋民村の和尚の子で、最近雑誌『明星』に詩歌を投稿して多少世間から認められて来てはいるが、いわば三文文士でこれを父の堀合忠操は酷く気にやんで彼との文通や面会を難く監視するよう依頼されている。幸い君は宿直室に常直なのだから十分注意して欲しい、僕からも頼む」とのことであった。

「石川節子のこと」の中には、相馬校長が啄木と節子の関係を知った時期が明確に示されている。校長と連れ立って講習会に出かけた時期は、北村が準訓導として篠木小学校に赴任した五月一日から間もなくの頃と考えることができる。

相馬校長は篠木小学校転任当初から啄木と節子の仲を知っていた。知っていただけではなく、堀合忠操が二人を接近させないように頼み込んだことを、新入代用教員にまで明かしていたことになる。節子が啄木の婚約者であることを知ったうえで、相馬校長は身元を引き受けたのである。このことを明確に示す証拠が、北邑壺月著「石川節子のこと」である。今回発見された新資料の価値はここにある。

相馬校長の辞令は三月三一日付で出されているが、遠藤忠志渋民小学校長と上野サメ訓導人事がセットであったと同様、節子の代用教員採用人事も相馬校長の異動とセットであった可能性もある。北邑壺月の「石川節子のこと」にある「父の堀合忠操は酷く気にやんで彼との文通や面会を難く監視するよう依頼されている」という部分は、相馬校長が平野喜平から頼まれたのか、堀合忠操から直接言われたのかは不明である。平野郡視学は渋民小学校に転出する遠藤忠志校長に上野サメを託したように、ここでも相馬校長に対し郡役所の同僚堀合忠操の愛娘節子の面倒を見てくれと依頼したのであろう。

それではどうして、啄木の許嫁であることを知りながら相馬校長は節子に対して優しく接することができたのであろうか。

塩浦彰は『啄木浪漫　節子との半生』の中で次のように書いている。

啄木たちの排斥運動によって渋民を追われた相馬徳次郎が、節子と同時にこの篠木小学校に転任したのは、まったく皮肉な巡り合わせというべきか。（略）平野郡視学が、啄木の婚約者である節子を居づらくするような学校にあえておいたのは、何故であろうか。

節子の父がその厳しさを修行として娘に求めたのであろうか。あるいは、平野は相馬徳次郎の真価を知っていたゆえに、こだわりなく二人の組み合わせを考えたのかもしれない。

塩浦は「平野は相馬徳次郎の真価を知っていたゆえに」と考察しているがそれだけだろうか。

吉報が届いた二三日から二日続けて啄木は渋民小学校へ足を運んでいる。最初から排斥運動に取り組んできた金矢朱絃は、二三日から宝徳寺に泊まり翌二四日も啄木と行動を共にしており、夜にはビールで乾杯をしている。喜びようが伝わって来るようである。

佐々木祐子は「渋民の暮らしと啄木　二」の中で、豆腐の代金を清算した日の記録から「相馬校長は三七年四月一日にはまだ（渋民に）住んでいた様で（略）四月五日に代金を清算して村を去ったことが伺われる」と記している。村をあげて繰り広げられた排斥運動を、相馬校長ただ一人だけが知らなかったはずがない。篠木小学校への異動辞令は三月三一日に出されている。相馬校長が排斥されて渋民を追われたのであれば、五日まで渋民に留まっているはずがない。一日も早く篠木へ行くだろう。

渋民での残務整理をしっかり最後までやり終えてから転出したのだと解釈される。

相馬校長は、自分がこの運動により渋民小学校を追い出されたとか渋民村を追われたとは思っていなかったと解釈すべきではないか。相馬校長をめぐってほとんどの研究者が、啄木日記に書かれている「小学校事件にて平野郡視学より吉報来」という啄木側からだけの資料を手掛かりにして、排斥運動により篠木小学校に異動させられたと結論づけている。しかし、そもそもこれが誤りではないか。本章の三で論じた通り、日記以外の資料を加えて辞令交付と新聞紙上への公表日程やその背景を考察すれば、従来の考え方では説明しきれないことは明白である。そして何よりも、篠木小学校時代の節子と相馬校長の親密で和やかな関係について納得できる説明ができないのである。

節子の代用教員採用人事以外は、明治三七年度の教員異動そして上野サメを始めとする師範学校卒業生の任用人事が、ともに岩手県内全体の流れに沿って進んでいることに注目すべきである。電話が普及しておらず郵便による通信が主体の時代、新年度人事の取りまとめをするのに莫大に時間が費やされたに違いない。啄木らが起こした排斥運動に端を発した校長排斥の要望書が年度の終わりに急きょ郡視学に郵送され、そこに書かれていることが数日のうちに確認され異動が決められたとは考えられない。

三月二三日の啄木日記の冒頭にある「小学校事件にて平野郡視学より吉報来」の内容は、異動の理由や経緯など詳しい説明はなかったに違いない。相馬校長を動かすという結論だけだったと想像される。啄木はこの知らせを自分たちの要望が認められ、相馬校長が異動することになったと早合点したと考えられる。相馬校長の篠木小学校異動は相当早い時期に決まっていたことなのだと思う。

平野郡視学にも相馬校長にも排斥運動による人事異動という認識がなかったと解釈すれば、新年度に入ってからの渋民、篠木各小学校の校長と新任女教師との関係が、大きなトラブルもなく順調に推移していることなどすべてを合理的に説明することが可能である。排斥運動の首謀者である啄木が節子の婚約者であることを知ったうえで、相馬校長のもとに節子を配属した平野人事こそが、篠木小学校への異動が排斥事件と関係しない通常の人事異動として行われたことを示す明確な証拠である。

六　相馬徳次郎の人間像と復権

最後に残った大きな問題がある。排斥運動と相馬校長の自殺との関連についてである。

本論の二、「先行研究」の最後で指摘したが、塩浦彰は「校長として初めて勤めた渋民小学校を逐われた屈辱感が胸中に鬱積して、パラノヤとでもいうべき病を来したことが原因」と考察し、一方森は「二人が勤務していたほとんどの期間は知らないでいたところ、翌年の二月（自殺の一カ月前）ごろに誰かにその事実を知らされたことで、気が狂ったように混乱し、自死に至ったとは考えられないだろうかと」推論している。塩浦説は根拠が薄弱であり、森説に至ってはまったく根拠が示されていない。両者ともに排斥運動により相馬校長は異動させられたという前提に立っている。しかし、相馬校長自身が排斥されたと思っていなかったとすれば自殺との因果関係は成立しない。

啄木は最初のうちは相馬宅を訪ねて雑誌や書物を借り、足繁く学校に通いオルガンを弾かせてもらっている。村の友人たちから聞いた噂話をもとに、排斥すべきと決めつけて態度を硬化させ相馬校長を一方的に敵対視するようになったのは啄木の側であった。これに対し相馬は、渋民小学校を離れる時期に啄木らが騒いでいることを知ってはいたが、それ以前に新年度は篠木小学校へ移ることが決まっており、排斥運動により異動させられたとはまったく思っていなかった。だから、啄木に対する友好的な態度は終始一貫して変わることが無かったであろう。少なくとも相馬は啄木を「敵」と見ていなかったと考えるべきである。

相馬は、啄木らが排斥運動をしていたことを知りながら、篠木小学校では節子を迎え入れ新任女教師として大切にしてくれたのである。寛大で包容力のある人間だったと言えるのではないか。

これまでの研究では、相馬校長は排斥運動により渋民小学校と村を追われ失意の中に翌年自殺をしたとされてきたが、そのような解釈は誤りであろう。作家が作品に何をどのように書くかは自由であるし、その作品をどう解釈するかは読者の自由である。しかし、モデルになった人間と作品に描かれた人物像がかけ離れていた場合に、取りあげて論ずるのは研究者の役割ではないのか。これまでの相馬徳次郎に関する伝記的研究は、啄木日記と短歌を中心に展開されたものであり、充分なものとは言えないのではないか。

日記に名前が記され歌のモデルにされた相馬校長を、研究者がそのままの人物と解釈したため、実在の徳次郎の人間像は大きく歪められ著しく名誉を傷つけられてはいないか。

相馬校長は、自殺する前に渋民小学校の上野サメの一年後輩にあたる盛岡師範女子部を卒業した訓導の資格を持つ女教師を採用してもらう手はずを整えていた。節子の後任小野ワカは、明治一八年一二月一〇日に厨川村木伏（現盛岡市夕顔瀬町）の士族の子として生まれ、盛岡市立仁王小学校から盛岡高等小学校へ進み、岩手県立高等女学校を卒業後岩手県立師範学校女子部入学、三八年三月に同校を卒業した。小野ワカも上野サメと同等の資格を持った優秀な新任女教師であった。三七年度いっぱいで辞める代用教員の節子の後任として、正規の資格を持った教員を相馬校長は要請し平野郡視学はこれに応えているのである。しかし、このようにして採用された小野ワカも僅か一年で篠木小学校を辞めている。今では相馬校長の自殺の原因を究明することは困難であるが、運営が難しい学校であったことだけは確かである。平野郡視学から篠木小学校再建の大きな期待を寄せられたのにもかかわらずうまく行かなかったことが負担になっていたのかもしれない。

篠木小学校に残された相馬徳次郎の履歴書を見ると、明治二四年に福岡尋常高等小学校を卒業した後師範学校に入学するまでの二年間に漢学を岩館私塾で、英語を田鎖知二から学んだ努力の人であることがわかる。

山崎潔著「米沢と石川啄木　北條元一資料の『再発見』」の補遺一に次のことが記されている。

盛岡市渋民の石川啄木記念館には、啄木ゆかりのオルガンとバイオリンが展示されている。その奥の壁面には、二〇一七年現在、『巌手懸知事正五位勲四等北條元利』名の感謝状が掲示されている。この謝状は、渋民小学校の風琴（オルガン）買入費寄付篤志者に贈られたもので、その日付は、明治三七年一月七日、すなわち、啄木と節子の婚約の時期である。

この資料は相馬徳次郎を論じる際に極めて重要である。啄木は「甲辰詩程」一月二三日には「夜。独り空漠たる草堂の寂心にたへかねて、村の学校を訪ひ、オルガン奏でゝ多少鬱を散するをえたり宿直の佐々木君と語りて、八時かへる」と書き、二九日にも「学校にゆきて佐々木君を訪ひオルガンにロビンソン奏す」と記し、たびたびオルガンを弾きに渋民小学校を訪ねていたことがわかる。

二月以降も幾度となく学校を訪れ啄木が弾いていたオルガンは、相馬校長が在任中に村の有志に寄付金を募り購入したもので、三六年の年末か新年になってから納入されたものと思われる。次第に岩手県内にもオルガンが導入されはじめた時期であるが、高価でしかも品薄だったので注文してから半年以上もかかって納入されることも珍しいことではなかった。

大更小学校では渋民小学校よりもはるかに早くオルガンが導入されたが、これは工藤寛得が子どもたちのために寄贈したものである。美談として岩手日報が大々的に報じている。盛岡市内の各小学校でもまとめてオルガンを購入したことが記事になっており、相馬校長も渋民小学校にオルガンを購入する計画を練ったと思われる。しかし、前年三五年は東北が大冷害であったため厳しい財政難に陥っていた。学校予算だけでは到底購入することは不可能だと判断し、地元の有力者に訴えかけ寄付を募ることに決め奔走したのであろう。音楽教育にかける相馬校長の熱意が認められ、篤志者が集まり、三六年末に購入の目途がついたに違いない。子どもたちはどんなに喜んだことであろうか。

相馬校長が篠木小学校に転出してから約四カ月後の七月二二日「甲辰詩程」の中に「私時折は学校にゆきて相馬先生の楽譜帖より、何かと漁り試み居候」という一節があることを取りあげすでに論じたが、ここでは楽譜帖について見ていきたい。「相馬先生の楽譜帖」は相馬校長がオルガン購入に合わせて拾い集めた楽譜帖のことである。楽譜帖には何曲くらいの楽譜が収められていたのかわからないが、コピー機のない時代である。おそらく校長自らが元の楽譜から一曲ずつ手書きで写し取ったものであったに違いない。その楽譜を相馬は転出する際に篠木小学校に持って行かずにそのまま渋民小学校に残して行ったのだ。相馬校長の渋民小学校での音楽教育にかける思いが伝わってくる気がする。

相馬徳次郎がいつの時代にどのように音楽を勉強したのかは不明である。オルガンだけでなくバイオリンも弾ける教師であったと思われる。履歴の中には音楽を学んだ記録がないので、天賦の才能があったのかもしれない。相馬校長は音楽的才能を持った、感性豊かで心の広い有能な教師であったと考えることができる。約一〇カ月近く相馬校長のそばにいた節子がそのことを最もよく知っていたのではないか。

これまで歪められ傷つけられてきた相馬徳次郎校長の人物像は修正され、失われた名誉は回復されなければならない。

「酒のめば」の歌が作られたのは明治四三年である。相馬校長没後五年の歳月が流れていた。啄木は相馬が自殺したことを節子から聞いて知っていたはずである。節子が篠木小学校在任中に相馬校長は自殺したのである。『あこがれ』出版後行方不明だった啄木が盛岡に現れた時、真っ先にこの事件のことを啄木に伝えたのではないか。

自分が行った排斥運動を気に病んで自殺をしたとしたらこんな歌を作ることができたであろうか。

啄木が成功したと思い込んでいた相馬校長排斥事件はこれで終わったわけではない。この時から三年後に起こった渋民小学校ストライキ事件に深く関わっているからである。

第四章

好摩から盛岡　結婚式前後の啄木謎の行動

はじめに

明治三八年五月東京で詩集『あこがれ』を刊行した啄木は、盛岡に向かう途中で仙台に立ち寄り一〇日近くを過ごし、五月下旬には盛岡を通り越して好摩《こうま》駅に降り立った。この間、盛岡では節子が結婚式の準備を整え今や遅しと待ち構えていた。結局当日になっても啄木は姿を見せず花婿不在の結婚式が三〇日に行われた。

私は『石川啄木と岩手日報』第四章の中で、仙台から好摩までの啄木の行動を、表向きは「『あこがれ』出版凱旋祝いの旅」本音は「現実逃避の旅」で死を意識する局面もあったと考察した。本稿では五月三〇日好摩駅に降り立ってから六月四日に盛岡の新居に姿を見せるまでの間の啄木の行動について明らかにしていきたい。

一　先行研究——松本政治説

好摩から盛岡までの啄木の行動について塩浦彰は、「仙台の長期滞在ののち、祖父母墳墓の地、平舘周辺を四日間逍遙した」と記し（『啄木浪漫　節子との半生』（一九九三））、松本政治は「雲隠れ諦めの旅」（一九七六）の中で「彼（啄木）は好摩駅前の高田屋で、好物のソバで腹ごしらえをし、（略）盛岡中学の級友たちを訪ね歩いて、あわよくばいくらかでもカネをつくろう。その外に道はない。父が寺を追われた渋民村へは行く気がしなかった。そこへ午後二時十四分の下り列車が来た。彼は沼宮内駅ゆきのキップを買って三等列車の片隅に腰を下ろした」と書いている。
どちらも節子から佐藤善助に宛てた次の手紙を手掛かりにしている。

父は昨夜手を空しふして帰宅致し候。寺田には確かにきのふ迄居りし由、十時頃帷子の方に向ひて出でしが、多分今夜は大更か松苗と思ひ居候。七郎さんには一週間ならずに上京すると申せし由に候。

二人の説の共通点は、この旅の目的が金を集めることにあり、大更で工藤寛得から一〇円を借りることに成功し盛岡に戻ったとしていることである。両者の説の違いは、啄木がたどった道筋である。塩浦説が好摩から大更に向かい平舘を経由して寺田に達したと、時計回りのコースを想定しているのに対して、松本説は好摩駅から北の沼宮内駅まで汽車で移動し、ここから西に進んで一方井、寺田、帷子を経由して大更に至る時計回り、と塩浦とは反対のコースを想定している。両者の説の相違は節子書簡の解釈に関わっていると思われる。
松本説の致命的な欠陥は、節子書簡に記されている地名とその場所に関連する啄木の友人、知人を無理やり結び付けたところにある。その一方で節子書簡に登場する人物にはまったく触れていない。金策に歩いているという前提に立っているので、金を貸してくれそうな相手をリストアップして、その人物の所在地を巡り歩くという視点で「雲隠れ　諦めの旅」と題した空想物語を創作している。

具体的にどのような矛盾点があるか考察してみたい。松本は「私のはなはだ常識的推理によると」として啄木の行動日程を示すのであるが、これがまったく根拠のない非常識なものである。前述の「好摩駅前のソバ」や「沼宮内行きのキップを買って三等列車」に乗った話も全て想像で書かれたものでそれを裏付ける根拠はまったくない。これを鵜呑みにして引用して本を書いている人もおり実に人騒がせな話である。

松本説のさらなる非常識は「節子書簡」を手掛かりにしたと書きながら、書簡の内容を吟味することなく「父が寺を追われた渋民村へは行く気がしなかった」とする点である。その一方で同じ論考の別の箇所には「渋民に向かった」と記すのであるから支離滅裂である。節子の書簡に出て来る「七郎さん」とは金矢朱絃のことである。啄木は朱絃に会っているのである。啄木が渋民村に行った動かぬ証拠に他ならない。松本説の最大の欠陥は、啄木の足取りを示す有力な手掛かりである節子書簡を正確に理解できていないことである。

松本は、啄木が最初に訪ねた場所を沼宮内だとしている。しかし沼宮内は節子書簡にはない。節子書簡にない沼宮内をなぜ入れなければならなかったのか。大きな疑問は、沼宮内に行くのになぜ好摩で途中下車する必要があったのか。何の説明もない。その近辺で金を工面してくれそうな資産家の友人知人として目をつけたのが、盛岡中学時代の同級生八角喜代治（後の沼宮内町長）である。しかし、八角自身は啄木が訪ねて来たことを証言しているわけでもなく「啄木の学業不振とろくでなし扱い」をしているだけであり、まったく根拠のない作り話に過ぎない。

一方井も節子書簡には出てこない地名である。一方井ナカは節子の父方の叔母である。よくぞこのような人物を探し出してきたと驚くばかりである。数日前、盛岡で花婿不在の結婚式が行われたばかりである。半月前に東京を出発して以来、まったく音信がなく姿をくらましていた姪節子の結婚相手である啄木が、盛岡を通り越して突然一方井に姿を現すなどということがあったら相手はその非常識さに驚いて腰を抜かしたであろう。この場所一帯の地理に詳しい人物から情報を得てそれらの人と議論したうえで「雲隠れ　諦めの旅」を書いたと松本政治は記しているが、結婚式にも出なかった行方不明の男が結婚相手の叔母さん（しかもそれまで面識のない）の家まで訪ねて行って金を貸してくれなどということがあり得ることなのか。松本がこの問題を論じた相手は、岩手北部の地理にはそれなりに詳しかったが、一般常識には欠ける人物だったのではないかと疑わざるを得ない。

当時の農村は数年おきに冷害に苦しめられており、明治三八年、東北地方は大凶作に見舞われた。盛岡を離れた農村地帯を巡り歩いて金を借りようとしたという発想が非常識であろう。中でも渋民は、父一禎がすでに宝徳寺を追われ生活の基盤を失い一家で盛岡へ移り住んでいたわけである。そのような場所で啄木が金を集めようと考えただろうか。疑問である。

二　塩浦彰説とこれまでの小林芳弘説

塩浦説、松本説ともに啄木が好摩駅に降り立ち工藤寛得から金を借りたとする根拠として、明治三九年以降の日記の末尾に掲載されている住所録の中に寛得の名があり、借金メモにも「盛岡　工藤一〇円」があることをあげている。しかし、二人の説には大きな問題が未解決のまま残っているのである。工藤寛得の名前が芳名録に登場するのは、渋民日記からであるが、この芳名録は四〇年の年賀状を書くために三九年一二月にまとめられたと考えることができる。その後、明治四四年に至るまで三回にわたり工藤寛得の名前が出てくる。住所は全て岩手郡大更である。一方、借金メモは「盛岡　工藤　一〇円」であり大更の工藤とはどうしても結び付かない。この問題を解決できなければ工藤寛得から一〇円を工面してもらって盛岡に戻ったと結論付けることは不可能ではないか。これまでこの問題をどの研究者も解明できなかった。

私自身もこの問題に突き当たり長い間結論を出すことができなかった。私は二〇〇四年に国際啄木学会盛岡支部会報第一二号「啄木の借金メモ――盛岡工藤は寛得か?」、一三号「啄木と工藤寛得」でこの問題を取りあげ論じた。啄木と工藤寛得には親子ほどの年の差があり、経歴や行動範囲、居住地などすべてがかけ離れており二人の間に接点を見出すことができなかった。その結果、啄木の芳名録に記されている工藤寛得の住所「岩手郡大更村」と借金メモの「盛岡　工藤」のギャップを解消する手掛かりを見つけることができず、「啄木と工藤寛得との接点は明治三八年五月末から六月上旬であるという可能性は高いが、啄木が寛得を訪ねて、一宿一飯のもてなしを受けたのか、さらに借金の申し込みまでして金を手に入れることができたのかどうかは、いまだ明らかではない。」と結論付けた。

前節で引用した節子書簡は、啄木の「謎の行動」を解明するための最重要資料の一つである。書簡の内容については人名、地名を特に丁寧に注意深く考察して行く必要がある。記されている人物は父と七郎の二人、地名は四か所、寺田、帷子、大更、松苗である。

塩浦彰は『啄木浪漫　節子との半生』（一九九三）に「五月三十日午前十一時、好摩駅に下りた啄木は、当日か翌日、徒歩で好摩から大更に向かう道（現在の花輪線にほぼ副うている道）を進み、大更で津軽街道に出たのちさらに北上して平舘を経由し、寺田に達したのであろう。この間、好摩から寺田まで約二十キロの道程であるから、三十日のうちに着くことは可能であるが、あるいは途中に宿泊したかもしれない。『寺田には確かにきのふ迄居りし』という表現は、寺田泊が二泊以上であることを示している。」と書いている。啄木が訪ね歩いた場所についての考察は行われているのだが、人物にはまったく触れていない。

節子書簡の中に出てくる七郎とは金矢朱絃のことである。好摩駅に降り立ち啄木が『あこがれ』を持参して真っ先に出版を祝ってもらいたい人物といえば朱絃であろう。一禎が宝徳寺を罷免されて生活拠点を失った渋民周辺で、啄木が身を寄せて何日間か世話になることができる家は金矢家以外に考えられない。金矢七郎に向かって「一週間ならずに上京する」と伝えたとあるのに、他の研究者たちは啄木が金矢家を訪問したと考えていないことが私には不思議でならない。

さらに、七郎と並んで重要なのが「父」であるが、この問題を取りあげて詳細に論じている人はいない。

三　節子書簡の「父」は石川一禎か堀合忠操か

本章の冒頭で引用した節子書簡の「父は昨夜手を空しふして帰宅致し候」の父とは義父一禎であろうか。それとも節子の実父忠操であろうか。

この手紙は一九二八年（昭和三年）六月六日の岩手日報に公表された。筆者は佐藤善助（署名はひらの生）で、手紙文の前に「節子夫人の父君（忠操）が」渋民へ捜索に行ったと書いている。

吉田狐羊は『新編啄木写真帖』（一九三六）の中で「啄木から盛岡の友人に渋民にいるという知らせがあったので、節子さんの心根を哀れに思った啄木の厳父一禎氏は、節子さんを伴って渋民まで出かけたが遂に啄木を探し出すことができなかった。啄木はその間方々足を棒にして金策のために駆けめぐっていて」と書いている。

一方、啄木の妹三浦光子は『悲しき兄啄木』（一九四八）の中で以下のように記している。

　方々探してゐるうちに澁民村に帰つてゐるらしいといふ噂がちらと耳に入つたので、たまらなくなつた節子さんと私は盛岡から澁民小学校の上野サメ子さんの處まで聞きに行つたりしました。しかしそこにもゐません。

光子は節子と一緒に自分が渋民まで啄木を探しに行ったと書いているが、節子自身が六月三日付の書簡で明確に「父は」と書いているので光子証言に信憑性がないことは明白である。啄木・節子の結婚式にも「どんな方々がよつたか、今はよく覚えてゐません」と光子の記憶は曖昧である。この時期は光子も両親と盛岡で同居していたのに記憶がないのもおかしな話ではある。本節で引用した佐藤善助、吉田孤羊、三浦光子で啄木を探しに出かけた人物は異なるが、すべてに共通している点は、三者とも探しに行った場所を渋民としているところである。中でも注目すべきは、光子証言が訪ねた相手を上野サメと具体的な名前を挙げていることである。これは啄木を探しに出かけた人物が上野サメのところへ行き直接会って話を聴いたことを示しているのではないか。自分の親である一禎が実際に探しに出かけていたならば、光子の記憶はもっとはっきりとしていて自分が行ったと書かなくて済んだのではないだろうか。

松本政治、塩浦彰はどちらもこの「父」の問題に触れていない。現在のところ、明確に「この『父』は石川一禎ではない。(堀合忠操が)娘のために連日おそくまで啄木の行方をさがしまわった」と断定しているのは、澤地久枝(『石川節子――愛の永遠を信じたく候』(一九八一))ただ一人である。

一禎が宗費を滞納し曹洞宗宗務局から住職罷免を言い渡されたのは、明治三七年一二月二六日のことで、宝徳寺を退去したのは翌三八年三月二日である。これが東京にいる啄木に伝えられたのは三月一〇日頃で、住職罷免の処分を受けてから約二カ月半が過ぎていた。石川家が長年住み慣れた渋民を離れたのは四月二五日である。それからわずか一カ月余りの時期に、行方不明の息子を探しに一禎は渋民周辺へ出かけただろうか。

宗費滞納についてもいきなり宝徳寺住職を罷免されたのではないだろう。納付を催促されたのにもかかわらず放置していた結果ではないか。これだけとって見ても、石川家の物事に対する反応は遅い。

五月三〇日付葉書を知らされて直ちに啄木を探しに出かけるという素早い対応は、石川家の動きとは思い難い。節子の強い要請を受けて郡役所吏員の堀合忠操が探しに出たと考えるべきである。

五月三〇日に好摩駅で投函された上野広一宛の啄木葉書と、六月三日付佐藤善助宛の節子書簡との関連性を詳細に考察した研究者はこれまでいない。節子は啄木が渋民周辺にいることをどのようにして知ったのか。

可能性は二つ考えられる。①上野広一が葉書を見て内容を知らせてくれた。②好摩駅から発送された葉書は三通あった。すなわち、仙台の土井晩翠宛、上野広一宛葉書の他にもう一通あり、それが節子宛だった可能性はないのだろうか。現在のところ、この節子宛の啄木書簡は見つかっていないので、現存する資料から判断するとすれば①の可能性ということになる。その場合、三〇日に好摩駅で投函された上野広一宛葉書が本人のもとへ届いたのは、翌日五月三一日であったと判断される。葉書を見た上野広一は直ちに節子に知らせ、その夜節子は父忠操に報告し探しに行ってもらえないかと泣きついたのではないか。当時、忠操は郡役所に勤務していたことを考慮すれば、啄木を探しに好摩駅に向かって出発したのは早くても六月一日、あるいは仕事の都合で一日遅れて二日になってからであろうと推定される。忠操は二日の夕方まで渋民周辺を回り啄木が立ち寄りそうな場所を巡って消息を訪ね歩いたのであろう。以上のようなことから、節子書簡の「父は昨夜手を空しふして帰宅」の「昨夜」は二日夜のことで、啄木は二日の午前中に寺田を出発して帷子へ向かって行ったことになる。忠操は、午後になって寺田にたどり着き、啄木の足取りを聞いて夜盛岡に戻ってきたと解釈できる。

いずれ、行方不明の啄木が渋民周辺にいるらしいという情報を入手した節子が、真っ先に相談した相手は父忠操であったと考えられる。忠操は節子の誕生する前から南北岩手紫波郡役所に勤務しており、仕事のために郡内各地を隈なく訪れている。他の誰よりも地理に詳しく各地に多くの人脈を持っていた。忠操と名前を改名する以前の二四歳の時から郡役所の御用掛から書記として勤務、おもに兵事や学務に関わり郡内各地を歩きなれていた。忠操の仕事ぶりは岩手日報紙上で数多く確認することができ、これほど郡内を良く知っている人もいなかったのである。節子は好摩周辺の地理と人とを最もよく知っている人物に啄木の捜索を依頼したことになる。澤地久枝は『石川節子――愛の永遠を信じたく候』の中で、忠操は「連日おそくまで」探したと書いているが、日程表から判断すると実際に行くことができたのは、多くて二日、少なく見積もって一日である。残念ながら、これだけの捜索では、啄木本人を見つけ連れ戻すことはできなかった。それでも、極めて重要な手掛かりだけはしっかりと手に入れて戻ってきたわけである。

四　節子書簡「愛の永遠性を信じ度候」が書かれた経緯

前節で明治三八年五月三〇日上野広一宛啄木書簡、六月三日付の佐藤善助宛節子書簡と啄木の謎の行動との関係を見てきたが、この間、上野広一、佐藤善助二人に宛てた節子書簡の存在が知られている。この手紙は、啄木との結婚中止を勧告した上野広一、佐藤善助に対して即答を避けた節子が「いずれ書面で御返事いたします」と言って帰り、ノートの一頁を割いて鉛筆書きしたものである。塩浦彰はこの時期の振る舞いや書簡が「実に魅力的な」節子像を示すものとして『啄木浪漫　節子との半生』中に取りあげ、澤地久枝は手紙の中の一文を自著『石川節子——愛の永遠を信じたく候』のタイトルとして使っているのである。

この節子書簡が書かれた経緯について、これまで詳細に検討されたことはない。今回の好摩から盛岡までの啄木の謎の行動を考察する過程で、節子書簡がどのような経緯で書かれたのかが明らかになってきたので論じておきたい。

上野様並びに佐藤様に

吾は啄木の過去に於けるわれにそそげる深身の愛又は恋愛にたいする彼れの直覚を明にせんと今此の大書状を君等の前にささぐ此の書は三十六年彼れ病を於うて帰へりし当時ある人の中傷より私外出を止められ筆をとる事さへ禁ぜられたる時吾にあたへし処に候願わくは此の書に於いて過去二三年の愛を御認め下され度候。吾はあく迄愛の永遠性なると云ふ事を信じ度候。岩手館よりの書御参考の為までにそへ申候。私の決心は今宵くはしく認めて参らすべく候。　草々

御両兄さま御許に

心乱れ候折りから乱筆おゆるし下され度

（封書に明治三八年六月二日の日付）

大書状とは、明治三六年に啄木との交際を禁じられた節子が外出を止められ手紙を書くことさえも許されなかった時に、啄木から送られた長文の手紙のことである。節子はこの手紙を二人に示し結婚

中止の説得に応えようとしたのである。伊東圭一郎『人間啄木』所載の上野広一手記には以下のように記されている。

結婚しても前途が思いやられて節子が可愛そうだ。今の中に警告しようということになり、平野氏（佐藤善助）と両人で節子を招き在京の友人らからの書状や平野氏の話である程度彼の不信を伝えて、結婚を思い止まってはどうかとわざわざ説得したのに対し、節子は『いずれ書面で御返事を致します』と即答を避けて帰り、翌日両名宛にノートの一頁を割いて鉛筆書きだったが（略）決然たる意中を伝えて来たので、大いに感激もし同情を深めもした。

節子書簡の封書には六月二日と日付が記されているので、上野が佐藤善助を伴って節子に会い結婚を思いとどまるように進言したのは六月一日ということになる。しかし、たとえ新郎が不在だったとしても結婚式が終わってしまってから結婚を思い止まるように進言するというのもおかしな話である。

結婚には三つの手続きがある。①本人同士の意思確認、これがなければ婚姻には至らない。②社会的な承認を得るための儀式、即ち結婚式。③法律的手続き、文明社会では結婚を民事的な契約と見なしている。②と③の順序や重要性は時代や民族、文化、地域によってそれぞれ異なるし、個々のカップルにより異なる。啄木と節子の場合①は前年一月の段階で婚約が成立しており、五月一二日の段階で盛岡市役所に婚姻届を提出しているので、③は完了している。五月末の段階で残っているのは②の結婚式のみである。上野広一と佐藤善助が結婚を思い止まるように説得したのは三〇日以前だと考えるべきではないか。

『人間啄木』には、田沼甚八郎が啄木を仙台まで連れて行き一旦途中下車し、土井晩翠宅を訪ねたあと五月二二日昼の盛岡行きの列車に啄木を乗せて安心して東京に帰ったところ、二四日になって上野、平野から「石川を早く盛岡に帰してよこせ」と電報が届き、これに対してだまされたことを知り、大憤慨した田沼、松館松生が連名で手紙を書いたと記されている。ここから、この手紙を見た上野広一と佐藤善助が節子を呼び出して結婚を思い止まるよう説得したのは、二七日か二八日のことであったと推定される。つまり、「翌日」返事が来たというのは上野広一の記憶違いであろうと思われる。啄木の友人二人の必死の説得に対し、節子は翌日返事を書いたのではない。思い悩んでいるうちに、花婿不在のまま結婚式が強行されたものと解釈すべきである。どのように返答すべきか途方に暮れていたところ、三一日に啄木からの上野広一宛葉書が舞い込み、その知らせを聞いて節子は元気を取り戻したのではないだろうか。

ここでは、本章の冒頭で引用した節子書簡は、啄木が好摩駅に降り立ったという知らせを聞いてから書かれたものであることに注目したい。上野広一宛書簡は、『あこがれ』出版後に東京を離れたあと、まったく音信がなかった啄木の消息を伝える唯一のものであった。「毎日毎日まぶたをはらしてないていた」節子は、少し時間はかかるが歩いて行くことも可能な渋民付近にまで啄木が来ていることと、そして「二三日中に盛岡に行く」と書いていることを知り安堵したに違いない。

六月二日付節子書簡が自信に満ち溢れているのは、これまで行方不明であった啄木の所在が確認され、最も信頼できる父親忠操が探しに行ってくれているという安心感があったからだと考えることができる。
最初、忠操は節子と啄木の結婚に反対していたが、婚約が調い五月一二日に入籍を済ませてしまった段階では、娘可愛さに節子の切なる思いを受け止め全面的に支えてくれる父親になっていたのだと思う。婚姻届提出を期に忠操は腹を決めたのだ。忠操は即座に郡役所に願いを出し休暇を取って啄木の行方を追って好摩駅に向かったのだろう。

啄木は、渋民の金矢家には三〇日と翌三一日の二日間厄介になり、六月一日に金矢家を発ち寺田周辺に到りその夜は寺田に泊まったと思われる。二日は寺田から帷子を通り松内か大更に抜けたのであろう。節子書簡では松苗になっているが、松内の誤りである。忠操が発する松内（マツナイ）を渋民周辺の地理に疎い節子が松苗（マツナエ）と聞き違えたものと考えられる。松内には以前からの付き合いがあり、相馬徳次郎校長排斥運動にも加担し、渋民村の祝勝会でも祝勝演説を買って出てくれた畠山亨の家があった。

以上のことを整理してこの時期のできごとを日程表にまとめると以下のようになる。

5月28日（日）〜29日（月）	上野広一、佐藤善助が節子に結婚中止を勧告	
30日（火）	花婿不在の結婚式	啄木好摩駅着　上野広一宛書簡投函 金矢宅泊
31日（水）	朝節子、一禎上野宅へ　上野広一宛書簡到着	啄木渋民金矢宅に滞在、宿泊

	節子が忠操に捜索を懇願	
6月1日（木）		啄木金矢宅から寺田へ　寺田泊
2日（金）	忠操好摩から渋民・寺田周辺を訪ね歩く 節子「愛の永遠性を信じ度候」書簡執筆	啄木松内の畠山亨宅泊
3日（土）	節子佐藤善助宛書簡投函	啄木大更泊
4日（日）	夜上野広一北海道へ	啄木新婚の家にたどり着く

五　金矢七郎（朱絃）

五月二九日夜に仙台の大泉旅館を出発することを決めて翌日好摩駅に降り立った啄木の目的は三つあったと考えられる。①『あこがれ』を渋民の友人、金矢朱絃、畠山亨らに渡すこと、②前年夏の渋民の祝勝会が、今回の日本海海戦勝利を祝う祝勝会ではどのようなものになるか見たかったこと、③宝徳寺情報収集である。

六月三日佐藤善助宛節子書簡の中に「多分今夜は大更か松苗と思ひ居候」とあるが、この情報を忠操はどこから手に入れたのだろうか。啄木が好摩駅に降りた時点で一目散に大更を目指していたのであれば、金策のために好摩駅に降り立ったことになるが、実際は五泊六日の旅の最後になってから大更に行っている。大更にたどり着くまであまりにも時間がかかりすぎている。塩浦彰も好摩に着いてからの期間があまりにも長いので「借金目的とだけは考えられない」としている。大更に行くことを決めたのは、好摩にたどり着いて友人たちと会い地元の情報を得てからのことで、六月一日か二日になってからだと考えられる。好摩に着いた啄木が最初に向かった場所は、金矢家の朱絃のところであったと思われる。

節子書簡の中に登場する人物は、節子の父堀合忠操と金矢七郎二人であるが不思議なことに塩浦彰も松本政治もこのことにまったく触れていない。なぜなのだろうか。本章の冒頭で引用した節子書簡は、①父は昨夜手を空しふして帰宅致し候②寺田には（中略）今夜は大更か松苗と思ひ居候③七郎さんには一週間ならずに上京すると申せし由に候と三つの文章から構成されている。この文章を時系列に並べるとすれば②→③→①の順になると思われる。つまり、私は堀合忠操が真っ先に金矢家を訪ねたと考えるのである。②の内容は朱絃情報をもとに忠操が寺田まで出かけ聞き込み調査をした結果わかったことではないだろうか。

啄木と金矢家との関係は、この家の人間が小説「鳥影《ちょうえい》」のモデルになったことで良く知られている。渋民村川崎の千坪を超える敷地に多くの使用人を抱える富豪金矢家の当主光春が作中人物名小川信之、その妻タツがお柳、当主の弟七郎すなわち朱絃が昌作、さらにこの家の息子光一が信吾、娘のぶが静子と考えられている。小説が書かれたのは、明治四一年秋のことで啄木が渋民を離れてから既に一年半が過ぎていた。また、代用教員時代は、それほど頻繁には金矢家に出入りしておらず、最も関係が親密だったのは明治三七年であった。

金矢七郎（朱絃）は明治一七年七月光貞・キヨの三男として誕生した。光貞の長男が光春、光春の子がのぶ・光一である。七郎はのぶと光一の叔父に当たるわけである。啄木作品が岩手日報に掲載されたのは、明治三四年一二月三日が最初であるが、この時、朱絋の歌も掲載されている。一二月一二日掲載の「牧笛の歌」の冒頭は朱絋の歌三首で始まる。さらに、年末二八日の「追悼の歌」には三首、一月一日新年号の第一面下「新年雑詠」（白羊会詠草）の冒頭を、朱絋の歌七首が飾っている。

白羊会は啄木を中心にして結成された短歌会で、朱絋もそのメンバーであった。明治三五年八月撮影の金子定一氏送別会記念（『啄木写真帖』八三頁）と説明のついた写真の前列に啄木と朱絋が並んで映っている。『啄木写真帖』の説明には、朱絋は雑誌「明星」に詩や歌を投稿していたと記されており、上野サメは「詩をつくる人」と表現している。しかし、岩手日報と啄木日記に残された朱絋の作品は短歌だけである。

啄木日記に朱絋の名が最初に現れるのは、明治三五年一一月三日のことである。中学を退学し一〇月三一日に盛岡を発ち一一月一日に上京した啄木は、二日夜小日向台の大館光方に身を寄せた。三日になって盛岡の友人達へ葉書を書いた。二番目に「金矢」の名がある。これに対して朱絋は一六日に返信している。一六日の日記には次のように記されている。

杜陵より金矢朱絋君の端書きたる。歌あり曰く、
その日君、泣く人みきと日記にあり若きにたえん旅ならばこそ

『啄木写真帖』三五頁に明治三六年三月撮影と記された啄木、朱絋が二人で並んだ写真がある。前

年、文学で身を立てるために盛岡を離れた啄木が、病を得て父一禎に連れ戻されたのが二月二七日のことなのでそれから間もなくの写真であろう。学生服姿の朱絃はまだ盛岡中学在学中と考えられる。啄木よりも二歳上の朱絃は、同じ年に盛岡中学に入学したが、その後落第したらしく、啄木が四年のときに一級下のクラスにいた。この写真を撮った時期は、四年在学中で三六年四月に五年生に進級したのであろう。明治三七年に入ってからは、さらに頻繁に啄木日記の中に朱絃の名が登場する。在学中だとしたらこのように頻繁に泊まり歩いたり酒を酌み交わしたりすることはできなかったのではないか。朱絃は、明治三六年の一二月以前に盛岡中学を退学したものと考えられる。

明治三七年一月一日、金矢朱絃と甥の光一、沼田清左ヱ門が来宅した。二人は「夕刻に至りて帰る。沼田君は夜半まで談を続けぬ」と甲辰詩程にある。三日には午後三時に啄木が川崎の朱絃宅に出向き夕食を御馳走になり夜八時に帰宅している。一一日は九時に起床して一時間するかしないうちに朱絃がやってきて夕刻までいて帰る。一四日は午後朱絃が来て夜一二時過ぎる頃まで話し込んだ。日記には次のように記されている。

> 氏（朱絃）が今春郷を出でゝ、遠く信濃佐久のほとりに詩骨を移さんとするの一件、はしなくも今朝、幸運の決定をみたりと。二人喜び禁ぜず。詩を応答してこの感慨を吟ず（略）舌頭花泡とばす。我は安らかなる夢を結びぬ。友もしかりしならん。

翌一五日午後になって朱絃は帰宅した。明日盛岡へ行くという朱絃に岡山儀七と瀬川深宛の手紙他を託し、代用教員として信濃に旅立つ餞別として海の英詩『Surf and wave』を贈った。一緒に朱絃に送った啄木の歌は、「若うして愛の宮居に居つく子は、眩き詩もて君を送らん」であった。これに対し朱絃の返歌は「送られて我は焔の中に入らん、浅間は今も火ふらす山よ」であった。

二一日夜雪道を踏んで朱絃宅を訪問、「友が出関の漸く迫れるをきゝ、歓語中宵にいたる。この夜こゝに一泊の馳走」と書き、翌日二二日は一〇時に朱絃を伴って宝徳寺に戻り瀬川三司、立花直太朗を呼んで別れの酒を飲み交わした。この夜は朱絃が泊り翌二三日午後三時に自宅へ帰った。「友の出関は本月のうち」と書き「昨夜来の愁情いかにしても去らず。はかなく心細き思ひ、胸に溢れてきて妻への文したゝむべくも非ず」と続けている。

二月に入り、講演のために盛岡に訪れた姉崎嘲風に会うため、啄木は一日午後渋民を出た。高与旅館に嘲風を訪ね、夜一〇時から一二時近くまで話し込み、翌日二日の昼前の上り列車で上京する嘲風を盛岡駅で見送った後、朱絃が盛岡に来ていることを聞きつけて仁王小路の家を訪ねた。翌三日書店を訪ね、雑誌「太陽」を買い、帰りに朱絃宅に立ち寄った。渋民にいるときに互いの家を泊まりがけで訪ねていただけでは飽き足らず、盛岡の別邸へまで朱絃を訪ねるほど二人の関係は親密であった。

啄木は二月七日夜、川崎の金矢家に朱絃を訪ねて一泊している。一月末で村を出ていく予定が変わったようである。一〇日に続き、一二日に朱絃が遊びに来て泊まって行った。一六日に来た後は、二二日にも来て他の友人たちと夜中まで話し込み朱絃はまた泊まって行った。二七日には朱絃宛てに手紙をやり、翌日は昼前に朱絃を訪ね昼食を御馳走になり五時頃帰宅した。三月三日に朱絃がやってきて夕刻までいて帰る。五日は昼に朱絃宛てに手紙をやり、八日午前中に金矢家を訪ねた。一〇日は朱絃が土井晩翠の詩集『天地有情』を持って来てくれ、一三日は午後から朱絃が来て夜一〇時までかるた会をやり泊まって行った。二〇日は午後から朱絃宅を訪ね種々談合、この夜は啄木が泊めてもらい翌朝帰宅した。二三日朱絃が来て、夜中の二時まで村の少女たちとかるた会をやり瀬川藻外と共に朱絃も泊まって行った。翌二四日の日記には「朱絃を我れ哀れと思いぬ」と書いている。二六日に瀬川と朱絃は一緒に盛岡に向けて出発した。三一日の日記には「朱絃兄より手紙来たれど行かず」と記しているが一体何があったのだろうか。四月に入り、一日には川崎の金矢宅に朱絃を訪ね二日には午後朱絃の甥光一が来て乗馬をした。七日にも夕刻、朱絃が光一と共に馬に乗ってやってきた。

ここまでで甲辰詩程は一時中断されるが、七月二一日に再開される。二三日日記の冒頭に「昨日は朱絃君訪れられてひねもす遊びくらし候。かるたやりて私墨ぬられ申候（略）夜に入りては更に手を携へて海沼君もろとも三人、川崎の宅へ押しかけて、十二時頃まで遊びふかしてまゐり候。」と記されている。さらに、この日の日記の最後に二重のカッコをつけて「((夜一時、今日も同窓会の相談にて朱絃君来り、午前より終日、奔走いたし候。あまり遅くなり候まゝ今夜はこの部屋に三人枕を並ぶる事とし))」と記されている。

二三日を最後に「甲辰詩程」は途絶えるが、八月九日の岩手日報三面に掲載された「渋民村の祝勝会」記事がその後の啄木と朱絃の消息を伝えている。八月五日に渋民小学校の校庭で行われた「渋民村の日露戦争大祝勝会」では、啄木の「日露戦争と黄禍論」に続き朱絃は「露国おとぎ話」と言うタイトルで祝勝演説を行っている。この大祝勝会は渋民村の有志の発起によるものであったが、朱絃と啄木は、発起人として「祝勝会」を企画し会を盛り上げたメンバーの一員だったと考えることができる。啄木に続いて七郎も卒業前に盛岡中学を中退した。二人が渋民で最も頻繁に行き来して交流を深めたのは、朱紘がその後の進路を決めかねていた時期に相当すると思われる。

これらのことから、啄木が最も頻繁に金矢家に出入りしていたのは中学中退後の明治三六〜三七年にかけてであることがわかる。小説のモデルにできるほど金矢家の内情をつぶさに知ることできたのは朱紘がいたからである。

「甲辰詩程」は明治三七年一月一日に始まり断続的に七月末まで続くが、この間に朱紘（七郎）の名が三八回記されている。

その後の朱紘の消息は不明であるが、それから約一年後の三八年五月末から六月上旬にかけてまだ渋民にいたようである。

啄木は、金矢家に行けば『あこがれ』を手渡して念願の詩集発行を共に祝ってくれる相手がおり、これから始まる日本海海戦勝利の祝勝会と宝徳寺情報も同時に得られると考えたのだと思う。しかも金矢家は、渋民の中にあって唯一啄木が宿泊させてもらえる場所である。最初にここに行かないはずがないだろう。好摩駅に降り立った啄木が考えていた①から③までの目的達成の糸口は、金矢家を訪ねただけで見えてくるのである。「今夜は大更か松苗（内）」情報を忠操にもたらしたのは金矢朱紘以外に考えにくい。松内では畠山亨の家を訪ねる筈だということまで朱紘は教えてくれただろう。さらに、大更に工藤寛得という資産家がいて多くの若者に勉学のための資金援助をしているという情報も朱紘が啄木に与えたのではないかと考えられる。

六　畠山亨

啄木が盛岡を素通りして好摩駅に降り立った大きな目的の一つは渋民の友人たちに『あこがれ』を手渡し出版を祝ってもらうことであった。詩集刊行のため詩作に励んでいた時、金矢朱絃に次いで啄木が親しく交わっていた人物は畠山亨である。節子書簡の中には畠山亨の名前は出てこないが、松苗（内）は畠山の家がある場所の名である。啄木が松内に行くということは畠山亨の家を訪ねるという意味だと考えるべきである。

畠山亨は、明治六年五月二〇日父孫十郎、母チヨの三男として渋民村大字松内第六地割三七番地で生まれた。松内地区は岩手銀河鉄道（ＩＧＲ）好摩駅から二キロほど西に進んだ松川沿いにあり、渋民村の中心地、役場、小学校のある渋民からは八キロほど離れている。亨は松内簡易小学校から渋民尋常小学校に進んだ後独学で漢籍や詩歌を学んだ。やがて渋民村役場の書記に採用され明治三八年には助役にまで昇進した。明治三四年五月から四三年四月までは渋民村の学務委員を務めている。

渋民時代の啄木日記「甲辰詩程」に畠山亨が最初に出てくるのは、三七年一月一日のことである。「余がこの日までに出したる年賀状、左の諸兄へ」に続いて二六名の名前が連なっておりその最後に畠山亨兄の名がある。三日に畠山東川からの年賀状を受け取っている。次に畠山の名前が日記に出てくるのは二月一六日である。「畠山亨氏への端書投函なり」とあるので、前日一五日に書いた葉書をこの日に投函したことがわかる。その葉書が『啄木全集』第七巻五三に示されている。「本日の『帝国文学』若しお手許にあって御覧済みで御座いましたなら、二三日中御貸し下さる訳には参りませぬでしやうか」と雑誌の借用を願い出た書簡である。畠山からは二一日に封書で返信があった。三月五日朝、畠山から「帝国文学」二号が送られてきた。これに対して啄木は九日になって書信を投函している。畠山が家にやって来たのは三月一八日午後三時のことである。啄木は前夜のうちに平野郡視学宛に相馬校長排斥についての書簡を書き終えており、その内容を畠山に伝えたところ畠山も「相馬の一件賛成」だったと日記に書いている。この日、畠山は夜一〇時まで宝徳寺にいた。日記には「談話痛快なりき」とあるので二人は意気投合したのであろう。

六月三日付書簡には「数日前より田鎖兄と毎日のように松内遠征の企て致し居候へど兎角天気具合のよからざる為（略）見合せ居候」と書いているので畠山の家を知っていたことになる。さらに、畠山が依頼してきた「明星」の件に触れた後「但し悪詩は秋までには一冊として諸公に頒ち申すつもりに候故、その詩は取まとめ御高評奉乞候」と詩集刊行を匂わせている。

八月五日に渋民小学校で開催された「渋民村の祝勝会」では伊五澤丑松、啄木、小坂圓次郎に続き畠山も「戦争と外交」という演題で祝勝演説を行った。渋民村の祝勝会は啄木、金矢朱絃ら渋民村の有志が発起して行われた画期的なイベントであった。畠山は当時学務委員を務めていたが、この後、九月一四日の岩手日報記事に「村吏認可　岩手郡渋民村助役に当選認可さる」とあり、助役に昇進したことがわかる。渋民村の有識者である伊五澤丑松、小坂圓次郎二人の小学校長と並び称せられるほどの人物であることを啄木が認めていたことの証しである。

一〇月二三日の書簡では「九月末に急に思い立ち北海道に旅した」ことを報じ、詩集刊行のため「本月末上京の途につくつもりにて御座候」と当時の状況を説明している。ここまでが『あこがれ』

出版前の啄木と畠山との交流のあらましであるが、詩集刊行のための詩作に励む傍ら雑誌の貸し借りを通して二人の関係は深まり、上京前には詩集刊行が目的であることを伝えていることに着目したい。

節子書簡の内容から、啄木は好摩駅に着いてから金矢家を訪ね朱絃と再会し旧交を温め、この家に間借りをしていた上野サメとも対面した可能性があると考えられる。金矢家で二日間厄介になり、渋民村の様子、特に宝徳寺に関する情報も集めることができたのであろう。役場勤めの畠山には平日の日中は訪ねることができず、週末の夜に自宅を訪問することになったのではないだろうか。

この後、盛岡での新婚生活時代に磧《かわら》町の家には多くの文学青年や仲間たちが集まってきたが、伊東圭一郎は『人間啄木』の中で一一人の名をあげ畠山東川（亨）をそのうちの一人に数えている。

石川啄木全集に掲載されている畠山亨宛の書簡は一〇通である。渋民の人が啄木から貰った書簡の総数の約半分が畠山亨宛であったことになる。明治三七年の書簡は三通だけが残されているがまだほかにも存在していたことを日記から読み取ることができる。

畠山亨は、啄木の小説「足跡」に出てくる東川のモデルとして知られているほか、明治三九年「渋民日誌」の中に「畠山が一番――この村で一番学識もあり、理想もある男だが、片眼で、財産はほとんど皆無。驚くべき才漢」と記されている。渋民小学校の代用教員時代、父一禎の宝徳寺復帰運動をした際には一禎再住派の一人として味方になったり、委託金費消事件の嫌疑で警察の取り調べを受けた際には相談相手になっている。啄木が窮地に追い込まれた時に頼ったのが畠山亨である。

ストライキ事件の前後にも畠山の名前が日記に登場する。ここでも啄木の側に立って働いてくれたのだと思われる。この事件で免職処分を受けたあとの一家の生活は悲惨であった。明治四〇年四月二八日に四方八方へ飛ばした借金の依頼に答えてもらえず、「米は今夜でつきたり、明朝は粥。（略）この文御落手次第一円か二円頼む」と泣きついており、啄木一家が離散する五月四日午前中には、妻節子を畠山の家まで片道二里の道のりを返す当てのない借金の申し込みに行かせている。

渋民を離れる直前の二通の啄木書簡を最後にしばらく音信は途絶えるが、四四年八月三一日に畠山が書いた長い手紙が二人の交信の最後になった。

啄木と畠山亨の関係は、代用教員時代の一年余りの期間の方が濃密で良く知られているが、それも詩作時代の交わりと『あこがれ』刊行直後に畠山の家まで訪ね詩集を手渡す程の付き合いがあったからだと考えることができる。

七　寺田行の意味

前節まで節子書簡に出て来る人物に焦点を合わせて論じてきたが、ここからは場所の問題を取りあげてみたい。啄木は五泊六日の好摩周辺の旅をどのような順序で訪ね歩いたのか。

第二節でも引用したが、塩浦彰は『啄木浪漫　節子との半生』の中で節子書簡にある「寺田には確かにきのふ迄居りし」を、「啄木は二日間以上寺田に滞在していた」と解釈している。この解釈は果たして正しいのであろうか。節子書簡には何時から昨日までとは書いていないので、単純に「二日以上寺田に滞在」と決めつけるわけにはいかないのではないか。寺田に二日間以上滞在したとするにしても、滞在期間が長すぎてここで一体何をしていたかまったく説明がつかないのである。そのため塩浦は同書の「第六章　結婚前後」の一〇五頁の最初に「啄木は平舘付近で何をしていたのであろうか。第一はやはり金策」と書きながら同じページの後の方では「『寺田』宿泊は何を意味するか。ここに私は金策以外の目的を考えたいが、論証が充分でない」として保留している。

寺田は好摩から約二〇キロ近く離れている。八幡平市寺田には西根歴史資料館がありここには膨大な量の工藤寛得関連資料が保管されている。私は九年前に工藤寛得伝記を書くことを思い立ちたびたび寺田を訪れ、同じ敷地内の寺田コミュニティーセンター図書室をお借りして調査を進めている。ここを訪れるたびに思うことは、静かな農村地帯にひっそりと軒を並べる小さな集落に過ぎない寺田の町に、啄木は一一八年前何を求めてやって来たのだろうかということである。好摩から寄り道しないで来たとしても歩いて片道五時間の距離である。

寺田には工藤寛得に匹敵するような資産家はいない。松本政治も寺田在住の啄木の知人を探し求めたが、見当たらないので平舘や堀切といった寺田周辺の人物の名前をまったく裏付けのないままにあげている。啄木に金を貸してくれそうな相手が寺田には見つからないのだ。節子書簡では、大更・松内を訪ねる前に寺田に行ったことになっているので寺田行は金策以外の理由を考えざるを得ない。金策であればいの一番に大更に向かわなければならないことになるからだ。

塩浦説は金策を前提として考えているので、好摩駅から大更に向かいそこで工藤寛得から金を借り平舘、寺田を経由して盛岡へ戻る道順を想定している。しかし、節子書簡の「寺田にはきのふ迄（中落）多分今夜は大更か松苗」という文面からは、寺田を訪ねたのが先で大更・松内には後から行こうとしていたと読み取ることができる。金をつくるために好摩まで来て、その日のうちに大更にたどり着き工藤寛得から金を借りることに成功したのであれば、後の日程は必要ではないだろう。直ちに盛岡へ舞い戻れば良いからだ。節子書簡をそのまま読めば、啄木はこの旅の最後に大更・松内を訪問する道順を選択したことになる。旅の主目的が金策であることを前提にして考えると、大地主である工藤寛得がいる大更にたどり着くまでの日数がかかりすぎている。すなわちこの旅を金策だと考えると幾つもの矛盾が生じる。何よりも寺田行きの意味について説明がつかない。

私は好摩駅に降り立った啄木が真っ先に向かった場所は渋民村川崎の金矢家であったと考える。ここに二晩厄介になり、朱絃と会い『あこがれ』を贈り旧交を温め、渋民村の祝勝会と宝徳寺情報を集めたのではないか。渋民では村をあげての祝勝会は計画されていないことを知り、寺田で祝勝会があることを聞きつけ六月一日に好摩を経由して寺田に向かったのではないか。一日夜寺田に宿泊した啄木は、翌日二日帷子を経由して夕方松内の畠山宅を訪ねたのではないか。

啄木は、日本海軍がロシアバルチック艦隊に壊滅的な打撃を与えて勝利したことを記念して、前年自分たちが発起して行った「渋民村の祝勝会」のような盛大な旗行列や提灯行列が行われることを期待したのだと思う。しかし村をあげての祝勝会は開かれなかった。啄木が去った渋民には前年八月に催したような大規模な祝勝会を発起し実行できる人物がいなかったということであろう。啄木が持っていた実行力とエネルギーがいかに大きかったかということである。盛岡、仙台では号外が発せられた五月二九日夜から単発的に旗行列や提灯行列が行われていたが、各市町村主体の祝勝会は六月二日に予定されていた。六月二日は祝勝会のピークだったのである。今ではこれを証拠づける資料が見つからないが、私は寺田の祝勝会が六月一日か二日に行われたのだと推定している。
二日夜は畠山宅に泊めてもらい三日は大更に行き工藤寛得宅を訪ねたが、この家の主は留守であったと想像される。そこで仕方なく大更か田頭で宿を取り一夜を明かし翌日盛岡へ向かったのではないかと考えるのである。

以上のことから私が想定する経路は、好摩駅→渋民村川崎（金矢家）→好摩→寺田→帷子→松内（畠山宅）→大更→盛岡市上田（工藤寛得宅）→新婚の家である。

八幡平市寺田コミュニティーセンター駐車場わきの掲示板には次のように表示されている。

延長八年（九三〇年）、七時雨山麓にある寺田新田に沢両寺《たくりょうじ》というお寺が建立された。そこには多くの堂塔伽藍が立ち並び僧侶も沢山いたと言われている。この寺が貰っていた水田を寺領田、略して「寺田」という地名になったと伝えられている。寺田は鹿角街道の宿駅として栄えた町で、尾去沢銅山関係の銅宿、紺屋、算業所、手習所など六〇軒余りの町並みと旅籠宿が軒を並べていた。明治二六年になり平舘、松尾、竜ヶ森を通る新津軽街道が開通し、千年以上もの長い間東北の縦貫幹線道路であった七時雨山麓の急峻な車之走峠を越えての鹿角街道には行き交う旅人の姿はなくなっていった。（西根町名由来）

八　借金メモの「工藤」をめぐって

五月三〇日上野広一宛書簡には「二三日中に盛岡に行く」と記されている。啄木は好摩に降り立った時点では五泊六日も渋民周辺にとどまっているつもりではなかったのだ。当初はせいぜい二晩泊まって盛岡へ戻るくらいの気持ちであったと思われる。金矢朱絃と畠山亨に会い『あこがれ』を渡して旧交を温め渋民村の祝勝会を遠巻きに眺め、父が去った宝徳寺の現在の様子を探るだけであればそれほど多くの時間を要しないと考えたのだろう。大更と寺田は当初の予定には入っていなかったと考えるべきである。二泊三日の予定が倍の五泊六日に膨れ上がったのは、寺田と大更の日程が後から付け加えられたからではないだろうか。寺田に関しては前節で論じたので、ここでは大更について考察してみたい。工藤寛得のいる大更へ行くことに決めたのは、渋民に着いてからのことだったと私は考えている。

工藤寛得は、一八四八年大更村（現八幡平市）に生まれ幼名を六太郎といった。工藤家は代々ここで開墾、山林植林経営、商業などを営んでいた。一八歳の時「寛得」と改名した後、藩校作人館で漢学を修め、東京へ出て英語、ドイツ語、西欧の政治を学んだ。帰郷後は、県会議員、農業銀行委員などの要職を務め、自由民権運動を支援して多くの資金援助をした。明治二三年、四二歳の時、岩手県多額納税者間の互選により貴族院議員に当選し第一回帝国議会に出席したが、一期のみで「議論の大は実践の小に如かず也」という言葉を残し辞任した。その後、大更に戻り自分の所有地に巨額の資金を投じて高等小学校を新築、学校経営のために多額の寄付をするなど、人材育成、教育の面で大きな役割を果たした。また、リンゴ栽培、稲の品種改良に取り組み農業や道路、橋梁の改修など地域の振興に多大な貢献をした。明治四四年には直接税四一四〇円余を納める岩手県内一の大地主であった。

啄木は明治一九年（一八八六）生まれなので寛得とは三八歳の年齢差がある。啄木の人名録中に工藤寛得が登場するのは、渋民日誌の末尾にある明治四〇年一月賀状発送名簿が最初である。啄木が二〇歳、渋民小学校代用教員時代のことである。これ以降、寛得の名は住所録の中に四回記録されている。寛得は明治四四年一一月一七日に六三歳で病没している。

したがって、人名録に記されているのは啄木の晩年の五年間ということになる。これらのことから、啄木と寛得は明治三九年末の明治四〇年一月賀状発送名簿作成の時期以前にどこかで会っていると想像される。それはいつどこなのか。何ひとつ記されたものもなく、親子ほども離れた年の違い経歴や行動範囲、生活環境どれをとってみても二人の間に接点を見出すことは困難である。

寛得の方は四三歳で貴族院議員を辞任してからは大吏を離れることが無かったと思われるので、地理的に見て二人が最も近い位置にいた時期は、啄木が中学中退後上京し病に倒れ帰郷した明治三六年二月から渋民小学校代用教員時代までの約四年間に限定される。その期間の中で、接点を探し求めるとすれば、明治三八年五月二九日以降に仙台をたち六月四日に盛岡にたどり着くまでの時期の可能性が最も高い。そのような意味では塩浦説で「盛岡工藤」を寛得とする説には同意できる。しかし、未解決の問題が一つある。そこがクリアーできないとこの問題は解決にいたらない。

工藤姓で啄木に金を貸した可能性がある人物は、工藤千代治、工藤常象、工藤大助、工藤弥兵衛、工藤寛得の五人が挙げられる。工藤千代治は、啄木よりも四歳年長であるが、渋民尋常小学校の同級で主席を競ったと言われている。後に渋民村役場に勤務するかたわら、小さな宿屋を経営していたらしい。「千代治等も長じて恋し／子を挙げぬ／我が旅にしてなせしごとくに」が残されている。北海道へ移住する前には、餞別五十銭をもらっているが、この時千代治から一〇円を借りたのであれば渋民の欄に書くはずである。盛岡の欄に登場する「工藤」は千代治とはいえない。

工藤常象、大助親子については拙書『石川啄木と岩手日報』で詳細に取りあげており、どちらも金を貸した可能性がないことを説明した。また、塩浦彰も工藤大助の可能性はないと論じている。

工藤弥兵衛は明治一九年四月に生まれ、大更尋常小学校卒業後に二八年に盛岡高等小学校に入学しているので啄木と同学年であった。盛岡中学へは啄木より二年遅れて入学し三九年に卒業している。弥兵衛は、現八幡平市にある酒造会社「わしの尾」代表取締役工藤隆一氏の祖父であり、西根町史の中に再三名前が登場する人物である。大更村長、村議員を務め花輪線誘致他の地域産業の振興に大きな功績を遺した。明治三七年一月四日「甲辰詩程」の最初に「(発信)工藤弥兵ヱ君。」に続き(受信)の欄にも同じ名前が記されている。発信と受信が同一ということから工藤弥兵衛から来た年賀状に対しその日のうちに返事を書いたものと判断される。弥兵衛三男の隆さんへの聞き取り調査では、「啄木に金を貸したことは聞いていない」ということから、私は工藤弥兵衛は借金メモの「盛岡工藤」には該当しないと結論した。

これで五人挙げた工藤姓の中の四人の可能性は消え去り残るは工藤寛得ただ一人になるが、寛得も住所が大更であり「盛岡工藤」に当てはまらないことは本章の第二節で説明した。

その後、工藤寛得伝記を書くための資料を整理する過程でより細かい経歴が明らかになってきた。

寛得は、貴族院議員を辞任したあと色々な役職についたが、最も長かったのは明治三四年から六三歳で病没する前年の四四年まで続けていた大更村村会議員である。ところが、この村会議員の在任期間は途中明治三七年から三年間だけは抜けていることが判明し、何らかの理由で盛岡の上田にある別邸に住んでいたことを示す資料が発見された。

明治三七年三月初旬大更村初代村長中島貞が六七歳で病死した。中島は、岩手郡役所の官吏などを歴任後、町村制実施当初より一六年間村長を務め、地元住民の信頼も厚く産業振興に果たした業績は高く評価されていた。これに伴い村長選挙が行われ二代目村長には田頭村の村山美雄が当選した。同年四月六日付岩手日報に「村山美雄氏は岩手郡大更村長に当選さる因に大更村職務官掌中の岩手郡書記立花顕義氏は官掌を解かる」とあるので、村長不在の事態に備え郡役所から代行が派遣されていたものと考えられる。そうした緊急事態を解消するために急遽村山美雄が選ばれたのであろう。しかし、村山美雄はそれまで大更村役場書記しか務めたことがないため、経験が乏しく経験豊富な前村長とは比べ物にならなかったようである。村政全般にわたり目が行き届かなく人間的にも未完成な面が見受けられたかもしれない。

村山村長就任後、村会議員らと工藤寛得宛に宣誓書、誓約書を呈出していることが『西根町史』下巻に記されている。宣誓書は、いずれも工藤姓の村会議員二人と工藤寛得の養子で藤六の経営者である六之助三人に宛てたものであり、①村長在職中は村利民福を図り②品行方正礼節を守り③酒を禁止することを掲げている。もう一方の誓約書は更に具体的で七項目が並んでいる。役場の事務を助役と協議し、役場のできごとは大小を問わず必ず大地主と協議することの後、三番目に次の項目がある。

一　公用ニテ出盛シタルトキハ必ス上田ニ宿泊ヲ願フ事

（略）

右決行可仕茲ニ誓約致候也

明治三十八年八月吉晨

村山美雄

叔父上様

玉卓下ニ

村山美雄は工藤寛得の姉ふての四男である。寛得は甥にあたる美雄に学費等の援助をし、学業を修めさせ村長に就任させたものと考えられる。ところが、誓約書の後半には俸給の半分を家族の食費に充てること、自宅のある田頭から出勤すること、早起きの習慣を養うことなどが盛り込まれていることから、美雄は酒に絡んだトラブルを起こし私生活に種々の問題を抱えていたものと思われる。村長就任後一年以上を過ぎてからこのような書類を提出せざるを得ない状況にあったということであろう。寺田コミュニティーセンターに保管されている資料の中に実物の文書を確認することができた。公用で盛岡に出てくる機会があれば必ず自分の住んでいる上田の別邸に宿泊し、役場で起こっていることを細かに報告せよと言っているのである。

これらのことから、工藤寛得は明治三七年以降の何年かを盛岡の別邸で過ごしていたことが判明した。啄木が工藤寛得を訪ねたのはまさにこの時期であったと考えることができる。啄木の借金メモにある「盛岡　工藤　一〇円」は「盛岡で工藤から一〇円を借りた」という意味であると解釈できる。当時の工藤寛得別邸は現在の盛岡第一高等学校付近にあった。

第五章

啄木の渋民移住と徴兵検査

はじめに

『小天地』を発行した翌年三月、啄木一家が急遽盛岡から渋民へ移住したのは、代用教員採用に備えるためである。しかし、移転前後の啄木の行動を詳細に見ていくと、いくつかの不可解な点が浮かびあがってくる。

たとえば、代用教員辞令を受理するのは四月一一日であるが、それよりはるか以前に、給料八円の代用教員になるのだと書いている。渋民の人たちも啄木が教員になるために戻ってきたことを知っている。一体いつ頃、啄木は代用教員採用のお墨付きをもらったのか。

辞令交付の一カ月以上も前に、あわただしく盛岡の一軒家を引き払い斎藤家に間借りをする生活を始め、勤務するまでの間、暇を持て余すように毎日長い日記を認めている。盛岡を離れるのは四月でも良かったのではないか。渋民移住をそれほど急がなければならなかった理由は何か。

渋民日記の冒頭には故郷に対する思いが綴られているが、盛岡での生活が立ちいかなくなり生活の糧を求めて移住したことは明らかである。また、移住の背景には一禎の宝徳寺復帰問題が絡んでいた。これに加えてさらに、もう一つ徴兵検査の問題があった。

渋民移転の陰には、啄木一家に対する堀合忠操の深い思いと特別な配慮があったと私は考えている。ここでは明治三九年一月から四月までの啄木一家の渋民村移転に焦点を当てることにより、忠操が果たした役割と啄木との関係について考察することにしたい。

一　渋民小学校代用教員採用までの経緯

啄木は、明治三八年六月四日に帷子小路の現在新婚の家と呼ばれている新居に姿をみせ、二〇歳で家庭を持ち岩手日報紙上に「閑天地」を連載し始めた。連載途中の六月下旬には、中津川沿いの磧町の借家に移り、一〇月には『小天地』を発行し翌年三月に渋民に移るまでの八カ月間を過ごした。この間、啄木は勿論のこと妻節子、父一禎、母カツに収入の当てがなく、妹光子は女学校に在学中であった。働き手のない石川家五人の生活費は、借金と私財の売り食いで賄われた。「借金メモ」に記されたこの時代の借金は三〇〇円近くにのぼる。

母カツと節子を伴い渋民に戻ってきたのが三月四日で、この日から「渋民日記」が始まる。父一禎を宝徳寺に復帰させたいという思いがあったからである。

明治三九年度の岩手県教員人事が新聞紙上に掲載され始めたのは四月一日からである。翌日二日は月曜日で新聞休刊日のため、「師範学校卒業生の任用」と題した岩手師範学校新卒者の赴任先と県立学校教員辞令は、三日まで前後二回にわたって掲載された。県内各小学校教員辞令は、これより二日遅れて五日から一〇日まで五回に分けて報じられた。この年は、例年になく大規模な異動が行われていた。啄木によるストライキ事件の後、遠藤校長の後任として渋民小学校に異動になる和久井啓次郎校長も「御明神尋常訓兼校長任用太田高訓兼校長六下」として四月一〇日の記事の中に名前が掲載されている。雫石町《しずくいしちょう》の御明神にあった尋常小学校から現在盛岡市の太田高等小学校に訓導兼校長として異動になったのである。

啄木の前任者である準訓導高橋乙吉は、この年度の「小学校教員異動」の最後に「渋民尋常高等同滝沢尋常准六下」として、渋民尋常高等小学校から同じ岩手郡の滝沢尋常小学校に異動になったことが報じられている（岩手日報四月一〇日記事）。

節子の父堀合忠操から啄木の就職を依頼された平野喜平は、「石川一家の生活を救済するために何とか啄木の希望を入れて代用教員として小学校の採用することに決めた。」（『回想の石川啄木』「啄木を採用したころ」）と語りさらに次のように続けている。

啄木を採用するとなると、やはりその生活条件からいって、彼の母校の渋民小学校に採用するのが最も良かったが、あいにくこの学校には欠員がなく、無資格の啄木を代用教員として採用するには、誰か有資格の教員を他へ転出させなければならなかった。

時代が明治とはいえこんなに話が簡単にうまく行くものなのだろうか。よほど特別な事情がなければ起こりえない人事である。現在であれば情実人事として大きな社会問題になっているような事案であろう。啄木が「自分は何もしないで昼寝をしている間に郡視学がうまくやってくれた」と日記に書いているのはこのあたりのことを指し示していると思われる。

ここで注目すべきことは、渋民小学校の教員に欠員がなかったのにもかかわらず、平野喜平郡視学が啄木を採用するために有資格者である高橋を異動させたことである。岩手日報紙上に公表された「県内各小学校教員辞令」から、この人事は、通常の人事異動計画の中で行われ、県内各学校の教員と同時に発表されたことがわかる。すなわち、啄木の代用教員採用は、ある日突然頼まれて急にどたばたと決まった話ではない。相当前から計画が練られ、用意周到に準備されて事が運ばれたと考えるべきである。

この話は一体、いつごろから動き出したのだろうか。そして渋民小学校代用教員採用内定の話はいつ啄木に伝えられたのか。

前年、明治三八年一一月一七日前田儀作宛書簡には「健康の克復次第、多分盛岡を去ることと成るべく候へど、行先は未定、小天地二号の発行日も未定也」と記されている。資金繰りができず『小天地』二号の発行をあきらめ、この時期には生活の立て直しを図るために代用教員の道へ転身することを考えていたのではないか。最初は岩手県内のどこかの小学校の代用教員でもと考えていたのかもしれない。しかし父一禎の宝徳寺復帰ということを考慮して渋民小学校に採用してもらうのが最善であるということになったのだろう。

おそらく明治三八年暮れまでには、啄木の希望は平野郡視学に伝えられ具体的な構想が練られていたと考えられる。

啄木が渋民移住に向けて動き出したのは二月下旬である。この時点ではすでに代用教員採用のお墨付きをもらい、渋民へ移住することを姉夫婦に伝え、そのための費用を捻出する目的で函館行きが計画されたと考えられる。

二月一七日に小笠原健吉宛書簡に「昨日は失礼仕候、お陰様にて、只今当地着」と記されている。この葉書は、金を借りた礼状である。小笠原から借りた金で函館へ行きそこで姉夫婦から引っ越しに必要な資金を借りだす算段だったのだろう。すべてを借金で賄う計画だったと思われる。

渋民日記の「八月の記」の中に書かれている「委託金費消事件」の発端はこの年の二月はじめである。文学で身を立てようとして上京した『小天地』の共同発行人大信田落花《おおしだらっか》から頼まれ、銀行口座に預かっていた百円を送る約束をしていたが、節子に金をおろさせたまま送らなかった。啄木は、この金を東京へは送金せず、半分の五〇円を勝手に拝借し大島紬の上等な和服や高級な襟巻などを買い求め、その和服を着て歌人の高野桃村《たかのとうそん》と写真館に行き記念撮影をした後、豪華な洋食をふるまったりしていた。残りの金は函館旅行と借金返済や引っ越しのための費用に充てられたかもしれない。「委託金費消事件」の顚末については第七章を参照していただきたい。

二月四日、大志田金次郎に宛てた書簡には「僕は本月中に立つでせう」と記されている。函館へ向けて出発したのが二月一六日である。盛岡で作った借金の返済と引っ越し費用の捻出のために函館の姉夫妻を頼ったが、期待しただけの金を工面できなかったことや、長姉田村さだの死亡の知らせが入り渋民入りは三月にずれ込んだものと思われる。

二月二八日の小笠原迷宮宛書簡には「渋民行きは、この（姉死亡）ため日時未定に候へど、いづれ遠からずなるべく」と記されている。

この時期には高野桃村からも金を借りている。高野の名前は「借金メモ」にも一〇円と記載されており、伊東圭一郎著『人間啄木』の「『小天地』社と桃村」に詳しく説明されている。

岩手師範学校を卒業して県内の葛巻小学校に勤務して間もなく、啄木から「文芸誌『小天地』を創刊するから協力を頼む」という手紙をもらい、磧町の「小天地社」を訪ねたのが付き合いの始まりである。その後二、三回訪ねた後最後に、啄木は「近いうちにアメリカへ行くことになるかもしれない、目下資金の募集中だ」「君と再会できるかどうかもわからんから、お別れの記念写真を撮ろう」と言い、二人で内丸の松尾写真館で撮影し、「その足で、日盛軒で洋食をごちそうになったが、とても豪勢なものだと思った。」と語りさらに次のように記されている。

その後たしか二月末（三十九年）かと思うが、啄木から葛巻校に「金を貸してほしい」という手紙が来た。それが極めて急を要するというのだった。ちょうど土曜日の午後だったので、役場から十円前借りして小包で現送した。そのころ月給は十六円だったから、私としては最大の誠意を披歴したつもりだった。

二月末の土曜日は二四日で啄木はまだ旅の途中であった。高野への借金依頼の手紙は、函館旅行の後半に青森県野辺地《のへじ》か渋民に立ち寄った旅先で書かれ投函されたものと想像される。高野は渡米のための資金だと勘違いしていたようだが、この金が「借金メモ」の一〇円に他ならない。

この時啄木は、一月から家を出て常光寺の母カツの兄である葛原対月《かつらはらたいげつ》のもとへ身を寄せていた父一禎を野辺地に訪ね、その足で渋民に立ち寄った。啄木の懐は暖かく金回りが良かったようで、駄菓子屋の娘綱子に気前よく金をくれてやったことがこの年の暮れの日記の中に記されている。

さらに同じ時期に、盛岡高等小学校時代の恩師である新渡戸仙岳からも姉の死去を理由に金を工面して貰っているが、秋田県の小坂まで弔問に出かけた形跡はない。借りた金のほとんどが渋民移転のためにつぎ込まれたものと解釈される。
斎藤家に移住したばかりの三月初旬の段階で、村の多くの人達は啄木が渋民小学校の教員として採用されることを知っていた模様である。三月二三日は渋民小学校の卒業式であった。啄木は誘われて式に出席、学校の職員諸氏や村長などと共に祝盃を挙げた。この日の日記に次のように書いている。

自分が学校に出るようになると、矢張一人でかき廻すからといふので、妨害の相談中だとか
（「渋民日記」三月二三日）

これらのことから逆算すると、渋民小学校代用教員に採用してもらう話は前年秋以降に持ち上がり、平野郡視学からは一月末から二月初めにはすでにお墨付きを貰い、北海道の帰りに野辺地に寄り一禎にこれからの暮らしについて相談することはできた。しかし、姉トラの嫁ぎ先である山本家からは期待しただけの援助は受けられなかったため盛岡で作った借財を返済しきれず、渋民にきてからも借金の催促に追われる羽目になったと思われる。
代用教員採用が新年度四月の当初であれば、渋民に住み始めるのはもっと遅くてもよかったはずである。四月上旬に引っ越しすれば十分間に合ったと思われるが、実際には一カ月以上も前に引っ越してほかにすることもなく過ごしている。盛岡からの移転をなぜそんなに急ぐ必要があったのか。これまで誰も気に留めていないようであるが、私はそこには徴兵検査が関係していたと睨んでいる。

二　渋民日記が三月四日から始まる理由　徴兵検査

啄木の徴兵検査に触れた論考は数少ない。ここからは、当時の岩手日報、岩手毎日新聞に掲載されている記事を参考にして徴兵検査までの道のりを辿ってみたい。

徴兵検査とは、徴兵制度のある国において一定の年齢に達した者に対して身体検査を行い、合格者を徴兵対象の候補者にするために行うものである。日本で徴兵令が施行されたのは、明治六（一八七三）年のことで、太平洋戦争で敗戦を迎えるまで、二〇歳に達した日本男児は誰もが徴兵検査を受けることが義務づけられていた。四～五月ごろ通知が届き、地域の集会所や小学校で検査が行われた。検査に合格した者は、翌年一月に各連隊に入営することになっていた。

明治三八年九月二三日金田一京助宛書簡に「来年の四月は徴兵検査の事とてそれまでに一つ思ひ切つたことをせねばならぬ訳」と認めているので、徴兵検査の時期が近づいて来たことを啄木は強く意識していたことがわかる。

年が明けた明治三九年一月五日の岩手日報三面上に「本年の徴兵検査適齢者」と題した次のような記事が載った。

　本年当市に於ける徴兵適齢者は三百九十名にして内明年検査になるべきものは四十三名なりと

この時点で石川家の本籍は盛岡市にあり磧町の借家に居住していたので、啄木が「当市に於ける徴兵適齢者」とされる三九〇人の中に含まれていたことは明らかである。

さらに、二月に入り四日には「本年の徴兵検査は四月二十一日頃より開始する由なる当市の検査は多分同月二十六日頃なるべし」という記事が掲載され、一八日に「盛岡連隊区徴兵検査日程」が公表された。検査日割りは、徴募区が県内一一郡と盛岡市これに宮城県の栗原、登米、本吉三郡を加えた一五に分けられ、四月二一日を皮切りに七月一一日まで六〇日間にわたり合計二一か所で行われ、検査人員は八八九〇人と報じられている。日割り一覧の前には次の一文が添えられている。

本年の徴兵検査は来る四月二一日より開始の筈にてその検査場所及び日割りは左の如くなれば本年適齢壮丁は期日を誤らざる様検査を受くべし

ここでいう壮丁とは徴兵検査対象者のことである。この記事から二月初めには、徴兵検査の日割りがすでに決定していたことがわかる。

一八日に公表された検査日割りによれば県内の徴兵検査の最初が岩手郡である。検査箇所が沼宮内町沼福寺《じょうふくじ》と盛岡市岩手郡役所の二つに別れており、それぞれの日程が沼福寺二一～二二日、岩手郡役所二三～二五日と示されている。検査人員は前者が二七七人、後者が四〇二人である。岩手郡の中でも盛岡に近い滝沢や雫石周辺の村に住む者は盛岡市の郡役所で検査を受けなければならなかったわけである。盛岡市在住者の検査は四月二七～二九日の日程で志家杜陵館において行われることになっており、検査人員は三八七人と記されている。一月五日の岩手日報記事の三九〇人から三人減っている。啄木は沼宮内沼福寺の二七七人の方に含まれていたのか、盛岡の三八七人の方に数えられていたのか。果たしてどちらであろうか。

明治三五年一月二六日岩手毎日新聞五段目に「徴兵検査と受検者」と題して「本年受験すべき徴兵適齢者は来る一月三十一日までに所轄徴兵署たる市町村役場へ適齢届を差し出さざる時は徴兵令の規定により処罰を受くる事となり居れる」とした上で、さらに本籍と離れた寄留地で徴兵検査を受ける場合はあらかじめ手続きが必要であることを報じている。日露開戦が近くに迫り徴兵検査を厳密に行い兵隊を確保しておきたい明治政府の思惑が見て取れる。この記事から四年を経過しているが徴兵令の規定は変わっていないので、啄木も一月三一日までに盛岡市に徴兵適齢届を提出したはずである。

二月一八日発表の検査日割りの人数は、一月三一日締め切りの「適齢届」を基に集計されたものと考えられる。啄木は盛岡の三八七人にカウントされていたに違いない。

この時点で啄木は盛岡市に本籍を置き居住しているので、徴兵検査を市内の志家杜陵館で受けることに決まっていたはずである。しかし、渋民小学校代用教員採用のお墨付きを貰うことができたため、急遽住所変更届を提出することにより盛岡受験を回避できる方法を、誰かから伝授されたと考えることはできないか。二月中に住居を変更すれば沼宮内での徴兵検査受験が可能であることを知らされ、慌てて三月初めに渋民入りしたのではなかろうか。

渋民に移住後、三月一〇日になって盛岡市加賀野から渋民村第十三地割二十四番地に本籍を移しているが、なぜ三月四日に移転する時に変更しなかったのか。当初、啄木は渋民に住居を変更するだけで沼宮内受験が可能になると考えていたのではないか。だが、代用教員辞令が出されるのは四月になってからであり、三月中は勤務実態がない。そのことを渋民役場から指摘され、慌てて本籍地変更届提出におよんだと解釈できないだろうか。

どうしても二月中に渋民に住居を移さなければならない理由は、徴兵検査に関係していたと考えられる。

少し横道にそれるようだが、函館旅行のあと啄木は野辺地に父を訪ね、最後に渋民に立ち寄ったことがわかっている。どんな目的があったのかを考察してみたい。

三九年の年末に記された渋民日記の一節に次のような記述がある。

今年の春二月、自分が来住以前に一度この村に来た時、――恰も今夜の様な月美しき雪の夜であった。――予は彼女の店へ煙草を買ひに行つたのであつた。

『オイ綱子、「朝日」を二つ。』

『ハイ、』が笑くぼと共に自分に答へた。

シャツの隠《カクシ》を探つて白銅を一攫み、七八十銭もあつたらうか、「朝日」を持って来た手に握らせた。

『綱子、大きくなった喃。』

『アレ多額《よけい》で御あんす。』

『足らないだろう。』といつて、予はツイと出たのであつた。

この時綱子の店で買い求めた「朝日」は、明治三七年に勃発した日露戦争の戦費調達のため大蔵省煙草専売局が四種類の口付き紙巻煙草ブランドを発売したもののうちの一つである。江戸時代の著名な国学者本居宣長の和歌「敷島の　大和ごころを　人問はば　朝日に匂ふ　山桜花」から命名され、「敷島」「大和」「朝日」「山桜」の順に定価はそれぞれ二〇本入り八銭、七銭、六銭、五銭であった。現在の値段に換算すれば「朝日」の六銭は約七～八百円に相当すると考えられる。「朝日」二つで千五百円のところを一万円近く綱子に渡し、気前よく釣りはいらないと言って店を出たのである。所在なさげに綱子の店を訪ね、煙草を買い求めたように見えるが、啄木はなつかしき故郷でこの時いったい何をしていたのか。

渋民に立ち寄った目的は三つあったと考えられる。①渋民移転後の住居を決めること、②村役場へ住所変更届を提出すること、③徴兵検査申請を提出することである。

現在の法律（住民基本台帳法）では届け出から二週間以内に移住しなければならない規定になっているが、当時も事情は変わらなかったようである。二月二八日付小笠原健吉宛書簡「渋民行きは、この（姉死去）ため日時未定に候へど、いづれ遠からずなるべく」から推測すると二月中に移転するように言われていたのであろうと判断される。

岩城之徳は『啄木評伝』の「啄木の転機　日記に書かれざる二つの事件」のなかで「啄木日記は啄木の生活や思想を考える上に必読の文献であるばかりでなく、作品のこれ以上ないインデックスとなっているが、啄木の全てが書かれているわけでなく、私どもが一番知りたいと思うことは案外書かれていないのである。」として「それらについては啄木周辺の精密な調査をまつより方法がない」と書き、「盛岡中学校退学事件」「一禎の宝徳寺復帰問題」を取りあげている。しかしながら、啄木が明らかにしたがらなかった問題はこれ以外にも数多くあると考えられる。徴兵検査にいたるまでの経過は自分の身の回りに起こった重要なことであるにもかかわらずほとんど書き残すことのなかった事例の一つと言えよう。

四月中旬に予定されていた渋民村在住壮丁対象の徴兵検査を受けるためには、二月中に寄留地である渋民村へ受験願を提出する必要があったのではないだろうか。北海道旅行の帰りに渋民に立ち寄った理由の一つはここにあったと考えることができないだろうか。この時啄木は、渋民での住居を決め移転の手続きをとったものと思われる。啄木はこの辺のところをまったく日記に書き残していない。転居届を提出してから異動までの引っ越し準備にそれほど長い時間をかけることができず、三月初めに盛岡の借家を引き払ったというのが本当のところではないだろうか。

予定していたよりも一カ月以上早く渋民に移住しなければならなくなり、急遽渋民に移住してきた日が三月四日であり、この日から渋民日記は始まることになったのだと考えられる。

三　忠操の親心

啄木は、「渋民日記」の冒頭で盛岡から渋民に転居した理由の一つに「田舎で徴兵検査を受けたい」ことをあげている。また、徴兵検査当日の日記には「待ちに待つたる」日であったと記していることから、事前に準備をしてその日を待っていたと読み取ることができる。検査の結果が「予て期したる事ながら」とあるので、啄木は徴兵免除になる確率が高い盛岡以外の場所、すなわち、沼宮内で徴兵検査を受けられるようにあらかじめ渋民に移転していた可能性が考えられる。

中学中退後、生活の当てもなく上京し体調を崩して帰郷した。その後、資金も用意せずに『あこがれ』刊行のため再度上京、運よく詩集は出版できたが、思うように売れず夢破れて盛岡に戻り、節子との新婚生活を始めた。この後も渋民小学校でストライキ事件を起こし北海道へ行き、小樽日報では事務長とのいさかいを起こし退社、釧路でも欠勤続きの末新聞社を飛び出し、函館へ戻り上京を決意する。最後の上京後も啄木の人生はほとんどが場当たり的である。

本章の一、二で見てきた通り、渋民小学校の代用教員に採用してもらうためには前年から根回しが必要であり、徴兵検査については年明け早い時期からの備えがあったものと考えられる。この約半年間の行動は啄木の人生の中では、実に計画的であり極めて異質である。

第三章でも論じた通り、啄木は年度末の三月下旬に平野郡視学に宛てた校長排斥の手紙が功を奏して相馬校長は篠木小学校に異動させられたと思い込んでおり、一人の教員の人事が半年以上も前から計画的に準備されていることに思い至っていない。

また、徴兵検査にしても盛岡以外の田舎で検査を受ける方が徴兵免除になりやすいなどという情報を、啄木はどこから手に入れていたのか。相当前から検査日程と場所についての情報を手に入れ、この日のために用意周到に準備していたとしか考えられない。

つまり、この時期の啄木の行動は彼の人生の中であまり例がないほど手際が良い。そのような意味で代用教員採用と徴兵検査はセットで考える必要があると思われる。代用教員の件は平野郡視学の存在を抜きにして考えられない。世事に疎い啄木が一人で考えつくはずがないので、ほかの誰かの助けを借りていることは一目瞭然である。

この時期に郡視学に代用教員採用の話を持ち掛け渋民小学校に狙いをつけ、新年度に実施される徴兵検査を盛岡以外の田舎で受験させようと画策し、用意周到に準備させることができた人物は節子の父堀合忠操ただ一人しかいない。

遊座昭吾は「再び故郷渋民へ　代用教員生活始まる」『啄木と渋民』（一九七一）の中で啄木と平野郡視学の関係について触れ、二人は郷友会を通じて啄木が中学時代から顔見知りで「明治三七年の相馬校長排斥事件が二人を一掃結び付けていった。」として、啄木一人の力で渋民小学校代用教員採用は比較的簡単に運ばれたと書いている。しかし、遊座は何の裏づけもなく啄木日記を鵜呑みにして相馬校長が啄木の進言によって篠木小学校に異動になったと考えており、啄木伝記研究に大きな禍根を残している。遊座は啄木と平野郡視学との関係を誤って解釈しており、堀合忠操の存在とこの時期に義父が果たした役割を正しく評価できていない。

平野の談話の中に「（忠操と）私とは仕事上で密接な関係をもち、同僚として親しく交際し、いわゆる肝胆相照らす仲であった」とあるので二人の関係がいかに親密なものであったかが伺える。さらに、岩城之徳編『回想の石川啄木』（一九六七）中の「啄木を採用したころ」には以下にように記されている。

堀合氏からその長女の節子さんのことを聞き、また啄木と相思相愛になったいきさつや、その詩文にすぐれた才能の持主であることなどを聞かされ、その結婚の次第や啄木が寄稿した雑誌などを示されたことを記憶している。

平野喜平が岩手郡下一市一六郡の視学を拝命したのは、明治三五年二月のことであった。平野が郡役所勤務になって間もない相当早い時期から、忠操は節子や啄木のことを話題にしていたことがわかる。具体的な話をし始めたのは、明治三七年二月三日に啄木の母カツが堀合家を訪ね結納を届け節子との婚約が成立したあたりからかもしれない。節子が女学校を卒業するにあたり、篠木小学校の代用教員に採用してもらうように働きかけ成功している。篠木小学校は平野自身が郡視学に昇進する前にいた学校でありその後学校火災に遭ったが、新年度から校長に赴任して来る相馬校長は師範学校時代の同窓で気心も知れており、忠操の娘である節子を頼むには好都合だったのであろう。この際に忠操の思いが相馬校長に伝えられていたことは第三章で論じたところである。

代用教員の話は忠操が石川家の窮状を見かねて持ち出したものであろう。この話は一禎の宝徳寺復帰問題とセットになっている。石川家の事情を知る忠操が娘婿の就職先として渋民小学校に狙いをつけて平野郡視学に頼み込んだものとしか考えられない。

一方、徴兵検査には郡役所吏員が駆り出されており、特に兵事係の忠操は、徴兵検査の際には中心的な役割を担っていたはずである。郡長自らが現地に赴き指揮を執ることもあった。

原恭郡長時代に忠操が沼宮内へ徴兵検査のため出張した際、岩手日報には「●岩手郡長　原恭氏は徴兵検査用件にて堀合外川二郡書記を従へ明日沼宮内庁町へ出張」（明治三四年七月二四日二面）という記事が掲載されている。

忠操が八甲田山雪中行軍遭難事件の際に重要な任務に就いていたことは第二章で説明したとおりであるが、郡役所における兵事係の仕事は多岐にわたる。

『陸軍省沿革史』によれば「兵事係」が各地方庁に置かれたのは明治一六年一月でその任務は徴兵忌避の防止にあったという。戸籍操作などの手段を用いて徴兵逃れをする途をふさぐために、郡役所での戸籍作成はより厳密になり、戸籍訂正の出願に対しては警察官による調査が行われた模様である。

徴兵検査の手続きは膨大で、町村、郡役所で作製された基礎資料が県へ上げられそれが軍と国へ報告された。これをもとに召集令状が交付された。兵事係の仕事は壮丁を戦場へと送り出すこと以外にさらに範囲が広かった。国防献金や戦地に送る慰問袋の取りまとめと発送、武運長久祈願祭の執行、出征軍人家族や戦没者遺族、傷痍軍人とその家族への援護、戦死の告知、戦死者の公葬や慰霊祭の執行、戦場の後方にあって戦争を支える地域社会、兵事団体との連絡や指導などのいわゆる銃後の護りにも深くかかわっていた。

兵事係を理解するうえで重要な点は、その仕事の多くが軍事機密であったことである。

兵事業務にたずさわる軍、警察、兵事係などの行政当局関係者以外の大多数の国民は、どこで徴兵検査、召集の人選が行われるのかその仕組みを知らされていなかった。郡役所でも兵事書類は郡長や兵事係など限られた人間しか見ることができなかったのである。

忠操は明治三九年度の徴兵検査の日程と場所等の詳細を計画段階から知り、沼宮内の沼福寺における徴兵検査に郡役所から誰が派遣されるかをも知ることができる立場にいたわけである。当然のことながら、沼宮内から始まるこの年度最初の盛岡連隊区徴兵検査に、長谷川郡長自らが出向き指揮を執ることも事前に知っていたはずである。

第四章で論じたとおり、結婚式に姿を見せず好摩駅から出した上野広一宛の葉書を手掛かりに仕事を休んで渋民周辺から寺田付近まで啄木を探して歩き回ったのも忠操である。取りあえず堀合家に近い新婚の家に住居を定めることを勧め、一カ月足らずのうちに磧町の一軒家を見つけ出してきて石川家を引っ越しさせたのも忠操である。この時期の忠操がどれほど節子の側に立って心配りをしていたかが良くわかる。啄木一家が渋民へ戻ってからも仕事で近くまで行くと必ず石川家に顔を出し節子を励ましていたようである。ただただ娘が可愛い忠操であった。

婚約中は節子を厳しく監視していたが、婚姻届を提出してからは常に娘の側に立って献身的に奔走する忠操に大変身したと思われる。それ以来全面的に節子と啄木一家の後押しをしていたことがわかる。

啄木一家の渋民移住には三つの課題があった。代用教員採用、一禎の宝徳寺復帰問題、徴兵検査対策であるが、三九年末までは忠操が構想した通りにすべて順調に進んでいったように見える。忠操の存在なくして渋民小学校代用教員の口も沼宮内での徴兵検査もあり得なかったのであり、渋民移転の話にはならなかったと考えるべきである。しかし、忠操の思いや心配り、義父の同僚平野がどれほど特段の配慮をしてくれたのかを、啄木本人は何も書き残していない。

ただ、経済的には苦しかったかもしれないが、ここまでは石川家と堀合家すなわち啄木と忠操との関係は極めて良好であったと思われる。

四　沼宮内沼福寺

徴兵検査の当日、啄木は渋民小学校に休暇届を出して朝一番の汽車に乗りこみ沼宮内に向かった。四月二一日の渋民日記は以下の通りである。

待ちに待つたる徴兵検査が愈々《いよいよ》この日になつた。学校をば欠勤。午前三時半に起床、好摩から六時に乗車して沼宮内町に下車、検査場なる沼福寺に着いたのが七時半頃。検査が午后一時頃になつて、身長は五尺二寸二分、筋骨薄弱で丙種合格、徴収免除、予て期したる事ながら、これで漸く安心した。

自分を初め、徴収免除になつたものが元気よく、合格者は却つて頗る銷沈して居た。新気運の動いてゐるのは、此辺にも現はれて居る。

四里の夜道を徒歩で帰つた。家に着いたのが、十時頃。二階への梯子を這ふて上る程つかれて、足は痛くて動かなかつた。途すがら初鶯、初蛙をきいた。一家安心。

沼宮内は、岩手町の中心部の北上川沿いに北上する陸羽街道（国道四号線）に発達した宿場町である。岩手県の県北下閉伊北部に入る門戸にあたり、葛巻町を経て岩泉町に行く起点である。したがって、県都盛岡と三陸野田、下閉伊北部を結ぶ中継点であるとともに、西に向かって一方井、寺田から鹿角街道へ抜ける交通の要所となっている。明治二四年に盛岡—青森間の鉄道が開通した時には好摩駅の次が沼宮内駅であった。その後明治三一年になり間に川口駅が設置されていたので、啄木は二つ目の駅で下車したことになる。

徴兵検査が行われたお寺は、沼宮内駅から約二キロ北の城山地内にある曹洞宗金峯山沼福寺で、本尊は釈迦如来、一方井宝積寺の末寺である。沼宮内城主民部常利が創建したと伝えられており、開山は天正一〇年（一五八二）以前とされる四五〇年ほどの歴史のあるお寺である。歴代住職は開山の寿山関祝より現住職秋月忠清まで一八代である。

このお寺がなぜ徴兵検査に使われたのか。また当時のことを知る人はいるのかを調査する目的で、私は二〇一二年に沼福寺を訪ねた。

藤澤敬有副住職（第一九代）とお母様の美治《はるち》さんにお話を伺うことができた。①金峯山と沼福寺の名前の由来についてはわからない。②美治さんのお父さんが第一七代租秀嶺道で明治一八年三月二〇日の生まれである。お父さんから、自分もこのお寺で徴兵検査を受けたと聞いた。③一七代がこの寺の住職になったのは大正九年一二月のことであった。第一六代にあたる前住職は宗費を滞納して死去したため、一七代が来た時、寺は荒れ放題で何もなかった。④沼福寺は明治三五年に火事で焼け、翌三六年に建て直しされた。

幕末には奉行所があった場所のすぐ向かい側にこのお寺はあり、あたり一帯は当時の街の中心地だった。明治三八年の日露戦争祝勝会や、四〇年の沼宮内軍人会の発会式が沼福寺で開催されていることが岩手郡史に記されていることなどから、古くから軍隊との関わりが強いお寺だったと思われる。

沼宮内は大火の多い町である。明治の四五年間を前半の二三年と後半の二二年で分けてみると明確な違いがあることに驚かされる。明治元年から二三年までに岩手町で大火は起きていない。ところが、二四年に盛岡青森間の鉄道が通ってから、三五、三七、四二年とたて続きに大規模な火災が起こり四四年には官林火災も起こっている。

鉄道が日本全土に敷かれる過程で多くの国民が心配したことは、交通の便が良くなる一方で同時に疫病や悪人を運んでくるのではないかということと火災の懼れであった。盛岡駅は当初現在の仙北町駅が候補地であったが、地域住民の反対により現在の場所に変更された。好摩駅や沼宮内駅が街から離れた場所に設置されたのも似たような理由であった。実際に鉄道が敷かれて疫病や悪人の心配は解消されたが、火事の問題は現実のものとなったのである。東京以北青森駅までの鉄道路線の中で最も標高が高いのが沼宮内以北の中山峠であり、ここを越えるために機関車を二両に増やし、石炭を最大限に投入して沼宮内駅を出発する必要があった。その結果、鉄道沿線には多量の火の粉が飛び散った。これが民家の茅葺屋根に飛び火し度重なる大火を引き起こしたのである。

明治三五年五月四日、沼宮内町から御堂村に及ぶ火災により、役場、警察署等焼失、全焼した家屋は二八五戸損害一〇万円におよんだと記録されている。この時の大火により沼福寺も焼け落ち翌三六年に再建された。この年は四月三〇日に寒波に襲われ天候不順が続き東北地方は大冷害に見舞われていたので財政的には大変な苦労があったに違いない。さらに、前の大火からわずか二年後の明治三七年五月二〇日、沼宮内は再度大火に見舞われ二六〇戸が焼失したが、沼福寺は被災を免れている。したがって、啄木は明治三六年に再建されたばかりの新築間もない沼福寺で徴兵検査を受けていたということになる。

徴兵検査の結果は、身長五尺二寸二分筋骨薄弱のため丙種合格で、啄木は徴集免除となった。現在の表記であるメートル法に換算すれば、身長一五八・二センチで、甲種合格の目安となる一五二センチを超えているが、甲種合格のもう一方の基準が身体頑健であるため体格の面で丙種合格になったと考えられる。「渋民日記」の「筋骨薄弱」という文字の右側に小さく「。。。。」が付けられているのはそのためであろう。

合格判定基準の区分は、甲乙丙丁戊の五段階で甲と乙は兵役区分の現役に該当し、丙種は身体上極めて欠陥が多い者で現役に不適だが国民兵役には適するとされていた。徴兵検査が始まった明治時代の初めは合格率が低く一〇人に一人か二人しか合格しなかったという。太平洋戦争末期には兵員不足のため身体上極めて欠陥が多いとされた丙種まで徴兵されることになった。

啄木は丙種合格で徴兵免除になったことに安堵し「自分を初め、徴収免除になつたものが元気よく、合格者は却つて頗る銷沈して居た。新気運の動いているのは、此辺にも現はれて居る。」と日記に書いているが「新気運」とは何か。

盛岡中学時代の啄木は一時軍人にあこがれていたという。啄木が四年に在学中の明治三五年一月末、青森歩兵第五連隊第二大隊八甲田山雪中行軍遭難事件が起こり、ユニオン会の友人と共に岩手日報号外を売り、足尾銅山義援金として寄付したことは第二章で説明した。

遭難した第五連隊の二一〇名のうち約四分の三が岩手県出身者であった。一九九名が犠牲となったが、その中で岩手郡出身の兵士は東磐井郡に次いで多く一七名もいたのである。

また、日露戦争が始まった明治三七年二月に啄木は、「予欣喜にたへず、新紙を携へて、三時頃より学校に行き、村人諸氏と戦いを談ず。真に、骨鳴り、肉躍るの概あり」と日記に書いた。日露戦争が終結したのは翌年であるが、沼宮内四名、一方井一名、川口二名の戦死者が出た。

日露戦争には勝利したものの、日本はロシアからほとんど何も取ることができなかった。これに対して国民は大いに不満を抱き日比谷の焼き打ち事件などの暴動が起こり政府は戒厳令を敷き鎮圧のため軍隊を出動させた。日清、日露戦争における勝利により兵役を名誉と考える風潮が出てきた一方で、兵役を不況下での生活を得るための手段と考える者もいた。米の飯を食べることのできない農民にとって、農作業よりも楽で白米を腹いっぱい食べられるという甘い言葉に誘われて志願した若者もいた。しかし、白米食によりビタミンB群が不足して多くの兵士が脚気になった。日露戦争の戦死者は七万五千人いたが、脚気による戦病死者が二万八千人いた。戦死者の三分の一が脚気にかかって死んでいたことになる。日露戦争で脚気を発症した兵士の総数は実に二一万人に上ったという。このような現実を知り、啄木以外にも厭戦的な意識を持ち始めている若者が増えてきていたに違いない。

徴兵検査のあと、啄木は沼宮内から一八キロの距離を徒歩で四時間かけて帰宅した。翌日は日曜日であり、沼宮内の旅館に泊まることができたはずである。徴兵免除になったことを家族に一刻も早く知らせるために夜道を歩き続けたのか、宿屋に泊まる金がなかったからなのか。家に着いたのは一〇時頃でこの日の日記の最後に記された「一家安心。」という言葉の中に、啄木の思いが凝縮されている。

日露戦争開戦当初は好戦的だった啄木は、三七年八月初め村の有志と共に大々的に「渋民村の祝勝会」開催し、自らが行列の先頭に立ち積極的に行動した。しかし、翌年九月の講和条約調印以降変貌し、やがて戦争を引き起こす社会組織・経済組織に対して批判的になっていった。徴兵検査はこれを契機に戦争というものをより身近に感じ、国家と個人の関係を考える重要な機会を与えたのではないか。

沼福寺での徴兵検査には当時の郡長長谷川四郎が前日二〇日から沼宮内に出張して二四日に盛岡に戻っていることが、岩手毎日新聞の「行き来」欄記事から明らかになっている。一年後の四月二三日にはストライキ事件の知らせを受けて、事態収拾のため長谷川郡長が渋民小学校を訪れて訓示を述べている。当時の教え子らの証言によれば、その時郡長の訓示を聞きながら啄木はうす笑いを浮かべていたという。そのあと郡長により免職辞令が発せられ退職することが決まった。この時の様子を啄木は日記に記していないが、長谷川郡長と面会するのはこの時が最初でなかった可能性がある。徴兵検査の時にすでに二人は顔を合わせていたかもしれない。

徴兵検査の際、啄木の身長を測ったとする沼福寺の柱の傷跡が残されているというが、果たして本当だろうか。啄木のそれまでの業績といえば日露戦争開戦と共に岩手日報に「戦雲余録」を連載した後『あこがれ』を出版し盛岡に戻り、「閑天地」を連載後『小天地』を発行、明治三九年一月の岩手日報元旦号に一頁を貰い「古酒新酒」という表題の随筆を発表したくらいのものである。それでもすでに岩手県内には啄木の才能を高く評価していた人間がいたことは確かである。岩手日報主筆の福士神川、小笠原迷宮、高野桃村らであるが、数はそれほど多くなかった。忠操は娘婿が沼宮内で徴兵検査を受けることをひた隠しに隠していたと思われるし、徴兵検査に携わった郡役所職員の中に啄木を知る人間がいたとも考え難い。徴兵検査当日に誰がそのようなことをしたかを考えると該当する人物はまったく思い当たらない。啄木の死後、名声が高まり日記が公開され沼福寺で徴兵検査が行われたことを知った人物が、五尺二寸二分の長さを測って刻みを入れたものとしか考えられない。

第六章

宝徳寺再住問題とストライキ事件

はじめに

岩城之徳は『人物叢書　石川啄木』（一九八五）の中に「渋民小学校のストライキは、それ以後に起こった一部村民と、反対派に加担して啄木の追い出しを策した遠藤校長に対する反感の一端を示す、いわば宝徳寺再住問題の余波であるといえよう。」と書いている。他の多くの研究者もこの説に従っているように見えるが、これとは別の書『石川啄木伝』中の「青春の挫折」で岩城自身が論じている宝徳寺問題の結末から考えると、「ストライキ事件」を「宝徳寺再住問題の余波」と結論づけてよいかどうかという疑問がわいてくる。

本章では、啄木日記と書簡をもとにして宝徳寺再住問題の経緯を説明し、次に『石川啄木伝』の岩城説の是非を論じる。続いて岩城説とほぼ同時代に出された昆豊説と近年出版された碓田のぼる著『啄木断章』（二〇一九）に示されている最新の研究に触れ、宝徳寺再住問題とストライキ事件との関連性について考察していきたい。

一　宝徳寺再住問題の経緯

明治三九年三月に啄木が渋民に移った理由の一つは、父一禎が罷免された宝徳寺への再住を願ったからである。

『あこがれ』刊行のために上京中に一禎は住職を罷免され、住み慣れた宝徳寺を出たことを知り啄木は驚愕する。明治三八年春、その心境を金田一京助に宛て「故郷の事にては、この呑気な小生も懊悩に懊悩を重ね煩悶に煩悶を重ね、一時は皆ナンデモ捨てゝ田舎の先生にでも成らうとも考へた位」と書き送った。

一禎に対する処分は、三八年一月一五日曹洞宗宗務局発行の「宗報」第百九十四号に「岩手県岩手郡渋民村宝徳寺住職　免住職　宗費滞納　（十二月二十六日）石川一禎」と報じられていた。しかし、一禎はこの事実をしばらく啄木に知らせようとしなかった。三月二日に一八年間住み馴れた宝徳寺を離れ、妻カツと三女の光子を連れて村内の芋田第八地割へ移り住むことになってから啄木に手紙を書いたと思われる。

詩集『あこがれ』を出版後盛岡に戻った啄木は節子を迎えて両親、妹と共に新婚生活に入ったが、働き手のない石川家の家計は火の車であった。父一禎は野辺地常光寺の葛原対月のもとに身を寄せていた。娘一家の行く末を案じた堀合忠操の尽力により、渋民小学校代用教員の道が開け、啄木は三月四日に盛岡を離れ渋民に移住した。

啄木が渋民村に戻ってきたのは、何としても父一禎を宝徳寺に復帰させたいという思いがあったからである。しかし、啄木が斎藤家に移住したばかりの三月の段階では、村の多くの人達は、渋民小学校の教員になるためだけに舞い戻って来たと受け止めていたようだ。一禎の宝徳寺の復帰問題と絡めてとらえる村人はいなかったと思われる。三月二三日日記には以下のように記されている。

自分に来られては、村中かきまはされるといふので、絶交状まで飛ばして移転間際に妨害したものもあつたが、自分がす早く手許に切り込んで、突然来てしまつたので、計画画餅、（略）今度はまた、自分が学校へ出る様になると、矢張り一人でかき廻すからといふので、妨害の相談中だとか。

啄木一人が渋民村に戻って来ただけでこれほどの抵抗があったことに注目したい。啄木が、すでに渋民村の一部の人間から相当恐れられていたことを示す証拠として捉えておく必要がある。すなわち、石川家への反感は、宝徳寺の一禎に対するものだけではなかったのである。

啄木が一禎の宝徳寺復帰を目指して本格的に動き始めたのは、三月二三日以降である。

この日の日記の冒頭は「川口村（現岩手町）明園寺の岩崎徳明より曹洞宗特赦令の写し、送り来る。早速野辺地へ送る」である。その特赦令の第二項には、住職罷免に処せられた者で、いまだに後任が任命されていない寺院に限り、五月三〇日までに再住を出願できると記されていた。啄木はすぐさま野辺地にいる一禎に転送し帰郷を促した。一禎は、啄木が渋民小学校代用教員の辞令を貰う前日の四月一〇日、渋民に帰って来た。

六月一〇日からの農繁休暇を利用して上京、曹洞宗宗務局に父親の復帰を懇請した。そのことを八月一六日付の小笠原迷宮宛の書簡に「老父宝徳寺再住の件に関し、在京の曹洞宗宗務局に運動せんとするは小生上京の第一の用件に候」と書いている。

三月四日から始まった渋民日記は、四月二九日まで毎日欠かさず書き継がれてきたがそれ以降は中断する。啄木は、その理由を「急がしくもあつた。頭が混乱してペンを取り上げたくない時もあつた。」と記し、七月二九日までのことを「八十日間の記」という表題でまとめ書きしている。

この中で、啄木が渋民に移住した時に続き、渋民小学校に奉職する際にも再度妨害されたとした後で、次のように書いている。

父が帰つてきて、宝徳寺再住の問題が起こるに及んで我が一家に対する陰謀は益々盛んになつた。如何にしても我が一家を閭門の外に追い出そうとするのが、彼等畢竟の目的であつた。（略）かくて我が一家を――つまり予を中心とした問題が、宗教、政治、教育の三方面に火の手をあげて渋民村を黒煙に包んでしまつた。

さらに「六月の初め、一大打撃が来た。」として畠山亨が突然辞職をせざるを得なくなったことを長々と書いているが、沼宮内警察署長が来て種々訊問し調査した事件の真相がどのようなものであったかについてはまったく謎である。畠山は、元村会議員の竹田久之助、軍略家兼先鋒沼田清民と並ぶ石川派の三羽烏の中の一人であり、確かにこの時期に畠山は渋民村の助役を辞めているが、この事件が啄木一家に対する陰謀とどうかかわっていたか判断が難しい。

夏休み中は「八月中」と題した日記のまとめ書がある。この中に委託金費消事件が記されている。啄木にとってこの事件は大きな衝撃だったと思われ「驚いた。実に驚いた。」として「寺問題やら党派心やから、遂彼等は皮肉なる計画によつて予を陥れんと企てたのだ。村の駐在巡査を買収して密に捏造事件を密告せしめたのだ。」と書いている。沼宮内警察署で訊問を受けた後、駅前の茶店で認めた大信田金次郎宛書簡とその翌日畠山亨宛に書いた手紙に、慌てふためいている啄木の様子をうかがい知ることができる。

ところが、多くの啄木研究者、書物がこの事件の真相を誤って解釈している。委託金費消事件は、一禎の宝徳寺再住問題を考察するうえで見過ごすことのできない事件である。この問題については以下の節で詳細に取りあげることにしたい。

その後四カ月以上、宝徳寺に関することがらは日記にも書簡にも出てこない。年末になり一二月二七日に事態は大きく進展した。日記には次のように記されている。

> 老父の宝徳寺再住問題について、一大吉報が来た。白髪こそなけれ、腰がいたくも曲がつた母上は、老いの涙を流して、一家開運の第一報だと喜んだ。この二年間の貧は父と母とをして如何程心を痛ましめたであらう。（略）

九ヶ月間紛紜を重ねたこの問題も、来る一月の二十日頃には父の勝利を以て終局になる。

ところが、年明け明治四〇年一月中旬になり二〇日を過ぎても待望の一禎勝利の報はもたらされることはなかった。元旦から新しく書き始めた「丁未日誌」に、毎日欠かさず記されたのは一七日までで一八日は「晴。寒暖計五十二度半に上る。」と一行しか書かれていない。二九日の日記は一〇日間のまとめ書である。

この十日間、予は、要するに健康で平和で、そして忠実なる代用教員であった。（略）枕についても仲々眠られぬ習慣がついた。眠られぬから様々な事を考へる。

問題は「主として、いつもの如く文芸と教育のことであった。」と書いているが、果たしてそれだけであったのだろうか。そして本当に「健康で平和」であったのだろうか。それ以降、二月末まではやはりまとめ書で「二月後半期も亦、要するに無事だつた。」で終わる。

三月五日朝、啄木は母の異様な叫び声で目を覚ました。父一禎が法衣や仏書などの身の回りの物を持っていなくなっていた。啄木は日記に「この日は、我家の記録の中で極めて重大な一日であつた。（略）殆ど一ヶ年の間戦つた宝徳寺問題が、最後のきはに至つて致命の打撃を享けた。今の場合、モハヤ其望みの綱がスツカリきれて了つたのだ」と書いている。一禎は野辺地の常光寺にいる師僧葛原対月を頼り徒歩で北へ向かっていた。

啄木日記、書簡を中心として一禎の宝徳寺再住問題の経緯を見て来たが、よくわからない点が多いのは、啄木自身が石川家の肝心なことを書こうとしなかったことに起因する。

次に、啄木が日記や書簡に書きたがらなかった宝徳寺再住問題を論じている先行研究を見ていきたい。

二　岩城之徳説

岩城之徳は『石川啄木伝』（一九八五）「青春の挫折」の中で、渋民日記は明治三九年三月四日から始まるがなぜこの時期に故郷に帰らなければならなかったのであろうかと疑問を投げかけ、「父親の石川一禎が宝徳寺の住職を罷免されて盛岡へ移住してまだ一年にもならないのに、白眼と嘲笑の渦巻く渋民村に帰るにはよくよくの事情があったにちがいない。しかし、啄木の日記からはその間の経緯が少しもわからないのである。」と書き始め、宝徳寺再住問題について詳細に論じている。

明治三八年一月一五日曹洞宗宗務局発行の「宗報」第一九四号は次のとおりである。

岩手県岩手郡渋民村宝徳寺住職
免住職　宗費滞納　（十二月二十六日）石川一禎

啄木は、『あこがれ』刊行のため上京中の三八年三月中に東京市芝公園の曹洞宗宗務局を訪ね岩手県出身の関係者と懇談しているうちに、この通告は全国の末寺に通告済みであるからもはやどうにもならないが赦免の機会があることを知った。「住職罷免」は重い罪であるが、宗門に重大な慶事があれば恩赦が発令されその罪科が許されることになっている。この時啄木は「曹洞宗宗憲」が制定発布され恩赦令が発令される時期が一年後に迫っていることを察知したのである。そのような前提に立って、石川家の家族を上京させることを見合わせ、結婚式や披露宴を行わず事実上の結婚生活にはいり、住職罷免という重い処分を受けた父親を中心に、一家がひたすら謹慎の意を表し本山の慈慮を待つことにした。しかし節子の周辺や啄木の友人がそうした啄木の真意を解せず、また啄木一家の「秘密の運命」を知らないため、一方的に結婚式を準備し、これが啄木の意に反したため彼は欠席という処置に出た。そして、苦しい中にも就職もせず、ひたすら曹洞宗宗憲の発布と、これに伴う恩赦の日を待ちわび、ひそかに渋民移住の計画を進めたのである。

「曹洞宗宗憲」は明治三九年二月二八日に制定発布、三月一四日に宗憲発布に伴う恩赦令が宗令甲第二号で発令された。翌日「宗報」第二二二号で公示された内容を明示している。

この懲戒赦免の通知が斎藤方に寄寓していた啄木のもとに届いたのは、三月二三日のことである。日記に「川口村明園寺の岩崎徳明より、曹洞宗特赦令の写し、送り来る。」と記載されている。一家の運命を左右する重大な通知にもかかわらず、日記に何の興奮も示されていないのは、すでにこの情報を啄木が事前に入手していたことを物語るものである。

一禎が宝徳寺を退去したあと、盛岡の久昌寺住職海野義岳の推挙で、下閉伊郡船越村海蔵寺の徒弟中村義寛が代務住職として赴任し寺務一切を取り扱い、三八年一一月には正式に総代名を持って、義寛の継目願書が岩手第一宗務所長に提出された。しかし、書類不備のため曹洞宗宗務院への提出が遅れていた時、先住石川一禎の懲戒赦免が発令された。

一禎が野辺地から帰村した時、宝徳寺住職問題はこのような状況にあり、檀家は中村義寛を推す一派と一禎を推す一派に別れたが、関係者協議の上ひとまず曹洞宗本山特赦の慈慮に従うことになり、一禎再住出願の件が決定し、岩手第一宗務所へ提出中の義寛の継目願は撤回された。しかし宗務所で書類の調印を取り消さずそのまま檀家総代に渡したので、中村義寛はこれを利用しひそかに反石川派の総代を煽動して、継目願を直接宗務院へ提出一禎追い出しの工作を画した。義寛の提出原書は正式のものではなかったが、宗務院に受理された。

宗務院は石川・中村いずれを許可すべきか処置に悩み、檀家間もふたたび両派に別れて対立、問題は容易に解決しなかった。

六月一〇日から二週間の農繁休暇を利用して上京し曹洞宗宗務局に父親の復帰を懇請したが、必ずしも村人の多くが石川一禎を支持しその宝徳寺再住を喜んでいたとは考えられない。その後、半年間「渋民日記」には宝徳寺問題に触れていないが、一二月二七日日記に「老父の報徳寺再住問題についてて一大吉報が来た」と書き一禎の勝利が予測された。しかし新しい年を迎えても再住問題は少しも進展せず、三月五日突然父親の一禎が家出して事態は急変した。

啄木は父親の家出の原因を一家の生活の不如意に帰し、貧しさが再住の望みを断ったように日記に書いているが、貧しいゆえにこそ彼らは宝徳寺再住を渇望したのではなかったか。啄木は「最後のきはに至つて致命の打撃を享けた」と書き、それがあたかも父の家出事件であるかのように書いているが、それはむしろ最後の段階になって再住の望みを絶つような事態が生じ、そのため絶望のあまり父親が家出したと考えるのが妥当であろうと岩城は考察した。

一禎と代務住職双方から書類を提出されて宗務局は紛糾したであろう。一二月二七日に一大吉報が来て啄木一家が父親の勝利を確信したのは、岩手第一宗務所長阿部大環が書いているように「石川一禎再住願書は正式にして有効なることも亦認定しある筈にて有之候」と宗務局の人々に認められた結果であろう。しかし一禎の再住にはもう一つの重要な前提があった。それは恩赦令の「住職罷免に処せられたるもの但し未だ後住を任命せられざる寺院に限り罷免者の能力に依り住職し得らる」という規定の後半部分「罷免者の能力に依り」の解釈の問題である。すなわち石川一禎の場合は住職罷免の理由である「宗費滞納」を弁済することが宝徳寺再住の前提になっていたのである。

一禎の再住願書が正当にして有効なるものと認定されると、次に審査されるのは「罷免者の能力に依り罷免事項を消滅する」場合に該当するか否かである。啄木が日記に「最後のきはに至つて致命の打撃を享けた」と書いたのは、この再住問題が決着する直前になって、宗務局より怠納宗費の全額納入を命じられたか、またはその旨関係者を通じてなされたのであろう。しかし一禎にはその能力がなく、また檀徒間が二派に分れて紛糾してこれを負担する状況ではなかった。

こうして啄木の父親は最後の段階で一一三円余の宗務全額弁済という再住の条件を満たすことができず、再住を諦めて三月五日の未明ひそかに家出して青森県野辺地の師僧を頼った。

以上が岩城説の要点である。問題点として最初に挙げられるのは、結婚式に欠席したことや盛岡にたどり着いてから就職しなかったことに対する岩城の解釈である。一禎の宝徳寺罷免と再住問題に絡めて、「住職罷免という重い処分を受けた一家がひたすら謹慎の意を表し本山の慈慮を待つことにしたにもかかわらず、節子の周辺や啄木の友人が啄木の真意を解せず」、また啄木一家の「秘密の運命」を知らないため、一方的に結婚式を準備し、これが啄木の意に反したため彼は欠席という処置に出たと考察している。しかしこの解釈は、当時の友人たちの証言をもとにした啄木伝記とは大きくかけ離れており、一禎、節子、上野広一、佐藤善助らは盛岡で頻繁に顔を合わせていたことを考慮すると、啄木の言わんとしている「秘密の運命」など周囲の人間に筒抜けだったと思われ、まったく説得力がない。何よりも啄木自身が「弓町より　食ふべき詩（二）」で「二十歳の時、私の境遇には非常な変動が起つた。郷里に帰るといふ事と結婚といふ事件と共に、何の財産もなき一家の糊口といふものが一時に私の上に落ちて来た。さうして私は、其変動に対して何の方針も定める事ができなかつた。」と書いているのである。

結婚式前後の謎の行動については諸説あるが岩城説を支持する研究者は一人として見当たらない。私は拙書『石川啄木と岩手日報』第四章で「結婚式前後の啄木謎の行動」と題してこの問題を詳細に論じているので参照していただきたい。

岩城は、友人の宗教家の手を借りて当時の「曹洞宗宗報」を入手し、明治三七年発令の「警誡処分」と二年後に制定された「曹洞宗宗憲」発布に伴う恩赦令、更に四五年一月三一日付岩手第一宗務所長阿部大環から曹洞宗宗務局庶務部長青山物外に宛てた「親展書」他の資料をもとにして、なぜ一禎の宝徳寺再住は失敗に終わったのかを実に見事に解明している。しかしながら、本章の「はじめに」で指摘したとおり「ストライキ事件は宝徳寺再住問題の余波」で「反対派に加担して啄木の追い出しを策した遠藤校長に対する反感の一端」と結論付けておりこれが次の大きな問題点である。

この問題に入る前に、岩城説に対する昆豊の批判を取りあげその要点を説明し、更に近年碓田のぼるにより発表された画期的な研究について紹介したい。

三　昆豊説・碓田のぼる説

昆豊は曹洞宗宗務庁所蔵の特選書類を資料として用い『警世詩人　石川啄木』（一九八五）を書いた。この本の第五章「渋民日記」に記された宝徳寺再住問題を要約すると以下のようになる。

一禎が宝徳寺を退去した後、檀徒総代が協議して先住遊座徳英の遺児芳筍を後任住職に選定したが、将軍寺住職になって間もないと辞退したため、盛岡の久昌寺住職海野義岳徒弟の海野扶門が暗躍して下閉伊郡船越村海蔵寺の徒弟中村義寛を後任に推挙した。扶門は下閉伊郡小国村大園寺という貧乏寺の住職であったが、住職継目相続問題に介入して利権を貪り、やがて本院から懲戒処分を受けた男である。

中村義寛を代務住職として宝徳寺に迎え、明治三八年一一月に継目願書に調印して岩手県第一宗務所に提出したが、書類不備のまま本院への提出が遅れていた時に、翌三九年三月宗令第二号によって石川一禎は懲戒赦免の恩恵を受け四月一〇日に帰村した。

檀徒関係者一同は喜び、協議の結果宗令に従い一禎の再住願書を提出することに決定し、前年一一月提出の中村義寛継目願書撤回を行った。ところが、その際に前書類への調印取り消し書類を提出するのを忘れ、扶門がその不備を突いて巻き返しに出た。扶門は義寛を使って村人を動かし、旧総代と称して継目願書を密かに県宗務所を経ないで本院へ提出したため、中村派と石川派が紛擾の様相を呈し、一禎再住願書が正式有効のものと認定されながら、紛擾を理由に本院から裁可が下りなかった。海野扶門と結託して反石川派に回った村人の存在があり、岩城之徳の言う石川家への反感だけでは説明がつかない。遊座徳英急逝後住職となった一禎の遊座家妻子へのふるまいに対する同情が、石川家への反感になったことは確かである。檀徒一同協議の上、一禎の再住出願が正式に提出された事実も否定できない。一禎の再住を阻んだのは紛争屋海野扶門その人であった。事件屋、総会屋海野扶門の存在を念頭に置かず一禎の無気力さを家出の理由に挙げる岩城説は安易に過ぎ、扶門文書の「石川一禎在職中の未納金百十一円余」を『石川啄木伝記』に引用する際に宗費滞納金「百十三円余」と改変し以降の伝記的年譜にも改変しないまま踏襲していると批判している。

昆豊説の要点は、海野扶門の存在を示すことにより宝徳寺再住問題とのかかわりを明らかにし、宗費滞納金額が正確にはどの位の額であったかを立証することは困難であることを示したところにある。

一方、昆豊説の問題点は、「六月の畠山助役の辞職や八月の委託金費消事件は皆、警察権力を利用した悪質な嫌がらせ手段であって、専門的な紛争事件屋の手口であり反対派村人の陰謀とは言えない。」としているところである。委託金費消事件の発端については、第四章「天の旅土地の旅」の中で昆自身が触れておりながら、なぜ啄木日記や書簡の偽装を見抜けなかったかが惜しまれるところである。

さらに昆は「啄木は一禎がどんな相手と戦っていたか相手の実態を知らず、父が家出を決意するに至った経緯に無頓着であった」と書いているが、これらの点については最終節で詳細に取りあげ論じたいと思う。

碓田のぼる著『啄木断章』(二〇一九)は極めて独創的な研究書である。

今井泰子は、啄木詩「老将軍」の悲壮感は「思うに詩出時の啄木が悲壮だったからである。つまり自己の心境に照らして楽観許さぬ戦況を借りたままであり」と評釈している。これに対し碓田のぼるは「老将軍」が日露戦役を描きながら暗く熱狂が感じられないことに疑問を抱き、「啄木は生涯の秘事とした宝徳寺追放の屈辱を背負った父一禎のことを重ねてはいないか」という仮説を立てた。

その前提として、詩作の段階で啄木は父の住職罷免にかかわる何がしかの重要な情報を得ていたということが必要になる。一禎は明治三七年一二月二六日に宗費滞納のため住職罷免の処分を受けたが、ある日突然罷免ということがあるだろうかと考え、事前に罷免の予備的な通告がなかったのかを確かめるために、碓田は東京都港区にある曹洞宗総本山宗務局に質問状を提出した。

その結果「当時適用されていた『曹洞宗警誡條規』には警誡の内容が七段階ある。その第三が住職罷免（二四カ月以上を歴ないと復さない）であるが、警誡を行う場合は必ず『警誡状』が発せられる。一禎の場合は、宗務支局へ納付すべき宗費を納めなかったため、財物を私的に流用したと見做され住職罷免となった。その前の段階で、宗費納付の『遅延』を『譴責』する第六段階の処分があり、一回目の『警誡状』が出されたはずである。（それでも宗費は納入されなかったので）滞納が確定してその後に『住職罷免』（二度目の警誡状）となった可能性があります。」という回答を得た。

これをもとに碓田は「一回目の警誡状」がいつ頃出されたかを考察した。「曹洞宗警誡條規」の第六は「一八〇日間過失を咎めること」としている。「過失」の原因が一八〇日を過ぎても除去できなければ、「警誡條規」は次の段階に進む。一禎の場合は第三「住職罷免」条項の適応ということになる。一禎の罷免は三七年一二月二六日であるので一回目の「警誡状」は一八〇日前（半年）と考えると同年七月頃となる。

啄木日記「甲辰詩程」は、三七年一月一日に始まり四月八日までは毎日記されているがその後中断され、七月二一日に再開される。節子への手紙文を思わせる非常に長い日記が二三日まで記され、「(以下二十八日朝書きつぐ)」として五行書いたあと○印だけで終わっている。碓田はこの部分に着目し「一回目の警誡状」との関連で次のように考察している。

○以降に「タンホイゼル」の抄訳を続けようとしいていたことは明確である。この日記の中断は、何かの発生以外には考えられない。これこそが「一回目の警誡状」の出現によるものではないかと想定している。その書状は、これまでの所轄宗務支局の宗務滞納の督促状とは根本的に異なっていたはずである。事態の改善がなければ、次に来るのは「二回目の警誡状」つまり「宗制・第四」項目の「住職罷免」であることは自明の理であり、六カ月後にはどうなるかも一山の住職ならば承知していたであろう。「警誡」ということになれば「第一回の警誡状」の中には第二回の予告の時期も付記して、注意を喚起していたと考える方が道理である。

ここから碓田は、このような事態を小樽の姉の夫山本千三郎に告げ財政的な援助を求めるために啄木は北海道へ向かったと推論した。小樽では次姉トラが重病に伏し「一回目の警誡状」の話を持ち出せるような状況ではなかった。「老将軍」の作詩は小樽滞在中から渋民村にもどるまでの時期になされ、啄木はこの詩の中に追い詰められた父の姿をしのばせたと考察した。

また、碓田は「一回目の警誡状」が来たと思われる時期に書いた小沢恒一宛書簡「本日の如きは、かくて云ひ様もなき悩みに襲はれて約ある二三の雑誌に送るべき筆ずさみさへ、遂に一行も成らずして止み侍りぬ」の中に、「警誡状」から来る衝撃の波及を感じることを指摘している。

明治三九年一二月二六日は「曹洞宗警誡條規」の「第三條」「第三」項の但し書きにある「二四カ月以上を歴ないと復さない」とした二四カ月目の節目に当たる。翌二七日の渋民日記は「老父の宝徳寺再住問題について、一大吉報が来た。」で始まり「九ヶ月間紛紜を重ねたこの問題も、来る一月の二十日頃には父の勝利を持って終局になる。」と続くが、以後啄木日記にはまったく触れていないので「吉報」は誤報かガセネタであったかもしれないとしている。さらに、碓田は翌年三月五日の一禎の家出が「一方的な戦いの放棄であり、戦線からの離脱である」として宝徳寺再住失敗の最大要因と捉えているが、これらの問題については最終節で再度取りあげて論じることにしたい。

四　委託金費消事件と宝徳寺再住問題

一禎が宝徳寺を罷免され、追われるようにして長年住み慣れた渋民を離れて盛岡へ移住したのは、啄木が不在の時期であり、啄木がそばにいたらそう簡単にいかなったかもしれない。一禎一人と、啄木がそばにいる一禎とではわけが違っていたと思われる。詩集刊行のため上京する前の十八歳の啄木は、すでにそれくらい恐れられていたと考えることができる。

明治三九年三月、啄木が渋民に戻り、約一カ月後には一禎が野辺地から帰るにおよんで、石川家が宝徳寺復帰を本気で考えていることを知り、反対派の人間は慌てたのだと思う。間もなく一禎復住を支持する石川派の有力者と相談の上、一禎の宝徳寺再住願が出されたと思われる。宝徳寺再住願書の提出期限は五月三〇日なので、「渋民日記」八十日間の記に啄木が書いている石川家に対する陰謀とは、願書提出をめぐる反対派との確執をさしていると考えられる。

さらに八十日間の記には「六月の初め、一大打撃が来た。」として、畠山亨が敵の謀計に陥り渋民村助役を突然辞職せざるを得なくなったため、啄木は「狂える如く」に遠藤忠志を捉えて「気味悪い嚇し文句を三時間も述べた。」と書かれている。

これをもとに岩城之徳は、遠藤校長が一禎の宝徳寺再住反対派による妨害工作と関わっていたと断定し、報復のためストライキ事件を起こしたと結論している。しかし、そのことを立証する資料を何一つ示しておらず論証すらしていない。遠藤校長は反対派に加担して啄木の追い出しを策していたというのは果たして本当なのであろうか。

遠藤忠志は現在の岩手郡雫石町生まれで、渋民や大更とのつながりは、明治三一年に渋民小学校に赴任した時に始まる。わずか二カ月後に大更小学校に転任になり、やがて校長に昇進、その後、田頭小学校長の時、相馬徳次郎校長の後任として再度渋民小学校に異動になった身である。いつまた異動を命じられるかわからないようなよそ者が、古くからある地元のお寺の相続争いに加わることにより得られる利益があるとは考え難い。むしろ村の小学校の校長という立場を考慮すれば、そのような争いに巻き込まれないように身を処することを誰しも考えるであろう。公職に就く人間の取るべき態度は昔も今もそう変わらないのではないか。遠藤校長が反対派の村人と共に啄木一家を迫害したと多くの研究者は考えているようだが、啄木日記を鵜呑みにして単純にそのように結論できないと思われる理由を以下に示したい。

遠藤忠志校長が渋民小学校に赴任して二カ月後、明治三七年六月二日の伊東圭一郎宛書簡に「この村で親しく交わつて居るのは田鎖兄のみだ。それから女子部出の女教師で上野さめ子と云ふ婦人。小学校長の遠藤などゝもうちとけた話をして居る。」と啄木は書き、良好な関係にあることを伝えている。それから二カ月後、八月五日に渋民小学校校庭を舞台に啄木が中心になって「渋民村の祝勝会」を開催したが、近隣の小学校長が祝勝演説をした中で遠藤校長だけが、何の役回りも演じていないことをどのように解釈すればよいか。

遠藤が渋民小学校長に赴任する際、平野郡視学や周囲の人間から、前任の相馬校長排斥運動の一件を聞かされていたことは間違いない。伊東圭一郎宛に手紙を書いてから僅か二カ月の間に急速に関係が悪化したようにも見えないので、遠藤は啄木に対して最初から一定の距離を置いて接していたと想像される。遠藤は中立の立場を維持するように努めていたのではないか。このような姿勢は、代用教員として採用が決まった後も変わらず、積極的に一禎派を支持しようとする態度を示さない遠藤に対し啄木は不満を抱き、反対側の一員と決めつけた可能性は考えられないだろうか。

「八十日間の記」のあと、八月に入ってからは「八月中（暑中休暇中）」と題して一九日にまとめ書された日記文があり、この中に委託金費消事件が記されている。ここは宝徳寺再住問題を考察するうえで見過ごすことのできない重要な部分なので触れておきたい。

八月の夏休みに入り「少なくとも三百枚の小説と一脚本『長夜』」を書こうとしていたが、『吹笛』と題した一編の詩しか書けなかった。筆を執らなかった理由として「米箱の底掻く音に肝を冷やしたこと、種々の事件があったこと、蚊帳も吊らずに暑い夏を過ごさなければならなかったこと」をあげている。種々の事件の一つとして詳細に綴っているのが「委託金費消事件」である。

驚くべきことにほとんどの研究者がこの事件の解釈を誤っている。佐藤勝治は「啄木の『委託金費消事件』の真相」（『啄木と賢治』第13号（一九八〇））の冒頭に次のように書いている。

啄木が委託金を費消（横領）した嫌疑で、沼宮内警察分署の召喚を受け、三日置いて更に盛岡地方裁判所検事局に出頭を命ぜられた事件は、殆どの伝記・論文が誤って伝えている。この「委託金」を「小天地」の共同発行人大信田落花の出資金の一部としているのがまちがいなのである。相手は同じ落花であるが、出資金とは別に、落花から預かった百円のうち五十円を啄木が横取りしたのである。

さらに続けて佐藤は、この誤りが生じた原因は、渋民日記の読み違いにあると「八月中（夏季休暇中）」の中の一節、

四日朝に一葉の葉書、……聴取る儀があるから来いといふ葉書が、沼宮内警察分署長から来た。早速行つて見たが、予に委託金費消の嫌疑がかかつて居るとの事。驚いた。実に驚いた。（略）問題は、昨秋共に雑誌『小天地』を創めた大信田落花と予との間の事であるとか。

を示して、「ここで啄木は『落花と予との間の事』と云っているが、『小天地の資金にからむ事』とは

云っていないのに、その文脈を不注意に早のみこみした最初の伝記作家のあやまちがそのまま引き継がれたのである。」と指摘している。

「委託金費消事件」の発端は半年前の二月はじめである。啄木は、文学で身を立てようと上京していた落花から頼まれ、銀行口座から百円を送る約束をしていたが、節子におろしてもらったまま送らなかった。この金を東京へは送金せず、一部を勝手に拝借し、大島紬の上等な和服や高級な襟巻などを買い求め、その和服を着て歌人の高野桃村と写真館に行き記念撮影をした後、豪華な洋食をふるまったりしていたのである。

六月に農繁休暇を利用して上京し新詩社を訪ねた啄木は、真っ先に与謝野夫妻からこの問題を追及された。慌てて書いた六月二〇日大信田落花宛の手紙は次のとおりである。

　新詩社にては、今年二月、兄上京の際、私より兄に送るべかりし金員に就いて、若しその郵便の着したのを秘したのではないかなどと、兄より疑はれては居らぬかと、大変御心配し居られ候、誠に意外の事に候（略）与謝野先生、奥様等、あの事以降兄より何等の音信もなきを怪しまれ、小生の弁明に対して兄より証言を得たき様御云ひなされ候に付

と着服した五〇円を返済もせずに、啄木の無実を証明する書簡を与謝野鉄幹宛に送って欲しいという実に虫の良いことを並べている。年下で世間知らずの文学青年を、思いやるように見せかけた五〇円着服を誤魔化すための方便で、佐藤勝治は「この事件は、仙台で土井晩翠夫人から現金と宿泊料を騙

し取ったいまわしい事件と双璧（?）を為すものである。（略）落花は直ちに啄木弁護の手紙を出したと思われる。」と書いている。

さらに佐藤は、「金の価値を知らない落花は騙せても商売の苦労をしつくしている父は甘くない」と告発したのは落花の父親大信田勇八であることを見抜いている。

上京した六月の時点で、与謝野夫妻からも疑いをかけられていることを知りつつ、着服した金を返済もせずにいたところ、啄木は沼宮内警察分署から呼び出しを受けたわけである。日記に「予に委託金費消の嫌疑がかゝつて居るとの事。驚いた。実に驚いた。」といかにも自分に疑いがかかっていることを、その時になってはじめて知ったと書く啄木である。

八月七日、今度は盛岡地方裁判所検事局からの葉書で呼び出されその夜盛岡へ行き、九日、同検事局に出頭、検事から尋問を受けた。その後、検事は落花にも訊問したうえで、「軽微で不起訴」とした。警察は起訴の意見だったが、大信田家が示談を認めてくれて難を逃れたようである。

八月一六日に小笠原謙吉に宛てた手紙で「この二三日前迄、ツマラヌ事乍ら少し心配な事ありしために」予定していた小説、脚本を書けなかったと認めているが、おそらく「不起訴」の通知が一二～一三日に届いたのであろう。起訴されれば代用教員の職を失い、念願の父の宝徳寺再住も危うくなり、村には居られなくなったに違いない。そのような危機を脱し安堵し、ようやく友人への手紙を書いたり日記を再開する気になったのだと思われる。

啄木は一九日になってこの間中断していた日記を書き始め、事件の経緯を説明している。そこで、「委託金費消事件」は自分に反対する渋民の人間が仕掛けた捏造による冤罪だと主張している。しかし、真相はまったく違っている。この事件は、啄木が渋民に来る前の盛岡にいた時に発生した事件である。この事件を知っているのは、啄木と落花、そして落花の家族だけであり、渋民の人間には知りようがない。告発をしたのは、落花本人ではなく彼の親族だということをも啄木は知っていながら、日記には「寺問題やら党派心やから、遂彼等は皮肉なる計画によつて予を陥れんと企てたのだ。村の駐在巡査を買収して密に捏造事件を密告せしめた」と書いている。

最初の呼び出し状は沼宮内警察分署長から、三日後の出頭命令は盛岡地方裁判所検事局から来たのである。寺問題や党派心などとはまったく無関係の話で、当然村の駐在巡査もあずかり知らぬことである。沼宮内警察署で尋問を受けた直後に駅前の茶店で書いた大信田落花宛の手紙と日記文の落差にも驚かされる。

> 一々訊問に応じて帰つた。どうも世の事には意外な事があるものだと、甚だ意外に感じ、又人生の不安にまのあたり相面した様で、多少不快、すぐ落花へ宛てゝ手紙を出して詰って見た。

「詰って見た。」という手紙の内容は、東京の小山内薫に小説「面影」を送って原稿料が来れば五〇円を返すのを楽しみにしていたと書いたうえで「兄よ、私は金をえ次第、兄を訪問せむ。兄よ何卒男一人の生命御助け下されて、かの一件何卒〱願い下げの寛典に預かむことを伏して兄の御前に歎願す。」と実は「歎願」していたのである。この手紙の差出人にも、告訴した家族にわたらないように沼田三之助という偽名を使うなど様々な工作をしている。

告発したのが落花の父大信田勇八だと知っていたから、盛岡地方裁判所検事局に出頭する前日の八日に啄木は大信田宅を訪ねたのである。この時「被害者たる筈の彼（落花）は、其父と共に大いにもてなして呉れた。」と日記には強がって見せているが、落花の父親に告訴を取り下げるよう懇願しに行ったことは明白である。

平岡敏夫は『石川啄木の手紙』（一九九六）の中で八月四日落花宛の手紙を取りあげ次のように書いている。

この日記と書簡を比べてみるとそのあまりにもちがうのにおどろく。大信田と自分が特別な関係にある友人であり、毫も心に愧ずるような覚えがないなら、あのような卑屈な哀願の手紙を書く必要はなかったはずなのだ。

委託金費消事件の顚末は、啄木書簡や日記を考察するうえで極めて重要である。啄木自身が意図的に事実をねじ曲げて日記を記した個所として認識しておく必要がある。この事件は一禎の宝徳寺復帰反対運動とまったくかかわりがないことは明白である。委託金費消事件のとらえ方を、多くの研究者が誤認している事実について最初に指摘した佐藤勝治も、ここまでは見通せなかったかもしれない。

以上のような観点から、啄木が「八〇日間の記」の中に「遠藤校長は反対派の一人」と書いていることを鵜呑みにして、安易に宝徳寺再住問題と関連づけて論じることの危険性を指摘しておきたい。

五　宝徳寺再住問題とストライキ事件との関連性

夏休み中に起こった委託金費消事件が、再住反対運動とかかわりがなかったとすれば、「八〇日間の記」が書かれた六月以降、啄木日記、書簡には宝徳寺に関連することが半年以上出てこなかったことになる。

この年の暮れになって再住問題は大きく動いた。一二月二七日に吉報が舞い込んだのである。ここから先、一禎が家出をするまでの二カ月間は、宝徳寺再住問題を論証するうえで最も重要な部分であるが、何れの研究者も十分な検証を行っていない。ここでその経過を詳細に見ていくことにしたい。

この日、啄木は「老父の宝徳寺再住問題について、一大吉報が来た。（略）九ヶ月間紛紜を重ねたこの問題も、来る一月の二十日頃には父の勝利を以て終局になる。」と書いて喜んだ。

碓田のぼるによれば、この知らせは「曹洞宗警誡條規」の「第三條」「第三」項の但し書きにある「二四か月以上を歴ないと復さない」とした二四カ月目の節目に相当する。三月末に送られてきた特赦令を受けて提出された一禎宝徳寺再住願書と反対派の書類の審査が行われて、一禎側の正当性が承認される見通しだとする知らせがあったのだと推測される。正式な書類は年明けの二〇日過ぎに届くという知らせであったと思われる。

ところが、日記だけから判断すると、年明け四〇年一月中旬になり二〇日を過ぎても、啄木が待望していた一禎勝利の報は来なかったように見える。元旦から新しく書き始めた「丁未日誌」は、一七日まで毎日欠かさず記録されたが一八日は「晴。寒暖計五十二度半に上る。」と一行だけで終わる。

二九日の日記は一〇日間分のまとめ書きである。

その冒頭部分は「この十日間、予は、要するに健康で平和で、忠実なる代用教員であつた。」と書きだし、その後で「枕についても仲々眠られぬ習慣がついた。眠られぬから様々な事を考へる。問題は主として、いつもの如く文芸と教育のことであつた。」と記す。宝徳寺再住問題にはまったく何も触れていないのが不可解である。この時期に何らかの知らせがあったことは想像に難くない。その内容は啄木の意に添わないものであったのであえて書かなかった可能性はないだろうか。

眠られぬ時に考える問題は「主として、いつもの如く文芸と教育」と書いているが、果たしてそれだけであったのか。ある一つの問題以外は「健康で平和」であったが、まとめ書をした一〇日の間に宝徳寺再住問題の風向きが大きく変わったように思えてならない。啄木は書いていないが、何かが起こっていたとしか考えられない。

一禎の勝利をもって終局になるはずの宝徳寺再住問題が、その後の日記に何も示されていないことの不自然さを取りあげて、碓田のぼるは以下のように考察している。

啄木を有頂天にしたこの「一大吉報」とは何か。（略）岩城之徳『石川啄木伝』もこのことには全くふれていない。（略）一禎支持派の誰かが、県宗務支局の関係者を通じて本山の意向として聞いてきたのかも知れない。しかし、啄木日記ではこのことについては以後全くふれていないところを見ると、聞き違いの誤報か、今日的な言葉でいえば、ガセネタのたぐいであったかも知れない。

果たしてそうであろうか。一禎側の正当性を認める文書は、間違いなく二〇日過ぎに来たのではないかと私は考える。正式文書の中には、一禎の宝徳寺再住を認めること、ただしその条件として滞納金を全額返済することが明記されていたのではないだろうか。ここで滞納金全額弁済ということが啄木一家に重くのしかかったのではないか。

一禎が突然家出をする前日、三月四日の日記文をどのように解釈すべきだろうか。

宝徳寺再住問題を考察するうえで極めて重要な部分であるにもかかわらず、関連づけて論じている研究者が見当たらないのは不可解である。ここの読み方には細心の注意を払う必要があると思われる。三月四日は「去年の今日は、我が一家が再び此の村に居を定めた日であつた。」と始まる。過ぎ去りし日々を思い起こして「此の一ヶ年間は矢張り戦ひの一ヶ年であつた。」と書き「要するに生活それ自身が戦ひなのだ。誰と戦つたか？　敵は？——敵はすべてであつた。予自身さへ、亦予の敵の一人であつた。」と続く。

丁未日誌の三月分は、四、五日と二〇、三〇日の四日間しか記されていない。しかも、最後の三〇日は日付のみで何があったのかはまったく書かれていない。

明治三十九年渋民小学校日誌によれば、三月上旬、啄木はほとんど学校に出ていない。一日（金）、四日（月）、五日（火）、六日（水）、一三日（水）と欠勤している。前年七月上旬に三日間連続で病欠した時は小説「雲は天才である」を書き、七月一一日から再度欠勤したのは、小説「面影」を書くためであった。さらに、一一月二〇日から五日間の病欠の際には小説「葬列」の前半を書きあげている。

しかし、三月上旬の欠勤の時にはまったく作品を書いていないので、前年の欠勤とは意味合いが違うと考えるべきである。明らかに異変が起きたと思われる。

三月に入り、最初の一週間は二日（土）と七日（木）に出勤しただけで連日休んでいた啄木は、一体何を悩んでいたのだろうか。この間に書かれたのが四日と五日の日記であることに着目したい。

この二日間の日記はその日に書かれたものであろうか、それともまとめ書きであろうか。

日付は連続しているが、書かれている内容を見ると同じ日に書かれたものではないことがわかる。四日の後半に「その戦いの結果は、未だ勝つたのではあるまい。然し、敗けたのでもなかつた。」と戦いの決着は未だついていないことをほのめかしている。ところが、翌五日の日記では「一ヶ年間戦った宝徳寺問題が致命の打撃を享けた。」と一転敗北を明確に認めている。二日分を同じ日にまとめ書したとすればこのような表現にはならないのではないか。四日の日記はその日のうちに書かれ、翌日の日記は五日以降のどこかで記されたと考えるほかはない。

私は三月四日の日記は、一禎の宝徳寺再住は滞納金納入が必須条件であることを突き付けられた時の啄木の心情を綴ったものであると読んだ。この段階で、啄木は金を準備しておかなければなかったことを悟り、これまでの一年間の闘いの意味を噛みしめていたと解釈される。

八円という給料を前借りしながら続けて来た生活ではあったが、この日の来ることを予期し日々備えなければならなかった。それをここまで怠ってきた自分と一家の暮らしを顧みている。ここまでの自分の考え方、生き方そのものが問われていたのだと気がついた。自身との戦い、自分も敵の一人という認識はここから生まれたのではないか。それが「生活それ自身が戦いであり、敵はすべてで、自身さえ敵の一人」という表現になったと解釈できないか。

三月五日朝、啄木は母カツの異様な叫び声で目を覚ました。一禎が法衣、仏書など身の回りの物を持っていなくなった。日記に「予は覚えず声を出して泣いた。（略）貧という悪魔が父上を追ひ出したのであらう。（略）殆ど一ヶ年の間戦つた宝徳寺問題が、最後のきはに至つて致命の打撃と享けた。」と書いた。

このようにして宝徳寺問題は終局を迎えたのであるが、碓田のぼるは「一家の窮状を見るに忍びず、また、宝徳寺再住問題がこじれにこじれ、その精神的抗争に堪え切れず」に一禎が家出をした。戦いの「全体状勢は有利であった」にもかかわらず、一禎が一方的に戦いを放棄し戦線離脱したと書いている。一禎一人を敵前逃亡犯に仕立てているが私はそうは思わない。

まず、明治三九年の後半、反対派の運動について啄木自身が半年以上まったく触れていない。このことをどうとらえるべきか。

本章の第一節で石川家に対する渋民村民の反感は、啄木本人に対するものと一禎に向けられたものがあったことを指摘した。ここでは、啄木がこの違いを区別できていたかどうかを考察してみたい。

「八十日間の記」の一節に以下のような記述がある。

父が帰つてきて、宝徳寺再住の問題が起こるに及んで我が一家に対する陰謀は益々盛んになつた。如何にしても我が一家を閭門の外に追い出そうとするのが、彼等畢竟の目的であつた。（略）かくて我が一家を――つまり予を中心とした問題が、宗教、政治、教育の三方面に火の手をあげて渋民村を黒煙に包んでしまつた。

一禎が渋民に戻る前、啄木が渋民小学校教員になることに対する反感はすでにあった。それが教育問題である。これと一禎の宝徳寺再住をめぐる宗教、政治問題とは別の問題である。そのことを啄木は正しく認識できていなかったのではないか。啄木の表現を見ると、反対派の人間は石川家全てを敵対視しているかのように解釈される。日記に書かれていることを丁寧に見ていくと、啄木に対する反発とは別に一禎に対する反感があったことは明らかである。啄木自身はその区別ができていないということをどう考えるべきか。

昆豊は、三月四日の日記を引用して「父がどんな敵を相手として戦っていたのか、はたまた、泥沼の暗闘を息子には秘して、家出を決するに至った経緯については無頓着であった啄木である。」と書いている。啄木が敵の実態すら知らず、父の家出の真の意味を理解できていなかったと解釈しているのであるが、極めて重要な指摘だと思われる。

「八〇日間の記」で「自分には新聞社、郡役所、県庁に有力な人脈があり、彼等が驚愕するのは無理はない」と啄木は書いた。これは決して誇張ではない。岩手日報には、『あこがれ』刊行のために上京前、挨拶に出向いた際、自社に採用しようかと考えていたと言ってくれた主幹の清岡等がいた。さらに中学在学中から数多くの啄木作品を紙上に掲載する機会を与え叱咤激励してくれている福士神川主筆がいて、これほど新聞社とのつながりの深い人間は渋民周辺にはいなかった。郡役所には教育係兼軍事担当の義父堀合忠操がおり、渋民小学校に採用を決めてくれた郡視学平野喜平がいた。また、畠山助役の後任がわずか二カ月ほどで辞めた後、赴任してきた岩本武登も前任は岩手郡役所であり、堀合忠操、平野喜平の元同僚であった。県都盛岡にこれほど強力な人脈を持っていた人物は稀であった。

味方の戦力認識は確かであるが、一方で敵が何人でどのようなメンバーであるかを、啄木は明らかにしていない。宝徳寺問題がどのような状況にあり、反対派がどれほどの勢力なのかという戦力分析は、果たして正確に行われていたかどうか疑問が残る。

啄木は、誰がどのような反対運動をしたのか具体的に記していない。「八十日間の記」の中に出てくる遠藤忠志校長や秋浜市郎訓導が反対派の一員であったとする啄木の認識は、一方的な思い過ごしではないかと思われるゆえんである。

一禎の再住を阻止しようとしていた反対勢力が誰で、運動がどのようなものであったかを明らかにしたのは岩城之徳、昆豊である。啄木死後四十数年の時が過ぎていた。

また啄木は、三月五日の日記でも反対派に再住を阻止されたとは書いていない。六月時点であれほど反対派の画策や運動について神経質になっていた啄木が、秋以降は反対運動にまったく触れていない。反対派の運動は一転して収まっていたのではないか。したがって、最後の段階では相手は誰で反対派が何人いようと関係がなく、滞納金を準備できるかどうかだけの問題になっていたと考えるべきであろう。岩城之徳もまた、一禎の宝徳寺復帰が不調に終わった理由を「最後の段階で宗費全額弁済という再住の条件を満たすことができず」と明快に論証しており、反対派の妨害にあったとは記していない。

宗費を滞納して罷免されたのであるから復帰の最低条件は滞納金の返済である。住職復帰を目指すのであれば、返済する滞納金を準備して臨むのが一般的な社会通念だと思うのだが、一禎、啄木親子は金をどのように工面しようとしていたのか。宝徳寺再住が認められれば、黙っていても村の檀家が滞納金を準備してくれるとでも考えていたのだろうか。ここにきて、啄木の代用教員の年収をはるかに超える金額を、一度に請求されて頭を抱えてしまったのではないだろうか。

前年の明治三八年は、三五年に続く東北地方大冷害の年であり、疲弊した農村地帯の冷え切った経済状況が追い打ちをかけた可能性も無視できなかったと思われる。

宝徳寺再住は反対派の存在や運動とは関係なしに自力勝利の可能性があった。滞納した宗費を弁済すれば宝徳寺復帰の望みは叶えられたのである。その見込みがないことを悟った一禎の家出により宝徳寺復帰の夢は消え、再住問題は終わりを告げた。

宝徳寺復帰が叶わないことを知り、啄木が渋民に居住することの意味が完全に失われた。このことにより教員生活へのモチベーションは急激に低下した。もともと渋民小学校には一年と決めていたはずである。一禎の家出は啄木の決断をも促していたのである。ここにきて啄木は明確に年度内で教員生活に見切りをつけようと考えるようになったと思う。その時点で速やかに代用教員を辞めるべく行動を起こすべきであった。しかし直ぐには動き出さなかった。まだ時間的な余裕があると思い込んでいた。ここで行動を起こしていたとしても遅いことに気がついていない。啄木の判断の遅れがストライキ事件を引き起こしたと考えられる。

ストライキ事件を宝徳寺再住問題と関連づけ、「反対派に加担して啄木の追い出しを策した遠藤校長に対する反感の一端」と捉える岩城説は誤りである。ストライキ事件は宝徳寺再住問題の余波と考えるべきではない。

第七章

玉山村薮川村組合村の村長堀合忠操

はじめに

堀合忠操が旧渋民村と盛岡市に隣接した旧玉山村の村長であったことはほとんど知られていない。村長であったことが記されているのは堀合了輔著『啄木の妻　節子』、塩浦彰著『啄木浪漫　節子との半生』などであるが、いずれもどのような経緯でいつ村長になったのかについては明確にされていない。また、忠操の経歴を調べてみても玉山村との関係は認められず、岩手郡役所の兵事兼教育担当の役人がどのような理由で縁もゆかりもない村の村長に転出することになったのか不明な点が多い。

ここでは『村誌　たまやま』と岩手日報連載の吉田孤羊筆「啄木の生誕の地を訪ねて」を紹介し、これらの文献を手掛かりにして集めた資料をもとに堀合忠操村長の謎に迫ってみたい。

一　『村誌　たまやま』の堀合武操

玉山村と堀合忠操の関係を明らかにするために様々な資料に当たってみたが、ほとんど情報が得られなかった。苦労の末、忠操らしき人物を『村誌　たまやま』（一九七九）で確認することができた。

この本の「あとがき」には、昭和五〇年に村誌を編纂することが決まり委員会が組織され、四年の歳月をかけて発行されたこと、また、その方針として「一般村民に興味深く読んでいただくために、高度な研究物という感じのものでなく親しみ深いものを目指した」ことが記されている。

内容的にみると、最も重要だと思われる「玉山村の沿革」の約六割は明治以前の事柄で占められており、しかもそれは他の書物からそのまま書き写したものである。明治以降にめまぐるしく変化した玉山村の沿革に関わる部分は、わずか残りの四割程度に過ぎない。その中には、沿革とは直接関係のない大凶作、赤痢の発生など災害の記録まで含まれているので、沿革を説明している箇所はもっと少ない。

また、この書物の末尾には、「玉山村年表」が添付されているが、その中の「村内のでき事」欄の項目すべてに月日が掲載されていない。かろうじて年号がわかるものもあるが、それすら怪しいものがある。具体的には「玉山・薮川・組合村役場全焼する。」とそれに続く「玉山・薮川・組合村役場が新築落成する。」が大正四、五年のところに示されている。役場が全焼したのは大正一四年である。

このようなことを見ても、本書は綿密な調査に基づいて書かれたものでないことが明らかである。その典型的な例が「玉山村の沿革」の最後に示されている「旧村時代の歴代首長」の一覧表である。一覧表には「玉山村薮川村組合村」「渋民村」「巻堀村」三村の村長名と就任年が記載されている。

玉山村薮川村組合村の初代から一〇代目までの部分のみを以下に抜き出してみた。

代	氏名	就任年
初	乙部　尚明	不　詳
2	下田　潔継	不　詳
3	豊巻　安定	不　詳

4	米島栄太郎	明治三一
5	米島重次郎	三六
6	堀合　武操	四〇
7	岩本　武登	四四
8	米島重次郎	大正　二
9	米島　悦郎	五
10	水沢丑次郎	一三

第六代村長として「堀合武操」という名前があげられており、明治四〇年就任と記されているが、それを裏付けることがらは、このほかに何一つ記されていない。さらに、一覧名簿の初代乙部村長から三代目豊巻村長までの就任時期が不詳になっているなど、「武操」以外にも様々な不明確な点が認められる。

『村誌　たまやま』は、これまでの玉山村の歴史をまとめた公的な刊行物であるにもかかわらずなぜこのようなことが起こったのか。

もともと、盛岡城下以外の仁王、上田、加賀野、山岸、大田、厨川などの地域は岩手郡に含まれていた。明治一二年に岩手郡が二つに分割され、玉山、藪川、雫石を含む南岩手郡四七カ村と、沼宮内、渋民、大更、平舘を含む北岩手郡三八カ村になった。さらに、一〇年後の二二年の町村制施行にともない藪川が単独で村制に移行し南岩手郡藪川村が発足したが、資金が乏しかったため玉山村に併せて、玉山村薮川村全部事務組合村を形成することになった。

単独で大きな事業を行う資金のない二つの村が組み合って、一つの高等小学校を立ち上げ開校することも当時としては決して珍しいことではなかった。同じ岩手郡の大更村と田頭村が組合形式で開校した学校が大田《おおでん》高等小学校と名付けられたのもその一例である。

玉山村薮川村組合村の体制は、昭和二九年四月一日、町村合併促進法の施行に伴い渋民村と合併することにより村名を玉山村と称し、役場を渋民に置くことで幕を閉じた。

その後、玉山村は二〇〇六年に平成の市町村合併の流れの中で盛岡市玉山区として吸収され現在に至っている。

『村誌　たまやま』の出版から一一年後に太田忠雄編『姫神物語　玉山の歴史』が出版されたが、ここでも歴代村長の一覧表は「村誌」をそのまま引用しているため、不明な点や多くの誤りをそっくり受け継いでいる。しかし、「堀合武操」の部分だけは「掘合忠操」に訂正されている。

「村誌」の「六代目村長　堀合武操」という誤りは、隣の欄にある七代目村長が「岩本武登《たけのり》」であったところから、記述者が書き写す際に「忠操」を「武操」と間違えた可能性が高いのではないかと私は推測している。

このようなことから、忠操が玉山村長であったことだけは確認できたが、就任の時期やどのような経緯で村長になったのかは依然謎のままであった。

玉山、薮川組合村役場は日戸に置かれていたが、『村誌　たまやま』末尾の「玉山村年表」から大正初期に火災のため全焼していたことが明らかである。『村誌　たまやま』に間違いや問題点が多いのは、この時の失火により、組合村役場が跡形もなく焼けてしまいすべての書類が失われてしまったことが原因であると考えられる。

そこで、大正末期から昭和初期の新聞で玉山、薮川組合村役場の火災事件記事を探し求めたが見つからなかった。しかし、吉田孤羊の「啄木の生誕の地を訪ねて」の中には役場が火事で燃えたことが記されている。

孤羊は、啄木没後九年目にあたる大正一〇年七月中旬に土岐善麿《ときぜんまろ》、金田一京助、江馬修らとともに渋民を訪ねた。その際に、宝徳寺の遊座住職から、啄木は日戸で生まれて間もなく一禎の転任と共に渋民に移ったことを聞き、啄木生誕の地を確認するため資料を探し求めて日戸を訪れている。渋民訪問から六年以上過ぎた昭和二年一一月のことである。その時の模様は一〇回に分け岩手日報に連載された。

当時、盛岡から玉山村日戸までの一六キロの山道は名だたる険路として知られていた。ひと雨降れば泥濘膝を没するというありさまで、この悪路が盛岡の文化から遠く孤立せしめたのだといわれていた。最初、タクシー会社に対し金はいくらでも出すと掛け合ったが、悪路で車が壊れるから応じられないと断られ、仕方なしに滝沢駅までは汽車を使い、そこからは一時間半かけて徒歩で日戸にたどり着いた。

ここで、農家の間に見え始めた木造の小さい洋館が、最近新築したばかりの玉山薮川組合村の役場であることを知り吉田は喜んだ。しかし、元の村役場が大正一四年一二月に火災で焼失したため、翌昭和元年一一月に新築されたことを聞くにおよび驚愕して次のように嘆き悲しんだ。

私は（啄木の）誕生年月日をたしかめるため玉山村役場に、戸籍謄本の古いものを調べようと思ったのであるが、同役場は米島村長の時代に失火して、塵一つ止めず丸焼けになってしまったためその希望はまったく水泡に帰した。

しかしこの後、孤羊は米島村長、役場の若い書記日野杉茂助の助けを借りて常光寺を訪ね調査を進め、啄木の生まれ故郷が渋民ではなく日戸であることを確認したのである。

一〇回にわたり岩手日報に連載された「啄木の生誕の地を訪ねて」の九回目の最後の部分に忠操が登場する。孤羊の手記は、忠操が玉山村長であったことを書いた最も古いものであり『村誌　たまやま』の出版よりも半世紀以上前であることに驚かされる。

最後に特に記しておきたいことは、こんな風に、玉山村字日戸は、啄木生誕の地として、切っても切れぬ縁故のある土地であることは判明したが、今一つ、啄木と玉山村を結びつけるのに、浅からざる因縁のある、隠れた一個の事実があることである。（中略）

節子さんの厳父、堀合忠操氏が、かつてこの玉山村で村長をつとめたことがあったことである。堀合氏の村長時代は、とっくに石川一家が流離の生活を初めていた時代のことである。

私はこの事実はかつて四年前、この日戸出身の石川順次郎氏からうろ覚えに聞いていたのであるが、このたび、玉山村を訪ねて図らずもこのことを思い出し、米島村長にこのことを訪ねたら、はたして事実であったのである。

忠操の息子堀合了輔の書いた『啄木の妻節子』（一九七九）の中にも父親が玉山村長をしていたと記されている。孤羊は、忠操が玉山村長であったことを日戸出身の石川順次郎から聞いて知ったのに対し、了輔の方は忠操から直接聞いたか、または堀合家の誰かから聞いたことを書き留めたものであろうと推定される。

二　忠操の村長就任

堀合一家は明治四四年以降、北海道函館市に移住、忠操は樺太建網漁業水産組合事務所の仕事に従事していたことが明らかである。しかし、そこに至るまでの間の玉山村長時代については確実な証拠がないため不明な点が多かった。

村長就任の時期に関しては、『石川啄木全集』第五巻の中に重要なヒントが隠されていた。啄木は、実の父一禎のことはたびたび日記に書いているが、節子の父である忠操についてはほとんど書き残していない。ところが、「渋民日記」末尾の明治四〇年一月賀状発送名簿の中には忠操の名があり、その住所が「岩手郡玉山村」になっている。この名簿が作成された明治三九年の年末、節子は出産のため盛岡の実家に戻り臨月を迎えていた。

啄木が生涯で作成した住所録は四種類あるが、いずれも日記帳の末尾に記されている。この賀状発送名簿は、そのうち最も古いもので、特徴は差出人の住所ごとに整理されている点である。東京の尾崎行雄から始まり全国に広がり、小笠原迷宮から岩手県内在住者になる。その四番目が忠操で住所は「岩手郡玉山村」と書かれている。そのあとは村山龍鳳、工藤寛得と続き以下が盛岡在住者になる。盛岡の最初が内田秋皎で、その後二人おいて「堀合内　盛岡市新山小路三」と記されているのが節子の欄である。忠操と節子は別々に記されていることに注目してこれを手がかりに、明治三九年の新聞記事を最初から丹念に調査することにした。

明治三九年岩手日報元旦号（其五）一面に啄木のエッセー「古酒新酒」、三面に節子の「白命遺稿を読みて」が掲載されている。この時啄木は、岩手日報から初めて原稿料二円を受け取った。

二月に入り、九日岩手日報二面に岩手郡役所が凶作義援金として一〇円を拠出したことが報じられ、長谷川四郎郡長以下職員の名前が掲載されている。前年明治三八年は東北地方の広い範囲が冷害に見舞われ、農家は疲弊し都市部の景気も悪化、岩手日報は救済のために義援金を募っていた。この義援金名簿の中に堀合忠操の名前が確認される。したがって、忠操はここまでは岩手郡役所に勤務していたことがわかる。

三月四日、啄木は節子、母カツと共に盛岡を離れ渋民へ戻り斎藤トメ方に寄寓した。忠操を通して平野郡視学に就職の斡旋を依頼していたことが功を奏し、四月一一日に渋民小学校の代用教員を拝命することになった。

九月一五日は岩手公園（現在は盛岡城跡公園）の開園式が行われた日である。岩手公園は全国的にも注目され開園式の様子を伝えるために京浜各地から新聞記者が派遣されていた。のちに啄木を入社させた東京朝日新聞からも編輯長の佐藤真一自らが来盛して取材して行った。この日の岩手日報二面上は「開園式」という見出しのついた社説である。同じ紙面の下に次のような記事が掲載されていた。

●岩手郡書記堀合忠操氏　七級俸に昇給の上依願免本官　同氏は岩手郡玉山村長に決定したりと

この記事の発見により、忠操は明治三九年九月に岩手県知事の認可を受けて村長に就任したことが初めて確認された。

節子は一一月一七日、出産のため盛岡の実家に里帰りした。この時、忠操は村役場に勤務するため単身で玉山村日戸に居を構えたと考えれば、明治四〇年一月賀状発送名簿の謎は解明されたことになる。

忠操の玉山村長決定記事発見後、数年してから国際啄木学会盛岡支部オブザーバーの山根保男と共同で行った岩手県文書調査により、この時に作成された岩手県知事あて「村長認可申請」書類一式が見つかった。これらの書類は、以下の三種類から成り最後に忠操自筆の履歴書が添付されていた。忠操の履歴書が見つかったのはこれが初めてである。

最初の書類は、明治三九年九月八日に玉山薮川組合村助役向井田栄吉から郡役所宛てに提出された「認可申請書」である。九月六日に行われた選挙で「有給村長堀合忠操」が当選したことを受け郡役所に申請するものであると記されている。

二番目の書類は九月一一日に長谷川四郎郡長が村長候補者堀合忠操の適否を審査し、その結果適任と認め岩手県知事宛てに上申した報告書である。この段階で不適任とされ認可されなかった事例は、当時の新聞記事の中にしばしば認められる。不認可になることは決して珍しくなったのである。押川則吉岩手県知事宛ての文書は以下のとおりである。

本郡玉山薮川組合村長当選認可申請に付調査候処当選人は現に本衙在官者にして左記の通適任者と認候条速に御認可相成度此段添申候也

記

一　当選人平素の素行
資性律直にして素行尋常なり

二　当選人と其村との関係
従来何等の関係を有せず今回始めて同村会議員有力者等の懇請を入し当選承諾するに至れり

三　当選人の適否及事由
明治十五年本衙に就職し爾来継続今日に及びたるものにして在職中克く職務に精励し殊に町村事務に熟達したるものなれば適任者と認む

四　盛岡市公民にして未だ移転又は寄留をなさず

五　犯罪に依り禁錮以上の刑に処せられたることなし

三番目の文書は極めて短く、一三日に「当選の件　認可す　知事」と署名されているだけで印鑑は押されていない。

これらの経過をたどり堀合忠操村長が誕生し、岩手日報に記事として公表されたのが九月一五日であったということになる。

これまで玉山村日戸は、父一禎が住職をしていた常光寺のある場所でここが啄木出生の地として知られていたが、忠操にとってもまた縁のある土地であったことが明確になった。

今回発見された「認可申請書」はいずれも貴重なものであるが、ここでは二番目の岩手県知事宛て報告書にある「記」の二「当選人と其村との関係」に注目してみたい。そこには「従来何等の関係を有せず」と明記されている。忠操はもともと玉山、藪川村とは何の関係もない人間である。そのような人物がなぜ村長に選任されることになったのであろうか。

三　忠操と米島家一族

啄木に関連する数多くの文献の中に米島家の人物が登場することは極めて稀である。本章の冒頭で紹介した「啄木の生誕の地を訪ねて」の中に吉田孤羊を滝沢駅に出迎えて日戸までの山道を案内した元玉山村長米島悦郎が最も古いものとしてあげられる。それ以降は、渋民在住の飯田敏、斎藤清人が編集した一九九五年発行の『今にして啄木文に思うこと』第二号「十　啄木の小説・『道』」の中に、当時の玉山村長は米島重次郎であると誤って記載している。しかし、『村誌　たまやま』の歴代村長一覧表の記載を信用すればこのような解釈になるのは仕方のないことだと考えられる。実際には明治三九年秋以降の玉山村長は忠操であったことはすでに説明したとおりである。

最近では私が『国際啄木学会盛岡支部会報』第二十五号（二〇一六）に「堀合忠操と玉山村藪川組合村」と題して「米島重次郎一族」を取りあげて論じたものがある。

米島家は古くから盛岡周辺では名門の家系として知名度が高いにもかかわらず、啄木はもちろんのこと、忠操と重次郎の関係ついてほとんど知られていないのが現状である。

米島家は重次郎、栄太郎、悦郎、重悦と続く玉山村村長の家系である。明治四四年一〇月一九日付岩手毎日新聞で重次郎は、嘉永元年（一八四八）六月盛岡に生まれ、後に玉山村に移り村長となり、産馬組合長として産馬改良に尽瘁《じんすい》、郡議会議員他を歴任していたと紹介されている。

『村誌　たまやま』の「旧村時代の歴代首長」一覧表が示す通り、米島家の人間が初代から玉山村長を務めていたわけではない。村長に就任したのは四代目の榮太郎が最初である。榮太郎は重次郎の長男である。米島家の家系図と一族の年譜を作り始めた時、私は「村誌」の間違いではないかと疑った。

その家の財産、身分、職業などを親子代々受け継ぐことを世襲という。普通は子が親の後を継ぐのであり、息子の後を継いで親が村長に就任した米島家の場合は、明らかに異例である。しかし、詳細に調べていくうちに徐々に謎が解けてきた。五代目と八代目村長が父親の重次郎となっているがこれは紛れのない事実で、さらに米島家をめぐるいくつかの運命が忠操村長誕生にかかわっていることがわかってきたのである。

玉山村薮川村組合村の村長は初代乙部尚明、二代目下田清継、三代目豊巻安定と引き継がれたが、ここで大事件が起こった。明治二八年一二月五日の岩手公報によれば、組合村長が刑事被告人として予審に付せられたため、町村制第九条により南北岩手郡長より職務停止を命ぜられた。さらに二週間後の同紙には、この組合村長が窃盗罪により盛岡地方裁判所で重禁錮一年監視六カ月の刑を宣告されたことが報じられている。村誌の「旧村時代の歴代首長」の一覧表によれば、四代目村長米島榮太郎の就任が明治三一年になっているのでその間村長は不在だったことになる。

重次郎の長男榮太郎は、明治一八年三月に玉山村村吏になったことが三四年七月一七日の岩手日報三面に報じられている。三〇年六月一七日の「教員送別会」という見出しの記事に「農繁期にもかかわらず来会者多く助役米島氏の挨拶あり」と書かれているので、榮太郎がこの当時助役を務めていたことがわかる。さらに同年一一月二五日には「医師派遣」と見出しのついた次のような記事がある。


岩手郡玉山村にては赤痢病発生伝染甚だしき為め同村長米島榮太郎氏より岩手病院長杉立氏へ向け医師派遣方照会されたるに付（略）

このようなことから『村誌　たまやま』の「旧村時代の歴代首長」一覧表の記載は誤りであること、また、三代目村長の不祥事件から一年余りの間に、当時助役であった榮太郎が村長になったのだと考えるべきである。実行力のある若き榮太郎村長は将来をおおいに嘱望されており、その奮闘ぶりが再三新聞記事として取りあげられている。

三二年一〇月二五日岩手日報一面に「玉山村雑況」と題した二九行に及ぶ長い記事がある。前半は玉山村内で発生した赤痢の状況について説明した後、残りの記事の半分以上が蔓延を防止するために奮闘する榮太郎村長の姿を讃えたものである。

赤痢対策を迅速に進め、急遽採用した主治医が酒浸りであると知り直ちに解雇し、日当の額に糸目をつけず新たな医師を招聘したことに対して「米島村長の断略は誠に賞すべきものあり」と結んでいる。

三四年一月は年末から上京し正月返上で村のために奔走、玉山に戻ったのは月半ばであった。岩手日報紙上に「上京中につき歳末歳首の礼を欠く　日本橋区浜町南部屋にて」の広告記事が一二日まで連日掲載されている。三四年六月で一期目の村長任期が満了となり再選され二期目に入った時に二百円という大金を贈られている。

●村長二百円を受く　岩手郡玉山薮川組合村村長米島榮太郎氏は明治十八年三月より村吏となりし以来人望有て遂に村長の椅子まで得たるが今回勤続の功少なからずとて去月十八日満期改選の時同氏の再選になりしを好期とし同氏に慰労として金二百円贈ることに議決し丁寧なる添章を以て贈呈したりと名誉といふべし

村長二期目が一年過ぎた三五年七月、東京出張中に榮太郎は病に倒れ命を落としてしまった。一〇日の岩手日報四面には父重次郎の名で以下のような死亡広告が掲載されている。

米島榮太郎儀上京中の所病気に罹り本月五日同地に於て死去致候此段恥辱諸君に謹告仕候

重次郎には二人の息子がいた。次男の吉太郎は日清戦争に陸軍輜《し》重《ちょう》兵二等卒として従軍した。終戦後の二九年四月二七日、第二師団第二糧食縦列第五小隊第二〇分隊長として勤務中、台湾の台南衛戍病院で亡くなった。その知らせ（公報）が親元に届いたのは七月に入ってからである。七月五日岩手日報四面に「陸軍輜重兵二等卒米島吉太郎儀」の死亡広告が実父重次郎、実兄榮太郎名で掲載されている。吉太郎の遺骨が玉山村の自宅にたどり着いたのはそれから四カ月後の一一月であった。一三日に葬儀が執り行われ一五日に玉山村東楽寺へ埋葬されるという広告記事が掲載され、一九日には重次郎名で吉太郎会葬御礼が出されている。わずか七年の間に大切な息子二人を亡くしていたのである。

重次郎は、若いころから村会議員に選ばれ村の運営に携わっていた一方で、村の子どもたちの教育にも熱心に取り組んでいた。一八年五月六日に玉山村の学務委員に任命され、玉山小学校新築増築の際には多額の寄付をしてきたことでも広く知られている。（明治二六年一二月二八日岩手公報）

榮太郎の死後、わずか一カ月で重次郎は五代目の玉山村長に就任した。五五歳の時である。重次郎はそれまでに村議会議員、郡会議員、郡会議長、盛岡組馬産組長他多数の要職を歴任してきていたが村長は初めてであった。志半ばで急逝した息子榮太郎の遺志を継いで玉山村の発展に貢献しようと考えたのかもしれない。しかし、一期務めただけで重次郎はいったん村長を退いている。村長に就任してみたものの年々複雑になっていく行政、事務管理など村の経営は熱意だけでは思うように進まなかったのではないか。重次郎が悩み苦しんでいる時に手を差し伸べてくれたのが郡役所の古参役人堀合忠操であったと思われる。

重次郎と忠操が出会ったきっかけは、明治三六年一二月に忠操が岩手郡役所から町村行政事務監督官を命ぜられたことにあると私は睨んでいる。町村事務監督官に任命されたことは、村長認可申請書に添付された忠操自筆の履歴書に明記されているばかりでなく、当時の新聞各紙でも報じられている。一二月一八日にこの記事が新聞に掲載された翌日から、忠操は連日郡内各町村に出張に出かけている。年内は二七日に町村事務監督から盛岡に戻り、翌日郡役所に出勤したことがわかっている。この仕事は翌年一月末まで続けられた。

その期間のどこかで玉山、藪川組合村役場を訪問し重次郎村長自らが忠操の指導や助言を受けていたのではないだろうか。重次郎が村長に就任して半年足らずの時期のことである。慣れない仕事ばかりで困り果てていた重次郎に対して忠操は親切に対応し懇切丁寧に指導したのではないか。

忠操は郡役所の兵事係を兼務していたので、重次郎の次男吉太郎が台湾で戦死したことを遺族に通知し、遺骨を届け、場合によっては県知事、郡長に代わって葬儀にも出席して弔辞を読まなければならない側の立場にいた。さらに、現職村長が東京出張中に急死するという事件があり、その後を受け継いで村長に選任されたのが父親で、重次郎が郡役所に認可申請書を提出してきたことを忠操が知らなかったはずはない。忠操は重次郎の置かれた状況を最もよく知る立場にいた人間だったのである。そのような意味では二人の出会いは運命的なものであったとも言える。重次郎にとって忠操は救世主のような存在であったに違いない。

それ以来重次郎は町村事務管理以外の村の行政などについても忠操に相談するという関係になったのではないかと想像される。重次郎は四年間の村長の任期が切れるのを待って、後任候補として町村事務に精通し旧知の仲で人格も信頼できる忠操を口説き落としたうえで、村議会議員の了解を得たものと考えられないだろうか。

同じ時代の渋民村の村長、助役の選任がどのように進められたかについては細かく調べられていない。しかし、山根保男と共に行った岩手県文書資料を見ると短期間に駒井村長と金矢光貞、光春親子など村長がめまぐるしく替わっている。非常に複雑であり、混乱していたことが一目瞭然で、今後詳細な研究が必要だと思われる。

小さな組合村とはいえ、議会における選挙で出席議員七名の満票を得て当選したのであるから、忠操がよほど信頼されていたことがわかる。ただし、重次郎の計画がすべて思惑通りに進んだわけではなかったようである。重次郎の任期は八月上旬までであったが、村長選挙が行われたのはその一カ月後である。忠操の村長認可申請書の申請者名は助役の向井田栄吉と記されている。おそらく、郡役所側の事情が関係して忠操の了解を得るまでに手間取り、重次郎村長の任期中に後任人事を決めることができなかったと考えられる。

忠操を「有給村長」として迎える構想を練り、実現できる人物が当時の玉山に数多くいたとは考えにくい。重次郎をおいてほかにはあり得ない。『村誌　たまやま』の末尾にある人物編の最初は石川啄木である。それに続くのが米島重次郎で次のように記されている。

米島重次郎は、盛岡市に生まれる。性質篤実明敏で、剛毅不屈の精神に富み、事に当っては着実果断万難を排して邁進事成らざれば止まざるの気概の人であった。

明治二十二年町村制の実施に際し、村会議員に当選して以来当選すること六回、郡会議員に当選すること五回、村長に就職すること二回、その間に郡会議長、村農会長、衛生組合長などの要職にありて、地方の振興改善に努め村民福利の増進に留意し、時々私財を投じて東奔西走尽力するところがあった。殊に玉山および藪川村地方は広大なる放牧、採草適地あるを以って産馬地として最も適当なるを自覚し、多額の私産を投じて種馬を購入して無償にて種付けを為さしめ、良馬の繁殖を図り玉山村の馬産地として、今日の名を為すに至らしめ、また、産馬組合長在職中には、洋種馬購入の計画をたて、万難を排してこれが実現を期し馬匹の改良に尽力、組合区域は今日の隆盛を見るに至らしめ、該組合のためまさに本県馬産界に貢献するところ大なるものがあり、明治四十三年馬産局より表彰された。

また、居村にあっては養蚕の飼育および大麻の製法改良、百合の栽培を奨励し、その他教育・衛生にあるいは林業上の施設に尽力するところの効果大なるものがあった。惜しむらくは大正十三年九月八日病のために没した。

吉田孤羊は「啄木の生誕の地を訪ねて」の中に「盛岡あたりで、きたない装をしている者を見れば『なんだ日戸玉山から出て来たみたいに』というのだが（略）それほど日戸地方は開けないところとみられてきたのである」と書き、さらに続けて「初めて玉山村を訪れた時それがいかに謬見であったかがわかった」として、その驚きを次のように表現している。

第一に予想を裏切られたことは、一軒一軒の農家のことごとくが、すばらしく堂々たるもので、盛岡周辺のみすぼらしいげな農家に比較するならば、真に雲泥の差があったことである。(略)日戸部落についていえば、小作人とか大地主というようなものがなくて、みな裕福な自作農ばかりであるとのことであった。蚕業はすばらしいほど発達しているし、馬はいわゆる南部馬の本家本元といわれるほど、飼育が盛んなそうである。

玉山村の人々の暮らしを大きく発展させ生涯かけて支え続けたのが米島重次郎であった。

四　小説「道」の玉山村長

啄木小説「道」には玉山村長が登場する。しかし、この村長が堀合忠操かどうかを含めてこれまで取りあげて論じた研究者はいない。

明治四三年四月二日の日記には「昨日発行の新小説へ私の書いた『道』が載った。(略)『スバル』以外に出た私の最初のもの」とあり、同年二月一九日に金田一京助にあてた書簡に「いつかお話申し上げし小説『道』について中島氏の好意を得、翌日春陽堂に田舎の村長然たる後藤宙外氏を訪ねて金に代へ候」と認めている。さらに三月一三日の宮崎大四郎宛書簡には「先月短編一つ書いた。『道』といふのだ」と書いているのでこの小説が執筆されたのは明治四三年二月上旬と考えることができる。

一方、六月一三日に岩崎正に宛て「『道』は僕が或る目的を置いて書いた小説の最初のものであつた」また「今度の作では、」目的を「一般的に老人と青年に置いた」と書いている。これらのことを受けて『石川啄木全集』(筑摩書房)第三巻末尾の解題には以下のように記されている。

(啄木の)「或る目的」とは、「一般的に老人と青年の関係」というテーマを指していると考えられよう。「道」はいわゆる「学校もの」であり、若い教師の側に準訓導今井多吉と、新任の女教師矢沢松子とがいる。老人側は老教師目賀田と校長、年齢は三十五六ながら老いのすでに見える主席訓導の雀部の三人である。この五人が隣村の小学校の実地授業批評会に行く、その一日の間を描いた小説である。

準訓導今井多吉は啄木、女教師矢沢松子は堀田秀子訓導、校長は遠藤忠志、主席訓導の雀部は秋浜市郎がモデルになっていると考えられている。ここでは最初に、小説「道」は授業批評会を舞台にしたフィクションであることを確認しておきたい。

「渋民日記」は最初の一カ月あまりはほぼ毎日書かれているが、渋民小学校の代用教員の生活が始まってからはまとめ書きが多くなる。「道」の題材として使われた授業批評会も一〇月のまとめ書きに記されている。

　五日は日戸小学校に授業批評会があつて出席した。その会は遺憾なく、今の教育の欠点を予に語つた。

（「渋民日記」）

　前日の四日は本宮小学校に転勤が決まった上野サメの告別式が行われた。日記には「生徒は皆涙ぐんで居た。予も心に泣いた」と書いている。五日は授業批評会のため休校となり、六日に上野を好摩駅まで見送りに行った。翌七日は日曜日で上野の後任堀田秀子が出勤したのは週明けの八日月曜日であった。

　上野、堀田両訓導の異動は当時の岩手日報に報じられており、『岩手県教育史資料』にも明記されていることから間違いのないところである。

　授業批評会に関しては、明治三九年度に記された「渋民小学校日誌」をもとにした国際啄木学会盛岡支部オブザーバー山根保男による最新のめざましい研究があるので紹介したい。山根が作成した資料によれば、この年度の岩手郡教育会部会は七回開催された。そのうち授業批評会を行わない会合が三回ありいずれも日曜日に開催されている。

　その一回目は四月二二日に巻堀小学校で開かれた。前日沼宮内で行われた徴兵検査の帰り道を一六キロ歩いて帰った啄木は、「痛い足をひきずつて」月次会へ出席したと日記に綴っている。この会には上野サメも出席した。サメは七回のうち最初の一回しか出ていない。

二回目は六月三日に玉山小学校で開催されているが、これには遠藤忠志校長一人だけで出席している。

三回目は、年が明けた四〇年一月一三日に渋民小学校で催された新年祝賀会である。啄木は、その時の様子を「会するもの六名。明治以降に生まれたる人々の間に予一人髯なき顔を並べたる、突然、焼野の中に白鳥の下り立てるにも似たりき。」（「丁未日誌」）と記している。

渋民小学校からは校長、秋浜市郎と啄木三人が出席、堀田秀子は接待係と宴席の準備に駆りだされていたと考えることができる。他校は玉山立花良吉、日戸伊五澤丑松、巻堀小坂圓次郎の校長三人が出席した。

以上の三回以外の残りの四回が授業批評会である。当初の予定は、夏休み以降九月から一二月までの間、毎月土曜日に各学校持ち回りで開催する計画だったと思われる。しかし、一〇月は授業批評会が二回催されており、一回目が一〇月五日の金曜日に開催されたのはおそらく予定の変更とみられる。九月末開催予定が当番校である日戸小学校側の都合で一〇月にずれ込み、さらに、渋民小学校側に教員異動の内示があったことにより開催曜日の変更をせざるを得なくなったのだろうと推測される。

一回目の授業批評会に出席したのは遠藤校長、秋浜訓導、石川一の三人だけである。上野サメには九月二九日付で転勤辞令が出されており授業批評会に出席する立場になく、後任の堀田秀子はまだ赴任していなかった。この最初の授業批評会が、三年半後に「道」を執筆する際の舞台として用いられたと考えられる。

批評会の二回目は一〇月二七日（土）に巻堀小学校で開かれた。これには、遠藤校長、秋浜主席訓導、堀田秀子訓導の三人が出席したが啄木は行っていない。

三回目は一一月一七日(土)に渋民小学校で開催された。これには巻堀小学校から校長以下三人、玉山から立花校長と米島悦郎(学校日誌には一郎と誤記)、日戸伊五澤校長、他に川又分校と黒石野から各一名、開催校の渋民からは四人の教師全員と松内分校から毛馬内賀来のあわせて五人が出席し、総勢一三名が集会したと学校日誌に記録されている。

授業批評会の四回目は一二月一日(土)玉山小学校で開催され、これには遠藤校長と秋浜主席訓導二人だけが出席している。啄木も堀田秀子も行っていない。

以上のことを整理すると、三九年度に七回開催された岩手郡教育会部会の会合に啄木が出席したのは四回であることがわかる。三回開かれた「授業批評会なし」の会合に啄木は、一回目と三回目の新年祝賀会にあわせて二回出席しており、両方とも日記に書き残している。四回開催された「授業批評会」には、一〇月五日の日戸小学校と一一月一七日の渋民小学校で開催された会合二回に出席しているが、日記に書き残したのは一〇月五日だけということになる。すなわち、四回開催された授業批評会のうちで、その様子が啄木日記に記されたのはこの一回である。この後渋民小学校で開催された授業批評会については何も書いていない。

一方、堀田秀子が渋民小学校に赴任したのは一〇月八日であるから、それ以前に開催された会合には出席するはずがない。出席できたは一〇月二七日の授業批評会以降からである。この日は新任女教師を他校の教職員に紹介する意味もあったと思われ、堀田訓導も巻堀小学校へ出かけている。啄木一人だけが行っていないがその理由はわからない。

これに続き秀子は、一一月一七日渋民小学校開催の授業批評会に出席しているが、一二月一日の玉山小学校での批評会には啄木と同様行っていない。これらのこともすべて渋民小学校日誌に記載されていることである。

すなわち、啄木と秀子が授業批評会で顔を合わせることができたのは渋民小学校で開催された一一月一七日の会一度きりである。二人が渋民小学校以外の学校で開催された授業批評会へ山道を歩いて出かけたことは一度もなかったということが確認できる。

以上のことから、小説「道」に描かれているような今井多吉と新任女教師矢沢松子の行動や会話の場面は現実には存在しなかったということが明らかである。「道」は、この年度最初に開かれた「授業批評会」を舞台にして創られたフィクションであるということを確認しておきたい。

さてここからが本題である。啄木は「道」の中になぜ玉山村長を登場させたのか。

路の岐《わか》れる毎に人数《ひとかず》が減つた。とある路傍の屋根の新しい大きい農家の前に来た時、其処まで一緒に来た村長は、皆を誘つて其の家に入つて行つた。其処には村の誇りにしてある高価な村有種馬《しゅば》が飼はれてあつた。

家の主人《あるじ》は喜んで迎へた。そして皆が厩舎《うまや》を出て裏庭に廻つた時は、座敷の縁側に薄縁《うすべり》を布いて酒が持ち出された。それを断るのは此処等の村の礼儀ではなかつた。

引用した箇所は、日戸小学校で行われた授業批評会の途中から加わった村長が、一行と共に学校を出た帰り道のできごとという設定で、小説の前半と後半のつなぎの部分に置かれた文章である。

「道」の登場人物は五人であるが、校長以下四人が渋民小学校本校の教師である。目賀田だけが分校から来た老教師という設定である。この小説の「話者（語り手）」は五人の登場人物すべての心の中に入り込んでいると判断される。しかし、引用した箇所に出てくる村長は、五人の学校教師とは別格の三人称話者「全知」からはずれた人物であると考えられる。この部分がなくても小説の「老人と青年の関係」という主題を展開することは可能である。

引用部分をよく読むといくつかの不可解な点が見えてくる。村長が先導して案内した農家では、急にやってきた客人が馬を見ている間に宴席を設け酒をふるまったのである。三時に小学校を後にしているので四時前のことだが、日の高い時間帯に農家の主人が家におり皆を喜んで迎えている。村長と農家の主人はよほど親密な関係で、あらかじめ客人を案内することを予告しておかなければこのような展開にはならないのではないか。

忠操が玉山村長として日戸の役場にいつ赴任したのかを正確に特定することは難しい。資料がないからである。本章の第二節で説明したとおり、忠操の村長認可申請が承認されたのは九月一三日で、岩手日報紙上で公表されたのが一五日である。翌一六日は日曜日であるから直ちに出勤したとすれば一七日からということになる。しかし、郡役所でやりかけた仕事の整理や引継などの残務に追われ、着任が九月末までずれ込んだ可能性も考えられる。いずれ、重次郎村長の任期が切れて以来、玉山・藪川組合村は村長不在の状態が続いていたことだけは確かである。したがって、一〇月五日の授業批評会が開催された時点で玉山村長と呼ばれる人物は忠操以外に存在しなかったことは明白である。

最大の謎は、渋民を離れて三年後に小説「道」を書く際に忠操を登場させたのはなぜなのかという問題である。この問題で解釈に苦しんでいる時、望月善次先生が長年主宰されている啄木月曜会で「道」を取りあげるということを聞き、飛び入りでＺｏｏｍ研究会に参加させていただいた。二〇二一年九月の吉田直美レポートをみて大きな衝撃を受け啓発された。

吉田は「道」に形象化された老人の姿には、父一禎の人生への無気力な姿勢に対する憎悪に近い感情が隠されているとする小川武敏の説を引用して、「『啄木の苦悩』のかなりの部分を一禎が占めていたことに驚いた。」と書いていた。小川は『石川啄木』（一九八九）の「小説『道』に関する問題」と題する論考の中で、作中の「目賀田老準訓導」の老醜に対する啄木の表現は残酷すぎるとして次のように書いている。

啄木は一九一〇（明治四三）年の日記は四月分しか遺していないが、その冒頭すなわち四月一日の項に、前年暮れ野辺地から上京して来て同居することになった父一禎について、「人間が自分の時代が過ぎてからまで生き残ってゐるといふことは、決して幸福な事ぢやない。殊にも文化の推移の激甚な明治の老人達の運命は悲惨だ。」と記している。悲劇的な一家離散の後、ようやく念願の家族揃った生活をはじめて三ヶ月目である。その生活への第一声が、このような内容であったことは、よほど父の姿に衝撃を受けたと思ってもよいだろう。

考えてみればそれも無理はない。啄木の父とはいったい、いかなる人物であったか。（略）子にとって父の存在は極めて重要である。その父石川一禎の前半生はともかく、僧侶として村民の崇拝を一応は受けた身でありながら、寺を追われてからは家出を繰り返すのみならず、妻子より旧師対月をひたすら恋い慕う。僧籍に在る者として厭離穢土の念が強かったにせよ、残された家族が路頭に迷うのをみすみす放置して顧みない態度であり、明治の家父長としてやはり尋常なものではあるまい。

前年末に父を迎えて一息ついた啄木が、残余の人生に対し既に何らの希望も持たぬ無気力な父の姿勢に改めてやりきれぬ思いを抱いたとしても無理はない。しかもその思いは衝撃や驚きではなく一種憎悪に近いものだったのではあるまいか。小説『道』に形象化された老人の姿には、このような父に対する無言の反撥が根底にあったと思われるのである。

啄木作品の中に父一禎が投影されているとする考え方はほかにもある。

碓田まさるは、啄木詩「老将軍」が日露戦役を描きながら暗いことに疑問を抱き、会戦勝利の国民的熱狂の中にこの詩をおいてみると実に奇妙で、熱狂というよりもむしろ孤独感が薄絹のベールのように被っているようだと書いた。「老将軍」を書く数カ月前に発表された「マカロフ提督追悼の詩」と比較することにより「啄木は生涯の秘事とした宝徳寺追放の屈辱を背負った父一禎のことを重ねてはいないか」と考察している。（『啄木断章』（二〇一九））

「道」の背景に父一禎に対する啄木の積年の思いが隠されているとすれば、「村長」の意味合いも変わってくると考えざるを得ない。何か深い意味が込められてるような気がしてくる。「道」の主題が「若者と老人」でその背景に啄木と一禎との関係があるならば、忠操村長が出てくることにも隠された意味があったと考えても不思議ではない。

啄木は一家の主としての一禎の生き方と堀合忠操の姿を対比させていたと考えられないだろうか。忠操に対しては、家長として家族を養うために懸命に働き続ける威厳を持った父親像を見ていたのではないか。

五　「忠操恐怖症」

西脇巽は「啄木の忠操恐怖症」という言葉を頻繁に使っている。西脇が「忠操恐怖症」を書き始めたのは『石川啄木の友人　京助、雨情、郁雨』（二〇〇六）からである。この本の中で、啄木と節子の婚約儀式やその年の秋に節子、母親とき子、妹孝子、二人の弟が渋民に行き石川家のもてなしを受けた時にも忠操は姿を見せていないことを理由にあげ「啄木と忠操の面会は双方から巧みに忌避されているように窺える。」と書いている。さらに、結婚式に啄木が出席しなかった理由が三点であるとする従来の説に加えて四番目に「啄木は忠操に会いたくなかった。」をあげている。そして、それが最大の原因ではなかったかと推測し、啄木はこのころから「忠操恐怖症」に罹患していたと考察している。

これ以来、西脇は『石川啄木　東海歌二重歌格論』『石川啄木　若者へのメッセージ』『石川啄木　不愉快な事件の真相』『石川啄木　旅日記』のすべての著書の中で「忠操恐怖症」という言葉を用いている。その中で私が最も注目したのは『石川啄木　東海歌二重歌格論』（同時代社、二〇〇七）で、

『国際啄木学会研究年報』第一一号（二〇〇八）の書評欄に次のように書いた。

「忠操恐怖症」は極めて有力な考え方だと思っている。この自説を基にして「晩節問題」が存在しなかったことを明確に論証できるばかりでなく、（略）「切り取られた啄木日記や消えてしまったノート」に何が書かれていたかについて興味深い推定をしているからである。

その後、森義真は『啄木　ふるさと人の交わり』「堀合忠操」で西脇説を紹介しているが、山下多恵子はこの本の解説で「忠操恐怖症」に触れ次のようにコメントしている。

啄木が忠操に感じたのは、文字どおりの「恐怖」というよりは、煙ったい・気まずい・後ろめたい……というような気持ではなかったか、と私は思うけれども、謹厳実直を絵に描いたような義父は、「定職を持たず夢ばかりを追いかけていた」啄木にとって、その前に出ると知らず識らず委縮してしまう、そんな存在であったことは確かであろう。

西脇が「忠操恐怖症」に思いつき研究を深めることになった最初のきっかけは、京子誕生の時の啄木の言動に違和感を覚えたからだという。

佐藤静子は国際啄木学会盛岡支部第二三三回月例研究会で「『丁未歳日誌』を読む」の表題で話題提供し、「忠操恐怖症」に関連して節子が京子を出産した直後の一月一日夜、妹光子を問安の使いとして盛岡へ行かせたことを取りあげレジメに次のように書いている。

当時、夫の代わりに親族の女性がお産をした妻を見舞う風習があったのではないか。明治時代、啄木に限らず、夫は簡単に妻の実家を訪う習慣はなかったのかもしれない。

これに対し西脇は、夫が妻の実家に行かない習慣があれば、啄木は何らかの形で触れても良さそうなのにそれがないこと、また、宮崎郁雨宛ての手紙に「出産三日後の元の恋人を訪ねた」と書いている明治四一年五月の日記を引用して、夫以外の男性の出産見舞いが許されるのだから夫が妻の実家に行くことに何の問題もないと二つの理由をあげて反論している。(『国際啄木学会盛岡支部会報』第二十六号「問安について」(二〇一七))

この中で西脇は「啄木は節子の分娩まで立ちあうことは希望しなかったが、出産後は妻子の安否が気遣われて会いに行きたくてたまらなかったと思う。会いに行かなかったのは不自然にちがいないが、行きたくても行くことができなかった。その理由は『忠操恐怖症』以外に合理的に説明することができない」と結んでいる。

私は「啄木の忠操恐怖症」は魅力的な仮説であると考えている。しかし、啄木はいつからどのような理由で忠操に対して恐怖心を抱き始め、接触を避けるようになったのかについては、これまでの西脇の論考だけでは充分に説明しきれていないと思う。特に結婚式を欠席したことの最大の理由が「忠操恐怖症」にあるとする西脇の考えには同意できない。さらなる研究が必要であろうと考えている。

『石川啄木と岩手日報』第四章「結婚式前後啄木謎の行動　仙台から好摩」の中で私は、仙台で死線をさまよっていた啄木は、バルチック艦隊を撃破し日本海海戦に大勝利したという知らせにより甦ったのだと考察した。西脇巽もまた『石川啄木　悲哀の源泉』第一章の四「二回の希死念慮」において、明治三九年暮れの渋民日記に「前後二回、死のうと思つた事のあるこの身の」とあることに目を留め、その二回目は詩集『あこがれ』出版直後に行方不明になった時期だと書いている。

山下多恵子は、最近の著書『悲しき時は君を思へり　石川啄木と五人の女性』の中で私の説を取りあげ「小林芳弘氏は、(結婚式)の時期の啄木の心理を、将来への不安で『自暴自棄になり、死をも意識していたのではないか』と分析しています。」と書いている。

忠操の名は啄木の日記文の中に一度も記されていない。西脇はそのことを重視しているのであるが、節子と結婚生活を始めた新婚の家は堀合家と目と鼻の先にあり、その後に移転した檳町の借家を見つけるにも堀合家の世話になっていることは明らかである。この時代に忠操から借りた借金が百円であることを考えても、啄木が忠操と顔を合わせることがなかったと考えることはできない。そんなことは不可能であろう。

釧路時代の日記には「玉山の舅」へ手紙を認めたことに対して一〇日ほど後に「堀合の父から詳しい消息」が届いたと書いている。いずれも相手は忠操であることが明白である。日記の末尾に書き留められた「住所録」には忠操の名が記されているので手紙のやり取りはなされていたことがわかる。

玉山村長として着任して間もない忠操に、地元の日戸小学校で開催される授業批評会に出席して遠くから集まった近隣の小学校の主だった先生方に挨拶をしてくれという依頼があり、その席で啄木と顔を合わせたと仮定したらどのようなことが想定されるであろうか。

啄木の立場からすれば、忠操が玉山村長に選ばれ就任したお祝いの言葉を申し述べ、節子が妊娠したことを報告してから出産の際には盛岡の実家で面倒を見てもらうように依頼する必要があった。一方、日戸に赴任して間もない忠操の側としては、岩手郡教育会部会は二つの意味でまたとない絶好の機会であったと思われる。一堂に会した近隣の小学校の主だった教師たちに村長就任の挨拶をすること、さらに、この四月に念願かなって渋民小学校代用教員に採用された娘婿石川一の指導と引き回しをお願いすることである。

一〇月五日に日戸小学校で開催された授業批評会に実際に村長が招かれたとしたら、その場は忠操にとって晴れ舞台になった可能性が高い。その場に啄木と一緒に立てることは、忠操にとって思いもよらぬことであったと想像される。さらにそこで、啄木から年末には初孫が誕生するという知らせがあったとすれば、忠操にとっては二重三重の喜びであったに違いない。この日のできごとは忠操にとって生涯忘れることができないほど誇らしく喜びにあふれた記憶として残ったのではないか。

玉山村長として単身赴任して間もない忠操は、米島家に寄宿して食事や身の回りの世話をしてもらっていたとも考えられる。授業批評会後の宴席は忠操があらかじめ米島家に依頼して準備していたと解釈できないだろうか。

六 「代用教員」と「月給八円」に対する考え方の違い

父一禎が宝徳寺を罷免されたことを知った時、啄木が金田一京助に宛てた手紙には「一時は皆ナンデモ捨てゝ田舎の先生にでも成らうとも考えた位」（明治三八年四月一一日）と書いているが、実際にそれを行動に移した形跡は認められない。もともと啄木は教師になろうと考えたことがなかったのではないか。節子と交際していた当時、忠操に呼びつけられ将来何をするつもりだと問われて「新聞記者」になるといったという三浦光子の証言がある。この時「学校教師」と応えていれば、節子との交際をもっと早く許してもらえたかもしれない。

啄木は中学を中退し学校を離れてから渋民小学校の代用教員に決まるまで一度も職に就いていない。もともと文学で身を立てようと考えていたのであるから当然のことかもしれないが、無職の期間は明治三五年秋から三九年春まで実に三年半におよんでいる。

啄木が学校教師にでもなろうかと思い始めるのは節子と結婚してからである。結婚後半年すぎたころ、それまで文学一筋で歩んできた男が代用教員になってもよいと思うように考えが変わるのである。その陰には、忠操と節子の存在があったはずである。節子は父の考えをよく理解しており啄木を辛抱強く懸命に説得したのではないか。

啄木は代用教員として勤務する前から、八円という給料に対する不満を友人たちに漏らしている。啄木日記、書簡、小説に記されている「月給八円」は以下のとおりである。

月給八円の代用教員！　天下にこれ程名誉なこともあるまじく（三月一一日「渋民日記」）
人生に対する予の不平は日々に益々多し、生活の苦闘も亦日に甚だし、八円の月給がよく一家五人を養ひうるの理遂になきなり。（四月一一日　小笠原迷宮宛書簡）
月給は大枚金八円也、毎月正に難有頂戴して居る。（小説「雲は天才である」）
孝子の目に映つている健は、月給八円の代用教員ではなかつた。（小説「足跡」）

ここには、人並外れた能力をもった日本一の代用教員の給料は高くて当たり前という、当時の啄木の天才意識が如実に表れている。啄木は月給がいくらであれば満足したのであろうか。自分より年長でしかも正規の教員資格のある上野サメと同額の一二円、あるいは二〇歳以上年長の主席訓導秋浜市郎と同額の一五円だったとしても、啄木は似たようなことを書いたような気がしてならない。

渋民小学校代用教員石川一の給与水準の問題である。「八円」という給料は当時の社会、経済状況の中において本当に安すぎたのかを吟味してみる必要がある。

前年の明治三八年は働き手のない大人五人の売り食い生活で、唯一の収入は三九年元旦に岩手日報に掲載された啄木と節子の原稿料のみであった。ほとんどの生活費が借金により賄われ、盛岡を引き上げ渋民に移住した後もなお借金取りに追われていた。

啄木は自分の生活は楽でないと書きながら、冷害で苦しんでいる周囲の人たちの生活にはあまり触れていない。学校日誌によれば、渋民小学校では弁当を持って学校へ来ることができない子どものために重焼きパンの配給を無料で行っていたが、途中からそれも有料に変わっていった。そのようなことも日記には記されていない。啄木日記、書簡や作品以外の視点から「月給八円」を考察してみたい。

ここでは、啄木以前の渋民尋常高等小学校教員の給料やほかの学校の教員の給料と比較することにより、当時の給料水準がどのようなものであったかを明らかにする。

『岩手県教育史資料』を中心にした明治三〇年から三九年まで一〇年間における渋民小学校とその周辺の小学校教員の月給は以下の表のとおりである。

明治三〇年	三月二三日		渋民尋常小学校訓導	沼田逸蔵	（月俸八円）
			山小沢尋常小学校訓導	秋浜市郎	（八円）
三一年	四月　七日	増給	山小沢尋常小学校訓導		（一二円）
		増給	玉山尋常小学校訓導	立花良吉	（一三円）
		増給	日戸尋常小学校訓導	伊五澤丑松	（一一円）
	五月　四日	任用	渋民尋常小学校訓導	小田島慶太郎	（一四円）
		任用	同	沼田逸蔵	（一〇円）
	一二日	任用	福岡尋常高等小学校訓導	相馬徳次郎	（一二円）
	一六日	任用	巻堀尋常小学校訓導	小坂圓次郎	（一二円）
	八月二三日	任用	渋民尋常高等小学校高等科訓導兼校長	小田島慶太郎	（一六円）
		任用	同　尋常科訓導	遠藤忠志	（一三円）
		任用	同	沼田逸蔵	（一〇円）

　　　　一〇月　五日　任用　同　　　　　　　　　　　　秋浜市郎（一一円）
　　　　　　　　　　任用　大更尋常小学校訓導　　　　遠藤忠志（一四円）
三二年　三月一五日　増給　福岡尋常高等小学校訓導　　相馬徳次郎（一三円）
三三年　二月　六日　任用　篠木尋常高等小学校准訓導　山崎エキ（六円）
　　　　　　一九日　転任　沼宮内尋常高等小学校訓導　相馬徳次郎（一四円）
　　　　三月一九日　任用　平舘尋常小学校准訓導　　　高橋治良（八円）
　　　　　　　　　　任用　渋民尋常高等小学校訓導兼校長　小山田義祐（一六円）
　　　　五月二四日　増給　同　　訓導　　　　　　　　沼田逸蔵（一二円）
　　　　　　　　　　増給　同　　訓導　　　　　　　　秋浜市郎（一二円）
　　　　六月二九日　任用　仁王尋常小学校訓導　　　　相馬徳次郎（一五円）
三四年　四月二〇日　増給　仁王尋常小学校訓導　　　　相馬徳次郎（一六円）
　　　　六月一九日　任用　篠木尋常高等小学校専科正教員　山崎エキ（八円）
三五年　三月　九日　転任　田頭尋常小学校訓導兼校長　遠藤忠志（一七円）
　　　　　　三一日　転任　渋民尋常高等小学校訓導兼校長　根守謙太郎（一八円）
三六年　二月　三日　増給　仁王尋常小学校訓導　　　　小田島慶太郎（一五円）
　　　　三月三一日　任用　渋民尋常高等小学校准訓導　佐々木鶴松（八円）
三八年一〇月二〇日　増給　仁王尋常小学校訓導　　　　小田島慶太郎（一八円）
三九年　四月　　　　　　　渋民尋常高等小学校訓導兼校長　遠藤忠志（一八円）

同　訓導　秋浜市郎　（一五円）
同　訓導　上野サメ　（一二円）
同　尋常科准訓導　石川　一　（八円）

沼田逸蔵は第一章において詳しく紹介したが、『岩手県教育史資料』には二三年九月に渋民尋常小学校授業生として月俸四円で任用されたことが記されている。その後沼田は久保尋常小学校に転任になり二六年一一月から再び渋民尋常小学校に訓導として戻った。三〇年の月俸は八円で翌年一〇円に増え二年後の三三年にはさらに一二円に増給になった。

立花良吉は元治元年九月二六日（西暦）生まれで渋民小学校の草創期に亀井大屯と共に教鞭を執っていた人物であることも第一章で説明した。明治八年一〇月に教師補、同一〇年に助教に任命され同一一年六月まで渋民学校に奉職した。漢学修業の後、一二年五月より一四年一〇月まで仮授業生として奉職、一一月には小学訓導補の資格を取得し、一六年一月同校の七等訓導として勤務したが四月に退職した。三一年になって玉山尋常小学校訓導として一三円を支給されている。三九年には玉山小学校訓導兼校長の立場で授業批評会ほかの行事に出席している。

小坂圓次郎は明治三七年夏の渋民村の日露戦争祝勝会で渋民在住の伊五澤丑松とともに演説を行い、三九年の岩手郡教育会部会の主要メンバーで授業批評会には毎回出席していた人物である。

秋浜市郎は啄木が代用教員時代の渋民尋常高等小学校主席訓導である。秋浜は啄木日記のほか「雲は天才である」「足跡」「葉書」「道」など数多くの小説のモデルとして登場する。代々医者であった秋浜家の長男として文久三年（一八六三）七月一三日に生を享けた市郎は、渋民小学校を卒業し、翌一六年四月北岩手郡川口小学校の代用教員となり、二〇年三月二八日沼宮内小学校へ転じている。二七年には紫波郡南尋常小学校から岩手郡大更村山小沢尋常小学校へ（七円）、さらに大更尋常小学校へ転任になる遠藤忠志訓導の後任として入れ替わる形で三一年一〇月八日より郷里の渋民尋常小学校に任用された。この時の月給が一一円であった。それから一年半後の五月に一円増給になり三九年の時点では一五円であった。この年の市郎の年齢は四三歳である。

啄木との比較対象として重要なのは、明治三三年三月に平舘尋常小学校准訓導に任用された高橋治良と三六年三月に渋民尋常高等小学校准訓導に任用された佐々木鶴松である。どちらも八円の準訓導であり啄木と同額であることに注目したい。この二人よりもやや遅れて採用されたとはいえ啄木は正規の資格を持たない準訓導の扱いである。

東北地方は明治三五年、三八年と続けて大冷害に見舞われ、農業を生活基盤とする地域住民はどこも皆貧困にあえいでいた。啄木は給料が遅れて支払われていないと手紙に書いているがこれは決して誇張ではない。当時の新聞紙上には渋民を含む岩手郡の多くの村が教員の給料を遅配していると報じている。ただし、遅れることはあっても支払われなかったわけではない。

渋民在住の飯田敏、斎藤清人は『今にして啄木文に思うこと』第二号（一九九五）の「おわりに」の中で「啄木の月給八円」を年額にして九六円とし当時の米の金額に換算している。明治三九年の相場によると、一石が一四円六八銭であり、大人一人が一年間に食べる米の量は一石二斗なので五、四人分の主食代に相当するという。さらに、「其の頃は周りの農家は稗飯に干菜汁の食生活だった」、伝え聞くところによると「周りの農家から雑穀や野菜等を度々心して貰うこともあったらしく」、石川家の暮らしは「充分ではないが周りの農家よりはましな暮らしだったと推察いたします。」と結んでいる。

篠木小学校の山崎エキは同校訓導山崎吉順の娘で、エキの姉ミノは節子の叔父加藤正五郎の妻であった。その縁で吉順の息子廉平は堀合家から五年間盛岡中学校に通い、節子がエキの後任として篠木小学校に勤務した際には山崎家に身を寄せていた。塩浦彰著『啄木浪漫　節子との半生』によれば、山崎エキは岩手女学校卒業後、大阪で裁縫修行し小学校の裁縫正教員免許状を得、三二年「授業雇」として篠木小学校に赴任、三三年に「準訓導」、三四年に「訓導」となる努力の人であったという。

一方、『岩手県教育史資料』によれば、明治三三年二月六日に篠木尋常高等小学校准訓導として任用された時の山崎エキの月給が六円である。三四年六月に同高等小学校専科正教員に任用されて給料は八円になった。同校に残る『学校沿革史』の関係名簿には、節子について「就任年月日三十七年四月三十日、三十八年三月三十一日依願退職、在職年月十一ヶ月」と記録されている。エキの退職は四月七日付なので後任の節子の就任は四月三〇日とする塩浦彰の説は正しいと考えられ、このことは後に発見された北村南州生（北邑壺月）の「節子のこと」からも裏付けられる。節子は女学校を卒業したばかりの正規の教員資格のない代用教員なので雇と同じ待遇の五円を支給されたと考えることができる。

石川家の経済状況や啄木の思いとは別に、日記や作品以外の資料を用いて考察すれば啄木の「月給八円」は高くも安くもない。当時の社会状況からすれば妥当な金額だったと考えることができる。

大谷利彦は、啄木は伝説を自ら作り出した作家と位置づけており「はたらけどはたらけど猶わが生活楽《くらし》にならざり」は啄木自作の伝説であると書いている。

「月給八円」の「日本一の代用教員」は「故郷を追われた」伝説と双璧をなすもので、それらは日記、書簡、小説、短歌などの作品をもとにして創りだされた啄木伝説の典型であると私は考えている。

次に、啄木の代用教員採用に道筋をつけた堀合忠操は、「代用教員」と「月給八円」に対してどのように考えていたのかを考察してみたい。

啄木は自分が「呑気に昼寝をして居る間に郡視学が決めてくれた。」と書くだけで、それを推し進めてくれた忠操がどれほど苦労をしたのかをまったく気に留めている様子がない。代用教員採用までの経過を考えると、忠操が陰で果たした役割は計り知れないのである。忠操は教員という職業をどのように捉えていたのか。

塩浦彰は『啄木浪漫　節子との半生』の中で、陸軍教導団が「優れた下士官を軍隊に送り込む役割果たしていた」として、忠操は「訓練と修養を目的とした高い徳育を身につけさせる教育」の場に身を置いていたという鋭い指摘をしている。忠操は陸軍教導団で人を育てることの意味や大切さについて体験を通して痛感したのではないか。郡役所に勤務して教育関係の仕事をするようになり、さらに子どもたちに対する教育だけでなく学校や教員などの教育環境を整えることの重要性を認識していったと思われる。

忠操は弟の加藤正五郎に資格をとらせ教職の道に進ませただけでなく、女学校を卒業したばかりの長女節子を篠木小学校代用教員にしている。

できることならば、忠操は節子にはそのまま女教師を続けてもらいたいと願ったに違いない。しかし、節子が嫁いだ石川家に働き手はなく売り食いと借金生活が続いた。これに不安を抱いた忠操は、ここしかない渋民小学校という職場一本に狙いを定め、娘婿石川一を教員として自立させることに成功したのである。郡役所の職員はもちろんのこと学校教員の給料は規定に定められたとおりである。八円の給料も妥当な金額だと考えていたに違いない。代用教員に就職させられたことに大満足し安堵したであろう。

「月給八円」に対する不満は啄木の偽らざる心境であったが、当時の代用教員の給与水準としては妥当なものだった。翌年四月に子どもたちを巻き添えにして引き起こしたストライキ事件も待遇改善や給与の増額を要求したものではなかった。同僚たちにストライキに参加するよう呼びかけた形跡もないし、子どもが教師の賃上げ闘争に加わることはあり得ない話だからである。啄木自身も「八円」は容認せざるを得ない金額だと認めていた有力な証拠である。

堀合了輔の『啄木の妻節子』によれば忠操は渋民に出張の際には石川家を訪れ節子を励ましていたという。忠操が村長就任後も啄木の願いを全面的に受け入れ、盛岡の家で出産することを許し、産後二カ月が過ぎてから母親トキを付き添わせて、節子を渋民まで送り届けている。啄木と忠操の「学校教師」「月給八円」に対する受け止め方に温度差があったことは認めなければならないが、ストライキ事件前までの二人の関係、すなわち石川家と堀合家の関係は極めて良好だったと判断できる。

七　米島家を訪ねて

四代にわたり玉山村の村長を歴任した米島家を取材するため、私は悦郎氏の子息誠悦氏に面会し、堀合忠操や啄木につながる話が伝わっていないかどうか尋ねた。しかし、驚いたことにそのようなことをまったく聞いたことがないという。

盛岡、渋民は勿論のこと、西根、大更、沼宮内など盛岡周辺の市町村であれば、どこにでも啄木や啄木一族との古き縁を主張したがる人がいて、様々な話を聴くことができる。米島重次郎は堀合忠操とは旧知の仲で、相当親密な関係にあったことは間違いない。

さらに、これまでだれも指摘していないことであるが、重次郎の孫にあたる悦郎は代用教員時代の啄木に会っていた可能性が極めて高い。それにもかかわらず、忠操や啄木について何も聞いていないし、忠操が玉山藪川組合村の村長であったことも初耳だという。

悦郎は立花良吉校長のもとで玉山小学校の教師をしていた。明治三九年一一月二七日に渋民小学校で開催された三回目の授業批評会には、玉山小学校立花校長の次に「米嶋一郎」という人物が出席していたことが学校日誌に記されている。これは明らかに「一郎」ではなく「悦郎」の誤りである。悦郎は明治二四年一二月二三日生まれで当時一四歳の少年であった。玉山小学校に在職していた当時の履歴書ほかの資料は現在も残されている。これだけでなく、一〇月五日に日戸小学校で開催された一回目の授業批評会にも出席していた可能性が高い。したがって、悦郎は最低でも一回、多ければ二回啄木と顔を合わせていた可能性がある。

これらを悦郎はまったく覚えていないのである。実に不思議なことではないか。

吉田孤羊が啄木生誕の地を初めて訪問した時に、滝沢駅から日戸までの山道を案内したのが悦郎であったことはすでに紹介したとおりである。悦郎が若き日に啄木と会っていたことを、孤羊が聞き知ったら嬉し涙を流して喜んだのではないだろうか。

飯田敏・斎藤清人は『今にして啄木文に思うこと』第二号（一九九五）の中で小説「道」に描かれている渋民から日戸までの道筋を想定し略図を作成している。小説「道」に書かれていることが現実にあったという前提で地図が作られている点は容認できないが、啄木が明治三九年秋に日戸までの道のりを徒歩で往復したことは紛れのない事実である。授業批評会に行かなかった女教師との会話などはすべてフィクションだとしてもその時に見た情景や体験が作品に生かされていると考えるのは当然のことである。

作品に描かれた風景や地形、馬を大切にしていた当時の状況を考慮すると、村長が出てくる場面は具体的でこのようなことは実際にあったことだと想像させられる。しかし、飯田・斎藤は村長が案内した農家を熊澤家だと想定していることが、私には納得できない。熊澤家と特定した根拠は平成六年（一九九四）に現地を訪ねた時点で聞きかじったことをもとにしているが、玉山には馬を飼っている農家はほかにもたくさんあったのである。米島重次郎の存在を知らず、名馬を飼育していたというだけの理由で熊澤家と特定したことには同意できない。

本章三の「忠操と米島家一族」で引用したとおり、『村誌　たまやま』末尾の人物編には重次郎が玉山の馬産事業を興し発展させたとして、以下のように顕彰していたことを再確認しておきたい。

多額の私産を投じて種馬を購入して無償にて種付けを為さしめ、良馬の繁殖を図り玉山村の馬産地として、今日の名を為すに至らしめ、また、産馬組合長在職中には、洋種馬購入の計画をたて、万難を排してこれが実現を期し馬匹の改良に尽力、組合区域は今日の隆盛を見るに至らしめ、該組合のためまさに本県馬産界に貢献するところ大なるものがあり、明治四十三年馬産局より表彰された。

米島家では多額の私産を投じて購入した種馬を自宅で飼育していたのであり、「道」で村長が案内した家は米島家しか考えられない。重次郎が忠操に村長就任を依頼しに行った時点で、日戸での生活上の条件も話し合ったうえで忠操は玉山へ行く決心をしたのであろう。単身赴任の忠操は米島家に寄宿していたか、近くに居を構え食事の面倒を見て貰っていたと考えれば、授業批評会のあと村長の案内で立ち寄った家での振る舞いも合理的に説明がつく。

岩手郡役所に視学として勤務していた平野喜平に対して、忠操は娘の節子と啄木について多くのことを語っている。節子の就職ばかりでなく娘婿啄木の渋民小学校代用教員採用の依頼までしている。二人は郡視学と教育担当という近い関係にあって長年同じ職場にいて一緒に出張に出かけたこともあり、肝胆相照らす仲であった。

一方、忠操は組合村村長時代には重次郎と頻繁に顔を合わせ、平野喜平よりももっと親密で濃厚な関係にあったと思われる。息子の栄太郎が急死した後、村の運営を重次郎が受け継ぎ苦労していた時に四年間支えてくれた忠操は、救いの主であったはずである。忠操は米島家と玉山村の恩人であったと思われる。

忠操は平野喜平に語ったと同様に節子や啄木のことを重次郎に話したと思われるのだが、米島家には堀合忠操という名も啄木との関連も何一つ伝えられていないという。

このことをどのように解釈すべきであろうか。

忠操の同僚として最も身近で仕事をしていた平野喜平と米島重次郎の違いは一体どこから来るのであろうか。平野に言ったと同じように、米島重次郎に対して啄木のことを語っていれば、忠操との縁も米島家代々に言い伝えられて現在まで残ったのではないだろうか。それがないは、忠操自身が啄木に関する話題を封印し黙して語らなかったからではないだろうか。

この問題については最終章でもう一度取りあげて論ずることにしたい。

第八章

遠藤忠志は渋民小学校始まって以来の名校長であった

はじめに

私は、近年発掘された新たな資料をもとに啄木伝記研究の見直しに取り組んでいる。

遠藤忠志は、啄木が渋民尋常高等小学校代用教員をしていた時の校長である。啄木が在職中に書いた小説「雲は天才である」の小学校長のモデルとして描かれ映画や演劇にも取りあげられている。しかし、実証的な研究がまったくなされないまま「雲は天才である」「足跡」「葉書」「道」「漂泊」などの啄木小説中の遠藤校長像が、実在の人物として語られ続けていることに対して大きな疑問を感じている。

渋民小学校から篠木小学校に異動したあと校長在任中に死亡した相馬徳次郎と同様、遠藤忠志の人間像と人物評価もまた大きく歪められているのではないか。

本稿では、明治三九年前後の渋民小学校の様子や学校運営などに焦点を当てながら、これまでに伝えられてきた遠藤忠志の人物評価が正しかったのかどうかを検証してみたい。

一　先行研究

小田嶽夫著『〈青春の伝記〉石川啄木』（一九六七）は、タイトルにもあるとおり青少年向けの伝記物として全一〇巻出版されたうちの一つである。著者は「はしがき」の最後に啄木の生涯を小説化した「小説石川啄木伝」だと断りながら、伝記小説なので「小説的虚構にはおのずから限度がある」と書いている。第一章二「教員室の喜劇」は「雲は天才である」の冒頭部分とほぼ同じで、小説の中の人物を全て実在の人物におきかえている。この著者は「雲は天才である」の中に描かれている遠藤校長の言動や行動は事実そのものと解釈していると判断される。

上田庄三郎『青年教師石川啄木』(一九九二)は、啄木がいかに先進的な教育理念を掲げ代用教員に取り組んだかを繰り返し、それが現代の教育思想の先駆けになっていると結論づけているが、遠藤校長の人物評価の部分では重大な誤りを犯している。渋民小学校ゆかりの人物に対する聞き取り調査を数多く引用していながら、調査資料を正しく読み解くことができていないからである。啄木の代用教員時代の業績を褒め称えることにより上田自身の主義主張を喧伝するために、あえて遠藤校長を貶めようとする意図さえ感じられる問題の多い著書である。

及川和哉は渋民を案内するガイド本『啄木と故里』(一九九五)の中で、相馬徳次郎と遠藤忠志の区別がつかないままに「雲は天才である」を引用し、小説中の校長を実在の人物として扱っている。この著者は、岩手日報で学芸部長他、社の要職を歴任しているが、啄木の生まれ育った地域の報道関係者としてはあってはならない初歩的でしかも致命的な誤りを犯している。

ドナルド・キーンの『石川啄木』(二〇一六)は実に誤りの多い著書である。誤りの多さについては以前から多くの研究者によって指摘されていたことではあるが、細かく数えていくと誤りの数は二百、三百か所では済まないのではないかと思われる。なぜこのような間違いだらけの著書が世に出ることになったのか不思議である。キーンの遠藤校長に対する認識は何を根拠にしているのかも明確ではない。

この著書の中でキーンは、遠藤校長は「啄木を罰するために担当科目を増やした。」だとか「教職員が校長に対抗してストライキに踏み切った時、啄木はその先頭に立った。」などという明らかに誤ったことをまことしやかに書いており、代用教員時代の啄木をどの程度理解できていたのか疑いたくなる。

森義真は「遠藤忠志――『啄木 ふるさと人の交わり』補遺（二）」（二〇〇八）の中で、小説に描かれた校長や夫人の姿を「虚構ではなく事実であったようだ」とし、さらに「小説に描かれた情景が事実に近いものとすれば」と繰り返し書き、作品中の校長を実在の遠藤忠志としてとらえているが、その根拠は薄弱である。この論考にはこのほかに数多くの誤りや問題点を含んでおり、これまでの遠藤校長の人物評価にかかわる重要問題が凝縮されている。

これまで遠藤校長に関する実証研究はほとんどなされてこなかった中で、唯一、佐々木祐子は、『岩手県教育史資料』をもとに「渋民のくらしと啄木 二」（『岩手の古文書』（一九八九）を書き、遠藤忠志の出自に触れ、渋民小学校の後転出した土淵小学校までの履歴を丹念に調べあげている。そこから、遠藤忠志は明治期の教育制度の変遷とともに簡易小学校訓導、尋常小学校訓導、尋常小学校訓導兼校長として歩んだが、その経歴は岩手県近代教育史の歩みそのものであったと位置づけている。

さらに、佐々木は石川キン氏旧蔵資料を克明に調査し、「小説や短歌の中の渋民像は必ずしも資料と一致しない」ことに気づき、啄木が作品を通して語る風景や人々の暮らしは「いわば啄木の目で見た渋民像である」という極めて重要な指摘をしている。

「渋民のくらしと啄木　二」の究極の目的は、相馬徳次郎、遠藤忠志両校長の人物評価をめぐる問題やストライキ事件の解明にあったと思われるが、残念ながら満足のゆく結論には至っていない。この論考の最後に、結びにかえてとして「これらの資料を通して啄木の作品を見る時、また新たな解釈が生まれるのではないか」と書き、さらなる研究への期待感を示している。私はこの論考を読み直して大いに啓発された。今を遡ること三〇年以上前にすでに佐々木がこのような重要な指摘をしていることに対し深く敬意を表したい。

二　遠藤忠志の経歴

佐々木祐子の「渋民のくらしと啄木　二」によれば、遠藤氏の祖は南部氏の家臣で、もともとは毛利氏の家臣であったが、寛文六年、盛岡藩主重信の世子行信の夫人として毛利家から毛利光広の娘熊姫が輿入れする際に従い、南部氏に召し抱えられたという。

遠藤忠志は、明治四年九月二五日忠敏・タキの長男として南岩手郡西山村長山（現在の雫石町）九地割東早坂四五―二に生まれた。岩手郡公立早坂小学校から、長山小学校へ進み岩手県立師範学校付属小学校を経て公立西南閉伊教員予備学校を卒業した。教員予備学校は明治一六年に各郡役所内に、初等小学校教員の養成と中等以上の小学師範学校入学の必須学科を授けるために開かれた。近くの小学校で初等科の実地授業を学びながら修身等九教科を授業するものであった（佐々木祐子）。遠藤はここを卒業して初等科教員免許状を与えられ、明治二一年年九月に西南閉伊横田尋常小学校授業生として奉職、翌二二年七月南岩手郡長山簡易小学校訓導として勤務した。さらにここから岩手県立尋常師範学校に進み、二七年三月に卒業して小学校高等科教員免許状を取得した。

御明神尋常小学校訓導本科正教員時代の二七年六月に七週間陸軍現役兵に服し、三一年六月には岩手郡繋尋常小学校へ異動した後、同年八月に渋民尋常高等小学校訓導として赴任した。しかしここもわずか二カ月在籍しただけで一〇月には大更尋常小学校訓導へと転出している。約一年後の三二年九月に大田高等小学校訓導として異動になり、師範学校で取得した資格が経歴の中で初めて生かされることになる。三三年九月には大田小学校訓導と兼任ではあるが大更尋常小学校長に昇進した、田頭尋常小学校長の時、篠木尋常高等小学校へ転任する相馬徳次郎校長の後任として再度渋民小学校に校長として赴任することになったのである。

大更小学校時代に遠藤が地元の有力者である工藤寛得に宛てた書簡が工藤家に伝わる「藤六文書」の中に収められている。運動会や学校行事について案内する、短いが心の行き届いた内容の手紙である。大更、田頭地区での学校経営手腕は地元の人々から高く評価され、温厚篤実な人柄と誠実な仕事ぶりは広く認められていたようである。

渋民尋常高等小学校へ転出した直後の明治三七年四月二六日付岩手日報に、次のような記事が掲載された。

教育功勞者賞與　本縣にては管内學校奉職せる教員中の功勞者を選抜し此程『ことばのいづ

み』一部宛を寄贈せり其人名は岩手郡田頭訓導兼校長遠藤忠志仝郡玉山仝立花良吉（略）

これに続き、以下岩手県内各小学校の訓導兼校長、訓導二一名の名前があげられている。この時遠藤は、玉山尋常小学校長立花良吉と並んで数多くの教育者の中から選ばれて功労者として表彰されていたのである。校長に就任してからわずか三年半後の三五歳の時のことであるが、大更、大田、田頭小学校時代の業績が高く評価された結果だと判断される。

遠藤は、相馬徳次郎校長の後任として明治三七年三月三一日付けで渋民小学校訓導兼校長として発令された。岩手日報他の新聞紙上に辞令が公表されたのは四月九日のことである。これまで、相馬校長の異動は啄木らが起こした排斥運動が成功した結果だと考えられてきた。しかし、これは啄木の思い過ごしで、この異動は平野郡視学が前年から用意周到に立案し準備していた教員配置計画に基づくもので、通常の人事異動と同様に扱われていたことは、第三章「相馬徳次郎校長排斥事件の真相」で詳細に論じたところである。

遠藤校長の異動に合わせて、岩手郡では初の正規の教員資格を持った女教師が渋民小学校に配置された。雫石町出身の上野サメである。この事実は、平野喜平が遠藤忠志に対して全幅の信頼を寄せていたことを示す証しである。平野は後年以下のように語っている。

この学校の校長の遠藤忠志君は私の岩手師範学校の同窓であり、温厚篤実な人物で（略）当時渋民小学校は、岩手郡の中でも沼宮内町の次に高等科を設置して、（略）初等教育に力を入れており、生徒も仲々向学心にもえていたので、私もかねて優秀な教員の配置に協力していた。（略）春岩手師範女子部を卒業した上野サメ嬢をこの渋民小学校に配置したのもそのあらわれで、当時こうした村の小学校に師範卒業の女子教員を配置することは異例のことで、上野さんは訓導の資格をもつ岩手郡最初の女教師であった。

（『回想の石川啄木』「啄木を採用したころ」）

遠藤校長の学校運営手腕は教育行政監督官である平野郡視学からも厚い信頼を得ていたことになる。当時、正規の資格を持った教員は大幅に不足していた。その中で特に危惧されていた問題が校長と女教師の関係であった。近年発見された上野サメの語った言葉の中に、次のようなことが記されている。

私が渋民村へ行ったのは当時の郡視学平野喜平といふ方のお世話でした。昔は学校勤めの失敗といえば校長と女教師との醜聞でそれがすぐ噂になって拡がりそれで一生を駄目にした女教師が数多くありました。兄広成の世話になったことのある平野郡視学は私を一番安全な地帯に就職させてくれたわけなのです。ちなみに私は岩手県《ママ》で最初の女教師でした。渋民小学校の校長は遠藤忠志という実に温厚篤実なまことに真面目な方でありました。

（野村まり筆　瀧浦サメ「啄木の思い出」口述筆記）

遠藤校長のこれまでの実績に加えて若い教員の育成においても、平野郡視学は全幅の信頼を寄せていたと思われる。遠藤校長は雫石町の出身で上野サメの兄広成とも面識があった可能性もある。

明治三九年四月、石川一が代用教員として渋民小学校に採用された。この人事にも平野郡視学が深く関わっている。

三八年六月、『あこがれ』出版後盛岡に戻った啄木は現在の新婚の家で所帯を持ち、間もなく磧町へ移り『小天地』を発行したがうまく後が続かなかった。両親と妹を抱えた一家五人の働き手のない生活は借金に頼る以外に方法はなかった。年明け前後、郡役所吏員であった節子の父堀合忠操を通して同僚の平野郡視学に代用教員採用を依頼したのが始まりである。平野の特別な計らいにより、訓導の資格のある前任者を異動させ、出身校である渋民小学校に啄木が採用されることになった。平野郡視学と遠藤校長は盛岡師範学校時代の同期であった関係で、平野は遠藤には頼みやすかったに違いない。

明治四〇年四月に啄木が引き起こしたストライキにより土淵小学校へ異動した後は、観音林尋常高等小学校（農業補習学校長兼務）から晴山尋常小学校、平山尋常小学校を経て戸田尋常小学校在任中に五〇歳で退職した。退職後は紺屋町にあった執達吏役場に勤務、昭和一五年一二月二七日に七〇歳で死去した。

三　啄木との出会いと別れ

啄木と遠藤校長の最初の出会いは明治三七年四月七日である。この日、啄木は午前中に渋民小学校を訪ねたようである。「甲辰詩程」には「金田一君と共に学校に行き遠藤、上野諸氏に逢ふ」と書かれており、盛岡師範学校を卒業して赴任したばかりの女教師上野サメともこの時初めて会ったものと思われる。

「甲辰詩程」は、この後三カ月以上中断するのでその間のことは不明であるが、同年六月二日付伊東圭一郎宛書簡に「小学校長の遠藤などゝもうちとけた話をして居る」と書いている。何らかの交流があったことはうかがい知ることができる。しかし、これより二カ月後に行われた、村始まって以来の大イベントであった八月五日の「渋民村の祝勝会」に遠藤忠志校長の名が見当たらないのである。いったいこれはどうしてなのだろうか。

この年の二月に始まった日露戦争は国民の期待とは裏腹に一進一退を繰り返していた。それにもかかわらず全国各地で祝勝会がくり返し催されていた。盛岡市内も例外でなく夏までの間に何度となく祝勝会開催の計画が立てられており、盛岡周辺の町村においても同様な催しがなされていた。最前線で日本軍が圧倒的に優位に立っていたのではなく、特別な戦果が挙がっていたわけでもないので、祝勝会というよりは祝勝祈願集会の意味合いが強かった。

「渋民村の祝勝会」は、啄木がリーダーシップを取り、親しい仲間を中心に有志を募り、自らが発起人となって渋民小学校を主会場にして催された会である。祝勝会は二部構成になっており、前半の目玉は祝勝演説会であった。祝勝演説を任されたのは秋浜市郎、伊五澤丑松、小坂圓次郎、畠山亨、金矢七郎と啄木である。秋浜は渋民小学校主席訓導、伊五澤は日戸小学校訓導兼校長、小坂は巻堀小学校訓導兼校長、畠山と金矢は当時啄木と特に親しかった関係で選ばれたと考えられる。ここで、秋浜市郎にはもう一つの大切な役割があった。「祝勝演説」が終わった後、第一部を締めくくる際に

「大元帥閣下海陸軍万歳」三唱の発声をすることになっていた。尋常科しかない近隣の小学校長が祝勝演説を務めているのに、主会場となった高等科を設置している格上の渋民小学校長遠藤忠志だけに出番がないのは、実に不可解である。

もともと、渋民小学校教員には二つの役割が振り分けられており、秋浜主席訓導の役目は万歳三唱の発声だけだったのではないか。私は遠藤校長の役割が祝勝演説だったような気がしてならない。急遽、何かの都合で祝勝演説を遠藤校長が取りやめたか、務めることができなくなりその代役が秋浜訓導に回ってきたと考えられないだろうか。

遠藤校長が「渋民村の祝勝会」に姿を見せないことをどのようにとらえればよいか。前章でも説明したとおり、平野郡視学は啄木らが相馬校長の排斥運動をしていたことを知っていた。当然のことながら、後任の遠藤校長にもそのことを伝えたはずである。遠藤校長が赴任した直後は、啄木のみならず村の多くの人間が、排斥運動により渋民小学校相馬前校長は篠木小学校に異動させられたと思い込んでいただろう。小学校はすでに夏休みに入っており、校長が祝勝会に出られない特別な理由があったように思えない。遠藤校長は、赴任した当初から啄木を要注意人物として警戒し接触には細心の注意を払っていた可能性は考えられないか。あえて一定の距離を置こうとしていたのかもしれない。

啄木はこの年の秋『あこがれ』刊行のために上京したので、一年半後の明治三九年三月に渋民に戻るまで村は平穏な日々が続いたことであろう。

その二年後には、郡役所教育係堀合忠操の娘婿石川一を採用してくれないかという打診を平野郡視学から受けた。啄木が代用教員になる噂は三月中に村人の間に広まっており、学校がかき回されるという心配をする者もいたが、有資格の準訓導を転勤させ代用教員として採用することを了承した。

啄木は、四月一一日付の渋民小学校代用教員の辞令を一三日に村役場で受け取り、翌一四日から尋常科二学年の教壇に立った。「渋民日記」の「四月十一日。――十六日。」に遠藤校長を「師範出の、朝鮮風な八字髯を生やした、先づノンセンスな人相の標本といつた様な校長」と書いている。渋民小学校に出勤してからわずか一週間にもならない時期の表現であるがこれが小説を書く際にもそのまま使われた。

四月二六日から三日間、放課後に高等科生徒の希望者へ英語の課外授業が行われた。啄木には高等科を教える資格がなかったが、本人の強い申し出があり遠藤校長は受け入れた。

六月一〇日過ぎから農繁休暇で上京した啄木は、渋民に戻り七月三日から小説を書き始めた。最初に書いた「雲は天才である」のS小学校長のモデルが遠藤忠志であった。日記の「ナンセンスな人相」はさらに克明になり「鼻下の八字髯《ぜん》が極めて光沢が無い、これは其の人物に一分一厘の活気もない証拠だ、そして其髯が鰻のそれの如く両端遥かに頤の方向に垂下して居る、恐らく向上といふ事を忘却した精神の象徴はこれであらう。亡国の髯だ、朝鮮人と昔の漢学の先生と今の学校教師にのみあるべき髯だ。」と揶揄している。

この後、「八十日間の記」と題したまとめ書きによれば、六月初めに起こった、畠山亨助役が突然辞任しなければならない事件の翌日から、校長とこの村土着の訓導の自分に対する態度が変わったと書いているが、畠山事件自体の真相がまったく不明である。この事件が啄木や一禎の宝徳寺復帰問題とどのように関わっていたのかわからない。啄木がそのように思い込んだ可能性が十分に考えられる。

これ以降渋民日記はまとめ書きで、その月ごとに記されているが、遠藤校長に関することは何も出てこない。年が改まり新しい日記は「丁未日誌」と名付けられた。

明治四〇年の年末年始休業は七日までで八日から三学期の授業が始まった。正月休み中長く書いていた日記は学校が始まってからも続けられたが、一八日にわずか一行書いただけで一〇日間中断し、二九、三〇日を書いたあと二月中はまったく書かれていない。三月は文章が書かれているのは四、五日と二〇日の三日間のみで、三〇日は日付だけが記されている。二〇日はこの学年最後の授業日であったが、授業はやらずに卒業生送別会を行ったと日記に記されている。どういう理由かわからないがこの日は遠藤校長が学校にいなかった。

この後校長が日記に出てくるのは、新年度に入った最初の四月一日、辞表を提出した場面とそれから三週間後の「ストライキノ記」と名付けたメモ書き風の「二十日、校長の転任」というところだけである。二二日に免職辞令を受けて退職したわけであるから、その後の遠藤校長の動向は知る由もないのは当然かもしれない。遠藤校長の転任が新聞紙上に公表されたのは六月上旬になってからのことである。ストライキ事件という突発的な予期せぬできごとに対応するために、最短でも人事異動の発令には一カ月半以上の時間を要することを示している。人事の鉄則であるが、一人校長を動かすことにより玉突き状態になり、数多くの教員が同時に異動を余儀なくされるからである。啄木が北海道へ移住した後もなお、遠藤校長は渋民小学校にとどまり、六月初めに土渕小学校へ移ったと解釈される。

四　宿直

佐々木祐子（一九八九）の論考以外、遠藤忠志校長に対する人物評価のほとんどが、啄木作品をもとにして作られたものであり、実在の人間像が正しく反映されていない可能性があることについて本論の第一節で指摘した。

ここからは啄木日記や書簡から離れて、現在われわれが知り得る他の資料を手掛かりに当時の渋民小学校と遠藤忠志校長の実像に迫ってみたい。

「雲は天才である」には、遠藤校長の家族が学校に寝泊まりしていて、だらしない格好をした校長夫人や子どもまでが校舎の中で生活している様子が描かれている。当時は宿直制度が定められており、宿直する場合に支給される夕食代も使丁（小使い）、教員ごとにきちんと定められていた。

「相馬徳次郎校長排斥運動の真相」のところでも引用したが、明治三七年五月初めに準訓導として篠木小学校に赴任してきた北村南州生に対して、相馬校長は住むところが決まっていないことを理由に「常宿直」を命じている。職員数の少ない小さな学校などそれぞれの事情を考慮して、どのように実施するかは校長の裁量に任されていたものと考えられる。

そこで、渋民小学校の宿直はどのように運営されていたのかという問題である。

明治三七年度以前の渋民小学校の宿直体制から見ていきたい。相馬校長は三五年一〇月に赴任して来たが当時は独身であった。翌三六年秋に渋民小学校の教員であったミネと結婚し所帯を持った。渋民小学校の歴代職員名簿でミネは、六月に就任し半年後の一二月に退職している。

「甲辰詩程」の中には啄木が再三相馬宅を訪ねて書物を借りていることが記されており、佐々木祐子の論考には相馬が自宅で使うためのランプ用の灯油や紙、豆腐などを消費していたことが示されている。啄木は排斥運動を始めるにあたり校長以外の教員から情報を集めているが、宿直の時を狙って渋民小学校に再三通い詰めていたと思われる。相馬校長は宿直したかどうかは明確ではないが、校長以外の三人の男性教員が交替で宿直をしていた可能性もある。当時の常勤職員は校長を含めて男性四人であったから、単純に計算して一人当たり週に二回弱の割合で宿直当番が回ってくる計算になる。

遠藤校長の時代になり事情は大きく変化することになった。新任の上野サメは岩手郡では最初の正規の教員資格を持った女教師である。受け入れにあたり、遠藤は平野郡視学から雫石の有力者上野広成の妹であることを伝えられ、女教師としての責務を全うできるよう万全の環境を整えるように命じられていた。サメには宿直はさせられなかったであろう。サメが書き残した資料や談話を聞き書きしたものの中に宿直させられたことを示す記述は見当たらない。明治三七年度以降の渋民小学校の宿直は校長を含む三人の男性教師により実施されていたと考えられる。これに使丁も加わったかもしれない。

三九年度になり訓導の資格を持った高橋乙吉の後任として代用教員石川一が採用された。啄木は学校勤めの経験はなく宿直の経験もなかった。この年度の宿直はどうなっていたのだろうか。

渋民小学校に赴任してから、翌年四月にストライキ事件を引き起こし免職になるまでの一年余りの間に、啄木はたった一度だけ宿直したことがある。農繁休暇に入る前の五月下旬から六月初めにかけてのことと思われる。

郷校の風呂、いと風流にて、屋根といふもの設けず、昼は雲を夜は星を心のまゝに見る様に出来居候ひしが、去年の恰度今頃の事、宵闇に灯を遠ざけて、用もなき宿直の夜の心安さ、一人湯の中に身を浸して物思ひ居り候ひしに（略）あまりの風流に何事も忘れて、一時間半許り打過し候て、名をよべば雨の日も風の日もアイと答ふる老小使にいたく心配させし事も候ひし

（明治四〇年六月一日大島経男宛書簡）

これらのことから、渋民小学校教員四人のうち上野サメと啄木はほとんど宿直をしていないことがわかる。いったい誰が宿直を引き受けていたのだろうか。大島宛書簡には遠藤校長一家が小使室で生活している雰囲気は感じられない。小さい子どものいる家族が一緒に暮らしていたとしたらこのような表現にはならないのではないかと思われる。

上野サメは、遠藤校長は「学校の一室に常宿直のようにして家庭を持っている」（吉田孤羊『啄木発見』啄木とクリスチャンの女教師）と証言しているが、渋民小学校時代について書き残した上野の言葉は信憑性が高く、遠藤校長の家族が学校に寝泊まりしていた時期があったことは間違いないと考えるべきである。

しかし、ここには「常宿直のようにして」と言っているのである。決して一年中住みついていたとは言っていないことに注意する必要がある。問題は、そのようなことがどの時期にどれくらいの期間続いたかということである。啄木が赴任する前までは、小使を加え遠藤校長以下三人の教員をあわせ

て四人体制で宿直を賄うことは可能であったと思われる。赴任してから免職になるまでの一年の間に、啄木が宿直をわずか一回しか経験していないことをどう解釈すべきか。遠藤校長一家が常宿として「雲は天才である」に描かれている如く家族全員が一年中渋民小学校に住み着いていたのか。

「明治三十九年度渋民尋常高等小学校日誌」の調査から、これまで誰にも語られることのなかった遠藤校長の学校運営のあらましが明らかになってきた。ここからは渋民小学校日誌という一級の資料を手掛かりに遠藤校長の実像に迫ってみたい。

五　渋民小学校内での養蚕

石川啄木記念館所蔵の「渋民小学校日誌」を調査して驚いたことは、校内で蚕の飼育を行い最も作業が忙しくなる時期に合わせて、養蚕技師が招聘され講話を行っていることであった。

明治三六年五月に開校した盛岡高等農林学校には当初から農学科の付属施設として養蚕室が設置され蚕児飼育法桑栽培法などの講義と実習が行われていた。

また、この時代に盛岡市内の高等女学校で養蚕の授業が行われていることは岩手日報記事にも報じられている。しかし、小学校で授業の中に養蚕教育が取り入れられていたということは、あまり例がない。明治四〇年以降岩手郡下の各小学校に養蚕教育が取り入れられたことが新聞に報じられており、渋民小学校が先駆けとなり各学校に広がって行ったと考えられる。

渋民小学校日誌には蚕飼育の具体的な日程が克明に記録されていた。

五月一七日に「蚕種掃立」と記されている。前年台紙に産み付けられた蚕卵が、この日に孵化するようにあわせて温度管理されている。毛児（ケゴ）と呼ばれる黒い体毛で全身が覆われた体長二ミリほどの一齢幼虫が厚い卵殻を食い破って外に這いでてくる。新芽に近い柔らかい部分を細く切り刻んだ桑の葉の上に、この幼虫を筆先の毛を用いて落としてやると虫たちは競って葉の切り口に喰いつくのである。この喰い初めの儀式を掃立《はきたて》と呼んでいる。

この日から蚕飼育の忙しく気の抜けない日々が始まる。蚕は桑の葉だけを食べては休み、食べては休みしながら脱皮を四回繰り返し終齢（五齢）に到達する。四齢までは食べる桑の量はそれほどでもないが湿度、温度の管理、調整が難しく失敗すると病気にかかったり大量に死んだりすることがある。作業が最も大変なのは五齢からである。蚕はカイコ蛾の幼虫である。餌を食べるのは幼虫期間だけで成虫になれば餌を必要としない。幼虫期を過ぎると消化器官は必要ないので退化する。蚕は五齢の時に一生に食べる桑のほとんどを摂取するのである。五齢期には桑の葉が枝に着いたまま枝ごと切って蚕に与えるが、あっという間に葉の根元に近い芯の部分だけを残して枝は丸裸になってしまう。昼夜を問わず、外が雨であろうが嵐であろうが蚕は食べることを止めない。桑摘みと給桑、蚕座の掃除など夜を徹した重労働である。この作業が一週間以上も続く。熟蚕期に食べる桑の量は想像を絶するほどである。

摘みたての桑を最低でも日に四回与えるため、一日二回は摘桑に出かける必要がある。この作業が大変である。桑畑が飼育場のそばにあることは稀で、はるかに離れた山の中腹や川の近くに畑があることも珍しいことではない。枝がついたままの桑の葉は余計に重い。束にして背中に背負って運ぶ以外に方法はない。

最も作業が大変な熟蚕期の後、蚕は餌を食べることを止め、さなぎになるための準備期間に入る。最後に食べた桑の葉がすべて排泄される頃には、蚕のからだは透明なあめ色に変化し口から絹糸を吐き出し繭を紡ぐ。この時期も適切な管理が必要で、商品価値の高い繭を生産するためには細心の注意が必要になる。完成した繭の中で幼虫の皮を脱ぎ捨てさなぎに変わる。この段階で出荷されるまで一カ月近くは泊まりがけの管理体制が必要になるため、一般農家では飼育場を母屋の二階、あるいはその上の屋根裏部屋に設置することが多い。

渋民小学校で飼育されている蚕が五齢の熟蚕期を迎えるころ、外部から招聘した養蚕技師による特別授業が行われた。六月七日のことである。尋常科高学年の三、四年と高等科全員が対象であった。最も忙しい時期に備えて計画されたものと思われる。尋常科は校内で飼育されている状態を見学、観察することで養蚕を知り、実際の飼育作業は高等科の生徒たちに振り分けられていたものと考えられる。

渋民小学校でこのような取り組みが行われていたことを初めて知り私は感動した。渋民小学校では、なぜこのようなプログラムを教科課程の中に取り入れたのか。前年、明治三八年は三五年に続いて東北地方が大冷害に見舞われた。三年に一度やって来る不作に農村は疲弊していた。安定した現金収入を見込め冷害に耐え得る養蚕業に目を付けたのであろうが、単なる思い付きでできるわけではない。遠藤校長は師範学校卒業までの過程において農業科研修を受け、さらに養蚕を基礎から学んでいたのである。渋民小学校時代の履歴書の学業の最後に修得科目が以下のように示されている。

倫理学、国語教授法、遊戯講習、心理学、体操、唱歌講習

養蚕飼育法ノ課程修得　農業科講習

さらに、遠藤校長の養蚕にかける思いをよく理解してくれる渋民村の有力者の存在も大きかったと思われる。金矢光春である。光春は若い時代に本格的に養蚕業を学んでいることが、八幡平市寺田の歴史資料センター所蔵の工藤寛得関連文書の中で確認されている。蚕種業を営み明治期の終わりには、渋民に養蚕飼育場を建設、本格的に養蚕振興に取り組んでいる。このことは『岩手郡誌』の中にも「村長の任に在りし時養蚕の重大性に着眼し、渋民村に始めて養蚕組合を設立し、大いに養蚕を奨励した」と記されているほどである。この当時、光春の子どもも渋民小学校に在学中であり、彼は在校生の保護者の代表的存在であった。明治四〇年三月二〇日の卒業生送別会の模様を書いた啄木日記の中に光春が面白おかしく書かれており、翌年同日釧路新聞社に勤務していた時期に渋民を懐かしんで書いた日記にも光春が登場する。

渋民小学校における養蚕に関連して、さらに驚くべきことが学校日誌の中に記されていた。

夏休みが目前に迫った七月二六日、生産した繭を販売し六円の収益を得これを高等科児童に分配したという記録が残されていたのである。この事実からも蚕の飼育に取り組んだのは高等科の児童であったことが裏付けられる。この年度平野郡視学は四回渋民小学校を巡視しているが、最初の訪問が

五月三〇日で掃立から二週間後であった。蚕が四齢ほどに成長しているところを見て行ったはずである。二回目の巡視は七月二五日であった。子どもたちにお金を分配する前日に平野郡視学が渋民小学校を訪問していたことになる。ここで遠藤校長はかねて構想していた六円の使い道について郡視学に考えを説明し了承を得たものと判断される。

前年が大冷害であったので学校に行きたくても出てこられない子どもも多く、新年度が始まって間もなく貧窮児童に対して重焼パンが無償で給与されていた。パンの給与は六月四日まで続けられ、それ以降は希望者に有料で販売されることになった。貧窮児童に対する重焼パンの給与は、弁当を持参できない子どもたちが沢山いたことを示すものであり、特に農家の多い地域の家庭は困窮していた可能性が高い。こうした社会状況を背景に子どもたちに勤労意欲と働く喜びを喚起しようとする遠藤校長の思いが伝わってくる。

養蚕教育は急に思いついてできることではない。餌に与える桑の手配をどうするか。苗木から育てるには何年もかかる。遠藤校長は渋民小学校に赴任してから用意周到に計画を練っていたものと考えられる。

遠藤校長は、地域社会に根ざし生活環境に直結した教育を目指していたことがわかる。このような姿勢が大吏、田頭地区においても地元の人たちから好評で、渋民小学校の保護者からも厚い信頼を得たものと考えられる。

ここで前節四の「宿直」の話に戻りたい。五齢の熟蚕期が始まる六月上旬からの泊まりがけの作業を一体誰が受け持ったのであろうか。日中の桑摘みなどは秋浜、上野訓導の手も借り高等科の子どもたちが交替で働いてくれたに違いない。しかし、蚕の飼育のために子どもを学校に泊まらせることはできなかったであろう。専門的な知識のないほかの教員に任せるわけにもいかないとすれば、養蚕の心得のある遠藤校長が一人で担ったとしか考えられない。啄木日記には、農繁休暇に入る前後のこうした渋民小学校の子どもたちの生活や様子についてまったく触れられていないのである。

この時期、遠藤校長は連日一人で宿直を続けたのであろう。その間、家に戻らない校長と家族が農繁休暇中の学校に来て一緒に寝泊まりしていたと考えることはできないか。

給桑は夜中にも行われる。おそらく蚕の飼育は校舎二階の廊下などを利用していたと思われるが、休暇で授業が行われなくなった教室の一部も使われたことであろう。飼育場になっている二階まで桑を持って運び込む作業がまた一苦労である。熟蚕期のこうした作業に遠藤校長夫人まで駆り出された可能性がある。とにかく人手が欲しいのである。子育て中の校長夫人にとっては、校務の一部を無給で手伝わされることになりはなはだ迷惑なことであったであろう。

啄木は六月一〇日過ぎから休暇を取り上京した。一〇日余りを東京で過ごし、小説を書くのだという構想を描きながら二〇日過ぎに渋民に戻ってきた。農繁休暇のほとんどを休んでいた啄木と、学校に泊まりがけで蚕の飼育作業に駆り出され疲れ果てていら立ちが最高潮に達した校長夫人が出くわした場面を、誇張して面白おかしく作品に使ったと考えられないだろうか。休暇に入る前の状態しか知らない啄木には、熟蚕期の忙しさなど想像もつかなかったに違いない。久し振りに登校したところで目にした校長と一緒に泊まっていた家族の姿は異様に見えるのは当然である。その印象が「雲は天才である」ほかの作品に強く反映されたと考えることはできないだろうか。私には、遠藤校長一家が一年間通して学校に住みついていたようには思えないのである。

六　岩手県教育会部会、授業批判会への取り組み

啄木は渋民小学校の教壇に立ってから一週間後の二一日に沼宮内で徴兵検査を受けた。午前三時半に起床し六時に好摩駅で乗車、検査場になった沼福寺に着いたのが七時半であった。検査が終わったのは午後一時頃で、結果は筋骨薄弱で丙種合格、兵役免除だった。帰りは四里すなわち一六キロの道のりを歩いて、渋民に着いたのは夜の一〇時頃であった。翌二二日の日曜日に隣の村の巻堀小学校で開催された県教育会岩手郡部会の月次集会に参加した。日記には「痛い足をひきずつて」と書いているが、前日の一六キロに続く片道四キロの行程であった。

明治三九年度渋民小学校日誌をもとにして国際啄木学会盛岡支部オブザーバー山根保男が作成した資料によれば、この年度に開催された岩手県教育会岩手郡部会、授業批評会、新年祝賀会は七回である。月例会と啄木が日記に記したとおり、一カ月に一回が原則であったようだが、農繁休暇、夏季休暇、年度末を除く各月に計画されていたものと考えることができる。この新年度第一回の月例会に啄木は痛い足を引きずって行ったのである。そのときの感想が、「頭脳の貧しい人間が集まって、何ができるのかは、自分の初めから知つて居た所である。」であった。新年度第一回の会であったので新規に採用された教員の顔見せの意味もあったかもしれない。渋民小学校からは四人全員が出席してい

る。

第二回の月例会は六月三日の日曜日に玉山尋常小学校で開催され、これには遠藤校長だけが出席している。第三回は授業批評会で一〇月五日に日戸尋常小学校で開催され、渋民小学校からは遠藤校長、秋浜訓導、啄木の三人が出席した。渋民小学校で二年半教鞭を執った上野サメが本宮小学校に転出することになり、前日四日に告別式が行われた。啄木は日記に、「この渋民の小天地に於いて、『新婦人』の典型を示してくれた人である。真に立派な男勝りな、見識の高い、信仰の厚い人であつた。」と書いた。

五日の授業批判会の感想を啄木は「この会は遺憾なく、今の教育の欠陥を予に語った。」と日記に書いている。月例会といいながら、第四回は一〇月二七日に巻堀尋常小学校で開かれている。したがって一〇月は月例会が二回開かれたことになる。第四回には遠藤校長、秋浜訓導、着任したばかりの堀田訓導の啄木を除いた三人が出席している。当初九月に予定していた日程が、当番校である日戸小学校の事情でできなくなり、開催が翌月にずれ込み、同時に曜日も変更になったものと解釈される。授業批評会は各学校一回、開催日はここ以外すべて土曜日なので、日程や場所が年度当初にはすでに決められていたと考えることができる。

第五回授業批評会は一一月一七日、渋民小学校を会場にして開催された。開催校の教員は全員出席したのは当然のことであるが、この日は他校からの参加者が特に多かった。巻堀小学校からは小坂圓次郎校長、菊池苑子、竹田久一郎の三人、玉山小学校からは立花良吉校長、米嶋悦郎の二人、日戸小学校長伊五澤丑松の近隣四校に加えて、黒石野小学校から吉田芳太郎、川又小学校から藤澤、渋民小学校松内分校の毛馬内賀来とこれまでにない程の人数が集まった。啄木はこの日の批評会について何も記していないが、三九年度の月例会を代表するようなよほど大がかりな集会であった可能性が高い。

第六回授業批評会は一二月一日に玉山小学校で開かれ、これには遠藤校長と秋浜訓導の二人だけが出席している。第七回は、授業批判会と新年祝賀会を兼ねて翌明治四〇年一月一三日(土)渋民小学校で開催された。出席者は、開催校の渋民小学校が堀田秀子を除く三人であったのに対して他校は全て学校長のみ一人ずつ三人、合計六人であった。この日ことを啄木は「近隣四校の新年祝賀会を我校に開く」と書いているので授業批判会は行われなかったと思われる。これに続いてさらに次のように記している。

明治以前に生まれたる人々の間に予一人髯なき顔を並べたる、宛然、焼野の中に白鳥の降り立てるに似たりき。

田苑教育界の活画図は之也。いと平和なりき、実にいと平和なりき。酒といふ興奮剤もその用をなさざりき。

若し一事の記すべきありとせば、そは、予が彼等に求められて、読本中の韻文教授法に就いて私見を述べしことありしのみ

岩手教育会岩手郡部会、授業批評会に対する啄木の感想を、日記の中から拾い集めて見たがいずれも辛辣な表現の連続である。渋民小学校日誌を見る限り、岩手郡教育部会の運営は計画的に着実に行

われていたと思われる。この中でリーダーシップをとり中心的な働きをしていたのが渋民尋常高等小学校長遠藤忠志である。遠藤は全ての会に一度も欠かすことなく毎回出席している。近隣四校の中で唯一高等科を設置している格上の学校ということを差し引いてみても、教育部会と授業批判会にかける情熱と意欲は相当なものであることが良くわかる。

この年度の授業批評会は、各学校一回ずつの持ち回りで第三回から第六回まで合計四回開催されているが、代用教員である啄木には研究授業の出番は回ってこなかったと思われる。しかし、日記を見る限りでは、渋民小学校で開催された新年祝賀会では出席者の誰かが、啄木が勉強中の「韻文教授法」について取りあげコメントを求めたようである。これにより啄木は幾分気を良くしたようだが、このような気配りを出席者のうちの誰が演出したのであろうか。他校の校長が啄木の最新情報を把握しているとは考えられないので、遠藤校長か秋浜訓導のどちらかがさりげなく啄木に花を持たせてくれたような気がする。

出席者のうち伊五澤丑松、小坂圓次郎校長には、二年半前の「渋民村の祝勝会」開催の際に祝勝演説を依頼し引き受けてもらった恩義が啄木の側にあり、酒が入って座は大いに和んだに違いない。

七　啄木の勤務状況と遠藤校長の対応

「明治三十九年渋民尋常高等小学校日誌」は貴重な基礎資料である。しかしながら、ここに書かれていることがこれまでの啄木研究にほとんど生かされてこなかったことに驚きを隠すことができない。

現存する渋民小学校日誌は途中何か所か欠けているところがある。農繁休暇が始まる前後六月九日から翌月七月三日まで、七月一二～一六日、夏季休暇に入る前七月三〇日から九月四日まで、一〇月一〇～一二日と一五、一六日の記録はない。欠損部分については最初から欠けていたのか抜き取られたのかは不明である。この学校日誌の中には、日毎のできごとや特記事項、教員の出欠などが記されており、ここから啄木の勤務状況を知ることができる。

四月二一日の土曜日は啄木が「待ちに待つた」徴兵検査の日であったが、この日が最初の欠勤日である。二五日に学校で右足を怪我した。それにもかかわらず、かねて希望していた高等科生徒に対する放課後課外英語教授を実施したとして、「自由に立てられなくなつた」のだが「出来ぬのを無理にチンバを引いて、一日も休まずに出勤した。」と日記に書いたため、これ以降啄木は学校勤務を一日も休むことがなかったと勘違いしている人が多い。

五月は二度欠勤した。一一日金曜日と三〇日水曜日、どちらも病欠と記されている。三〇日は今年度初めて平野郡視学が巡視に訪れた日である。義父の堀合忠操を通しての願いを受けて現職の教員を異動させてまで代用教員に採用した啄木がどんな様子か見たいという思惑もあったと思われるのだが、平野はいささか拍子抜けして帰ったかもしれない。六月六日は用事のため啄木は欠勤している。一〇日からは農繁休暇に入り啄木は上京した。

七月は欠勤が目立つ。四日は病欠、五日、六日欠勤、七日（土）をはさんで八日は日曜日、九、一〇の二日間は出勤したようだ。一一日（水）はまた欠勤である。前述のとおり一二～一六日の記録はないがこの間はどうだったのだろうか。さらに一九日から四日間は校舎修繕のため休暇になった。

三日の夕から予は愈々小説をかき出した。『雲は天才である。』といふのだ。(略)これを中途で休んで八日から十三日迄六日間に『面影』といふ百四十枚許りのものを書いた。(略)この十日許の間、予は徹夜すること数回、さらでも毎夜二番鶏が鳴いて障子が白んでから二時間か三時間しか眠らない。それで可成学校にも出た。尤も欠勤して書いた事もある。

と日記に書いているが、驚異的な才能と集中力である。まさに天才といわれる由縁であろう。「雲は天才である」を三日半余りで書き上げ、日を置かずに八日から六日間かけて「面影」を書いたわけである。

九月は一一日、一〇月は一三日それぞれ一日しか欠勤していない。一一月は五日間休んでいるが一一月一四日と二〇日から二二日までの三日、合計四日が病欠、二七日は欠勤と記されている。日記には「十一月中旬、予は旧稿『雲は天才である』の一部を書き直した。」とあるので、一四日水曜日の病欠が旧稿書き直しに充てられたと思われる。さらに日記には「十九日から、左の胸が痛く、頭の加減もよくなかった。予は心配した、あゝ肺病になるのか? しかし、これは、平生筆をとる時左の胸を机の角で圧迫されて居た為であつた。然しこのため、予は五日間欠勤した。」と書いている。学校日誌の病欠は二〇日火曜日から二二日木曜日まで三日連続になっているが、実際には一九日の月曜日から二三日金曜日まで休んでいたのかもしれない。この後翌月の日記には、

○病は予のために一面天の賚物であつた。予は十九日夜に稿を起こして、二十二日夜までに、小説『葬列』の前半五十七枚を脱稿し、『明星』に送つた。（略）

○二十三日（新嘗祭）の日から、盛岡中学の校友会から頼まれて居る寄稿に筆を染めた。題は『林中記』半紙半裁二十四字詰七十一枚。十二月三日に脱稿して送つた。

と書いている。したがって、一九日からの病欠期間が「葬列」執筆に宛てられたことがわかる。さらにこのあと間を置かずに「林中記」を書き始めた。驚くべきエネルギーである。二七日も病欠なので一八日の日曜日から一〇日間で出勤した可能性があるのは、一九日（月）、二四日（土）、二六日（月）の三日間ということになる。

一二月は三日間休んでおり四日が病欠、一一、一八日が欠勤である。

翌明治四〇年一月は一六日に欠勤したが二月は休んでいない。ところが三月に入ると突然欠勤が多くなる。一日金曜日に欠勤し翌二日に出勤した後、三日の日曜日を挟んで四日から六日まで連続で休んでいるほかに一三日にも欠勤した。この時期は小説を書いていたわけでないので、一体何があったのだろうか。

現存する明治三九年度渋民小学校日誌に記録されている啄木の欠勤日数は二四日であることが判明した。七月や一一、一二月の欠勤は連続したものが多く小説、評論を書くためには止むを得なかったかもしれないが、三月初めの休みのような、何をしていたか説明のしようのない連続した休みもある。

他の教員と比較すると秋浜訓導が一〇日、次いで遠藤校長が八日である。上野訓導は三日、堀田訓導は四日であるがどちらも半年間の日数なので、一年間に換算すればこの倍の日数と概算することができる。以上のことから啄木の欠勤数は他の教員の倍以上だったことがわかる。

次に代用教員石川一に遠藤校長はどのように対応したかを見ていきたい。

ドナルド・キーンは『石川啄木』(二〇一六)の中で遠藤忠志校長と啄木との関係を取りあげ「二人は仕事に対して正反対の意見を持っていた。教えることに熱心なあまり啄木は生徒のために新しい授業を幾つか設けた。しかし校長は、こうした啄木の好意的な態度に感謝するどころかまるで罰するように啄木の担当科目を増やしたのであった。」と書いているが、果たしてこの解釈は正しいのであろうか。

平野郡視学は、相馬校長排斥を要望する手紙をもらってから二年後に堀合忠操から娘婿の石川一を採用するよう依頼を受け、教員資格のある前任者を異動させて代用教員として採用した。この際に相馬の後任である遠藤校長にはしっかりと釘を刺した。ただの学生とは違うことを伝え、対応には充分注意するように言ったということを平野自身が語っている。このような平野郡視学から様々な助言を受け入れて、遠藤校長は啄木に対して極めて慎重に接しているように見える。最初から決して啄木を甘く見てはいない。

啄木は代用教員に採用される前から高等科の子どもたちに教えたいと考えていた。しかしそれは制度上無理であった。高等科の子どもたちに教えるには師範学校卒業の教員免許が必要であった。啄木は中学中退でその資格がないことを自分でも知っていた。それにもかかわらず高等科の子どもたちに教えたかったのである。遠藤校長は放課後に希望者を募り英語の課外授業を開催することを認め、啄木のかねてからの願いを受け入れたのである。啄木が渋民小学校に赴任してからわずか一〇日余りしか経っていなかった。課外授業の受講者は日ましに増えた。

啄木はこの日のことを二四～二八日までの日記として次のように書いた。

二十六日から高等科生徒の希望者へ放課後課外に英語教授を開始した。二時間乃至《ないし》三時間位つゞけ様にやつて、生徒は少しも倦んだ風を見せぬ。二日間で中学校で二週間もかゝつてやる位教へた。始めの日は二十一名、翌日は二十四名、昨日は二十七名、生徒は日一日とふへる。

日記のこの部分が様々な研究者によって評価され数多く引用されてきた。しかし日記に書かれたことが事実かどうかはまったく吟味されてこなかった。それを判断する資料が見つけられなかったことも理由の一つである。

渋民小学校日誌は、この部分が単なる啄木の希望的観測で書かれたのではなく紛れもない事実であったことを示す貴重な資料である。学校日誌四月二六日には、課外授業英語二一名、二七日課外英語二四名、二八日二七名と記されており啄木日記の内容と日時人数は完全に一致する。このような資料が発見されたこと自体が画期的である。啄木日記を論ずる場合にも欠かすことのできない資料として注目に値する。

さらに、学校日誌にはもう一つ見逃すことができない事実が記されている。四月二六日は上野サメが、二七日は石川一が、二八日を遠藤校長が記録している。学校日誌記録当番の教師が出席者数を克明に記録しているということは、課外授業を公的な授業措置と認めていたことになる。遠藤校長は啄木が赴任した直後から寛大な措置をとっていたことに注目すべきである。

次は農繁休暇である。遠藤校長は啄木の希望を全面的に受け入れ休暇の半分以上を東京で過ごすことを了承したのである。啄木は丸々休んでいるが他の教員も休んでいたとは思われない。遠藤校長自らが学校に泊まり込み夜を徹して蚕の飼育に取り組んでいたはずである。校長のみならず秋浜主席訓導、上野訓導も農作業ほかの校務に駆り出されていたことは間違いない。啄木は特別に優遇されていたと考えるべきである。

さらにこの年の一〇月後半のまとめ書き風の日記の最後に啄木は、

> 学校の方では、受け持ちの尋常科二年の外に高等科の地理歴史と作文とを併せて受持つ事になつた。高等科の生徒は非常に喜んで居る。予は代用教員として成功しつゝあるのだ。この一事は予をして少なからず満足させた。

と記している。高等科の子供たちに教えたいという切なる思いは、四月に赴任した当初から半年過ぎても変わることなく、遠藤校長はその要望を受け入れ今度は課外ではなく正規の時間に組み入れてくれたのである。年が明けて三学期の授業の最初の日である一月八日、かねて構想していた二つの計画のうちの「兎角田園にまぬかれ難き男女間の悪風習を一掃」する試みを実行に移したのはこの時間内である。三時間目の歴史の時間を使って高等科六〇人に対してこの授業は行われた。ドナルド・キーンのような解釈はどの資料をいかように読めば成り立つものなのか、私にはまったく理解ができない。

欠勤にしても他の教員の倍以上で、連続して休むことが多くそのほとんどが小説、評論などの作品を書くために使われていた。周りの人間がそのことに気付いていなかったはずはなく、啄木は人の好い校長に恵まれたというべきではないか。少しでも気が短かったり気性の激しい上司であったらすぐに衝突しもっと早く学校を飛び出していたと思われる。小樽日報や釧路新聞の辞め方を見れば容易に想像できることである。

遠藤校長は、現行制度の範囲の中で行うことができることについては、啄木の要望を全て受け容れていたと思われるのだが、啄木は校長の気配りや懐の広さに気づいていない。この時代の啄木の傲慢さ、若さと未熟さだけが先走りしているのを感じる。遠藤校長は啄木の扱いについて最大限の配慮をし、丁寧に誠実に対応していると思う。渋民小学校日誌を見る限り遠藤校長の対応に特別な非があったとはまったく考えられない。

八　卒業生送別会と卒業式

「明治三十九年度渋民尋常高等小学校日誌」の最後に、これまで誰も気がつかなかった驚くべき事実が記されていた。指摘したのは国際啄木学会盛岡支部オブザーバーの山根保男である。

三月三〇日　本日卒業証書授与式を挙行ス　式後村内有志者ノ特に新卒業生のために企てられたる餞別会を開く来賓三十名、空前ノ盛会ナリキ

啄木の教え子の一人一戸完七郎は、この日のことを鮮明に記憶しており以下の様に話している。

明治四十年の卒業式の盛況は大したものでした。おそらくこれは渋民はじまって以来のものであったでしょう。それは啄木の発案だったのです。村会議員、消防団、在郷軍人を全部招待して余興をやるやら福引をやるやらにぎやかなものでした。

（「教え子が語る啄木先生」）

啄木の教え子がこのように語っているにもかかわらず、三月三〇日の卒業式が知られていないのはなぜか。それには三月二〇日の啄木日記が関係しているように思われる。この日の日記は長い。例年卒業式が行われる年度末の二〇日に卒業生送別会が開かれた。この年度最後の授業日であったが、変更して授業を取りやめ送別会に切り替えた。

学校日誌は保存が必要な公文書で非常時には持ち出さなければならない重要書類である。現在でも文部科学省他の省庁の監査の対象として提出を迫られることがある。前節でも書いたがここに教員の出欠が記されている。三月二〇日の項には欠席者は書かれていない。遠藤校長は留守であったが、欠勤ではないので公務で出かけたと解釈するべきであろう。

啄木は遠藤校長が留守になることをあらかじめ知っていて数日前から送別会を計画していた可能性が高い。この送別会の特徴は、運営進行すべてを子どもたちに任せたことであり、これまで掲げてきた自主精神の涵養という大きな目標を実践する機会であった。

間もなく教育現場を離れることを決めていた啄木にとってこの会の成功はよほど嬉しかったと思われ、満足と喜びで夜になっても興奮が醒めやらず、話し相手を求めて役場で宿直中の岩本助役を訪ねている。さらに、この日のことを一年後の同じ日に釧路で思い出し、日記に「今日だ、今日だ、去年の恰度今日は、渋民小学校の卒業生送別会」と書いたあと、子どもたちの実名と役割を克明に記し「なつかしい渋民の村校の職員室やら教場やらを目に浮べ乍ら、朝飯を喰った」と結んでいる。

三月二〇日「丁未歳日誌」に啄木が記した招待客「村の紳士貴女」は「一〇数名」であるのに対し、渋民小学校日誌の「紳士諸君」は「数名」になっておりかなり差がある。前年四月に実施した英語の課外授業の時は、日記に記された参加人数と学校日誌の記載が完全に一致することはすでに書いたとおりである。村の「紳士貴女一〇数名」に案内状を出したところ「紳士諸君数名」が来てくれたと解釈できるかもしれない。

岩城之徳は『石川啄木選集』第二巻解題の中で『『別れ』は明治四十年三月二十日におこなわれた『渋民小学校卒業式に歌へる』』と書いている。この年の卒業式は前年、前々年に比べて一週間以上遅い。三七年の卒業式は三月二二日に行われ、これには啄木も出席している。三九年は三月二三日の日記に「誘われて自分も出席した」と書き、式の後学校の職員や村長などと共に祝盃を挙げている。四〇年は卒業式が三〇日に開催されたことは、石川啄木事典の年譜だけでなく他の資料にもまったく記されていない。このため、山根保男が指摘するまで多くの人が三月二〇日が卒業式だったと思い込んでいたと考えられる。

もう一つの謎であるが、卒業式が行われた三月三〇日の丁未歳日誌は日付の五文字が記されているだけである。

三月二〇日の卒業生送別会についてこれほど長く詳細に書いていながら、三〇日に執り行われた卒業式についてはまったく何も書いていないことになる。近々やめようと思っていた学校ではあるが、どちらも大切な行事が催された日でありながら、わずか一〇日の違いでなぜこれほど日記に差があるのか。

山根保男は国際啄木学会盛岡支部会報第二十七号（二〇一八）の中で、村松善の丁未歳日誌原本調査によれば「三月三〇日の日付以下は二ページ分がまるまる空白になっている」ことを引用して以下のように述べている。

啄木は「卒業証書授与式及び餞別会」について記述していない。書こうとして二ページ分を空けておいたが書けなかったか。書きたくないことがあって書かなかったのか。反対に書かないことで多くを語る方法を選んだのか、謎である。

（「明治四十丁未歳日誌」三月三十日〜ストライキノ記を読む）

私は三月三〇日前後に啄木の身辺に意に添わないできごとがあったからだと考えている。

三月三〇日の卒業式とその後に催された餞別会は画期的なものであった。集まった来賓は三十名、渋民小学校始まって以来の空前の盛会であったという。なぜこれほど来賓が集まったのか。学校の評価は何で決まるのか。良い学校とそうでない学校の違いはどんな形になって表れるのか。最もわかりやすい評価の基準は、多くの保護者が学校と教育内容に関心を示して学校行事に参加してくれるかではないか。学校に対する期待と信頼が大きい程学校行事への参加者は多くなるのではないか。これほどわかりやすい評価はないと言って良いかもしれない。来賓の数は学校評価のバロメーターだと考えられる。

日記を見るかぎりでは、子どもたちからの啄木の人気は絶大である。果たして子どもたちの保護者からの評価はどうだったのだろうか。この年の高評価は啄木人気によるものなのか。それとも遠藤校長に対するものなのか。

この年度最後の三一日、前日の卒業式をふまえて啄木に対し岩本助役が口にしたと思われる言葉が「今漸く父兄の注意も学校の事に傾いて来て居るので、発展の時機は目前に迫って居る」である。役場の人間も渋民小学校の機運が高まっていることを感じていたと思われる。

最新の山根保男の研究によれば、岩本武登は岩手郡役所を経て渋民村役場助役に就任して間もない人間であり平野喜平郡視学、前年秋に玉山村の村長に当選し郡役所を辞めていた堀合忠操とも旧知の仲であった。そのような意味で岩本は、紛れもなく啄木側の人間であった。

二月二〇日の卒業生送別会の後、夜になってから役場に岩本を訪ねているが、誰か宿直の人間がいるだろうと行ってみたらたまたまそこに岩本がいたというのではない。日記には「役場に行つて見た処が」と偶然を装っているが、初めからその夜の当直が岩本であることを知って行ったのである。

三一日に発したと思われる岩本の言葉には深い意味が隠されているように思う。啄木の活躍により多くの保護者が卒業式に集まり空前の盛会になったのであれば、このような控えめな表現にはならなかったのではないか。もっと直接的な言い方で啄木を持ち上げたと思われる。さらに「発展の時機は目前に迫つて居る」の前には「遠藤校長も気を良くして」という言葉が隠されているような気がするのである。

以上のようなことから、「来賓三十名、空前ノ盛会ナリキ」は、渋民小学校に対する評価であり、金矢光春を始めとした地元の有力者の協力を得ながら地域に根差した地道な学校運営を続けて来た遠藤校長評価と考えるべきである。啄木との対応も遠藤忠校長の側にとりたてて非があったようには見えず、彼の学校運営は適切である。

卒業式に空前の来賓を集めることができた遠藤校長は、渋民小学校始まって以来の名校長だったと言えるのではないだろうか。

啄木にとっては遠藤以外の誰が校長であったとしても変わらず、結局同じようなことを仕出かして渋民小学校を飛び出しただろうと考えざるを得ない。並はずれた才能と巨大なエネルギー、もともと啄木は渋民という小さな村の小学校に収まりきれる器でなかったのだ。

九　遠藤校長の復権

遠藤忠志校長に直接会って取材や聞き取り調査を行った研究者は極めて数が少ない。高橋六介はその数少ない研究者の一人であるが、聞き取ることができたことは多くなかった。あらかじめ聞き出したいことを整理したうえ、用意周到に準備して遠藤忠志に面会したのかどうか疑問である。遠藤校長から聞かなければならないことは山ほどあったはずなのに結局何も引き出せないで終わっている。

高橋六介が遠藤校長に面会した時代には、小説中の遠藤校長像が本人そのものだという考え方がすでに定着していたため、高橋は遠藤校長とはこのような人間だろうという先入観を持って取材に臨んでいたとしか考えられない。

これまでに、遠藤校長を最も近くで見てその人柄を証言しているのは上野サメと平野喜平である。上野は「好人物すぎるくらいの好人物で、何も石川さんが目の仇にして争うような方ではありませんでした」と語っている。一方、遠藤校長を渋民小学校に任命した平野郡視学は後に「遠藤校長はすこぶる温厚で好人物であったが、どちらかといえば消極的で、万事事なかれ主義であったから、」と証言しているが、「万事事なかれ主義」についてはそのまま鵜呑みにすることができない問題を含んでいるので第一一章で取りあげることにしたい。

この二人の証言があるにもかかわらず遠藤校長がダメな校長だという評価がまかり通っているのは、小説中の人間像が実際の人物だと研究者が信じたということである。しかしながらそのことを証明する資料や証言は何一つ示されていないのが現状である。

これまでに啄木作品以外の資料にもとづき遠藤忠志を論じた研究者は、佐々木祐子ただ一人であった。

私は岩手日報掲載記事、『岩手県教育史資料』から遠藤忠志の略歴を洗い直した。さらに、「明治三九年度渋民尋常高等小学校日誌」の記述の中から、遠藤校長のもとで養蚕教育が行われていた新事実を明らかにし、遠藤校長の県教育会岩手郡部会に対する取り組み、啄木の勤務状況とそれに対する校長の対応について論じた。そして最後に、三月三〇日に行われた卒業式後の「空前ノ盛会」と記された餞別会の模様から遠藤忠志は渋民小学校始まって以来の名校長だったと結論した。

遠藤忠志に関する調査を何一つするでもなく、作品以外の資料もなしに、遠藤校長が啄木小説に書かれている人物だという評価は、明らかに誤りであり人権侵害である。相馬徳次郎校長の人物評価と同様、ここには啄木伝記研究上の重大な齟齬があると思われる。

作家は、書きたいことを好きなように書き、読み手はそれをどのように読んでも構わない。しかし、研究者や評論家が、作中の人物が実在の人間と同一かどうかを論じることはまったく別次元の問題である。文学は芸術だが文学研究は科学である。科学の究極の目的は真理の探究である。啄木研究者、啄木愛好者は、啄木自身の名誉や人権には敏感に反応するが、啄木周辺の人間の人権問題には鈍感すぎないだろうか。近年宮沢賢治伝記において、鈴木守による地道な研究により、賢治と親交のあった高瀬露という女性の人権回復を提唱する論考が発表されているが（『宮澤賢治と高瀬露』（二〇二〇））、啄木伝記には、相馬、遠藤校長以外にも名誉回復をさせなければならない人物が少なからず存在すると私は考えている。人権問題に真摯に取り組まなければならない時期に来ているのではないか。理不尽な状態が百年も続いているということであり、あってならないことであろう。

遠藤忠志校長の人権と名誉が回復されることを切に願っている。

最後に、森義真著「遠藤忠志《えんどうただし》――『啄木　ふるさと人との交わり』補遺（二）」に見られる誤りについて指摘しておきたい。先行研究のところでも説明したが、この論考には、これまでの啄木伝記研究者のほとんどが犯してきた誤りが凝縮されているばかりでなく、短いにもかかわらずあまりにも問題点が多いからである。

以下本文に出てくる順にしたがい五つの問題点を取りあげる。

㈠　p33　森は「啄木は高等科を受持ちたかったが、尋常科二年の担任になった。」と書いた後で四月一一から一六日までの日記を引用する。その後に「高等科の希望者に課外授業として英語を教えるようにした。日増しに希望者が増え、（略）生徒たちからの人気が高かった。これが、高等科担任の遠藤校長にはおもしろくないことであり対立の原因となった。啄木は日記に『師範出の、朝鮮風な八字髯を生やした、先ずノンセンスな人相の標本といった様な校長』と表現しているのは、こうした対立からの反感のために違いない。」と書いているがここで森は初歩的な誤りを犯している。

啄木が「ノンセンスな人相」と書いたのは一一〜一六日の項である。英語の課外授業が始まったのはそれから一〇日以上たった二六日からである。前後の関係が逆になっている。英語の課外授業が人気になり、それを遠藤校長がおもしろく思わないことが対立の原因になったという森の解釈は成り立たない。

さらに、ここには森が考え違いしているもう一つの思い込みがある。啄木には高等科を受持つ教員資格がなかった。それにもかかわらず本人が強く希望したので、英語だけではなく後に歴史や作文の授業まで持たせたのは、遠藤校長の啄木に対する好意であり恩情であると解釈するべきである。

学校日誌記録当番教師が、英語の課外授業出席者数を毎日書いていることは、この授業を正規の教育活動の一つとして学校が認めていたことを示している。

(二) p33 小説「雲は天才である」「足跡」「葉書」「道」にはいずれも校長が宿直室に寝起きしていることが描写されているが、「これは虚構でなく事実であったようだ。」と書いている。しかしながら、これまでに遠藤校長の詳しい履歴や当時の生活状況、家族構成などを調査した研究者もなければ宿直の実態に関する調査が行われたこともない。小説に書かれていることが「事実」であることを裏付ける根拠を誰一人として示していない。

小説は作品である。その中に描かれた人物や事柄が実際にあったことだと断定するためにはそれなりの論拠が必要である。そのような手続きをまったく踏むことなく小説の中のS小学校長を遠藤忠志だと決めつけてきたのがこれまでの啄木伝記研究であった。

(三) p33 「中村派の一員になっていた遠藤校長」とあり、日記に記されていることを事実だと解釈しているが、そのように断定するには日記以外の資料の裏付けを必要とする。「八〇日間の記」の一節からそのように判断しているのだろうが、畠山事件が啄木や一禎の宝徳寺復帰と関係していたかどうかについて真相はまったくわかっていない。したがって、現段階で啄木日記だけから遠藤校長が中村派であったと結論することはできない。当時の渋民村役場助役は、短期間に入れ替わっておりその理由が何であったかについては今後の詳細な研究が必要である。

(四)　p34　森は、卒業式当日の啄木日記が日付のみでまったく記載されていないことについて「近く辞表を出すつもりの啄木は、学校行事である三月三〇日の卒業証書授与式には欠席したので、日記に記すことができなかったのではないだろうか」と書いているが、なぜそのように考察するのか根拠を示していない。学校日誌は最重要書類の一つである。日誌の中には天候、登校した生徒数、教員の出勤状況が記されている。三月三〇日の欠勤者はいない。啄木は出勤していたのである。森は啄木記念館に所蔵されている渋民小学校日誌を正しく理解できていないと思われる。

(五)　p35　遠藤校長について、森は土渕小学校創立百周年記念誌掲載の「卒業生による座談会」から「遠藤先生は、啄木の『雲は天才である』という小説に出てくる人ですよ」という発言を取りあげ、人柄のエピソードが語られていないのは残念に思うと書いている。

しかし、創立百周年記念誌の卒業生の談話は、国際啄木学会の盛岡支部会報掲載の論考とはいえ資料として持ち出せるような類のものであろうか。文学研究とはあまりかかわりのないと思われる人々にこのような解釈が広がった原因は、これまでの啄木伝記研究の在り方にあることは明らかである。遠藤忠志という人間の調査をまったくしないで、作品に描かれた人物が本人像であると間違った情報を垂れ流すことは許されない。

第九章　ストライキ事件の謎

はじめに

ストライキ事件は啄木伝記中の最大の謎である。啄木の生涯で最も有名な事件の一つであるにもかかわらず、なぜこの事件が起きたのか、ストライキとは何であったのかが明らかになっていない。

啄木伝記の多くは、啄木日記、書簡、小説、短歌などの啄木作品をもとにしていることがほとんどである。事件が起こった明治四〇年四月の日記には、「ストライキノ記」の見出しのついたメモ書きが残されているだけであとは空白である。本人が書かなかったし語ろうとしなかったから謎のままなのである。

ストライキ事件は大変なできごとであった。渋民だけではなく近隣の村をも巻き込んだ騒動になり、当時の岩手郡長長谷川四郎が駆けつけるにおよんでやっと騒ぎは収まった。現在、このような事件が起きたとしたら、その瞬間に全国版のニュースになるであろう。日本を飛び越えて世界のニュースになる可能性まであり得る。

啄木は盛岡中学時代にストライキを経験している。明治三四年のことである。盛岡中学のストライキ事件は、岩手日報ほか盛岡市内の新聞が連日取りあげて報じている。当時、ストライキは盛岡中学以外の学校でも起こっていたことや、長期間続いたことも大きな要因になっている。しかし、小学校における学校騒動はそれほど多くなく、騒ぎが一日でおさまったとはいえ、子どもたちを率いて教師がストライキをしたことの方が社会的な衝撃が強かったと思われる。

また、岩手日報がこの事件にまったく触れていないことも不思議なことであり、他の新聞社が何も書いていないことが謎である。謎の多いストライキ事件を考察してみたい。

一　先行研究

第六章でも取りあげたとおり、岩城之徳は『人物叢書　石川啄木』（一九八五）の中で「渋民小学校のストライキは、それ以後に起こった一部村民と、反対派に加担して啄木の追い出しを策した遠藤校長に対する反感の一端を示す、いわば宝徳寺再住問題の余波であるといえよう。」と書いている。しかし、岩城が書いたものを見るとストライキに関する説明はほとんどない。わずかに、東寶書房から出版された『石川啄木傳』（一九五五）の「宝徳寺復帰運動の失敗と渡道」の末尾につけられた註一三で以下のように記しているだけである。

明治三十九年初の啄木日記を見ると、啄木は反対派の人々と秘密に会合をもつて、啄木を陰に追い出そうとする小学校々長や、主席訓導に強い反感をもつていることが判明するが、そうした校長に対する反感は父の宝徳寺再住失敗、辞職して北海道移住の決意に際して爆発したものと思われる。

このように書いたあとで「岩手日報」昭和二年四月一五日掲載の秋浜三郎（啄木の教え子）談話「代

用教員時代の石川啄木」をそのまま抜き出しているだけである。岩城自身がストライキ事件をどうとらえ、どのように解釈するのかということにはまったく触れていない。

今井泰子は『石川啄木論』（一九七四）の中に「一年間辛うじて抑圧されてきた啄木の怒りが爆発する。半ば老父のため、半ば啄木自身のために、啄木は復讐をはかったこの間の一対立者である校長追放を目標に掲げ有名なストライキ事件を起こす。」と書いている。

河野仁昭は『石川啄木　孤独の愛』（一九八六）「啄木の教育思想」の中で、独自の視点で啄木と上野サメ、平野郡視学を中心とした遠藤校長と啄木との関係をとらえ、代用教員時代の啄木の実像を伝えている。しかし、ストライキ事件が起きた要因については「村人の反感や妨害などで、宝徳寺への復帰を断念した父一禎が、明治四〇年三月五日に家出してしまったことも、啄木にそうした行為を取らせることになった」として岩城之徳説を引きずっているように見える。

上田庄三郎は、高知師範学校在学中に石川啄木を学び始め、啄木詩歌を通して日本の現実を知りロマンを学んだという。高知県下僻地の小学校教員となり、やがて校長になるにおよんで頑迷固陋な教育界に反逆し、学校を民衆の生活の血の通った学習の場に変革するために、子どもを組織してストライキをおこなったという。日本一の代用教員として啄木に心酔した上田は、ストライキ事件を啄木の一カ年の代用教員時代の最後を「かざるもの」という視点から次のように書いている。

啄木が教育界に投じた教育革命の爆弾は、東北の一寒村で不発のままもみ消されたかもしれない。（略）真の人間教育は知識や技術だけを教えることではなく、教師みずから社会改造の火焔となって燃えることであるという事実を、近代教育史にきざみつけたはげしい抵抗精神は、永遠に日本の教師をはげますであろう。

（『青年教師　石川啄木』〔一九九二〕）

上田はこのように書いたあと、「ストライキ事件の真相」という項目を立て一二頁を費やしている。その冒頭には「啄木日記はメモ書きだけで後は空白になっているので啄木の筆によって、その真相を知ることができない。」として、上田の聞き取り調査と高橋六介による資料をあわせて、斎藤佐蔵、秋浜三郎、平野喜平、田鎖清、一戸完七郎、遠藤忠志の談話を掲載している。しかしながら、それ以外に上田自身による論考は何一つ示されることなく終わっている。すなわち、ストライキに加わった教え子たちや当時の校長、郡視学の談話をそのまま載せているだけで、上田がストライキ事件をどのようにとらえているかを説明しようとしてはいない。これでは「ストライキ事件の真相」という項目を設けた意味がまったくないことにならないか。ただし、これは岩城之徳が『石川啄木傳』で用いた手法とまったく同じである。岩城が取りあげたのは秋浜三郎一人だけであったのに対し、上田は証言者の数を大幅に増やし六人にしただけの話である。

しかも、上田の資料の読み方、扱い方には大きな問題がある。たとえば啄木の勤務状況である。自らが、明治三九年渋民小学校日誌を見たと書きながらその内容が正しく把握できていない。資料よりも啄木はこうであったはずだという思いこみが優先されているとしか思えない。毎日そばにいて仕事をしていた遠藤校長の証言よりも、一年間に四回渋民小学校を巡視に行っただけでストライキ事件の時には東京へ出張中だった平野郡視学の証言が正しいとしているが、その根拠も示されていない。

さらに上田書で目に余るのは、啄木の後任として渋民小学校代用教員に採用された和久井（旧姓金矢）ノブ証言の扱い方である。和久井談話は貴重な情報が含まれている一方で、安易に資料として採用できない部分が少なからず含まれていることにまったく気づいていない。

和久井ノブは「職員室における啄木については、私は教員生活は一しょでないからよくわかりませんが」と断りながら、一度も見たことのない遠藤校長一家の生活ぶりを細々と証言している。これらの部分をどのように解釈するか、慎重に吟味する必要があるのだが、そのような作業をすべて省略している。上田は集めた資料の内容をどのような基準で取捨選択しているのか大いに疑問である。

上田書は、遠藤忠志校長の証言を取りあげた数少ない書物であるにもかかわらず、「（遠藤の言葉は）ためにするもののデマにすぎない」と切り捨てる。和久井の不確かな言葉を、遠藤校長の証言を否定するために意図的に利用しているとしか考えられない。

上田書の内容は、代用教員時代の啄木の実像を反映しているとは考えにくく、ストライキ事件の真相を正しく理解することにつながるとは思われない。

ドナルド・キーンの『石川啄木』（二〇一六）には数多くの間違いや思い込みが認められることはすでに指摘したとおりである。ここでは、第四章「北海道流離」に記されたストライキ事件の部分を取りあげてみたい。

のちに起きた（ストライキ）事件から明らかなように、啄木と校長は教師としての仕事に関して正反対の意見を持っていた。教えることに熱心なあまり、啄木は生徒のために授業をいくつか設けた。しかし校長は、こうした啄木の好意的な態度に感謝するどころか、まるで罰するかのように啄木の担当教科を増やしたのだった。（略）自分の力を試すべき敵が誰かは明らかにしていないが、一番はっきりした敵は校長であった。（略）教職員が校長に対抗してストライキに踏み切った時、啄木はその先頭に立った。

啄木には正規の資格がないので高等科の生徒たちに教えることはできなかった。それでも本人が強く希望したので、遠藤校長は最初から英語の課外授業を認めた。しかも学校日誌に明記し他の授業と同等のあつかいをした。秋以降は作文、地理、歴史の授業も許した。明治四〇年に入ってからは課外ではなく正規の授業時間を使っている。遠藤校長の特段の配慮がなければできなかったことだと考えるべきである。

ドナルド・キーンの解釈は完全に誤りである。さらに、啄木が明確にしていない敵を遠藤校長と限定しているばかりでなく、ストライキ事件は、渋民小学校の教員全員が校長を追放するために起こしたという立場に立って次のように書いている。

（啄木が）ストライキの先頭に立ったのは、校長に勝ちたかったからではなくて、むしろ盛岡中学でのストライキの興奮が懐かしかったからかもしれない。（略）校長は入れ替わったが、啄木もまた解任された。ストライキは、渋民村への啄木の別れの挨拶だった。

秋浜市郎、堀田秀子訓導ともにストライキには加わってはいない。ストライキに参加した息子秋浜三郎は父市郎から厳しく叱責されている。

二　事件の経緯

明治三九年四月一三日、役場に出頭し一一日付の渋民小学校代用教員の辞令を手にした時、啄木は「教育のことに一種の興味を以て居たのは、一年二年の短かい間ではない。再昨年のあたりから、一切を放擲して全く自分の教育上の理想の為にこの一身を委せやうかと思つた事も一度や二度のことではなかつた」と書いている。しかし、父一禎の宝徳寺復帰問題があったから渋民小学校を希望したのであって、渋民以外の他の町や村の学校であったなら教員生活を希望することはなかったかもしれない。代用教員という職に就いたことを、一禎の宝徳寺復帰構想と切り離して考え難いのである。

自己流の教授法をやる事とイヤになれば何時でもやめる事とは、郡視学も承知の上にて承諾せしに候
（三月一一日日記）

自分はこれで一生を教壇の人となるといふのではない。或る期間自分の時間をこの興味ある教育のために費やしてみたいといふだけである。
（四月十一日―十六日日記）

代用教員として採用が決まる前から、腰を落ち着けて長く教員生活を続けるという意思は感じられない。これは一禎の復帰問題が絡んでおり、宝徳寺再住問題のゆくえ次第でその先はどうなるかわからない不確定な要素が大きかったからであろうと思われる。

三月二三日、川口村明円寺の岩崎徳明から曹洞宗特赦令の写しが送られてきた。啄木はこれを早速、野辺地にいた一禎に送り早急に渋民に戻るよう促したのだろう。四月一〇日朝に「今日帰る」という知らせが入り、その日の午後のうちに一禎は渋民に戻ってきた。

渋民小学校の尋常科二学年の受け持ちになり、啄木は一四日から母校の教壇に立った。給料は八円であったが、校長一八円、主席訓導一五円、二年前に師範学校を卒業して訓導になっていた上野サメが一二円であったことを考慮すれば啄木だけが特別安いわけではない。明治三五年から三八年までの間に、二度も大冷害に見舞われた農業を主体とした地域の財政状況からすれば妥当なところであろう。

啄木の希望としては、できることならもう少し年長の高等科を受け持ちたかった。最初の授業から二日目までに書いた日記の中に啄木は、「現在の職員は、師範での朝鮮風な八字髯を生やした、先ずノンセンスな人物の標本といつた様な校長」と書いた。

しかし遠藤校長は、これから一〇日後の二六日から高等科の希望者に英語の課外授業をすることを許した。受講生は日を追うごとに増え、啄木は「予は日本一の代用教員である」と喜んでいる。

学校は六月一〇日から二週間の農繁休暇に入り啄木は一〇日間上京した。休暇中、授業が行われないものの校内で飼育されていた蚕が熟蚕期、上蔟期、営繭期という最も忙しい時期を迎えており、高等科の子どもたちは交替で登校し作業に当たり、校長ほかの教員も勤務していたことは第八章で取りあげたとおりである。一人だけ丸々二週間休んで啄木が学校に戻ってきたのは、農繁休暇明けの二五日からであった。上京中に読んだ本に刺激を受け、啄木は学校を欠勤しながら七月夏休みに入る前の一カ月の間に「雲は天才である」「面影」二編の小説を書いた。

さらに秋口になってもなお、小説を書きたいという思いは衰えず日記にその構想を並べている。一一月には「雲は天才である」に手を加え、新たに「葬列」を書いて『明星』へ送った。

一二月に入り間もなく啄木は日記に次のように記している。

○予は信ずる、生涯の第一戦にマンマと地に委《まみ》れた敗兵の一人は、今第二戦の準備中だと。第二戦の開戦喇叭を吹く前に予は「お父さん」にならねばならぬ。それから、老父の宝徳寺再住が事実とならねばならぬ。この二つは何れ遠からず事実となるであらう。

さらに、その二〇日後の二七日には、

老父の宝徳寺再住問題について、一大吉報が来た。（略）母上は、老いの涙を落して、一家開運の第一報だと喜んだ。（略）

九ヶ月間紛紜を重ねたこの問題も、来る一月の二十日頃には父の勝利を以て終局になる。（略）先づ父の方が決まつて、可愛い児が生れて、そして自分の第二戦！　ああ天よ、我を助け玉へ長女京子は予定よりも遅れて年末二九日に誕生した。すべてが順調に進み希望の新年を迎えたはずであった。

年末年始休暇明け、三学期始業式の一月七日の日記に啄木は「予の代用教員生活は恐らく数月にして終らむ。」と書き、二日後の九日にも再度「予の代用教員生活は数月を出ずして終らむ。」と繰り返している。一月二〇日頃に宝徳寺再住問題が解決することを確信していたのかもしれない。しかし、一月中旬を過ぎても宝徳寺再住問題は解決しなかった。宝徳寺に関する話題はまったく影を潜め、日記は一九日から二八日まで中断された。

二月は一カ月分のまとめ書で、一六日間の冬期休業中「独語文法の暗記の外、予は殆ど何もしなかつた。否、する事ができなかつた」と記し、その最後の一行には「二月後半期も亦、要するに無事であった。」と書いた。

三月の日記は四日間分しかない。四日は、前年盛岡を出て渋民に移ってから丁度一年目にあたることを思い起こし「戦い」の一年であったと振り返っている。

五日に二つのできごとが起こった。朝早く法衣、仏書など身のまわりの物を持って一禎がいなくなった。啄木は「一ヶ年の間戦つた宝徳寺問題が、最後のきはに至つて致命の打撃を享けた。」と書いて敗北を認めている。午後四時に節子と京子が母親のトキに付き添われて盛岡の実家から戻って来た。出産のため一一月一七日に渋民を離れてから三カ月半が過ぎていた。生後六十余日の京子はよく笑った。

三月二〇日と三〇日の日記は対照的である。二〇日は渋民小学校の卒業生送別会で非常に長い。この日のことはよほど印象的だったと思われ、一年後に釧路新聞に勤務していた時代に思い出してまた日記に書き留めたほどである。一方、三〇日は卒業式と餞別会が行われた日である。三〇日は、日付のみが記され二ページ分の余白が残されたままでまったく何も記されていない。

四月一日は新年度開始の日、新入生が登校するこの日に合わせて啄木は校長に辞表を提出した。ここから渋民小学校は混乱に陥る。二日の日記は校内のことはまったく記されていない。「堀田女史と共に、小供らをひきつれて半日野辺の春光に散策した」とある。

それ以降が「ストライキノ記」と表題のついた短いメモ書きである。

七日、臨時村会。——十八日、最後の通告。

十九日、平田野松原。——同午后、職員室。

同夜、闇を縫ふ提灯。——二十日、校長の転任、

金矢氏の来校。二十二日、免職の辞令。——

二十三日告別

実に簡単な日付と事がらの記述のみで、これだけからでは一九日にストライキ事件が起こったらしいことがわかる程度で、詳しいことは何もわからない。

『石川啄木全集』（筑摩書房）では、メモ書きの最後に〔注〕がついており「本文のあと五枚十三頁が空白になっている。」と記されている。後日詳しく書くつもりで余白を取っていたと解釈できる。実際には、一三ページに及ぶ余白は埋められることがなく空白のまま残されてしまった。ストライキ事件の真相がわかりにくいのは啄木が書かなかったからである。ここが何ページかでも埋められていれば多くの謎が解明されていたと思われる。

ストライキ事件が謎のままなのは、啄木伝記研究が日記、書簡、小説、短歌などの啄木作品をもとに進められてきた結果であることを指摘しておきたい。日記や書簡に書かれていないから解釈のしようがなかったのだと考えられる。すなわち、ストライキ事件の解明には、研究方法論上の問題を含めて多くの資料を根本的に見直す必要があると思われる。

三　卒業生送別会

ストライキ事件を考察するうえで三月下旬以降の啄木日記は特に重要である。詳しく見て行くことにしたい。

三月二〇日は卒業生送別会が開かれた。国際啄木学会盛岡支部オブザーバーの山根保男が指摘するまで、明治三九年度渋民尋常高等小学校の卒業式は三月二〇日と認識されていた。次の節で詳しく取りあげるが、この年度の渋民小学校の卒業式は例年より約一週間遅い三月三〇日に執り行われた。遅れた理由は良くわからない。

二〇日の卒業生送別会は、啄木にとって生涯忘れられない思い出として残ったようである。啄木の代用教員としての評価は、英語課外授業、生活指導などの教育実践に関しては多くの研究者が取りあげているが、教育効果の側面からはあまり論じられていないのが現状である。一月上旬、二度にわたり自分の代用教員生活は数カ月で終わるのだと日記に書いていることに加え、この日の日記にも「此学年末には職を辞して新方面に活動しようといふのが、自分平生の予定であつた」と記している。したがって、三月末で教育現場を離れることを決めていたことは明らかである。卒業生送別会はこれまで目指してきた教育実践の集大成の機会であったととらえることができる。

二〇日はこの年度最終の授業日であったのを取りやめ送別会に切り替えた。校長が不在になることを知ったうえで数日前から計画していたものと思われる。

この送別会の自慢は一切を子どもたちにやらせたことである。送別会の招待状作りから配達、当日の接待、余興、会場、会計係まですべてを生徒に任せた。また日記には以下のように記した。

生徒の演説独唱、いづれもうまくやつたが、とりわけて、自分の組であつた尋常二年の、九ッ十といふ小児が五人、何れも上級生以上の出来栄であつたのが、予にとつて何よりの喜びであつた。喜び極つて落涙を催す位であつた。

さらに啄木を感激させたのは会場係の機転を利かせた対応であった。卒業生演説のあと来賓演説になったが互いに譲り合って出る人がいない。すかさず立ちあがった会場係は「只今金矢さんのお話がありますから、皆さんお静かに」と指名して切り抜けた。啄木はこの場面を日記に「予は会場係が、喰つてしまいたい程可愛かつた。これがわずか十三四の少年であるとは、人は思ふまい」と書いたばかりでなく、一年後に釧路を訪れ釧路新聞記者として働いていた時にも思い出し「栄二郎が金矢氏に一杯喰わせ」と子どもの名前まで書いている。

啄木はこの会のために「別れ」の歌を作り、高等科女生徒五人に合唱させ堀田秀子がオルガンで、自分はバイオリンを弾いて伴奏した。この日の数ある出し物の中で最も美しい聴物であったと自画自賛している。

啄木が喜んでいるとおりこの日のイベントは、大成功で渋民村の祝勝会と並んで啄木の類い稀なる企画、演出能力、プロデューサーとしての才能を遺憾なく発揮していると思われる。啄木がこれまで掲げて来た自主的精神の涵養という大きな目標は、卒業生送別会の場で実践され充分な成果を上げたものと判断される。終わった後も興奮状態が続き家にじっとしておられず役場に宿直中の岩本助役を訪ねた。

一〇時頃、家に帰ってからもどうしても心が静まらず、平野郡視学宛に「今日の会の詳しい模様と、それから我が校に関する自分の希望とを面々と書いた」手紙を認めた。この手紙がストライキ事件との関係で重要な意味を持っていると思われるので詳細は次の節に譲りたい。三月二〇日の日記には卒業生送別会のことだけでそれ以外のことは何一つ書かれていない。それほど印象的で忘れがたく深く心に残るできごとであったことは、日記文が非常に長いことからも容易に判断できる。また、すでに引用した釧路新聞時代の日記の出だしは次のようになっている。

弥生二十日、噫、（と目をさまして枕の上で考へた。）今日だ、今日だ。去年の恰度今日は、渋民小学校の卒業生送別会。〝梅こそ咲かね風かほる　弥生二十日の春の昼　若き心の歌声に　別れの蓆興たけぬ〟と、自分の作つて与へた〝別れ〟の歌を、絹ちゃんと文子と福田のえき子とが、堀田女史のオルガンと自分のヰオロンに合わせて歌つた日（略）噫、この弥生二十日、今日だ、今日だ。

一方、この卒業生送別会の様子は渋民小学校日誌にも次のように記されている。

本日午后一時ヨリ、在學生が新卒業生ノ為ニ催シタル送別会ヲ本校内ニ開ク、村内紳士諸氏モ数名列席セラレタリ、コレ本校開校以来第一回ノ卒業生送別会ナリ

啄木日記には「定刻になると、この村の紳士貴女十数名臨席せられた」と書いているが、渋民小学校日誌の方は「村内紳士諸氏モ数名列席セラレタリ」とかなりの差がある。一体どちらが正しいのか。森義真は、「遠藤忠志《えんどうただし》――『啄木　ふるさと人の交わり』補遺（二）」（二〇一八）の中で、卒業生送別会に

ついて以下のように記している。

啄木日記に、「常々嫌者にされて居る校長は留守なり」と記されていることから、遠藤校長が研修会か何かで村外に出かける用事があった日（3／20）を選んで、「数日前から計画させて置いた卒業生送別会をやる為めに」啄木と堀田訓導が生徒たちにその会を開くように企画したのではないだろうか。

果たしてこんなことがあり得ただろうか。卒業生送別会をわざわざ学校長のいない日を選んで主席訓導を抜きにして村内紳士諸氏に案内状まで出して行うことができるものなのか。公文書である学校日誌に「在學生が新卒業生ノ為メニ催シタル」と明記している以上、正式な学校行事の一環として行われたと解釈すべきである。学校長不在の理由はわからないが、例年卒業式を行っている時期に校長の都合がつかず一週間以上伸びてしまったので、急遽卒業生送別会が計画されたと考えるべきだろう。

渋民小学校日誌を素直に読めば森のような解釈は成立するはずはないのだが、どうしてそうなるのか理解に苦しむ。

渋民小学校日誌には「本校開校以来第一回目ノ送別会ナリ」と記録されているのだから学校行事に間違いない。ただし、散会後の決算で「収入七円、残金一円五〇銭」とある。収入が七円、送別会の中で出された茶菓にかかった費用が五円五〇銭、差し引き一円五〇銭、日記には「これで又菓子を買って、委員慰労会を開かせた」と書いているので、この日の予算は学校会計とは別だった可能性がある。送別会の予算が学校会計だとしたら、校長の許可も無しに残金を委員慰労会の菓子代に充てることは考えられないからである。差し引き一円五〇銭は出席した来賓数名が持参したお祝い金だったかも知れない。そうだとすれば、啄木日記の「この村の紳士貴女十数名臨席」は大幅に水増しして日記に書いていることになる。

「渋民日記」は、四月下旬からまとめ書きが多くなるが、年末の一二月二六日からはほぼ毎日書かれるようになった。年明けから始まる「丁未日誌」は、一月一八日までは一一、一二日を除き毎日書いているが、それ以降一〇日間中断、二九日一日分書かれただけで再度中断、一月三〇日から二月まではまとめ書になっている。三月はわずか四日分しかないのだが、二〇日の日記は果たしていつ書かれたものなのであろうか。

二〇日「丁未日誌」の最後は、「十時頃帰つたが、心がまだ怎しても静まらぬ。乃ち、今日の会の詳しい模様と、それから我が校に関する自分の希望とを細々と書いた手紙を平野郡視学に認めて、漸う眠ることができた。」である。その日のうちにこれだけ長い日記を書いたとは考え難い。卒業生送別会当日に書いたものでないことは、これほど感激した日記の冒頭が送別会から始まらないことでも容易に推定できる。冒頭は次のとおりで極めて冷静である。

学年末の急しさと云ふものは、格別なものである。特に、今迄一年の間、毎日教へて来た生徒が、新学年と共に、別の先生の組になるといふのだから、何かしら常と変つた気がして、教場内でも教場外でも、そのため強いて自分を急しくするのだ。(略)この学年末には職を辞して新方面に活動しようといふのが、自分平生の予定であつたので、そのために猶更、生徒の事が気に懸つて、自分を急がしくするのであつた。

この出だしと送別会の模様を伝える後の記述を比較すると、あまりにも落差がありすぎてとうてい送別会当日の夜に書いたとは思えない。興奮が収まり落ち着きを取り戻した翌二一日か、二二日あるいは二四日の日曜日に書かれたと考えられる。ここでは、この冒頭部分が、ストライキ事件を論じる場合に極めて重要な箇所であることを指摘しておきたい。

四　三月三〇日卒業式

三九年度の渋民小学校の卒業式は明治四〇年三月三〇日に行われた。三六年度は二二日で三八年度は三月二三日、何れも啄木は出席している。これまでの卒業式に比べると約一週間遅い卒業式である。なぜこんなに遅くなったのか。

三月二〇日がこの年度最後の授業日だったことを考慮すると、当初の卒業式に予定されていたのは、例年通り二二、二三日あたりだったと想像される。二四日は日曜日なので可能性はなかったであろう。当初から三〇日が卒業式に予定されていたとすると、二〇日に最終授業を行ってから一〇日も間を置くことになり不自然な日程になるからである。おそらく何かの都合で卒業式を一週間延期せざるを得ないことになり、三〇日に設定されたのではないかと推測される。

三月三〇日に卒業式が行われたことが再発見されたことの意義は大きい。国際啄木学会盛岡支部オブザーバーの山根保男の指摘によるものであることは前節で説明したが、明治三九年度渋民小学校日誌に明記されていたにもかかわらず、これまで誰も気が付かなかったのである。この日誌は『文学探訪　石川啄木記念館』の中にすでに収録されており、写真が掲載されているので、すでに多くの人の目に触れていたはずである。

山根保男は明治三九年度の渋民尋常高等小学校日誌について以下のように書いている。

「小学校日誌」は明治三九年四月九日より明治四〇年三月三〇日までの日誌である。日誌は一頁一二行罫紙に、縦書きで書かれており、四人の教師が交替で記したもので、当時の学校の様子を知ることが出来る。一頁目は、記述の注意書きで「本誌を分カチテ二部トス／イ、天候及児童日々ノ出欠席調査部／ロ、日々ノ記事」とある。この本誌記事の部の箇所に日々の学校での出来事が記されている。

（『明治四十丁未歳日誌』三月三十日〜ストライキの記を読む『国際啄木学会盛岡支部会報』（二〇一八））

卒業式について論ずる前に、この資料再発見の意義について確認しておきたい。

①まず第一は、これまで三月二〇日と勘違いされてきた渋民小学校の卒業式は、三〇日に訂正されなければならないことが判明したことである。

② 次に、これと同時に『渋民尋常高等小学校　日誌　明治三十九年度』の資料的価値が再認識されたことである。この日誌は、啄木関係の一次資料としては特に重要であると思われるのだが、資料を見たりあるいは存在すると記しただけの書物は見受けられるものの、その内容が取りあげられて詳細に論じられたことがなかった。その日の気象情報、校内行事、教員の出勤状況など、何れも貴重な資料だが部分的にしか明らかにされてこなかった。

③ 最後は、この資料の再発見により当時の渋民小学校内部の状況が初めて明確になり、遠藤忠志校長の学校運営が次第に明らかになってきたことである。このことが、これまで啄木作品を中心に行われてきた伝記研究見直しの契機になった。遠藤校長の人物評価を考察するうえで不可欠な資料であるにもかかわらず、まったく顧みられることのなかったものである。伝記研究見直しのきっかけを作った大きな発見であったと評価できる。

卒業式が三月二〇日と勘違いされてきた最大の要因は、卒業式が行われた当日三〇日の日記が記されていないことにあると思われる。三〇日に何も書かれていないのに対し、二〇日の日記に、啄木は喜び満足したと何度も書き興奮を隠していない。一年間手塩にかけた教え子たちが巣立って行くのである。教師としての喜びは、二〇日の卒業生送別会も三〇日の卒業式も差がないはずである。あまりにも落差が大きすぎるのである。

三〇日の卒業式の日記がまったく書かれていないことをどう解釈すればよいか。

森義真は、卒業式当日の日記がないことについて「近く辞表を出すつもりの啄木は、学校行事である三月三〇日の卒業証書授与式には欠席したので、日記に記すことができなかったのではないだろうか」と書いている。しかし、なぜそのように考察するのか根拠を示していない。森の推論が妥当かどうかを検討してみたい。

前章でも引用したが、啄木の教え子の一人一戸完七郎は、三月三〇日の卒業式のことを鮮明に記憶しており「明治四十年の卒業式の盛況は大したものでした。」と語り、さらにそれは「渋民はじまって以来のもので」啄木の発案により「村会議員、消防団、在郷軍人を全部招待して余興をやるやら福引をやるやらにぎやかなものでした。」と続く（「教え子が語る啄木先生」）。余興や福引の発案者は啄木である。啄木が卒業式に欠席したというのは考え難い。

卒業式当日の渋民小学校日誌は以下のとおりである。

三月三〇日
本日卒業証書授与式を挙行ス
式後、村内有力者ノ特に新卒業生のために企てられたる餞別会を開く来賓三十名、空前の盛会ナリキ

渋民小学校日誌の書き方の基本は、日時と曜日に続き、次の行にその日の児童看護当番が記されている。児童看護当番は校長を含めた全員が持ち回りで行っていた。その次の行には、その日の特記事項が記され、最後の行に欠勤した教員名とその理由が明記されている。この記録から啄木の勤務状況と欠勤理由が明らかになったのである。

さて問題は、三月三〇日の件である。理由は不明であるが、この日と二〇日の卒業生送別会の日には曜日が記されていない。三〇日は土曜日であった。この日には欠勤者が記されていない。全員が出勤したのである。啄木が卒業式を欠席したということはまったく考えられないことである。

学校日誌は火災などの際に焼失を防ぐ必要がある公文書である。本来渋民小学校に保管されていなければならない学校日誌が、いつの間にか石川啄木記念館の所有になっていることも不可解である。さらに、その資料が持つ意味を館長の森が正しく理解できていないこともまた不思議なことである。

次に、「丁未日誌」は三月三〇日という日付のみを記しただけでなぜそのまま放置されてしまったのかを論じてみたい。

啄木は、書く予定で日付を入れ余白を二ページ分空けておいた。書くつもりだったが書けなかったのか、書きたくないことが起こったのか。

学校日誌にあるとおり卒業式は無事終了し、餞別会も啄木の企画にした余興や福引で大いに盛り上がり大成功に終わったであろう。来賓三〇名という数もさることながら、まさに渋民小学校始まって以来の盛大な卒業式だったと思われる。ただ、啄木の意にそぐわないことがあったに違いない。その一つが、空前の数の来賓者の多くが、必ずしもこの一年間精魂傾けて努力を重ねて来た代用教員石川啄木の業績を評価して集まったのではなく、むしろ遠藤忠志校長の学校経営手腕を褒めたたえるものであったことではなかったか。

反対に啄木が日記に再三書いているとおりに計画した教育プログラムすべてがうまく行き「理想の教育者であり」「日本一の代用教員であり」「小学校教員として確かに成功した」のであれば、子どもたちばかりでなく保護者達もその成果を認めて卒業式に空前の数の来賓者が集まったに違いない。そうすれば二〇日の卒業生送別会と同様にやっぱり自分は日本一の代用教員だったと日記に書いて大見えを切っただろう。しかし現実は違ったのだ。卒業式の模様を日記に書かなかったことが、空前の盛会であった卒業式と餞別会が遠藤校長に対する評価であったことを示す有力な証拠であることを物語っていると考えるべきである。

そのようなことを裏付けると思われることがらが、四月一日の啄木日記の中に示されている。

> 前夜役場の岩本助役が来られた時、今漸く父兄の注意も学校の事に傾いて来て居るので、発展の時機は目前に迫つて居るし、

この言葉は、啄木が遠藤校長に辞職願を提出することを知った岩本武登が、三月三一日に啄木の家を訪ねて思い止まるように説得した時のものと考えられる。卒業式の際の来賓の数から考えても「父兄の注意も学校に傾いて居る」ので、それに気を良くして校長も学校改革に積極的になるだろうから「発展の時機は目前」という意味を含んでいると考えられる。

最新の山根保男研究によれば、岩本武登は渋民村助役に就任する以前は岩手郡役所に籍を置き、そこでは平野郡視学、堀合忠操と同僚であった。三月二〇日の卒業生送別会のあと興奮冷めやらぬ啄木は、さりげなく役場を訪ねてみたら、たまたまそこに宿直中の岩本がいてというような書き方をしているが、実際は岩本助役が宿直であることを事前に知っていて訪ねたことは間違いない。この後のス

トライキ事件にも岩本は重要な局面でたびたび顔を見せ、啄木が北海道へ行ってからも手紙のやり取りが続いている。岩本は間違いなく啄木側の人間であった。空前の来賓数は啄木が行ってきた教育を評価した結果だったとしたら、岩本の表現はもっと違ったものになっていたはずである。かなり控えめな表現になっていることが、この評価が遠藤校長の学校経営に対するものであることを示しているとして第五章でも論じたとおりである。

啄木が三月三〇日の日付だけを入れ、日記を書けなかった理由はもう一つ考えられる。

啄木は代用教員に採用される前から一年以上教員生活を続ける気持ちはなかった。渋民小学校を希望したのも、一禎の宝徳寺再住問題を実現させるためであった。一二月末吉報が来て、年明け四〇年の一月二〇日頃には道が開かれる見通しであった。年明け早々の一月七日、九日の日記に続けて自分の代用教員生活は数カ月以内に終わるだろうと書いている。三月五日、一禎の突然の家出により望みは断ち切られてしまった。この時点で、啄木が渋民村に住んでいる必然性がなくなり、急速にモチベーションは低下した。当然三月一杯で退職する決心をしたはずであるが、三月二〇日の日記を書いた時点でもなお「此の学年末には職を辞して新方面に活動しようといふのが、自分平生の予定であつた」とのんびり構えている。早急に遠藤校長や周囲の人間にそのことを伝える必要があったと思われるのだが、そのような行動を取った様子は見えない。動き出したのが二〇日夜遅くになってからであった。

卒業生送別会が成功に終わり、興奮冷めやらず宿直中の岩本助役を役場に訪ね話し込んでから一〇時頃家に戻ったが、心がどうしても静まらない。そこで平野喜平に宛て手紙を書き始めたのである。

この手紙は翌二一日に投函され二二日には平野のもとに届いたことであろう。啄木はそこに初めて三月いっぱいで渋民小学校を辞めたいと書いたと思われる。平野は驚いたに違いない。この時点で急に辞めると言われても後任の手当てが難しいからである。新学期は一週間あまり先に迫っていた。平野がこれに対しどのように応じたのかは何も語っていないのでわからない。渋民小学校の改革に関しては時間を要する問題ではあるが、辞めることについては、直ちに後任を見つけることが難しいので、それまで待って欲しいことを啄木に伝えたことであろう。それがいつだったかが問題である。年度末の多忙な時期である。郡視学からの返信が来たのは、卒業式前日の二九日か当日三〇日であったのではなかったかというのが私の推論である。啄木の意に反する回答であったと思われる。

一方、遠藤校長には、啄木はいつ辞めたいという意思を伝えたのか。啄木は、平野郡視学に伝えれば自分の言い分はすべて叶えられると考えていたふしがある。前年に書いた「八十日間の記」には「予が呑気に昼寝をして居る間に郡視学が（渋民小学校への採用を）決めてくれたのだ。決めてくれる筈だ、郡視学自身も予を恐れて居るのだもの。」と書いている。平野郡視学にさえ伝えればあとはどうにでもなるという思い込みがあったと思われる。遠藤校長には四月一日に辞表を持って行くまで何も伝えていない可能性が考えられる。

啄木は、三月三〇日の卒業式当日かその前日あたりになって、やっと今頃手紙を書いても新年度人事には間に合わないことを知り愕然としたのではないか。啄木の脳裏には、三年前の相馬校長排斥事件の経験が深く刻み込まれていたと思われる。あの時は、卒業式直前の三月一九日に平野郡視学宛に要望書を投函し、卒業式翌日の二三日に吉報が来て相馬校長は異動した。それとほぼ同じタイミングで手紙を書いたはずなのに、なぜ今回の要望は通らないのか。最初のうちは理解できなかったかもしれない。

第三章で詳しく論じたとおり相馬、遠藤校長の異動は上野サメ訓導人事とセットで通常の異動計画に沿って行われたものである。この人事案件だけが緊急に特別に扱われ処理されたわけではない。啄木は思い違いをしていたのである。

二〇日の卒業生送別会では、あれだけ喜び興奮を隠しきれなかった啄木が、ここだけ黙して語らないのはどう見ても不自然である。手塩にかけた子どもたちの前途を祝すという意味では三〇日の卒業式も同じである。その背景には、子どもたちの卒業ではなく啄木自身の渋民小学校という職場の卒業、すなわち退職に関わる問題が深く関係していたと私は睨んでいる。

この節を終わるにあたり提言しておきたいことがある。山根保男は「渋民小学校日誌」の児童看護当番と日誌の記録者は必ずしも一致していないことを指摘している。

三月三〇日に卒業証書授与式と餞別会が行われたのだが、この日の学校日誌は四人の教員のうちの誰が記したものなのか。筆跡鑑定が必要だと思われる。同様のことを山根保男も提言しているが、執筆者が明らかになることにより、日付のみで二ページ分空白のまま残された三〇日の丁未日誌の謎解明の手がかりが得られると思うからである。

五　三月三一日、四月一日

卒業式の翌日三月三一日は日曜日であった。このままでは、四月以降も渋民小学校に勤務し続けなければならない状況にあることを知り、啄木は焦って走り回ったと思われる。四月一日の日記に慌てふためいている様子が見て取れる。自分の思い通りに辞めるには、校長宛に直接辞表をたたきつけるのが近道だと考えたのかもしれない。

新学期開始の日なので、新しい入学生が続々来る。来る児も〳〵皆頑是ない顔の児許り。これらを残らずひきうけて人にせねばならぬ教育家の責任は……と、予はそゞろに考へるのであつた。前夜役場の岩本助役が来られた時、今漸く父兄の注意も学校の事に傾いて来て居るので、発展の時機は目前に迫つて居るし、可愛い生徒共とは万々別れたくないが、既に予定して居たことでもあるから、明日は辞表を出すつもりだと話して置いた。それで今日愈々それを校長の手許まで出した。

（『丁未日誌』）

山根保男はこの部分を取りあげ「真剣に考えている様子がない。私にはこの『そゞろ』なる醒めた精神状態のなかに危険なるものが漂っていると思われる」という鋭い指摘をしている。

さらに山根は、引用文の後半部分について、啄木の文章にしてはわかり難い点を問題にしている。すなわち、「今漸く」から「迫つて居るし」までは岩本助役の言葉であり、啄木の言葉が「可愛い生徒共とは」から「明日は辞表を出すつもりだ」であると考察して、このような文脈の乱れをどのようにとらえたら良いかという疑問を投げかけ、啄木の精神状態が不安定で心の動揺を隠しきれていないことを読み解いている。

岩本助役の言葉については前節でも取りあげたが、三一日夜になって岩本が啄木宅を訪ねたのは、啄木が急に辞職をすると言い出したからに違いない。三〇日の卒業式のあとか、三一日になってからかは不明だが、何れ岩本にとっては寝耳に水だったのであろう。しかも辞表の提出は四月一日だという。啄木が辞職の理由として挙げたのは古い学校体制にあったようだ。これを聞いて岩本は、慌てて事態の収拾に動いたと思われる。啄木を思いとどまらせる方法として、畠山を説得に当たらせようと考えたようだ。この時点で啄木が言うことを聞きそうな相手は、渋民村内には畠山くらいしかいなかったと思われる。

四月一日に辞表を提出し、秋浜、堀田訓導が思い止まるように説得しているところへ畠山亨が駆けつけた。日記には「ところへ学務委員の畠山亨君が見えた。岩本助役の旨を含んで来たといふ前置で、予には留任を勧告し、校長には予の辞表を戻すべきことを迫つた。」と書いている。辞表を受け取らないの応酬が続いた後、堀田秀子が「当分私がお預かり致して置きます。」といって取ってしまったという。

辞職の理由は何であったのだろうか。渋民小学校の代用教員を希望したのは、一禎の宝徳寺復帰問題があったからである。宝徳寺再住が早期に決まれば一年足らずで教員生活に終止符を打つ局面も考えられた。一月上旬の日記には、数カ月以内に教員生活が終了するだろうと予言めいたことを繰り返している。一月二〇日過ぎの日記は、宝徳寺復帰が確定して欲しいという願いを込めて書いたと考えられるが、三月五日朝一禎の突然の家出によって望みは断ち切られてしまった。宝徳寺復帰問題が不調に終われば給料の安い渋民小学校の代用教員を続けなければならない必然性は失われる。

それから二週間後の三月二〇日になって、啄木はやっと重い腰を上げて平野郡視学に手紙を書いた。二〇日に行われた卒業生送別会の詳しい模様と、渋民小学校に関する自分の希望とを細々と認めたと日記に書いているが、どのように取り繕ってみたところでこれは辞職願であろう。手紙に書いた希望が受け入れられたとしても渋民小学校にとどまったとは考え難いからである。渋民村に住んでいる意味がなくなり、啄木は嫌になったからやめたのである。辞任の理由は「一身上の都合に依り」であろう。

いくら何でも、旧態依然とした学校に嫌気がさしたとか、校長が気に入らないとは書けなかったであろう。突然辞表を出されて、遠藤校長は驚き対応に苦慮したに違いない。校長としては、欠勤の多い我がままな代用教員など欲しくはなかっただろう。師範学校同期の郡視学から頼まれて引き受けてみたものの、大した戦力にならなかったと思ったのではないか。啄木に代わる教員のあてもないのに、四月一日に辞表を持ち込みいきなり受け取れと言う方が無理である。もともと学校長に教員の任命権はなく、辞職願を出されても良し悪しを判断できる立場にない。しかし、学校現場の長として今急にやめられては替りの教員の手配ができない、学校経営に大きな支障が生じるので、もう少し待ってもらいたいくらいのことは言ったであろう。

私が渋民小学校を去ってから、有名なストライキを起しているのですが、相手にされた遠藤校長先生などは、好人物過ぎるくらいの好人物で、何も石川さんが目の仇にして争うような方では全然ありませんでした。(略)その当時、私は一年生を受持ち、石川さんは二年生を、そして校長先生が高等科をそれぞれ担任していましたが、石川さんは、頑是ない二年生などではなく、高等科を受持ちたかったのです。時々は校長先生に申し入れたらしいのですが、無資格の代用教員では、校長先生も承認できなかったのは当然です。それやこれやがつもりつもって爆発したかも知れませんが、これは誰が見ても石川さんの方が無理です。

(吉田孤羊『啄木発見』「啄木とクリスチャンの女教師」(一九六八))

このように上野サメは、ストライキ事件を起こしたこと自体、誰が見ても無理と言っているのだが、啄木の暴走は事件前の段階の四月一日に辞表を提出するところから始まっているのである。

このあと「放課後岩本畠山二氏から、兎も角もこゝ当分のうちは待つて居て貰ひたいといふことを無理に頼まれた。」と日記にある。畠山の後から岩本も学校に駆けつけたことがわかる。その場で七日は臨時村議会を開くことが決められたようだが、なぜ村議会を特別に招集してまで代用教員の辞表提出の問題を取りあげようとしたのかが釈然としない。岩本が同じ啄木派の畠山をこの場に呼んだことが、問題を難しくしさらに複雑にしたような気がしてならない。

佐々木祐子は「渋民のくらしと啄木」(一九九八)の中でこの問題を取りあげている。佐々木自身が学校教員として長く勤務した経験上、遠藤校長が特別問題を起こしたわけでなく、啄木が辞表を提出しただけであって、仮にその際に学校改革を提言したとしても校内で検討すればよいことだと考え、村議会を招集することになったことに対する違和感を覚えたと思われる。石川キン氏旧蔵資料の中から、明治から大正初めまでの渋民村会決議資料を詳細に調査した結果「啄木が望む様に教育問題の為の臨時村議会が開かれたのであろうか」と疑問を投げかけている。

四月二日の日記は短い。この日は授業が行われなかったのであろう。穏やかな春の一日だったようである。

日は暖かく風和らかに、世は漸く春、福寿草の盛り、野辺の小径には小菫の花も咲き出たといふ。

今日は堀田女史と共に、子供らをひきつれて半日野辺の春光に散策した。（「丁未日誌」）

この部分について、山根は「おそらく向かった先は通称平田野ではないかと考えられる。平田野と言えば渋民小学校の半日の遠足コースである。生徒達にしてみればそこは楽しい遊び場なのである。私には、この散策はストライキに向けての一つの伏線と思えてしまうがない。」と書いている。しかし、私はこの時点で啄木はストライキなどはまったく考えていなかったと思う。

三月三一日をもって渋民小学校を退職することだけを考えるのであれば、方法はいくらでもあった。代用教員に採用してもらうときには、節子の父堀合忠操を通して平野郡視学に頼み込んでうまく事が運んだのだから、辞める時にも同じ筋道を辿れば済むことである。しかし、啄木にはそんな考えは微塵もなかった。

啄木の側に、ひと騒動起こしてやろうという意識が潜在していたことは想像できる。一二月二七日の日記の最後に「先ず父の方がきまつて、可愛い児が生れて、そして自分の第二戦！　あゝ天よ、我を助け玉へ」と書いた。さらに、年明けてから三月四日には、この一年間を「戦いの一ヶ年」と振返り、その敵は自分を含むすべてであったとし、最後には自分と敵との間には「平和な様で、そして危険な沈黙が含まれて居るのかも知れない。此勢力均衡を破る可き或機会が多分遠からずして来るであらうと思はれる。」とも記している。

ただ、自分の「第二戦」とは何か、また「遠からずして来るであろう」勢力均衡を破る機会が、どのようなものかという具体的な説明がないので、辞表提出に始まるストライキ事件との関連については不明な点が多い。この日の辞表提出の件との関連性を考えても、「戦い」や、「勢力均衡が破れる」という表現とどうかかわるのかが良くわからない。

代用教員を辞任して新天地に道を求めるならば、とるべき方法はいくらでもあったように思う。なぜここまで事態を難しくしなければならなかったか。ストライキ事件後、五月初めの日記に出てくるような惨めな思いを家族にさせなくても済む方策があったはずである。一家があのような悲惨な状況に追い込まれたのは、啄木の大きな失敗だったと思うのである。そこには、啄木の度重なる状況判断の遅れと誤りがあったとしか考えられない。

前節の最後でも取りあげたが、一禎が身の回りの物を持って早朝に覚悟の家出を決行した時に、啄木も即座に動かなければならなかったのである。宝徳寺再住が絶望的になった瞬間に、啄木は渋民に住んでいることの意味が失われたことに気づいたはずである。一禎の家出は啄木の決断を促していたのだ。啄木の最終段階における判断の誤りはここにある。

「二月後半期も亦、要するに無事であつた。」と日記に記しているが、一禎の宝徳寺問題は啄木にとって秘中の秘である。前章でも論じたとおり、宝徳寺問題に関する重要なことはほとんど日記に記されていないが、一月二〇日過ぎに何かしら通知があったはずである。二月から三月初めまでに対応をどうするか、一禎と啄木との間で相当突っ込んだ厳しい会話がされていたと思われるのだが、日記の上では「要するに無事」としか記されていない。これは、外見上はこれまでと変わりが無かったということで、宝徳寺問題は除外されていることは明らかである。この時期は宝徳寺再住問題の反対派による運動があったわけでなく、最終的には石川家の側に主導権があったことについてもすでに詳細に論じたとおりである。

啄木の次の段階での誤りは、辞表さえ提出すればいつでも簡単に代用教員を辞められると踏んでいたところにある。ここも安易な思い込みがあったとしか言いようがない。

> 啄木は日本一の代用教員と自負していても、教育者としての正規の教育を受けたこともないし、代用教員になったばかりで、当時の教育界の習慣や制度について熟知していなかったこともこうした事件を生む原因の一つであろう。
>
> （平野喜平『回想の石川啄木』「啄木を採用したころ」）

啄木は当時の教育界の習慣、制度を充分に理解できていなかったばかりでなく自分が辞めた後の人事のことなど、はなから頭にはなかったのである。啄木を渋民小学校の代用教員にするためにどれほど骨が折れたのか。どれだけ特別な扱いであったのか。堀合忠操、平野喜平の苦労を啄木はわかっていない。簡単に就職できたから簡単に辞められると思い込んでいる。一般の社会通念から見れば考えられないことである。

退職を願い出るタイミングが遅れて、年度末に辞めることができなかったのは自己責任である。後任が決まるまで辛抱強く我慢するしか方法はないのではないか。周りのことはまったく見えずそれに耐えることのできない啄木であった。

事態はなお一層深刻になっていったと思われる。

六　ストライキ前夜と当日

啄木が日記に書き残した「ストライキノ記」には、七日の臨時村会のあと「一八日最後通告、一九日平田野の松原。」と記されており、一八日に最後通告をしたが要求が受け入れられなかったので、一九日ストライキに突入したと解釈できる。

斎藤佐蔵は、啄木が代用教員時代に止宿していた斎藤トメ方の戸主斎藤佐五郎の長男である。明治二四年一〇月二八日生まれで渋民小学校を卒業し盛岡中学へ進学した。ストライキ事件は佐蔵が中学在学中に起こった。遠藤忠志校長から「いろいろ手を打ったがどうしても阻止することができない。啄木の行動を辞めさせることができるのはきみの他にはいない。早く帰って中止するように骨を折ってくれ」という手紙をもらい、盛岡から五里の寂しい街道を制服のままで駆け足で渋民に帰ったと語っている。「当時はまだ汽車もなく」といっているが、佐蔵が生まれた明治二四年に汽車は開通していたので、汽車賃がなかったか、あるいは本数が少なく丁度都合の良い汽車がなかったからに違いない。佐蔵は前夜の様子を次のように語っている。

小学校の宿直室に問題の校長を問へば、明日と迫つたストライキにすつかり萎れて見るからに気の毒な様子をして居ました。事件の顚末を一通り聞いて兎に角骨を折つて見ませうと裏道から我が家に帰りました。家に入ると啄木の居室たる二階からは騒々しい笑聲がひつきりなしに起つてゐます。（略）此の頃は夜晝となく人が來るいづれ何かあるらしい。子供ばかりですかと問えば大人も来るとのこと。（略）二階に行くと七、八人の子供達に一人の青年（助役の長男）が居て、そうら露探が来たといふ。（略）私が校長の處に立寄つたことをちやんと知つていゐる。面喰つて白状に及ぶと校長には内偵つきつきりとある。（略）何も村のため子供達のためだから校長が自決するまでやるといつた勢ひ。當面の啄木の方より雷同の子供達が頑張る。

佐蔵は、「遠藤校長からの長たらしい調停依頼状を受け」と言っているが、ほとんど校長の側に立って動いていない。それどころか「小学校に問題の校長を問へば」とストライキ事件の元凶が遠藤校長にあるような表現をしている。したがって、斎藤佐蔵の証言からは遠藤校長がなぜ自決を迫られているのか、ストライキの原因が何であったのかなどは伝わってこない。小学校を出て自分の家に戻り啄木の部屋に入ってからは、調停どころかむしろ啄木の側にまわってストライキの成り行きを傍観しているだけのように見える。

こんな頼りない中学生に遠藤校長はなぜ調停を依頼したのか。これも大きな謎である。佐蔵は、自分以外に啄木を説得できる人間がなかったように言っているが、本当だろうか。遠藤校長が実際に佐蔵に調停を頼んだのであれば、あまりにも事態を軽く見過ぎていたと言わざるを得ない。

『兄啄木の思い出』の中で三浦光子は「(ストライキ事件の)動機が何であったか、ともかく啄木は終始愉快でたまらないといった恰好で、排斥する校長や校長夫人の真似をしてみんなを笑わせたり、たいへん元気であった。」と記した後、ストライキ側の情報がすぐに反対側に知れたのは斎藤佐蔵が先方のスパイをしていたらしいことがわかったと書いている。

遠藤校長を含めた周囲の人間は、最後通告があるまで、啄木が本当にストライキを決行すると考えていなかったのではないか。事態を重く見ていたら、もっと早く役場や村長、郡視学へ連絡が行き、対処の仕方は違っていたのではないか。ここは、遠藤校長の対応方法の是非が問われるところである。

この頃は、夜昼となく啄木の部屋に人が集まるが、子どもだけでなく大人も来ていたという。どんな顔ぶれであっただろうか。「八十日間の記」の中には仲間は、竹田久之助、沼田清民、畠山亨の三人と書いている。今回はこれに岩本が加わっていた可能性が考えられる。助役の長男が子どもたちのリーダー格であったとすると、助役の岩本が一役買っていたと疑われるかもしれない。

岩本の少し前の助役が畠山であった。助役の経験のある学務委員畠山と現助役の岩本は何をしていたのか。この二人がストライキ事件に対してどのような態度を示していたのか。啄木と一緒になってストライキを起こすために画策していたのであろうか。どちらも渋民村の重責を担ってきた人物である。村の学校のストライキ事件に関わったとなれば責任は重い。おそらく、この二人も遠藤校長と同様に、まさか子どもたちを扇動して啄木がストライキ事件を起こすはずがないと安易に構えていたのではないだろうか。

三年前の「甲辰詩程」が書かれた時代、啄木の周辺にいたのは自分と同年代以上の大人ばかりであった。金矢朱絃、沼田丑五郎、沼田仙太郎、沼田逸蔵、沼田清左衛門、沼田松太郎、沼田清民、秋浜善実、立花直太郎、立花理平、石川勘之助、佐藤友武、佐藤文五郎、柳沢文吾、瀬川三司、高橋兵庫、畠山亨等の名前が日記に登場する。このほかに渋民小学校教員との付き合いがあり瀬川医院、郵便局にも頻繁に出入りしていた。

代用教員として渋民に戻ってからは、村の大人との付き合いは急激に減った。最も足繁く行き来していた金矢朱絃は渋民を離れ、沼田丑五郎もいなくなっていた。日記に村の友人たちの名が記されることはなくなり、代わりに子どもたちが頻繁に石川家を訪ねてくるようになった。三年前の相馬徳次郎校長排斥運動は、大人の仲間を中心に繰り広げられたが、今度は協力してもらえそうな大人は、沼田清民、畠山、その他は最近になって役場の助役に就任した岩本くらいしかいなくなっていた。

一〇年後の渋民村の様子を示す岩手日報記事がある。岩本は、堀合忠操の後任として玉山藪川組合村村長に就任しており渋民村の行政に関わることが無くなっていたが、畠山亨、沼田清民の二人は、ともに村会議員という要職についていた。啄木と共に子どもたちを扇動して罪もない校長を追い出すなどの暴挙を行っていたのであれば、いくら小さな村といえども村会議員に推されるなど、地元住民の信頼は得られなかったと思われる。私は、ストライキ事件は啄木が一人で計画して実行に移したものだと考える。

本節冒頭で引用した斎藤佐蔵の言葉の最後「當面の啄木の方より雷同の子ども達が頑張る。」に着目したい。啄木が冗談半分に口にしたストライキの話に子どもたちが乗せられたという構図が考えられないだろうか。子どもたちが協力してくれるのであれば、大人の手を借りなくとも啄木一人でも計画を実行できる。短期間に話をまとめるには、簡単に言うことを聞く子どもが一番だ。高等科の生徒たちが啄木の支配下に置かれていた様子が佐蔵の証言からわかる。啄木本人よりも子どもたちの方が、やる気十分で手分けして校長のところに出入りする人をチェックしているという。子どもたちは完全にマインドコントロールされている。何時からこんなことになって行ったのだろうか。前夜の段階ではもう止めようがない。

全校生総立ちの大ストライキ事件が勃発した時のことであった。この事件で主体となって活動したのはユニオン会同人であるが、この同人をうまく操縦したのはやはり策士の啄木で、裏切り者の防止、各職員の自宅に密偵の配列、当局並びに先輩への連絡、交渉経過報告の批判等々まるで戦場のような騒ぎの中を、栗鼠《りす》のように敏活に立ち働き、全員会議の時などは常に中心人物となって巧みにその空気を動かして、飽くまで生徒側の有利へ有利へと会議を運んでゆくので、小沢氏などは蔭ながら啄木のませた指導振りに舌を捲いたものだという。

（吉田孤羊『啄木を繞る人々』）

盛岡中学時代に経験したストライキ事件の経験がそのまま利用されたと考えられる。中学の時啄木がやってきた裏切り者の防止、相手側への密偵の配列、仲間への連絡を、子どもたちにやらせて自分は指揮を執り、村や学校と対峙しているという構図が浮かびあがる。

ストライキ当日の様子を再び斎藤佐蔵談話から引用する。

始業時の鐘が鳴つて児童一同校庭に整列、校長以下先生方のうろつく様をしり目にかけて、堂々革命歌を歌ひながら、程遠からぬ平田野原へ出て行く時は、流石に助役さんは学校の便所から盗見してゐたつたとのことです。この日の午後小学校に緊急有志会が開かれて、学務委員村会議員が集まり、校長と啄木札問といつた形式を執つて責任逃れをしたので、啄木はすつかり腹を立て一言も言はずに退職願いを差出して帰つたそうです。これは啄木本人の直話で帰つてくるなり私の手を固く握りしめて感慨無量といつた興奮でした。

啄木と校長との間に入って調整役を務めて来た岩本助役は、自分の息子がストライキに加わることを阻止できなかったばかりか、ただ学校の便所の陰から見ているだけであった。岩本だけでなくだれにも止められない状態になっていた。

啄木が感慨無量になったのは、誰にも邪魔されずに退職願を置いてくることができたからだろう。四月一日に出した辞表を受けとってもらえずにここまで来たのだ。ただそれだけのことに二〇日間近くかかったわけである。結果的にここまで来るまでに何が変わったか。間にストライキ事件が起きただけで何も変わっていない。最初の段階で辞表が受理されればストライキを起こさなくても済んだのではないか。

四月一日の辞表をめぐる騒動がいつの間にかストライキ事件に変わっていく過程には、佐々木祐子が開催を疑っている臨時村会が記されているだけである。そこから一〇日以上、この間にどのような経緯でストライキを決行することになって行くのかがわかり難い。

一月から三月までの日記の内容から判断すれば、啄木は少しでも早く辞めたいから慌てて辞表を提出したと考えられる。この時、辞表と合わせて学校や校長に対する要求などを提出したなどとは思えない。仮に出したとして、その要求が通れば自分がそのまま学校に残り代用教員を続けなければならない羽目に陥るからである。そもそも、正規の教員資格のない、突然辞任する代用教員に、辞めた後のことを要求する資格などあるとは思えない。

辞表提出をめぐり遠藤の対応の仕方に問題があるとして校長の辞職、辞任を求めたとしか考えられない。遠藤校長の側には啄木を引き留めておく理由はないが、後任が決まるまではいて欲しいという程度の苦情めいたことは口にしたとしても、その外に望むことなどなかったはずである。そこからどのような経過をたどってストライキまで行くのか。そこが最大の謎である。

辞表を出したものの畠山と岩本に止められ、辞めるにやめられない状況が続き、それに嫌気をさして絶対にやめられる方法として啄木が思いついたのがストライキだったと考えられる。問題はストライキの理由で、校長が絶対に受け入れられない要求を突きつけることである。受け入れられると辞められなくなるので、そこで思いついたのが校長の辞職要求だったのではないか。

校長には辞職しなければならない理由は何一つない。要求は絶対に認められない。そうすれば間違いなくストライキに突入できる。ストライキをやれば自分も辞められるし、気にいらない校長も無傷では済まされない。よくもこんな奇想天外な手を思いついたものである。

山根保男は、これを禁じ手と呼んだ。これなら、大人の力を借りなくても自分一人と子どもたちだけでできる。

一月二九日の日記に「自分の理想の学校設計までやつて見た。然しこれらは皆、実行のできぬ事のみであつた。」と書いているが、自分一人で実行できる現状を打開する唯一の奇策を思いついた。それがストライキであったかもしれない。

平野喜平は「この年の五月一五日付で出張を命ぜられ」と語っているが、岩手日報に掲載された記事からこの事実は確認できる。一五日は月曜日であった。この週の最初の日から出張が始まったと解釈される。一五日午前中までは盛岡にいたわけであるが、この時点で平野のもとにストライキ情報は入っていない。すでに引用した斎藤佐蔵の証言に出てくる遠藤校長の慌てぶりを見ると、ストライキは早くから計画されていたものではないと考えられる。啄木が日記のメモ書きに最後通告と書いた、一八日直前の一六日か一七日に決められたものではないかと想像される。それまでは学校、村役場の誰にも知られないようにすすめられたため、周囲の人間は完全に意表を突かれたと思われる。

啄木のこのような無謀な行動を何と説明すべきか。新年度に入っても辞められなかったのは、啄木に責任があると思われる。斎藤佐蔵の言葉の中に「（ストライキの）翌日の午後小学校に緊急有志会が開かれて、学務委員村会議員が集まり、校長と啄木札問といつた形式を執つて責任逃れをしたので、啄木はすつかり腹を立て」とあるが、これは啄木の側の言いがかりに感じられる。突入すれば結果がどうなるかを熟知したうえで校長を道連れにしてストライキを行ったわけである。

代用教員というよりはむしろ詩人啄木にとって、教育は恰もペーパーの上に自己の思想や意志や感情を形象化するように、生きた客観的存在である児童をメディアとして自己を表現することだったのではないか。極端な言い方をすれば、児童は目的でなく手段であった。

（河野仁昭『石川啄木　孤独の愛』洋々社（一九八六））

啄木の教え子秋浜三郎の「代用教員時代の石川啄木先生」には「四十年四月、校長排斥のストライキがあった。（略）校長の非なる点を挙げ校長の辞職若くは辞任するまで全部休校することを固く約して」と書かれている。ストライキの最終目的が校長の辞職、辞任にあったことは、同じ秋浜三郎のストライキ後日談でも確認できる。

その後まもなく校長は（略）転勤になるといことふことになった、先生（啄木）も辞職することになり、わたしどもに告別された、先生は「これで思ひ通りにいった、諸君も満足であらう自分

も嬉しい、しかし人を呪はゞ穴二つと云ふことがあるから自分も退職する、」と
（「代用教員時代の石川啄木先生（三）」岩手日報　昭和二年四月一五日）

遠藤校長はなぜ転任することになったのか。

平野は「啄木を採用したころ」に「自分がいたら遠藤校長が転任することもなかった」と語っているが、遠藤校長が転任しなければならない理由などはじめから何一つなかったのである。ただ啄木が辞表を提出した後の対応がまずかったと思われる。

四月一日に辞表が出された時に、畠山と岩本に受理しないように言われ、遠藤はそれを聞き入れてしまった。だまって受け取ればよかったのである。渋民小学校の歴史を見ると教員の交代がきちんとなされているとはいえず、一人の教員が辞めた後の補充がしばらくなされていないこともしばしばあったことがわかる。啄木が辞めた後をうめたのが金矢ノブであった。後釜はなんとかなるのである。

遠藤校長の第一の失敗は、辞表を受理するまであまりにも時間がかかり過ぎたことであり、第二の失敗はストライキを止められなかったことである。子どもたちを巻き込んだ教員主導による前代未聞のストライキを阻止できなかった責任を問われ、転任ということになったと思われる。

次に、日記研究という視点から、もう一つの謎に迫りたい。

佐藤静子は、『国際啄木学会盛岡支部会報』第二十六号「丁未日誌　一月十六日〜三月四日を読む」（二〇一七）の中で「（この間の）日記の中断は単なる中断では無い。啄木や啄木一族の運命を決定づけたのは、実はこの期間であった。だが、啄木はその重大なできごとを、その経緯を、日記には書

かなかった。なぜ書かなかったのか。書けなかったのか。」として日記の空白部分を考察することにより啄木日記の本質に迫ることの意義を訴えている。

私が今ここで問題にしたいのは、「丁未歳日誌」の四月「ストライキノ記」が日付とメモ書きだけで、日記帳五枚分一三頁が空白のまま残されたのは、なぜかということである。書くつもりで余白にしたことは言うまでもない。書かなかったのはなぜか。

書く時間はいくらでもあった。それにもかかわらず、四月最初から五月まで日記は中断された。この時期、日記のみならず五月に入るまで友人たちへ宛てた書簡も残されていない。

小説に書くことはできても、日記は書けなかったのである。書くつもりで余白をあけてみたものの書くことができなかったと解釈される。なぜ書けなかったのか。ストライキ事件を引き起こしたことに大義名分がなかったからではないか。

七　ストライキという言葉

現代の『広辞苑』はストライキを、「①労働条件の維持・向上その他の目的を実現するために、労働者が集団的に業務を停止すること。」、続いて②として「学生・生徒が団結して学業を受けないこと。同盟休校。」と説明している。

ストライキは海事用語のstrikeからきたもので、その昔、待遇に不満のある水夫たちが帆桁を

Striking（降ろして）船の進行を停止したことから、労働用語として使われるようになったという。もともと英語のstrikeには②の意味は記されていないところから、この言葉が明治以降に日本に入ってきてから拡大解釈されて学生の同盟休校などに使われるようになったのではないかと考えられる。

明治三八年に出版された『新式以呂波引節用辞典』は、ストライキに「西得来其」という漢字を当て「職工などの、不平のため一同申し合わせて事業を休むこと、同盟罷工。」と説明する。それからわずか四年後の四二年に出た『俗語辞海』では「①資本主に対して要求を迫り、または、報いなどのてだてとして、労働者が団結して、職業を休むこと、同盟罷工。②転じて、雇人、生徒、若しくは部下のものなぞが、かたまつて業を休むこと、同盟休業。」と②の意味が追加されている。

戦前の日本ではストライキ自体を禁止する法律はなかったが、治安維持法（一九〇〇年）がストライキの誘発、扇動を刑罰によって禁止し、ストライキのみならず労働組合の結成や存続にきびしい抑制を加えた。

大正六年一二月三一日発行の『大日本国語辞典』全一〇巻（三省堂）中の第三巻七版には、ストライキの項目は見当たらない。大正前期までに出版された一〇巻に及ぶ国語辞典にストライキという言葉が記載されていなかったことは驚きである。この辞典に新しく「すとらいき」という項目が設けられたのは、翌七年一月八日発行の八版が最初で、「一　どうめいひこう（同盟罷工）に同じ。二　転じて、生徒・配下のものなどが、団結して業を休むこと。」と①の他に②の意味が記載されている。

①のストライキについては、明治期における近代産業の発展に伴い、鉱山や炭鉱での強制労働に対する労働者の暴動や蜂起がすでに起こっていたため、記録に残るものとしては、明治一八年の甲府に

おける雨宮製糸工場争議が最初である。日清戦争以降は全国各地でストライキ騒ぎが起こるようになり、社会的に注目されるようになった。

これに対し、②の意味でのストライキを、「学校騒動」という言葉で①とは区別している研究者も少なくない。「学校騒動」は、明治中期から後期にかけて諸学校内部で起きた紛争事件（当時は学校紛擾）と定義されており（『明治時代史大辞典』）、この種の騒ぎは師範学校、教員講習所などの教員養成系の学校で最も頻繁に起きていた。

明治一八年に創刊された教育雑誌『教育時論』が明治末期までに報じた「紛擾《ふんじょう》」は、二五五件で、舞台は尋常中学校・中学校、師範学校、まれには高等女学校・小学校にもおよんでいた。そのうち尋常中学校・中学校で起きたものは五一％と半数を占め、特に日露戦争前後に起きた事件が多い。原因はさまざまで学校長の運営方針に対する不満、寄宿舎管理への批判、教員の異動や生徒への懲戒処分への批判などが多く、同窓会を巻き込んで県政問題に発展した例もあった。

①の意味でのストライキと学校騒動が明確に区別されていたことは、当時、盛岡で発行されていた新聞の記事でも確認できる。

岩手日報は、啄木が在学中に起きた盛岡中学事件の際にストライキという言葉を使っていない。明治三四年二月二二日は「中学校の紛擾（辞職勧告）」の見出しで、また翌日二三日二面の「盛岡中学校の刷新を望む」と題した社説で関連記事を掲載しているが、どちらにもストライキという文字は見当たらない。翌月三月三日の記事は「中学校の紛擾（一段落）」の見出しで「本社が逸早《いち》く報道したる同校の紛擾は」で始まり、その後の事件の経過が詳しく報じられている。このように、三回掲載された記事に一度もストライキという言葉が出てこないことに注目したい。

一方、同じ時期の岩手毎日新聞は盛岡中学の事件について報じていない。岩手日報に先を越されたので記事にするのを控えたのかも知れないが、二月二七日の「矢たらじま」という読者による投書欄に以下のような記事を載せている。

▲盛岡中学校の紛擾はいったい誰が悪いのだろう実は一二年以前より間断なく騒々しいようだが、何らか良薬がないもんでしょうか賢明なる読者に伺います（市民）

さらに三月七日一面には、「東京エス、エス生」と名乗る人物による「●盛岡中学校の紛擾を悲しむ」と題した一段全部を使った長い記事を掲載している。

岩手毎日新聞は三月二七日の一面で「東京司法官のストライキ」「大坂法官四十余名愈々ストライキを実行す」と題した記事を裁判所の判検事の実名入りで報じた。これらのことから、明治三〇年代半ばの岩手日報、岩手毎日新聞は、①のストライキと②を厳密に区別して盛岡中学で起きた事件を「学校騒動（学校騒擾《そうじょう》）」と呼んでいたことがわかるであろう。

盛岡中学の事件後に起こった岩手師範学校の騒ぎについても同様で、どちらの新聞もストライキという言葉を用いていない。

伊東圭一郎著『人間啄木』の第1章には「ストライキ事件」という節があり、盛岡中学時代当時の模様が詳しく綴られている。この中で、伊東自身がストライキという言葉を頻繁に用いているばかりでなく、一年先輩の野村胡堂が「ストライキをやろう、ストライキをやっても欠席はするな」と語ったと記している。さらに、啄木と同学年の船越金五郎の日記にもストライキという言葉が出てくる。

啄木は後年「ストライキ思ひ出でても／今は早や吾が血躍《おど》らず／ひそかに淋し」と歌っている（「スバル」明治四十三年十一月号初出）。したがって、啄木は盛岡中学の騒動をストライキ事件と認識していたということができる。しかし、明治四二年秋に連載した「百回通信」二七「富田先生が事」では、盛岡中学時代の三陸旅行を思い起こし「翌年三月、母校に騒擾《そうじょう》あり」としてストライキという表現をしていない。啄木も晩年には①のストライキと②の学校騒動の中で起きるストライキを明確に区別していたと考えることができるのではないか。

明治四四年夏の東京鉄道会社買収に端を発した騒動が大きな社会問題になり、年末年始にかけて東京の市電全線が完全に止まる事件に発展した時、病床にあった啄木は、日記に以下のように書いている。

　三十一日に始めた市内電車の車掌、運転士のストライキが昨日まで続いて、元旦の市中はまるで電車の影を見なかつたといふ事である。明治四十五年がストライキの中に来たといふ事は私の興味を惹かないわけにいかなかつた。

これらのことから啄木は、ストライキという言葉の①と②両方の意味を認識していたことがわかるが、盛岡中学時代に両者を区別して使っていたかどうかが不明である。

当時は周りにいた人間が皆、ストライキと呼んでいたので啄木もそれに習って使っていたかもしれない。しかし、盛岡中学の事件では、教師たちが労働条件の維持や向上を求めて業務を停止したわけでなく、①のストライキに該当しないことは明らかである。地元出身の教師が他県出身の教師を排斥する気風が強く優秀な教師の転任もしばしばあり、このため休校も多く生徒間に不満が高まっていた。人望のある英語教師が辞任するという噂をきっかけに生徒たちが立ち上がったのであり、主体は生徒にあった。したがって、間違いなく②の意味のストライキに該当するということができる。

啄木は、代用教員時代に書いた小説「雲は天才である」の中に「ストライキ」を書き、翌年四月の渋民小学校での騒動の際には、子どもたちに「ストライキの歌」を作り歌わせ、日記に「ストライキノ記」とメモ書きを残している。さらに、渋民を離れて数カ月後の八月に函館で書いた小説「漂泊」にストライキが再度描かれている。「漂泊」（一）は明治四〇年発行の『紅苜蓿《べにまごやし》』七月に掲載された。残りの（二）～（四）以降は生前未発表であるが、ストライキは（二）の最後の部分に出てくる。

盛岡中学時代と同じ感覚で、生徒が授業をボイコットしたのだからストライキだと考え、啄木は渋民小学校でもこの言葉を使ったのだろうか。同じ学校騒動でも盛岡中学事件と渋民小学校事件は意味がまったく違うことを認識しておく必要があるだろう。

渋民小学校の同僚である秋浜市郎や堀田秀子が、遠藤校長の学校管理や経営の在り方に不満を持ち待遇改善を求めていたわけでなく、事件当日も啄木と行動をともにしていない。さらに、教え子たちが一致団結して遠藤校長の学校運営に反対し、特別な要求をしていたわけでもない。したがって、渋民小学校のストライキは①にも②にも当てはまらないことになる。

啄木がこのような事件をひき起こす前兆がまったくなかったわけではない。事件を起こす前年秋から初冬にかけて書いた「林中書」に以下のように書いている。

新建設を成就せむがためには、先づ大破壊を成就せねばならぬ。破壊を始めるには、先づ其目的物の最も破壊し易き箇所を偵知する必要がある。（略）「汝は斥候として敵の動静を子細に探れ、而して若し出来得べくんば、帰りの駄賃に何処かへ爆烈弾でも仕掛けて来い。」かくて予は今危険なる間者である、代用教員である。「教育」の足は小学校である。木乃伊へ呼吸を吹き込むには、小学校の門からするのが一番だ。（略）予は、或は遠からざる未来に於て、代用教員という名誉の職を退いて、再びコスモポリタンの徒に仲間入りをするかも知れない。

さらに、翌年一月二九日の日記には「自分の理想の学校の設計までやつて見た。然しこれらは皆、少なくとも今の自分には、実行のできぬ事のみであつた。」と書いている。三月二〇日に平野郡視学に宛て認めた「自分の希望」とは何だったのか。実行不可能なことも含まれていたのではないか。果たしてこの時の「自分の希望」の中に遠藤校長の辞職や辞任が含まれていたのだろうか。希望した校長の辞職や辞任が受け入れられなかったから四月一日に辞表を出したのだろうか。私はそうは思わない。校長辞任の要求は後からとってつけた理由に過ぎない。

この後北海道へ移住してから、次の仕事の当てもないのに騒ぎを起こして職場を辞めてしまうことを、何度か繰り返すことになるが、その原型が渋民小学校騒動にあるような気がしてならない。

小樽日報には、一〇月一日から一二月中旬までの二カ月半勤務したが、創刊当初から寄せ集めの職員同士によるもめごとが多く、二カ月足らずのうちにほとんどの人間が辞め、経営状態も思わしくなかった。啄木は新しく札幌にできる新聞社へ移ろうとして画策していることをとがめられ、事務長から暴力を振るわれたことに腹を立て周囲が止めるのも聞かず、退職届を二回出して威勢よく辞めた。啄木は小林寅吉事務長が一方的に殴りつけてきたというが、そのような状況を作りだしたのは啄木自身である。

どうせ辞めるという意識が暴力を引き起こす要因になっていたと判断される。やめたいと思っていたところに、事務長が暴力という引き金を引いてくれたのでやめる口実ができたというわけである。

釧路新聞には一月下旬から三月下旬までの二カ月余り勤めた。連休のあと欠勤を一週間続け社内の人間関係が悪化、辞めたいと思っていたところへ、事態を心配した白石社長から出社を促す電報が届いた。それがまた気に障ったというのであるから始末に負えない。この時点では、辞める理由を探していただけである。釧路新聞退社は、この社長からの電報が引き金になっている。

渋民小学校の場合には辞める口実が見つからなかった。四月一日に提出した辞表を校長は一旦受け取ったのが、助役の岩本武登と学務委員の畠山亨の横やりで返された。業を煮やした啄木が思いついたのがストライキ決行であった。これで間違いなく辞められることは中学時代の経験で分かっていたからである。

子どもたちを巻き込んだストライキ事件を自作自演し辞める口実、きっかけを作り出したのである。退職するために自らがピストルの引き金を引いたのである。現代風の言葉で表現すれば自爆テロとでもいうべきだろうか。

八　二度目の挫折

明治三九年暮れの日記に「自分の第二戦！　あゝ天よ、我を助け玉へ」と書き、年明けてから三月四日に「此勢力均等を破る可き或る機会が多分遠からずして来るであらうと思はれる。」と書いているることはすでに指摘したとおりであるが、この戦いとストライキ事件がどのように関わるのかよくわからない。しかし、戦いであったことだけは確かである。はたして啄木はこの戦に勝ったのであろうか負けたのであろうか。

私の結論は「大敗北だった」である。子どもたちや斎藤佐蔵の前ではいかにも勝ち誇ったような態度を取っていたかもしれない。しかし、戦いの後の経過を見れば、これまでになかったような無残な負け方をしたのだということが明白である。

啄木はこれまでに二回挫折を経験した。一度目が中学中退後に上京してわずか三カ月にして体調を崩し渋民に連れ戻された時であり、二度目は『あこがれ』出版後の仙台から好摩へ向かった時期である。共通していることは挫折した時期に日記は書かれていないことである。今回はどうだろう。四月三日以降はメモ書きを残し、書くことを前提にして余白を設けたが、結局埋めることができず空白のまま一三ページ分が残ってしまった。忙しく時間が取れなくて書かなかったわけではない。免職になり行くところもなく暇を持て余していたはずである。書き始めたのは五月に入ってからである。五月一日以降の日記を注意深く見て行こう。

職を免ぜられて茲に十日となれり。遂に五月は来たりぬ。この村の一年のうち、最も美しき五月は来たりぬ。

梅の花盛りなり、山に蕪夷の花も捨てがたき趣なり。盛岡は新古公苑の桜咲揃へりと新聞は報じぬ。噫天下の春、啄木、今浪々の逸民、ひとり痩頰を撫して感多少焉。

青民、米長二氏と会し、又、夜岩本氏を訪ひ、北遊旅費の件略々決定す。

四月二四日朝は冷え込み霜が降りて翌日の新聞には「当地の桑葉は未だ発芽せざれば、破蕾せんとする梅桜少しく妨害ありしならん」と例年より大幅に開花が遅れていることを報じている。前年秋に開園した岩手公園（現在盛岡城跡公園）の桜が咲き始めたと岩手日報が伝えたのは二七日のことである。

今日此頃当地は漸く桜の春に入れるが、（略）来月初旬の盛岡は新旧両公園さては石割桜中の橋付近を包みたる一角は特に《こと》爛漫と群衆によりて一段の殷賑を見るなるべし　（岩手日報　三面）

前年一二月から年明三月にかけて盛んに報じられていた恩師新渡戸仙岳が絡む公金費消事件のことに啄木はまったく触れていないことから、この時期、啄木は新聞を見ていなかったのではないかと私は論じた（『石川啄木と岩手日報』第七章）が、また新聞を読み始めていたのかもしれない。日記を再開したこの日を境に再起を決意したと考えられる。早速仲間の沼田青民、米田長四郎と会い、岩本を役場に訪ねて北海道へ移住する決断をしたことを告げ旅費を工面してもらいたい旨を要請したのであろう。

五月二日は日記の冒頭に「風寒し。予は新運命を北海の岸に開拓せんとす。これ予が予てよりの願なり。」と書くが、函館で待っているのは全員初対面の苜蓿《ぼくしゅく》社の人間で顔も名前も知らない若者たちである。前年二月であれば姉夫婦がいたが今は小樽に転勤になってしまったので、まったく知人もいない見知らぬ土地と言ってよい。

新運命を開拓するためにかかる費用を、畠山、岩本、米田、沼田諸子の好意により賄うと書いているが、一人当たり一体幾らを想定していたのか。予定通りに金が集まれば三日に出発の予定であった。しかし金は集まらなかった。三日までに金を用意してくれたのは岩本、沼田のみで、どちらも一円用意するのが精いっぱいであった。

五月三日は朝早く起きて金を作るために奔走した。頼りにしたのが金矢家である。これまでの長い付き合いがあるのでまとまった金を餞別として用意してくれると思ったであろうか。思惑は見事に外れた。金矢家は五〇銭しか出してくれなかった。この五〇銭にはストライキ事件に絡む深い意味が隠されていると考えられるので、次の第七章で詳しく取りあげたいと思う。

結局、旅費を捻出することができず、三日に出発することはあきらめざるを得なくなった。三日夜は暇を持て余し、他に行くところがないために堀田秀子を訪ねたと思われる。秋浜市郎、堀田秀子からもまともに相手にされなくなっていたように見える。堀田秀子は思いがけなく突然に押し掛けられ、仕方なしに対応していたかもしれない。

五月四日になってもまだ金が集まらず旅費は足りない。

朝起きて見れど、米田君よりも畠山君よりも消息なし。我妻は、山路二里、畠山君を訪へリ。予は妻の心を思うふて思はず感謝の涙を落としぬ

節子は片道二時間かけて畠山亨宅へ金を借りに出かけたが金は工面できなかったという手紙を渡されて戻って来た。この日に好摩駅を出発する直前に畠山宛に投函した葉書文「荊妻持つてまゐり候ふ貴書見候へども」は節子が手ぶらで帰って来たことを示している。

節子が帰って間もなく啄木は最後の手段に出た。その日のうちに出発するためにはもう時間がなかった。五月五日に函館へ行くことを電報で先方へ通知してしまっていたからである。夜具を質入れして五円借りだし、九円七〇銭の金を作り旅費に充てることにしたのである。これは啄木と光子の旅費である。母カツを米田方に置いてもらうように頼み、節子は盛岡の実家に帰すことにしたが、二人に渡す金は一厘も残っていなかった。

予立たば、母は武道の米田氏方に一室を借りて移るべく、妻子は盛岡に行くべし。父は野辺地にあり。小妹は予と共に北海に入り、小樽の姉が許に身を寄せむとす。

一家離散とはこれなるべし。昔は、これ唯小説のうちにのみあるべき事と思ひしものを……。

これがストライキ事件の結末であった。ストライキ事件は啄木の人生、三度目の挫折であった。啄木自身は挫折とも敗北とも書いていないが、前二回の挫折と比較することによりそのことは明確になる。しかも、今回の敗北は、ただの負けとはわけが違う。

家族全員が完全に離れ離れになってしまった。まさに一家離散、これほど惨めで見事な負け戦はこれまでにあっただろうか。大敗北である。

米田長四郎方に預けられたカツは肩身が狭かったであろう。函館へ行くための金を工面してくれるように頼まれた米田は、約束の三日までに金を用意することができなかった。出発を一日延期して四日になっても状況は変わらなかった。啄木に貸す金が間に合わなかったので、自分の母親を家に引き取りその金をカツの生活費に充ててくれというのである。二年前に宝徳寺を罷免された時は、まだ息子の一が立派な詩集を世に出して自分たちの生活の面倒を見てくれるようになるだろうという大いなる希望があった。今回はその息子が、大事件を起こして渋民小学校を免職になったのである。外に出歩くことさえままならなかったに違いない。

節子は何と言って嘆いただろうか。生後四カ月の京子を抱きかかえ、惨めな思いで泣きながら盛岡へ戻って行ったに違いない。

田中礼は『論攷　石川啄木』（一九七八）の中に「塵の都での敗北にもまして、遥かに痛烈な敗北であった。『故里』（略）は、啄木の意識の中で粉々に砕かれ、敗者啄木の逃げ場は、もはやこの世にはなくなったのである」と書いている。

九　歌の力　奇跡の大逆転

大谷利彦は、「啄木ほど自己を伝説化した近代作家も稀である」と書いているが、その最も典型的なものが「故郷を追われた」伝説ではないだろうか。

後年啄木は、最後の上京をした際に函館から横浜までを海路にした理由について以下のように回想している。

函館から青森へ渡つて上京するには奈何《どう》しても私の故郷を過《よ》ぎらなければならぬ。その故郷を、二度と帰つて行けぬ様な騒擾《さわぎ》を起して飛び出してから、その時まだ一年しか経つてゐなかつた。それに私自身がさうした悲惨《みじめ》な飄泊者であつて見れば、一木一草にも思出のある土地《ところ》を汽車の窓から見るだけでも、私には堪へられぬ事の様に思はれた。（評論「一握の砂」明治四二年五月七日起稿）

この評論を書いた時には、過去の自分を顧みて素直な気持ちで「二度と帰つて行けぬ様な騒擾《さわぎ》を起して飛び出して」と告白したと思われる。

啄木は渋民を離れる日の日記に「一家離散とはこれなるべし。昔は、これ唯小説のうちにあるべき

事と思ひしものを……」と書いた後、

啄木、渋民村大字渋民十三地割二十四番地（十番戸）にとどまること一ヶ年二ヶ月なりき、と後の史家は書くならむ

と記した。挫折と絶望の中で精一杯の虚勢を張ったものであろうが、啄木は真剣であったに違いない。しかしながら、啄木が近代日本を代表する文学者として名を成すことになるなどと考えた人間は、渋民にはただ一人もいなかったはずだ。それが啄木死後、現実のものとなったのであるから驚く。奇跡のような大逆転が起こったのだ。

評論「一握の砂」を書いた時、啄木はまだ「後の史家」が取りあげるような存在にはなっていなかった。その後の逆転劇の裏にはいったい何があったのか。そして、「故郷を追われた」伝説はどのようにして形成されていったのか。

啄木の内に秘めたる巨大なエネルギーの爆発と稀有な才能が実を結ぶまでには、まだ時間が必要であった。

四二年六月、函館に残してきた妻子と母親が宮崎郁雨に伴われて上京してきたが、啄木はあまりにも長い間家族を置き去りにしていたので、家庭は崩壊しかけていた。一〇月初め、妻節子が東京での生活や姑との軋轢、病苦に堪えかねて、京子を連れて盛岡の実家に帰ってしまった。節子の家出は啄木に深刻な打撃を与えた。これを境に啄木は、自己を見つめ直し生活態度を改め身を粉にして働いた

ことにより、文学上の一大転機がもたらされた。

これ以降、「食ふべき詩」「時代閉塞の現状」などの評論を発表、朝日歌壇の選者になり歌集『一握の砂』を世に出し「啄木奇跡の一年」と呼ばれる黄金期を迎え一躍名声は高まった。艱難辛苦に耐えながらひたむきに努力する不屈の精神があってはじめて啄木の天才は花開いたのであった。啄木はすさまじい集中力を兼ね備えた努力の人であった。

しかしそれだけでは「故郷を追われた」伝説は生まれてこなかった。

どの作家の啄木伝記でも渋民村を離れる場面の最後に用いられるのが「石をもて追はるるごとく／ふるさとを出でしかなしみ／消ゆる時なし」の一首である。この短歌は渋民を離れてから三年半後に東京で創られたもので、明治四三年一一月号『スバル』が初出である。

この歌が『一握の砂』の中の一首として読まれて広がり、死後、さらに名声が高まり数々の啄木神話や伝説が生まれる過程で奇跡の大逆転劇が完成したのではないか。

米地文夫は、啄木短歌の「石をもて追われるとは、石を投げつけられて追い出される。周りの人たちから石を投げつけられるほどの反感を買う。」と受け止められているが誤解を招くとして、以下のような鋭い指摘をしていている。


石を投げつければ、相手は傷つくし時には死ぬ、危険な行為で相手はそれを恐れて逃げると考える人が多い。しかし、これは、現代の日本人が欧米の物語や絵画、映画などによって、殉教者が石を投げつけられる流血シーンの類から刷り込まれた新しいイメージなのである。

「石撃ち」と「石投げ」（米地文夫「『石をもて』追われた啄木と賢治―どのように追われ、どこへ逃げたのか―」『国際啄木学会盛岡支部会報』（2018）より）

啄木が「石をもて追はるるごとく」と詠ったその意味は、二つの図の上方、すなわち石を打ちつけられて追われるように、と解されることが多いが、実は下方の石を足元に投げつけられて追われるように、ということなのである。（「『石をもて』追われた啄木と賢治――どのように追われ、どこへ逃げたのか――」『国際啄木学会盛岡支部会報』（二〇一八））

啄木は渋民の人たちから「直接石を投げつけられ」て村を追い出されたのではない。村を追われるような重大事件を意図的に引き起こして、自分から村を飛び出したというのが真相である。

だが、この歌一首によって攻守は見事に逆転した。渋民の人たちに啄木を追い払ったという意識があったはずがない。何が何だかわからないうちに啄木が自分で騒ぎを起こして勝手に飛び出していっただけの話である。なによりも、啄木自身が評論「一握の砂」の中でそれを認めているのである。それにもかかわらず「故郷を追われた」伝説が現代に生き続けるのは、まさに歌の力、歌の魔力としか表現のしようがない。歌人啄木の面目躍如である。

作家は作品に何を書いても良い。しかし、作品に書かれていることが事実か創作かは作者にしかわからない。読者は作品をどのように読んでも構わないが、研究者の立場は違う。この著名な短歌が、事実を詠んだものかどうかという考察を行った論考を、私はこれまで見たことがない。

啄木は草葉の陰で歌集『一握の砂』ばかりでなく、評論の「一握の砂」も良く読んで欲しいと言っているのではないか。

第一〇章

石川啄木と金矢光春

はじめに

渋民村の中で啄木が最も親しく付き合っていた友人は金矢朱絃（七郎）である。日記「甲辰詩程」には、互いの家を頻繁に行き来していたことが記されている。二人の関係については第三章で取りあげ詳細に論じたが、啄木が金矢家を訪ねて夕食を御馳走になって泊まり、翌日朝食を食べて一緒に帰り、今度は朱絃が宝徳寺に泊まることも珍しくなかった。

小説「鳥影」は金矢家の人々をモデルにして書かれた。その関連でよく取りあげられてきたのは、金矢家当主の弟である朱絃のほか長女ノブと長男光一である。

私は『国際啄木学会盛岡支部会報』第二十七号「『明治四〇年丁未歳日誌』三月五日〜三〇日を読む」（二〇一八）の中で金矢家当主の光春について次のように書いた。

啄木ゆかりの金矢家の人物は朱絃、ノブ、光一に限定されてきた。これまでの金矢光春の人物評価はゆがめられており（彼の研究は）不十分である。特にストライキ事件との関連で、光春研究は不可欠である。

金矢光春は、「ストライキノ記」のメモ書きの中に名前が記されている人物であるにもかかわらず、一度もまともに取りあげられたことがなかった。これもまたストライキ事件にまつわる謎の中の一つである。実に不思議なことであるが、なぜこのようなことが起こったのか。

本章では、金矢家と当主光貞、光春の経歴に触れながら啄木との関係を究明し、ストライキ事件における光春の役割を考察することにより、光春の人物評価がなぜゆがめられてきたのかを論じたい。

一　金矢家と岩手の養蚕

金矢家は、渋民の中心部から西に向かい、北上川をわたってから鉄道線路に沿って北上した川崎にあった。当時の渋民小学校から約二キロ、歩いて約三〇分の場所である。ここに広大な敷地を構え多くの使用人を抱えていたといわれている。この場所は、北上川と西側から流れて来る松川が合流する水害の多い極めて危険な地域である。記録に残る水害の一つとして鉄道が通る前年、明治二二年の台風による洪水被害が知られている。

当時の岩手日日新聞によれば、九月一一日昼から降り出した雨と暴風は、翌一二日いっぱい続き各河川が急激に膨張した。雫石川の水かさが増し北上川に流れ込んだため、堤防が決壊し、盛岡市内一面が水びたしになった。街中が舟がなければ通行できないほどになり、飲料水の確保も難しくなった。雫石の西山村長山の二五歳の若者が葛根田川《かっこんだがわ》で流木を止めようとして流され溺死した。九月一七日になって岩手県全域の被害状況が明らかになり、県南の北上川の支流のほとんどが氾濫し各市町村に甚大な被害が生じていることが判明した。

一四日の三面には「渋民村の出水」という見出しで以下のような記事が掲載されている。

（一二日）午前四時俄かに出水して国道筋なる船田橋殆んど流れんとする程なりしも鉄道工夫及び村民等の尽力にて漸く流さざるを得たれども頗る破損し其の他耕地等も余程害を蒙りたる由

この時、盛岡以北の鉄道を敷くために金矢家近くの松川にかける鉄橋の架設工事が進行していた。橋脚の安全を確認するために濁流に小舟を出して調べているうちに、横波を受けて監督技師大久保業が他の技師とともに舟もろとも川に呑み込まれてしまった。大久保の死体は、約一八キロも離れた北上川の支流で泥まみれのままで発見されたという。この後も、現在に至るまで北上川と松川の合流点にある川崎の地は数多くの水害に遭っている。

渋民小学校に勤務することになった上野サメは、最初のうちは渋民の中心部に寄宿していた。その後は川崎の金矢家の一角を借りて住んでいたことが、山根保男の研究により明らかにされている。サメが明治三九年に本宮小学校に転勤することになり、渋民を去る時に発した言葉が「我も川崎の如く寂しき処に居りしなれど」であった。

金矢家がこの土地を切り開いて住み始めてから四〇年近くたってからでさえ「川崎の如く寂しき処」と表現したくなるような辺ぴなところであった。サメが生まれ育った雫石もそれほど大きな町だといえないが、サメがそのように感じるほど金矢家は渋民の中心地から遠く離れた場所にあったことがわかる。

しかもそこは、水害の多い危険な土地であった。渋民の中心地に近く、もっと安全な場所がいくらでもあったはずである。光貞があえて川崎の地を選んでそこに屋敷を構えた理由は何であったのか。

『岩手県氏姓歴史人物大事典』（一九九八）によれば「（金矢の）家系は先祖より代々稗貫氏に仕え、稗貫郡金矢村（現花巻市）滝代に居住し、初め滝代氏を、のち金矢氏を称した。」とある。渋民の金矢氏はこの分流で、「南部重信の家臣である金矢与次右衛門光種を祖とし」と記されている。上記の人物大事典に記されている金矢家は、跡継ぎには代々「光」の名前を用いており、光貞、光春、光一の名はその流れを受け継いだものと判断される。金矢家は、それぞれ渋民村長と県会議員を務める家柄であった。

光貞は多賀市郎の三男で、万延元年（一八六〇）一七歳の時、金矢家の婿養子となった。妻は当時一四歳の金矢友之助光康の嫡女であった。光貞は鉄砲武者であり、槍術御相手方に任命され、戦闘にも出陣したが、版籍奉還、白石転封《しろいしてんぽう》、廃藩置県などの大波にもまれて生活の目途がつかなかった時に光康と光貞の勇断により、明治二年一一月に一家をあげて渋民村川崎に隠遁したという。

明治維新後に金矢家再興を期してこの地に永住することを決めた背景には、光康・光貞の深慮遠謀があったと思われ、いち早く帰農したことは先見の明があったといえるかもしれない。

日本の養蚕の歴史は古く、弥生時代の中期に始まり三世紀ころには品質の良い絹製品が国内で生産されていた。江戸幕府は、財政逼迫に対処するため養蚕を奨励した。幕末期にはさらに養蚕技術の開発が進み、良質な生糸が生産されるようになった。そのころヨーロッパにおいて微粒子病が蔓延し繭生産量が低下したため、日本の生糸と蚕種は一躍輸出品の花形となった。明治政府は、生糸輸出により外貨を獲得し富国強兵を図る目的で、養蚕業発展のため数々の施策を行った。明治時代の最盛期には、全農家の四割ほどにあたる二〇〇万戸以上が養蚕に携わっていたと記録されている。

岩手県内においても養蚕は、藩政時代から士族の内職として行われており、下級武士の家計の一助として奨励されてきた。廃藩置県後は士族の授産事業として取りあげられ、養蚕業は士族産業と言っても過言でなかった。岩手県は、明治初期から地域経済の安定、農家生活の向上を図る目的で蚕糸業振興を重要課題に掲げ県費を投入していた。桑栽培奨励施設の設置、桑樹無料配布、桑栽培奨励金交付、桑園開設奨励金交付、養蚕に関する施設の設置などに県が多額の経費を投じて積極的に奨励を行った。また、歴代知事が、蚕糸業発展に傾注し幾多の保護を加えた背景には凶作対策があった。

東北地域の太平洋沿岸には、シベリアから太平洋を南下する千島海流の寒気によってもたらされる「やませ」と呼ばれる冷たく湿った風が吹き、これが冷害の主原因であった。古くから、歴史に残るような大飢饉に襲われ、明治以降も数年に一度の割合で冷害、凶作に見舞われ続けてきた。東北各県の米生産量の推移をみると、岩手県が最も厳しい環境下にあったことは一目瞭然である。そこで県は、米不足の補完対策として蚕糸業振興に力点を置いたのである。岩手郡もまた県の方針に策応して郡費を支出することにより養蚕を奨励した。(『岩手郡誌』)

関口覺の「高山社と岩手県と養蚕」(二〇一四)によれば、岩手郡は明治三〇年、郡に養蚕教師を置き巡回誘導をさせ農家の子弟を督励し、郡費を補給して群馬県にある高山社《たかやましゃ》に派遣し蚕業教育を受けさせたという。

金矢光貞が仲間と共に川崎地区に新たに土地を買い求めて入植したのは、稲作だけではなく養蚕を中心にした農産物の生産を目指してのことだったと考えられる。養蚕を大々的に行うためには、まとまった広さの桑畑が必要になる。日本有数の養蚕が盛んな地域は、千曲川、阿武隈川、鬼怒川など大きな川のそばに広がっている。大河川の川原で栽培された良質の桑が品質の高い繭生産に不可欠であることを知り、光貞は川崎の地を選んだと思われる。しかし、入植当初は、農業だけでは一家の生活を賄いきれず役場勤めを余儀なくされたものと考えられる。

光貞は弘化元年（一八四四）六月一七日生まれであるが、明治七年、二六歳の時渋民村副戸長を務めた。三男七郎（朱絃）が生まれた一七年七月当時は、平舘村役場に勤務していた。同年八月二六日付岩手新聞「雑報」には「○新任戸長」の見出しで二三日に発令された南北岩手紫波郡役所所轄の戸長が紹介されており、その中の一人として平舘村役場金矢光貞の名がある。しかしこれから一カ月もたたない九月一二日同新聞「雑報」の冒頭に「○任免」の見出しで「北岩手郡平舘村外七ケ村の戸長金矢光貞氏は去る九日依願本官を免ぜられ」とある。

平舘村の戸長を辞退してから二年後の一九年四月二一日岩手新聞には、「馬耕」と題した見出しで、光貞が馬耕教師差し回しを県庁に出願したことが報じられている。このころから馬産事業にも手を広げていったと思われ、明治末期には持ち馬三六頭にまで規模を拡大していた。一九年六月には、北岩手郡渋民村助役に選任され認可されている。二四年度調査の高額地租納税者として士族金矢光貞が登録された。入植から二〇年を過ぎ家業が軌道に乗って来たことがわかる。

光貞は、三七年九月一五日に隠居届を出し、代わって同日光春が家督相続をした。五七歳にして二代目渋民村長に選任されているが務めた形跡がない。還暦を前にして渋民村の政治の世界から身を引き、長男の光春に後を委ねたものと推測される。

光貞と同時期に、金矢家より渋民の中心地に近い場所に居を構えた一族が二組あったようである。しかし、この地で成功をおさめ繁栄を極めたのは金矢家だけである。光貞の才覚とひたむきな努力が実を結んだといえる。

小説「鳥影」には、もっとも華やかで羽振りの良い時代の金矢家の様子が描かれている。そこに出てくる「モウ六十の坂を越して体も弱ってゐるが、小心な、一時間も空《むだ》には過ごされぬと言った性《たち》なので、小作には任せぬ家の周りの菜園から桑畑林檎畑の手入、皆自分が手づから指揮《さしづ》して朝から晩まで戸外《そと》に居る」と描写された光貞の姿は、当時の雰囲気を彷彿とさせるように思える。そればかりか謹厳実直な初代の当主としての意気込みが、二代目に家督を譲り渡した後でもなお衰えていないことを示しているようにも見える。光貞の地道な努力が金矢家繁栄の礎を築き、二代目の光春の時代に絶頂期を迎えたといえるであろう。

金矢家の養蚕や桑畑については、「鳥影」のごく一部にわずかながら出てくる程度で、他に啄木は何も書き残していない。したがって、養蚕が金矢家で行われていたことはほとんど知られていなかった。飯田敏が「渋民村川崎と金矢家」(二〇〇六)の中に「屋敷から少し離れたところに、群馬から技師二人を呼んで、近隣の若い女子を集めて営ませていたという大きな養蚕所を持つ金矢家は、貧しい渋民の中で、やはり特異な存在であったのでしょう。」と書いているだけである。

令和二年五月、私は旧金矢家があった川崎地区に住んでおられる坂本光彦氏を自宅に訪ね、桑畑と蚕の飼育施設に関する聞き取り調査を行った。その結果、金矢家には養蚕屋と呼ばれる飼育施設が母屋とは別棟に建てられていたことを確認した。その場所は、現在の坂本光彦宅の南側、坂本政男邸が建っているあたりだということであった。松川に沿って築かれた堤防ができる前は、頻繁に川が氾濫して田や畑が水没したこと、堤防完成後もたびたび水害に遭っていることを聞くことができた。

「明治四二年初夏の頃　離れの落成記念に集った金矢家一族」と説明のついた集合写真が飯田敏の「渋民村川崎と金矢家」に掲載されており、そこには光貞、光春、光一三代の他、一族の面々が顔をそろえている。ただし、飯田の「明治四二年」という説明文は誤りであろうと思われる。写真の中の光春三女セツ、四女ユキがまだ学童期に達していないことから判断すると、おそらく明治三〇年代半ばの写真であろうと推定される。

父光貞の英断で始められた養蚕を飛躍的に発展させたのは二代目光春である。群馬県の高山社から専門の技師を呼び、渋民村だけでなく岩手郡内各地で養蚕技術の普及に努めている。四五年には他地域に先駆け渋民村に養蚕組合を立ち上げ共同飼育施設を建設するまでになった。

光貞から家督を受け継いだ光春は、父の願いを忠実に守り官吏として勤めたあと、さらに実業家としての地位を高めていく。二代目光春の代になって光貞が思い描いた構想が花開き、金矢家は頂点に達する。啄木が足繁く通っていた時期は、まさに金矢家の全盛時代だったといえる。

光春は光貞・キヨの長男で元治元年（一八六四）一二月七日生まれである。明治二年に光貞が川崎に移住して来た時には四歳になっていたはずである。光春の下に二男武志（明治一二年七月生）、三男七郎（同一七年七月一八日生）、ほかに長女キワ、二女ミエ、四女キク、五女リウ（同一九年五月一六日生）、六女キクがいた。

光春は、明治元年生まれのタツが一五歳の時に結婚、長女ノブは明治一八年四月二〇日、長男光一は二〇年一月二九日に生まれた。この下に二二年一二月二七日次女トヨ、二七年一月一六日に三女セツ、二八年に四女ユキが生まれている。さらに、三三年一月三日三男忠志、三四年九月二八日四男隆、三八年一月一〇日五男正己、四〇年七月二二日五女トミ、四三年一月二日六男克男と続く。次女は生後一年半で夭逝している。

光春は、同三〇年の時点で渋民村の収入役を務めていたことを示す証拠が、工藤寛得関連の藤六文書の中に確認される。最初は父光貞と同じ官吏の道を選び、やがて家業となった養蚕や馬産事業を受け継いだと考えられる。啄木が代用教員をしていた明治三九年光春は渋民村選出の岩手郡会議員を務めていた。

啄木と金矢家のつながりは、光春の弟七郎（朱絃）、妹リュウ、長女ノブ、長男光一との交友関係により始まった。

二　代用教員以前の啄木と金矢家

啄木の恩人として金田一京助、宮崎郁雨、佐藤北江などが挙げられる。中学を中退して上京後、渋民に戻ってから『あこがれ』刊行のため上京するまでの間、そして盛岡で所帯を持ったあと代用教員として渋民に戻る直前からストライキ事件後北海道へ旅立つまで、金矢家ほど濃密な付き合いをした家族が他にあったであろうか。渋民時代だけでなく、啄木の生涯を通して、これほど親密に家族ぐるみで行き来をしていた友人一家は稀である。

啄木が金矢七郎（朱絋）と親しく交わり始めたのは、盛岡中学在学中である。「甲辰詩程」には、足繁く金矢家を訪問する啄木の姿が記されている。最も頻繁に金矢家に出入りしたのは、盛岡中学中退後の明治三六〜三七年である。小説のモデルにできるほど金矢家の内情を熟知していたのは、朱絋との付き合いがあったからである。朱絋との交際について詳細は本書の第三章を参照していただきたい。

「鳥影」には、渋民村川崎の千坪を超える敷地に多くの使用人を抱える富豪金矢家の当主光春が作中人物名小川信之、その妻タツがお柳、当主の弟七郎すなわち朱絋が昌作、さらにこの家の息子光一が信吾、娘ノブが静子として登場することは、すでに説明したとおりである。

小説が書かれたのは、明治四一年秋のことである。啄木が渋民を離れてからすでに一年半が過ぎていた。金矢家との関係が最も緊密だった明治三七年当時のことに加えて、渋民小学校の代用教員時代に経験したことが「鳥影」執筆の際に使われたと考えられる。

「甲辰詩程」は、三七年一月一日に始まり断続的に七月末まで続くが、この間に朱絋（七郎）の名が三八回登場する。また、朱絋は相馬徳次郎校長排斥運動にも深くかかわっていたと考えられる。

三七年四月二日日記には「午後金矢光一君も来たり、一時（間）半許り、乗馬す。」とあるほか、七日には「夕刻、光一君七郎君。乗馬して来る。」と金矢家の人間が馬に乗っている場面が記されている。金矢光春は馬産の改良にも力を入れており沼宮内馬産組合長をも歴任している。馬格向上のため他の地方から良種馬を移入することもやっていた。この時期には、金矢家に相当数の馬が飼われており、金矢家の人間には乗馬の心得があったと思われる。四月二日は光一が乗って来た馬に啄木も乗せてもらったのであろう。

日露戦争が始まってから半年後に開催した「渋民村の祝勝会」でも、啄木と並んで朱紘は中心的な役割を果たした。「祝勝会」の最も重要な祝勝演説に登場し「露国おとぎ話」と銘うった演説を披露した。（拙書『石川啄木と岩手日報』第三章）

『あこがれ』出版後、仙台から盛岡へ戻るまでの「結婚式前後の謎の行動」の中でも、好摩に着いた啄木が最初に向かった場所が、金矢家の朱紘のところであったと考えられることもすでに説明したとおりである。また、朱紘が金矢家を出てからも、代用教員に採用が決まる前、函館へ姉夫婦を訪ねた帰りに野辺地に立ち寄った後、渋民で数日過ごしている。斎藤家に間借りすることを頼みに行ったと思われるのだが、この時も金矢家に泊めて貰ったと考えることができる。

渋民日記は三九年三月四日に始まる。この日の午前七時四〇分盛岡発の下り列車に乗り好摩駅にたどり着いた啄木と節子、母カツの三人は「凍てついて横辷りする雪道を一里」歩いて斎藤家にたどり着いたが、途中で金矢家に立ち寄ったと思われる。近いうちに渋民に移ることは、函館の帰りに立ち寄った際に伝えていたはずで、渋民に戻って来たという挨拶を金矢家にしないわけがない。

翌五日、渋民日記の最後に上野サメのことが記されている。


午後女教師上野さめ子女史が来た。熱心なクリスト教信者である。（略）それから、移転早々から小遣が無くて困るので三円だけ貸して貰った。

前日引っ越してきたばかりの斎藤家に上野サメが啄木を訪問しているのである。サメは当時金矢家に部屋を借りており、片道二キロの道のりを渋民小学校まで通勤していた。この時期は啄木とサメとの間で手紙のやり取りはされていないので、前日に啄木が金矢家に立ち寄り、斎藤家に止宿することを知らせたとしか考えられない。啄木は、さりげなく「三円だけ貸して貰った。」と日記に書いているが、サメが学校の帰りに斎藤家を訪ねたと考えるにしても、当時の給料の四分の一に相当する三円を持ち歩いていたとは思われず、前日に金矢家に立ち寄った時に借金の依頼を申し出ていたとしか判断のしようがない。

ここまで代用教員として渋民に舞い戻る以前の啄木と金矢家の人々との関係を簡単に説明した。ここで明確にしておきたいことは、明治三七年までの金矢家がモデルであったとしたら「鳥影」に登場する人物の表現はまったく違っていたと考えられることである。特に、金矢家当主光春の小川信之と妻タツのお柳に関しては、代用教員時代の最後に見た金矢家の印象が色濃く反映されていると思われる。

「鳥影」は三七年当時の金矢家だけをモデルにして書かれたのではないことを以下で明らかにしたい。啄木と金矢光春との関係を論じる際に特に重要なのは、代用教員になってからであることを忘れてはならない。

三　代用教員時代の啄木と金矢家

ここでは、ストライキ事件が起こる前までの啄木と金矢家との関係を、日記を中心にして注意深く見ていく。そして、そこまでは、両者の関係は極めて良好であったことを確認しておきたい。

代用教員として渋民に戻ってからは、啄木が金矢家に泊まる機会はなくなったが、一二月三〇日に娘京子の出産を報告に行き、大いに御馳走になって帰ってきた。突然の訪問にもかかわらず大変なもてなしようであった。新しい年を迎え「丁未歳日誌」と名付けた日記の最初の日に金矢家の長女ノブが記されているが、二日前の三〇日に金矢家を訪ねた時には何も記されていないので、ノブは翌三一日に和賀の止宿先から帰省したものと思われる。ノブが一月一日に石川家を突然訪問したことを喜び、懐かしんで啄木は長い日記を残している。

十幾年前、予六歳の春、初めてここの郷校に上りし時、同級二十数名、女史も亦其中の一人なりき。四年にして尋常科教程を卒へたる後、更に笈を負ふて杜陵の学林に遊べるもの、女史と予と唯二人のみ。爾後、歳時匆々として、逢離幾数度、人生の春早くも傾いて、身は二十二歳の今日と成りぬ。（略）

女史や幸運の人、杜陵に女学校に学び、我が妻と親みよし、後、共に其校を卒へしが、遠く都門に遊んで、音楽と裁縫とを修めぬ。郷に帰りて後、陸軍歩兵中尉福田氏と婚を約し、同棲数月、日露の役の起るありて、中尉は初め樺太に渡り、転じて台湾を守り、今また韓国京城に守備たるの故を以て、女史乃ち南方の一邑に職を予と同じく代用教員に奉ぜり。

ノブは、啄木とともに渋民小学校を卒業と同時に盛岡高等小学校に入学、私立盛岡女学校を経て三七年九月に東京の私立和洋裁縫学校を卒業した。『あこがれ』を刊行するために上京していた時期に、啄木がバイオリンを買う金をノブに用立てて貰ったという話が伝えられているが、その時期のことであろうと思われる。一日の日記から、ノブはその後、渋民に戻り一七歳の時に婚約していたことがわかる。さらにノブは、三八年一二月二一日付で和賀郡土沢尋常高等小学校の代用教員に任命されている。月俸は啄木と同じ八円であった。

啄木は年明け五日に金矢家に招待され、そのまま一泊し翌日光一と連れ立ち石川家に戻り、その夜は光一が泊まって行った。ここだけに焦点を当てると、三年前からの金矢家と啄木との関係がそのまま続いているように見える。朱絃が居ないだけで、ノブ、光一との関係は変化していないことは確かだが、それとは別に大きな違いが生じていたことを見逃すことができない。

明治四〇年元旦には、四方拝の儀式のため登校し午後一時頃帰宅、金矢ノブと妹二人と一緒に昼食を共にしている。この日は金矢家当主光春も石川家を訪問した。晴れ着で着飾った娘三人とともに光春が新年のあいさつに訪れた。光春一人だけは、次のあいさつ回りがあるからという理由をつけて、娘たちを残して帰ったのかもしれない。啄木は日記の最後の方に「来訪者。——村長駒井氏、郡会議員金矢氏、（略）金矢信子氏、其外十数名。」と書いている。

これまで、金矢家の当主自らが石川家に出向いて新年のあいさつに来たことがあっただろうか。罷免されて宝徳寺を離れ、一年ほど渋民を留守にして戻り、今は斎藤家に間借りしている石川家の誰にあいさつをするためにやって来たのだろうか。

もともと、金矢家は宝徳寺の檀家ではない。したがって、啄木の父一禎とは村人の葬儀の席で顔を合わせ面識はあったとしても、それ以外に特別な関係があるとは考えにくい。金矢家の当主がわざわざ新年のあいさつに出かけて来たのは、娘たちの学校に赴任してきた石川一先生に敬意を表してのことであったと考えるべきである。

これまでの金矢家と啄木との関係は、弟朱絃、長女ノブ、長男光一の「友人」としての付き合いであった。前年四月からは、三女、四女が通う学校の「教師」としての新たな関係が加わり、さらに深いつながりができたわけである。

三年前の日記「甲辰詩程」の一月一日には「此の日金矢朱絃、同光一、沼田清右ヱ門の三君来たり、夕刻に至りて帰る。」とあり「予がこの日までに出したる賀状」の中に「金矢信子」の名前もある。「甲辰詩程」と「丁未日誌」の一月一日を比較すると両者の関係が大きく様変わりしていることが良くわかる。

一月五日午後、啄木は金矢家から招待された。これまで頻繁に金矢家を訪問し、夕食だけでなく泊めてもらい朝飯まで御馳走になったことは何度もあったが、正式に招待されたのは今度が初めてである。元旦に昼食を御馳走したお返しの意味もあったかもしれないが、今回は啄木のため特別に用意された年始の宴席であった。知らせに来たのは三女セツと四女ユキである。わざわざ二人揃って迎えに来たのだ。

この宴席は、金矢家の誰の発案で計画され催されたものであろうか。ノブは、遠藤校長の後任として渋民小学校に赴任してきた和久井校長と四二年に結婚して和久井姓に変わっている。ストライキ事件のあと、啄木が免職になり後任として代用教員に採用されたのがノブである。ここで和久井校長と知り合ったのが縁だと思われる。和久井ノブは後年以下のように語っている。

啄木の受け持った子供達は、まったくきかんぼうで生いきで、女の先生をばかにして全くのもてあましものでした。それでも啄木のいうことには全くよく服従したようです。私の妹などもその教え子の一人ですが、学校から帰ってくればよく「石川先生、石川先生」といって啄木を尊敬して語っていたものです。

ここに出てくる妹は金矢家の四女ユキである。ユキは長じて啄木の教え子である柴内陸七郎の妻になった女性である。三女セツと並んで美人姉妹として評判であったようである。ユキは当時尋常科二年で啄木の受け持ちであった。

元旦早々、長女ノブを説得し、金矢家当主の光春と石川家に新年のあいさつに出かけようとせがんだのはユキとセツであり、その後、啄木を金矢家に招待しようと言い出したのも三女と四女であったと思われる。光春夫妻の許しが出て、二人は揃って片道二キロの雪道を踏みながら勇んで啄木を迎えに行ったのではなかったか。

御馳走は「鶏の汁の物と蕎麦」で、啄木は一六杯平らげ夜は洋弦を弾き一泊をした。日記には「金矢家の好意は、予をして永く感謝せしめむ。」と感激した様子が記されている。

翌六日は、朝食を食べ一一時頃金矢家を辞し、正月休みで帰省中の光一と共に石川家に戻り、今度は光一が啄木宅に泊まって行った。啄木はこれまで通りの友人関係がこれからも続くと思い込んでいるようであるが、金矢家との関係が変わってきていることに気がついていたであろうか。蕎麦をたらふく平らげた後は、確かに「洋絃」を弾いて、迎えに来てくれた二人の教え子を喜ばせてはいるが、金矢家が啄木に対して何を期待していたか正しく認識できていたかどうか疑わしい。

金矢家と啄木との間には、これまでのノブ、光一との「友人関係」に加えて、新たに二人の妹たちとの「師弟関係」が生じていたことを指摘した。ここまでは両者が極めて良好な関係にあったということを再度確認しておきたい。

四　金矢家と渋民小学校

渋民小学校の歴代職員名簿には、明治から大正年間までに四人の金矢姓の女教師の名前が載っている。金矢キクは明治三三年五月から一カ月、金矢リウは同三六年四月から八カ月、金矢（和久井）ノブは四〇年四月から一年七カ月、金矢キクヨは大正一一年一〇月から（在任期間記載なし）と勤務期間の長短はあるが、金矢家と渋民小学校の間には深いつながりがあることがわかる。

金矢キクは川崎の金矢家初代当主光貞の四女であり、五女が金矢リウである。二人はともに二代目当主光春の妹であり、ノブは光春の長女である。

キクヨは玉山村字上田黒石野五番地下田萬太郎長女で、大正三年一二月二八日金矢光一と結婚した。結婚する前から教員として渋民小学校に勤務していた。渋民小学校の職員録には、大正三年三月下田キクヨの名が記されている。

ノブは、ストライキ事件を起こし啄木が渋民小学校を免職になったあと、後任として四月三〇日付月俸一〇円で代用教員に採用された。しかし、翌四一年一月八日に代用教員を辞任している。遠藤校長の後任である和久井啓次郎と結婚したのは、四二年六月一七日のことである。その後、ノブは出産し、大正元年一二月に九戸郡葛巻尋常高等小学校代用教員兼葛巻女子実業補習学校教員として復帰、渋民小学校に実業補習学校設置が認可された大正七年には、再度渋民小学校代用教員に返り咲いている。

初代光貞の時代から、金矢家の娘たちには、裁縫を身に付けることが義務づけられていたのではないだろうか。家事の他に養蚕の手伝いをし、長じては織物や裁縫を修得することが金矢家の女たちの家訓になっていたのだと思われる。

金矢家と渋民小学校の関係はその後も続き、昭和九年三月より三年間、三代目当主光一の長女静子が教員として勤めている。明治二八年に女子教育の一環として裁縫科が設置され初代教員に任命されたのが小田島カネである。カネは四年半余り勤務した後、一〇年間勤めた小田島慶太郎校長が三三年に退職した時に同時に辞めている。カネは校長夫人であったと思われる。小田島校長の時代に渋民小学校に高等科が設置され、カネの後を受け金矢家の女たちは、裁縫の教師として送り込まれていたと考えることができる。

二代目当主光春は、弟七郎と妹リウを盛岡の学校へ進学させ、娘ノブをも盛岡高等小学校から女学校へ進ませたうえ、さらに東京へ出して音楽や洋裁を学ばせている。長男光一は盛岡中学卒業後、東京高等商業学校へ進学させた。代々、金矢家は教育熱心である。

光春は、長女ノブが入学した時から渋民小学校の保護者を代表する存在で、今でいえばＰＴＡ会長や後援会長のような役割を担っていたと思われる。

啄木が代用教員として赴任した時、光春の三女セツと四女ユキはそれぞれ一一歳と九歳であり渋民小学校に在学中の身であった。

第四章において渋民小学校内で行われた養蚕について説明をした。渋民小学校日誌に明記されているにもかかわらず、これまで一度も取りあげられなかったことである。

この養蚕教育に金矢光春が関係していたと考えられる。

金矢光春は、若いころに本格的に養蚕を学んでいることが、大更の大地主工藤寛得関係の手紙他の資料を集めた藤六文書により知ることができる。『岩手郡誌』にも「村長に在りし時養蚕の重大性に着眼し、渋民村に始めて養蚕組合を創立し、大いに養蚕を奨励し」とあるが、村長になる以前から養蚕の振興に力を注いでいたことは間違いない。その流れの中で光春は、学校教育の中に養蚕を取り入れることを提唱し推進したのであろう。相馬校長の後任の遠藤校長は、養蚕飼育法課程と農業科講習を修得していたことが幸いしたかもしれない。遠藤校長は、光春の提言を受け入れて渋民小学校に養蚕教育を導入したと考えられる。その後、岩手郡の各小学校にも養蚕は広まり、定着して行くことになるが、光春と遠藤校長との緊密な連携によりこの地域の養蚕教育の礎が築かれたと思われる。

前年六月七日、渋民小学校で飼育されていた蚕が五齢の熟蚕期を迎えるころ、尋常科高学年の三、四年と高等科全員を対象にした特別授業が行われた。外部から養蚕技師を呼び寄せることにも光春がかかわっていたはずである。金矢家は一時蚕種業を営んでおり、子ども達が渋民小学校で飼育した蚕の種（卵）も光春が準備したものに違いない。

蚕は餌になる桑の葉がない期間を卵の状態で保存する。産み付けられてから長い間、卵で越冬し桑の葉の新芽が出てくるまで休眠する。休眠から覚めると卵の殻を食い破って蟻蚕《ぎさん》と呼ばれる幼虫がはい出でてきて餌にかじりつく。桑の葉の成長の度合いに合わせて幼虫が孵化するように温度管理をすることは容易ではない。専門的な知識と技術が必要である。光春にはそれができたのである。

三月二〇日の卒業生送別会の時も金矢光春は招待状を手にし、御祝儀を包み喜び勇んで学校に駆けつけたと思われる。啄木が送別会の成功に気を良くして興奮して書いたと同様、光春もまた子どもたちの成長した姿を見て良い先生が来てくれたと喜んだことであろう。三月三〇日の卒業式と餞別会も同様であったと想像される。

（三月二〇日の）送別会では、卒業生演説後、次第は来賓演説に移ったが互いに譲り合い出る人がない。突如、会場係長が立って、「只今金矢さんのお話がありますから、皆さんお静かに」と金矢を指名した。会場係長の機転により郡参事会員金矢光春が「喜色満面に溢れるといふ態で、滑稽交じりに一場の訓話をされた」とある。啄木は、この日のことがよほど嬉しかったと見え一年後の明治四一年三月二〇日の釧路での日記に「今日だ、今日だ。去年の丁度今日は、渋民小学校の卒業生送別会」と書き「栄二郎が金矢氏に一杯喰はせ」と生徒の実名まで出して懐かしんでいる。この場面を啄木は「金矢氏の狼狽した顔の面白さ、予は会場係長が、喰って了ひたい程可愛かつた」と表現している。栄二郎少年のとっさの判断は的確だったのである。少年は居並ぶ来賓紳士貴女の中で最初に挨拶すべき人が誰なのかを正しく認識していたのだ。啄木は卒業生送別会の忘れがたきエピソードとして金矢光春を引き合いに出したつもりだろう。しかし、角度を変えてこの場面を当時の渋民村人の視点でとらえると、金矢光春という人物が村を代表する存在であるということを誰もが知っていたことを示している。

かなり長いが前出の盛岡支部会報二十七号（二〇一八）掲載の「『明治四十丁未歳日誌』三月五日〜三十日を読む」をそのまま引用した。

光春が学校と関係の深い渋民を代表するような存在であることは柴内栄二郎以外の子どもたちまでも良く知っていたと思われる。学校行事があるたびに足繁く渋民小学校に出入りしていたことの証である。

明治末期になり就学児童数が増加するに従い渋民小学校は手狭になり、四四年四月に校舎を新築し愛宕下から渋民村大字渋民一二地割一五番地に移転した。この計画の際にも光春は大きな貢献をしている。四三年一月一二日付岩手日報に「岩手郡渋民村近況」と題した次のような記事が掲載されている。

校舎新築のことを過般の村会に於て決議し約一万円の予算を以て改築と確定の上県庁に申請中

なり同村々会議員中の熱心家は金矢光春、竹田久之助、畠山亭の三氏にして何れも村事に関して
は寝食を忘れて奔走す

五　金矢光春とストライキ事件

本章の「はじめに」で書いたとおり、「ストライキノ記」のメモ書きに記されている人物は校長と金矢光春だけである。光春はなぜここに登場したのか。

渋民村の中でこの事件の事態収拾に最も功績が大きかったのは光春であると思われるが、これまで一度も取りあげられたことがない。

光春は「ストライキノ記」の中に「二十日、校長の辞任、」のあと「金矢氏の来校。」と記されており、五月二日日記には「夜、清民氏と共に役場に岩本氏を訪ふ。金矢氏泥酔して来り醜穢の言人をして眉をひそめしむ。田舎紳士の果敢なさよ。」と書かれている。私は、この二つの記事には深い関連があり、ストライキ事件解明の重要な手がかりが隠されていると睨んでいる。

ストライキはどのような結末を迎えたのか。

その夜は村役場から態夫《わざふ》を郡役所に馬で走らせ、委細報告したとのことですから村当局の周章《あわて》方《かた》も一通りではなかつたと思ひます。（略）翌日は郡長が午前六時の列車で來村、職員児童に訓

戒をなし午後は郡書記出張村役場に啄木を召喚して取調べを行ひました。（略）

登校すると村長をはじめ村の有志の方も来られ、長谷川岩手郡長殿には本日見えられるという

ことでメッタにないこと学校では障子を張り替へるという騒ぎ方で

（秋浜三郎　昭和二年四月五日　岩手日報）

渋民村の対応だけでは騒ぎは到底収まり切れず、長谷川四郎郡長、県から外岡元知らが派遣されて事態収拾にあたりようやく静まった。それくらい大きな問題に発展するとはだれも予想できなかったであろう。気がついた時には村の中で収めることができなくなっていたに違いない。

本来であれば、郡視学が先頭に立ち事態収拾に向かったはずである。平野喜平は東京出張前の盛岡にいるうちにストライキ情報を入手できていない。後日、自分がいたらこのような事件を引き起こさせなかったと発言をしているが、平野が駆けつけ仲裁に入ったとしてもストライキを回避できたかどうか疑わしい。

啄木、渋民小学校、岩手県の間に入って苦労したのは、村役場の岩本武登、畠山亨の二人のように見える。しかし、畠山については、この人物が出て来てから問題が複雑怪奇になっていくので、事態収拾にあたってどれくらい功績があったか判断がつきにくい。岩本にしても渋民村助役の地位にありながら、長男がストライキ実行の手先として働いているのを知りつつ、止めることもできずに、当日は学校の便所の陰から成り行きを見ているが精一杯である。なぜもっと早く止められなかったのか謎である。

ストライキ決行翌日、秋浜市郎主席訓導が金矢家に駆け込み、郡長他が学校へ来て啄木の責任を問題にしていると伝え光春に助けを求めている。これは、この時点まで金矢光春という人物が啄木を擁護する側に立っていたことを示す重要な手掛かりである。それが「ストライキノ記」にメモ書きされた「金矢氏の来校」に相当する部分であろう。光春は直ちに学校へかけつけ、そこから昼夜自分の仕事を放り投げ、事態の収拾に奔走したと思われる。

村中が引っくり返るほどの大騒動であったのにもかかわらず、駒井村長がどのような対応をしたのか不明である。山根保男は、この時駒井村長が事態収拾の前面に出てきていないことに触れ「商人富豪の駒井氏に対して実業家・政治家金矢氏」と表現している。事件から半年後、任期途中にして渋民村長は金矢光春に替わっている。

ストライキ事件のあらましがわかり始めるにつれ、光春はこれまでの信頼を裏切る行為に呆れ、啄木に対する怒りが収まらなかったであろう。

斎藤佐蔵の談話によれば「女のグループのリーダーは豪農の娘沼田富子とか金井（矢）せつ子などで、村のボスの娘たちだから（略）ストはやめようといい出した。」とある。高等科に在籍していた光春の三女セツはストライキに反対していたのだ。娘のセツや啄木の身近にいた人たちから事情を聴いた光春は、なぜ事件を未然に防ぐことができなかったのか憤りを覚えたに違いない。当然、遠藤校長と他の教員に対する不満も鬱積したであろう。渋民小学校に在学中の娘がいる保護者の感情としては当然のことである。

秋浜三郎は当時を回想した手記の中で、ストライキ事件のあと岩手郡長の長谷川四郎が渋民小学校を訪れて厳しく叱責した時「先生（啄木）は始終ニヤニヤ笑われているので、わたしどもは少しも怖くなかった」と書いている。光春はこのような啄木の態度にも腹を立てていたに違いない。

二〇日に県と郡役所吏員による事情聴取が行われ、啄木への懲戒免職辞令が二二日に出された。その後、啄木はどのように過ごしていたのか、日記も書かれておらず友人宛の書簡もない。その一〇日後に書かれた日記が五月二日のものである。

夜になってから、村の中で数少ない味方である沼田清民と連れ立って役場の岩本を訪ねたところに、酒に酔った光春が来て悪態をついたという。光春は、誰が啄木派の人間かを知っていてストライキ事件の対応について苦情を言ったのだと思う。特に啄木と役場の助役である岩本に対しては、相当激しい口調で非難したのではないか。なぜこのような行動に出たのか。

ストライキ事件が起こるまでは、啄木と金矢家との関係は極めて良好であったことは本章の三「代用教員時代の啄木と金矢家」で論じたとおりである。光春にとって、三女と四女が通学する渋民小学校で起こったストライキ事件は寝耳に水であったと思われる。騒ぎは、長谷川郡長が駆けつけ県と郡役所の取り調べが行われて処分が下され漸く収まりがついたが、高等科の子どもたちを率いて事件を引き起こした張本人はいつまでたっても誰に対しても謝罪する態度を示さない。岩手郡参事会員であり、渋民小学校児童の保護者を代表する村の有力者として、率先して事態収拾に駆けずり回った光春に対して一言あるわけでもなく謝る素振りすら見せない。これだけ多くの人間に迷惑をかけておきながら反省の色さえ見せず、仲間たちと役場の中を我が物顔に歩きまわる啄木に対して、光春は堪忍袋の緒が切れたのではないだろうか。

免職になった啄木の後任として採用されたのが光春の長女ノブであった。四〇年元旦の啄木日記に「（ノブは）南方の一邑に職を予と同じく代用教員に奉ぜり。」と書かれている。金矢ノブは四〇年の三月二五日に土沢尋常高等小学校の代用教員を依願退職している。どのような理由で辞めたのか、その後四月三〇日に啄木の後任として渋民小学校代用教員に採用が決まるまでどこで何をしていたのか、まったく明らかにされていない。しかし、いつの間にかノブが渋民に呼び戻され、啄木の後任として採用されたことが、光春の発言力の大きさを物語っているのではないか。事態収拾に果たした光春の功績が大きかったことを如実に示していると考えられる。

啄木は五月二日の日記で光春を散々こき下ろしておきながら、翌三日、北海道行きの餞別欲しさに金矢家を訪ねたのである。

サテ浮世は頼みがたきものなりき。金矢家も亦浮世の中の一家族なりき。餞別として五十銭貫ひぬ。予は予自らを憐れむと共に、かの卑しき細君、その細君に願使せらるゝ美髯紳士を憐まざるをえざりき。昨夜我を歓待すること、かの如くして、我何事も悪事をなさざるに、今日はかくの如し。

啄木が北海道行きを決めたのは五月一日のことである。この日から再開された日記には「清民、米長二氏と会し、又、夜岩本氏を訪ひ、北遊旅費の件略々決定す。」とあり、翌二日夜に役場を訪ねたのも旅費をどう捻出するかの相談だったと思われる。光春の悪口を書いた後に「清民氏、我が旅費の件につきて潜に乞へるに、予に明日来れといふ。」と記している。その翌日三日に約束通り沼田清民から一円の餞別を貰い、同様に「岩本、秋浜善右ェ門諸氏より」も一円送られると書いている。

金矢家を訪ねたのは北海道行きの旅費を工面するためであったことは明白である。「サテ浮世は頼みがたきものなりき」のあと文面には、沼田清民、岩本武登、秋浜善右ェ門が大枚一円なのに金矢ほどの資産家がわずか五十銭かという啄木の思いが伝わって来る。しかし、金矢家の態度が激変したこの原因はどこにあるのであろうか。前夜泥酔して悪態をついた光春に対して、啄木はこの日に限っては何も「悪事」をしていないかもしれないが、光春が問題にしているのはストライキ事件のことである。

五月三日の啄木日記に出てくる金矢夫人タツは、明治元年生まれの一五歳で光春と結婚、当時三九歳四女二男の母親であった。三年以上前から、金矢家に頻繁に出入りしていた啄木の食事の世話ばかりでなく寝床の心配までして面倒を見て来た側の人間としては、ストライキ騒ぎを聞いて夫の光春同様怒りが収まらなかったであろう。温情すべてを仇で返されたように感じたに違いない。金矢夫人が怒るのもまた当然の話である。

これまで金矢家は、渋民における啄木の最もよき理解者であった。常に啄木の側にいていつも手厚くもてなしてくれた。だが、ストライキ事件により大きく変わったのである。かくして啄木は最大の理解者を失った。餞別として五〇銭渡された瞬間がその象徴的な場面である。

渋民にいた啄木派と反対派の数はどちらもそれほど多くはなかったと思われる。斎藤佐蔵の証言によれば「当時渋民村の八十パーセント近くまでは石川家を支持していた。廃寺同様の宝徳寺を立派に再建させた功績は村民の誰もが認めていたからである。」と斎藤三郎は『啄木文学散歩――啄木遺跡を探る』の中に書いている。

啄木が名前を挙げた自分の仲間はわずか三名である。ストライキ事件のあともその数は変わっていない。反対派と目される人間もその程度の人数だったのではないだろうか。それ以外の多くの村人は中間派であったと思われる。金矢家の信頼を失ったことは啄木に決定的なダメージを与えたに違いない。どちらにも属さなかった大部分の中間派の人々の支持をも同時に失ったことを意味するからである。金矢家との別離が渋民と啄木の決別を象徴している。この時点で啄木は完全に居場所をなくしたのである。

啄木自身がそのことの意味を最もよく知っていたかもしれない。五月三日日記が実際にはいつ書かれたのかは判断が難しい。啄木がまだ渋民にいるうちに書かれた可能性もあるが、函館へ移住してから書かれた可能性も否定できない。本節で引用した「サテ浮世は頼みがたきものなりき」の前に次のような一節が記されている。

遠近の山々の蕪夷、云はむ方なく春の日に仄めきて匂へり。春の山、春の水、春の野、麦青く風暖かにして、我が追憶の国は春の日の照らす下に、いと静かに、いと美しく横たはれり。北上川の川岸の柳、目もさむる許りに浅緑の衣つけて、清けき水に春の影投げたり。

この文の前の日記冒頭部分が「朝早く起きたり。八時頃金矢家を訪はむとて家を出づ。」である。

この記述が次に出てくる金矢家のことに深く関連しているのは明白である。この部分は、過ぎた日の金矢家に対する思いを綴ったと考えるのは穿ち過ぎだろうか。

六　金矢光一と小説「鳥影」

金矢光一は、光貞、光春と続く川崎の地に根を下ろした金矢家の三代目である。渋民小学校を卒業後、明治三五年盛岡中学に入学しており啄木の四年後輩にあたる。啄木日記に名前が記されるのは三七年一月一日が最初である。叔父の朱絃とともに新年のあいさつに来て、夕刻まで宝徳寺で遊んで行った。二度目は四月二日、午後から光一が馬でやって来て一時間半ほど啄木も馬に乗せて貰ったようである。さらに、四月七日夕方にもまた、光一と朱絃が馬に乗って来たと記されている。

啄木は、四〇年一月五日に金矢家に招待され、翌六日、光一とともに止宿先の斎藤家に帰って来たことは、本章の三「代用教員時代の啄木と金矢家」で説明したとおりである。この時、光一は盛岡中学五年で正月休みの帰省中であった。

光一が中学を卒業後上京したのは、四一年春になってからである。北海道から上京して間もない啄木を、赤心館《せきしんかん》に訪ねたのは六月一一日である。受験のために上京し、試験が終わったあと啄木を訪ねたものと思われる。日記には「金矢光一君と板垣の貞雄さんが来た。予は上京以来初めて真の郷里言葉で話した。」と故郷の後輩たちとの出会いを懐かしんでいる。貞雄は、節子の女学校時代の友人であり啄木の歌のモデルにもなった板垣玉代の弟である。玉代と貞雄は学生時代、親戚の関定孝の家や盛岡中学の図画教師海野融の家に寄寓していたが、海野の家には上野サメ、光一も止宿していた。貞雄は盛岡中学では光一の一年後輩にあたり、そのため二人は学生時代から友人関係にあったと思われる。板垣貞男は、本来は家を継ぐはずだったが、中学を卒業した直後に家を飛び出したのだという。

同年七月二一日付岩手毎日新聞に、「高商入学許可」という見出しで「今回東京高等商業学校予科に入学を許可せられたる本県人」として四人の氏名が掲載されており、その最初に金矢光一の名がある。

啄木は、家族を函館に残し一人上京し小説で身を立てようとしていた。五月に「菊池君」を書いたがうまく行かない。次に「病院の窓」の稿を起こし、六月には「天鵞絨《ビロード》」を書いて森鷗外に託したが、小説の売り込みは成功しなかった。さらに「二筋の血」に続き八月には「札幌」を書いたが、どれも皆満足が行くものではなかった。

「鳥影」の表題はめまぐるしく変化した。「十二日間の記」と題した八月中のまとめ書の中に「小笠原文学士の話にて、大坂新報のため小説に〝夏草〟を書き初む。（十七日夜より）」とあるので「静子の悲」の前のタイトルが「夏草」であったことがわかる。さらに、二二日日記の最後の方に「午後宮崎君の父上へ礼状、岩崎宮崎並木君へ近況を報ずるの書とをかいた。」とあり、同日の岩崎正宛書簡に「原敬の所有なる大坂新報の連載小説を依頼されて、五十回許りの『静子の恋』目下執筆中」と認めた。二四日日記には「昨日二十三日は吉井君の歌会だつたが電車賃がなくて行かなんだ。そして〝静子の悲〟少し許り書き進めた。」とあるので、「鳥影」の執筆は八月下旬から始まっていたと考えることができる。

しかし、九月三日夜になって小笠原文学士から「大坂新報では小説を真山青果から買つて了つた」ことを聞き「僕の〝静子の悲〟はこれでもう世の中に生れることができなくなつた。」といったん諦めている。これまで書いた原稿はそのまま捨て置かれた可能性が高い。

「鳥影」の前の表題を「静子の恋」と書いているのは岩崎宛の書簡だけである。啄木日記にはすべて「静子の悲」と表記している。上田博は『啄木　小説の世界』（一九八〇）の中でこの問題に触れ「静子の悲」に統一しているのでここでは上田説に従いたい。

啄木が次に光一と顔を合わせたのは、赤心館の下宿代を払うことができない状況を見かねた金田一京助が、自分の本を売って支払ってくれ、蓋平館《がいへいかん》という高級下宿屋へ移った次の日であった。九月七日朝六時に起き、前日京助からもらった五円で質入れしていた袷と羽織を引きだし、女郎花と下駄や草履を買って帰り移転通知を一五通書いた。夜になり一人で散歩に出かけた時に偶然光一に会い、浅草へ行き「塔下苑」を辿り蕎麦屋に寄って帰った。日記には「四丁目で金矢光一君に逢ふ。此人は今度高商へ及第したのだ。」と書いているので、前回六月に啄木を訪ねて来た時には、東京高等商業学校入学がまだ決まっていなかったことがわかる。

それから約一カ月後の一〇月一一日、新詩社同人の栗原元吉から朗報がもたらされた。栗原は東大出の文学士で、東京毎日新聞の社員だったが島田三郎社長に直談判し小説を掲載してくれるという。願ってもない機会が到来し一〇月一三日、旧稿「静子の悲」を取り出してみたが気に入らない。そこで「複雑にし、深くして」稿を改めることにした。そうすると今度は適当な題がなく、前夜は「鳥の骸」としていたがいろいろ悩んだ末「鳥影」とすることにした。翌一四日終日「鳥影」について思いをめぐらしているところへ、夜、久し振りで光一が訪ねて来た。日記に次のように書いている。

実は少しハッとした。それは外ではない。今書いている〝鳥影〟は、この金矢君の家をモデルにしてあるからだ。最も、人物その儘《まま》とつたのではなく、事件も空想だが……七郎君と、光一君の母だけは、然《しか》し大分その儘書かれる。（一〇月一四日）

一三日の夜中までかかって「鳥影」（一）の一と二まで書いたところに、翌日偶然また光一が姿をあらわしたわけである。啄木が驚いたのは無理もない。故郷のことを故郷の言葉で話し、子どもだと思っていた村の娘たちが一七、八の年頃になっていると聞いて「帰思湧くが如くに起こった。ああ、故郷も日に日に変わつてゆくのだ。」と書いている。この夜、光一は一一時まで話し込んで帰った。

ここで特に取りあげて問題にしたいことは、一〇月一四日日記の「光一君の母だけは、然し大分その儘」の部分である。前日の夜中までかかって書いたという「鳥影」（一）の二には、信吾の両親が次のように描かれている。

母のお柳は昔盛岡で名を売った芸妓であったのを、父信之が学生時代に買馴染んで、其為に退校にまでなり、家中反対するのをも諾かずに無理に落籍さしたのだ。

さらに、この小説の中に「そのまま書いた」とされる光一の母タツは「世間知らず」の「癇癪持」

ちで「其一顰《いちびん》一笑が家の中を明るくし又暗くする」と表現され、母の体調の悪いのを息子に「若い時の応報《むくい》さ」と言わせている。実在の両親の経歴とはまったくかけ離れた啄木の創作である。光一の母親タツは士族の娘であり、自分を侮辱するような啄木の描写に腹を立てていたというのは当然のことである。

伊五澤富雄は、啄木が金矢七郎と最も「頻繁に交際していたのは明治三七年頃であるから『鳥影』のモデルたちはこの年あたりの金矢家の人々であろう。」と書いている。単純にそのように考えてよいかどうかを考察してみたい。

上野サメがモデルだとされる小説中の智恵子は、学校から五、六町しか離れていない小さい茅葺家に住んでいることになっている。三七年に赴任した当時、サメは渋民の街の中に止宿していたが、やがて金矢家の敷地内の一隅に住まいを移し、三九年一〇月に盛岡に転勤になっている。したがって、サメに関してだけは伊五澤の説は必ずしも間違いとは言えない。

ところが、智恵子と画家の吉野が盛岡へ行き、共通の知人である渡辺家を訪ねた夜、金之助、久子兄妹とともに四人で散歩をした場所を岩手公園に設定している。三七年では岩手公園の名前もまだつけられておらず、基礎工事が始まったばかりである。近代公園の先駆者である長岡安平の設計により、本格的な工事が始められたのは三九年四月になってからである。岩手公園として整備され、開園したのは九月一五日のことであった。当時、啄木は渋民にいたが、岩手公園を訪ねたことはどこにも記されていない。岩手公園の名前を出して散歩をさせているが公園に関する記述はまったくない。見ていないから書けなかったのであろう。

さらに、作中の静子は、女学校を卒業した一七の秋に親の意に従って婚約を結び、相手が出征する前に二カ月ほど同棲したことになっている。モデルとされるノブの口から直接「陸軍歩兵中尉福田氏と婚を約し、同棲数月、日露の役の起るありて」と啄木が聞かされたのは四〇年の元旦のことであった。また、静子の妹二人の年齢は一一と一三歳と記されている。実在のノブの妹ユキとセツは明治三七年であれば九歳と一一歳にしかなっていないので三九年のイメージで書かれたと判断すべきであろう。小川家当主の信之は郡会議員と書かれており三九年の役職と矛盾しない。特に二人の描写の中にストライキ事件後の金矢家の中でも重要なのが信之と妻タツの記述である。イメージが強く投影されていると考えるべきである。

「鳥影」執筆より遡ること一年一〇カ月前の明治四〇年正月、啄木は金矢家に招待されもてなしを受け一泊した。翌日朝食を食べ一一時頃金矢家を辞し、正月休みで帰省中の光一と共に石川家に戻り、今度は光一が啄木宅に泊まって行った。この日の日記に啄木は「一日談を交へて其人為《ひととなり》凡にあらざるを知る。或はこの人(光一)、他日予を助くる事あらむ乎。」と予見している。

「鳥影」は一一月一日から始まり一二月三〇日まで六〇回連載された。啄木は光一を「鳥影」のモデルにし、それが最初の新聞小説として掲載されたことにより原稿料を手にすることができた。まさに、この時の啄木の予言は的中し光一に助けられたのである。

この後、啄木日記に光一の名が記されるは一度だけである。明治四四年四月一四日日記に「午後散歩に出たついでに、金矢君の居場所を問合わすべく板垣君の住所を聞かうと思つて水道のうらの芋屋の土蔵に小山君の細君おしげさんを訪ねた。」とある。この時啄木は慢性腹膜炎のため約四〇日間入院生活を余儀なくされ三月一五日に退院後自宅療養していた。

明治四十二年当用日記の末尾にある〔住所人名簿〕によれば、金矢光一は本郷真砂町三八有秀館に住んでいることになっているが、四三年以降この下宿屋を引き払っていたのであろう。「おしげさん」は盛岡女学校で節子の六年先輩にあたり、板垣玉代の叔母にあたる関しげである。五歳年下の芳太郎と熱烈な恋愛の末、親の反対を押し切って結婚し当時焼き芋屋の夫婦が住む土蔵の一角を借りて住んでいた。

七　光春の人物像

飯田敏は渋民小学校の歴史や周辺の人々について研究を続け、二〇〇一年から毎年のように『大阪啄木通信』に「啄木の故郷渋民村」を寄稿し、29号には、金矢家に連なる人たちの協力のもと「渋民村川崎と金矢家」という論考を発表している。金矢家を取りあげた数少ない実証研究で、これまで明らかにされていなかった一族の集合写真も添えられており、貴重な資料であるとともに極めて価値が高いと断言できる。

しかしながら、飯田は光貞、光春親子の人物評価に関しては大きな過ちを犯している。

金矢光貞も息子の光春も公職についていますが、川崎部落に広く田畑を所有する金矢家の農業経営を、光貞や光春はどう考えていたのでしょうか？

と疑問符入りで問題を投げかけ、さらに光春について次のように酷評した。

また、「だんなさん」と呼ばれていた当主の光春についても、師範学校から慶應義塾へと村を離れていて、帰郷してては公職についていて、「村方の肝煎《きもいり》から諸交際」で「毎日のように酔って帰り、酒乱の癖さえ」（「鳥影」）あったということですから、肝腎の農業経営には殆んど愛着を持っていなかったように考えられます。

啄木の作品である小説の一節をそのまま資料として引用し、光貞、光春が築き上げた金矢家の栄光をこのように解釈している。目を覆いたくなるような暴論である。

未開の地に切り込んで農地開拓に挑んだ二代にわたる金矢家当主が、若いころ公職についたことに対して「農業経営には愛着」を示すことがなかったからだと決めつけ、さらに交際のために毎晩のように酒に酔っていたと断言する。もしそれが事実だったとしたら、金矢家の農業経営を支え、繁栄の礎を築きあげたのは一体誰だと主張するつもりなのか。

金矢家に伝わる士族の誇りが上野サメを引き受け敷地内に寄宿させたことと深く関係しているが、士族の商法、農業経営がすべてうまく行ったわけではない。金矢家を成功に導いたのは光貞、光春のひたむきな努力の賜物であり、それ以外の何物でもない。

飯田説は、啄木の小説が作品であることを忘れて創りあげられた伝記研究の典型であることをここで指摘しておきたい。

伊五澤富雄もまた渋民在住の啄木研究者であり『啄木と渋民の人々』（一九九三）の中で金矢光春を取りあげて論じているが、ストライキ事件との関連にはまったく触れておらず、飯田同様、光春を正当に評価できていない。

遊座昭吾は『石川啄木の世界』（一九八七）の中で「日記と作品（小説『鳥影』）の人物設定にはある種の接近がある。」として「（ストライキ後の）日記の叙述はあくまでも啄木の主観でしかない。故郷を去る感情の極限にたたされて、やや客観性を喪失している。」と書いている。続いて「日記を書いて約一年半経って、小説を書こうとする時には冷静な情態をとりもどし」と「鳥影」に書かれている人物像が実際の金矢家の人間であることを仄めかしている。すなわち遊座は、日記に書かれた人間よりも小説に描かれた人物像の方が実在の人物に近いと主張しているのである。

私は遊座の説も誤りだと考えている。ストライキ事件のあとしばらく落ち込んでいた啄木がやっとのことで前を向きだしたのが五月一日のことである。日記を書き始めたことが再起に向けて始動し始めたというシグナルである。一日から四日の日記こそ故郷を離れることを決意した啄木の率直な心情が綴られていると解釈すべきである。どのように読むと遊座のような「客観性を喪失した」日記という解釈が生まれるのか、私は理解に苦しむのである。

伊五澤、飯田ともに遊座説を直接引用しているわけではない。しかし、遊座の考え方に引きずられていることは明白である。

むしろ、啄木研究が始まる前の渋民の人たちの方が、金矢光春を正しく評価していた、と私は思う。啄木の評価が高まり、日記、書簡が公開され、研究が進むとともに、小説の中に金矢家の家族がデフォルメされたモデルとして登場することを知るにおよんで実在の人物像がゆがんでいったのではないかと思われる。このようにして、啄木をめぐる人びとの伝記が創られ、実在の人間像とはかけ離れたものになっていったのだと解釈される。

ストライキ事件以降、光春の名声は一層高まったようである。任期半ばで駒井村長は退任し四〇年一二月に光春が渋民村長に返り咲いた。四二年二月には岩手郡会議長に就任した。四三年一月にはいったん村長を退き村会議員の職に就き、四四年一〇月からは再度郡会議員を務めている。四五年には再度村長に復帰、この時に渋民村養蚕組合を立ち上げた。大正時代に入り工藤千代治村長と交代後、大正四年秋以降は県会議員として県政に貢献した。

『岩手郡誌』(一九四一)第九章人物編では光春を次のように評している。

金矢光春は渋民村の人、元治元年光貞の長男として生まれる。資性温厚篤実夙に衆望を担い、郷党を率いて公共の事に鞅掌すること数年始め渋民村収入役に挙げられ後選ばれて同村村長となり、能く其の任を尽くし、また郡会議員たりしこと数回、あるいは沼宮内馬産組合長となり、その後県会議員に当選し、専ら産業の興起に意を効し、地方開発に尽力貢献し、その功甚大なるものがある。就中馬産改良に意を用い他地方より良種馬を移入し、馬格の向上を図り、また、村長の任に在りし時養蚕の重大性に着眼し、渋民村に始めて養蚕組合を創立し、大いに養蚕を奨励し、あるいは大字下田の畑地二十町歩を開田し、鵜飼橋を架設するなど、交通上の便益を図りたる事頗る多く、その人物の崇高なる村民挙げてこれを称えている。大正十三年三月没した。

一九五九年に発行された『村史「たまやま」』の末尾に掲載された玉山の偉人として七人の人物が紹介されているが、金矢光春は石川啄木、米島重次郎に次いで三番目に登場する。村史において啄木と並び称せられる程の人物でありながら、これまで正当に評価されてこなかったのはなぜか。

そこには、遊座昭吾、伊五澤富雄、飯田敏に代表される渋民ゆかりの啄木研究者の解釈の問題が関係していると思われる。

日記に書かれた光春に関しては、啄木が当時そのように感じたことをそのまま容認すべきであるが、小説に描かれた人物をもとに形成された金矢光春、タツの人間像を正しいものと考えるわけにはいかない。相馬徳次郎、遠藤忠志校長と並んで金矢光春、金矢タツの人権回復が必要ではないだろうか。啄木研究者は啄木以外の人間の人権をもう少し大切に考えるべきではないか。これは今後の啄木研究に課せられた大きな課題であると思われる。

第一一章　石川啄木と平野喜平

はじめに

平野喜平は、啄木を渋民小学校の代用教員に採用することを決めた郡視学である。岩城之徳編『回想の石川啄木』「啄木を採用したころ」に当時の様子が記されている。

北海道へ旅立つまでの啄木の渋民時代を語るうえで、平野は欠かすことのできない重要人物であり、郡視学は小説の中にも登場する。

平野は、相馬徳次郎校長排斥、ストライキ両事件では特に重要なカギを握っているにもかかわらず、この人物を取りあげて論じた研究がなく、『石川啄木事典』にも項目がない。その一方、平野は啄木や節子の恩人として評され、相馬徳次郎、遠藤忠志のような負のイメージが感じられない。同じ学校関係者でありながら、二人の渋民小学校長とは人物評価が大きくわかれていることに驚かされる。それはいったいどうしてなのだろうか。

明治期後半からの岩手日報、岩手毎日新聞には、これまで知られていない平野喜平に関する様々な記事が掲載されている。これらを加え、啄木と平野が出会った前後の経緯を明らかにし、ストライキ事件を中心に二人の関係を考察してみたい。

一　平野喜平の経歴と視学制度

平野喜平は明治六年九月二三日岩手郡沼宮内町に生まれた。沼宮内小学校を経て岩手師範学校に入学、二七年に卒業と同時に教育界に入った。平野と同期の第七回卒業生として渋民小学校長遠藤忠志がいる。師範学校卒業前の二月三一日に紫波郡片寄尋常小学校に任用されているが、これは現在の教育実習に相当するものであったと考えられる。四月一日の卒業式の後、一〇日に西閉伊郡宮森高等小学校四級訓導として正式に任じられた。

当時は、教員に対しても兵役が義務付けられており、五月二二日から六週間陸軍現役兵に服している。同じ時期に師範学校の卒業生が一斉に兵役に出たことが新聞記事として掲載されており、その中に遠藤忠志の名前もある。

岩手県の小学校に校長職が置かれたのは明治一七年であるが、当初は仁王小学校などの特定の学校に限られており、紫波郡の場合は明治二五年の水分尋常小学校が最初である。

平野は、師範学校を卒業したその年に片寄尋常小学校訓導から同校訓導兼校長に昇進したが、記録の上では紫波郡で二番目の校長ということになる。翌二八年四月に紫波郡上平沢尋常高等小学校訓導兼校長へ転じ、三一年四月には沼宮内高等小学校訓導と同時に沼宮内尋常小学校訓導兼校長を命じられた。それからわずか一年半後の三二年八月に、高等科が設置されたばかりの篠木小学校訓導兼校長に迎えられた。その後三年足らずで三五年三月一日に岩手郡視学に昇進した。

明治二三年一〇月に公布された小学校令により、はじめて郡視学を置くことが定められた。そこには「郡に郡視学一名を置き、府県知事之を任免す」とあるが、その職務は「郡長の指揮命令を受けて郡内の教育事務を監督す」とあり、任用上の特別な規定がないため岩手県は直ちに郡視学を置かなかった。郡視学の給料、旅費が郡費負担になるので、学務担当の郡書記に職務を行わせて特に郡視学を任用しなかったと考えられている（『岩手近代教育史』第一巻明治篇）。

ところが、明治三〇年に新たに府県に地方視学が置かれることになり「地方視学職務規定」が制定され、地方視学の定員は各県二人とし、その身分は官吏で、俸給、旅費等は文部省から必要経費を各府県に配布することとされたので、岩手県でも地方視学を任用することになった。

この時、下閉伊・和賀・二戸などは郡費で郡視学を置くことが困難であるとして郡書記に視学の職務を兼務させ俸給を地方税と郡費から支給してはどうかと主張した。しかし、県はこれらの意見を聞かず県下一三郡に一斉に郡視学を発令した。一三人中一一人が県内小学校の現役校長であった。こうして郡長の学務補助機関としての郡視学が各郡役所に設置されたことにより、各郡内の学校視察がしばしば行われ、教育上の指導監督も行き届くようになった。

明治三〇年四月二四日に制定された「郡視学事務規定」によれば、郡視学の役割は以下の事項を視察すべしとある。⑴学事に関する法令実施の情況、⑵学校職員および学務委員服務の情況、⑶学校教員俸給支給の情況、⑷授業法および管理法の良否、⑸生徒風儀の粛否および学業の成績、⑹学齢児童の就学および出席の情況、⑺学級の編成および教員配当の適否、⑻学業試験および奨励に関する事項、⑼教科用図書の適否、⑽授業料の徴収および免除の事項、⑾補習科・実業補習学校および徒弟学校の情況、⑿教員と生徒父兄との交通の情況、⒀その他必要と認める事項さらに検閲すべき事柄として、

①御真影および勅語謄本の奉置方、②学校設備の整否、③授業時間割の適否、④諸表簿の完否、⑤図書器械および標本の整否、⑥学校清潔方の整否、⑦教授細目草案および週録等の完否、⑧学校経費予算の適否、⑨学校資財の整否、⑩生徒貯金の整否、が定められ、第三条には郡視学は毎月少なくとも平均一五日以上郡内の学校を巡視すべしと規定されている。

ここで郡視学制度が組織化され、郡視学の職務は、郡長の指揮命令を受けて郡内の教育事務を監督することと明文化されたのだが、郡内の学校を月に一五日以上隈なく巡視することは容易なことではなかったはずである。さらに、教育行政官として最も重要なものの一つが「人事事務」であった。学校長を始めとする教員の人事権を一手に握っていたわけである。これが「怖がられる視学」と呼ばれていた由縁でもあった。

当時定められていた県視学および郡視学の任用規定は以下のとおりである。「⑴三年以上師範学校・官公立中学校・官公立実業学校の学校長・教諭または助教諭の職にあったもの　⑵小学校本科正教員の資格を有し、三年以上官公立学校の学校長の職にあったもの　⑶五年以上半任官として教育に関する職務に従事したもの」。

平野は、二七年に片寄尋常小学校訓導兼校長になり八年後の三五年に篠木小学校長の時郡視学に抜擢されているので、⑵の規定が適応されたものと解釈される。

正規の教員資格を持たない教員が数多くいた時代であったが、平野は二〇代半ばで校長になり三〇歳前に異例の早さで郡視学に上り詰めたことになる。

平野は明治三五年に岩手郡視学として郡役所入りし、ここで兵事、教育係として長年勤務していた堀合忠操と出会った。堀合忠操が三九年秋に退職して玉山村長に転出するまでの四年半を同僚として過ごし、平野とは肝胆相照らす仲であったという。

その後平野は、四二年七月上旬まで七年半近く岩手郡視学を務め、西磐井郡視学に任ぜられた。そのわずか一〇カ月後に前の岩手県視学が更迭され、四三年五月二四日県視学に栄転になった。それまでの功績が認められて大正六年一〇月には江刺郡長に抜擢された。二年後の八年一一月には東磐井郡長に転じ、一二年二月二三日和賀郡長となり、これを最後に退官した。さらに和賀郡黒沢尻耕地整理組合長を務めた後に隠退した。

二　郡視学に昇進した経緯

平野が語ったことがらを盛岡の歌人武島繁太郎《たけしましげたろう》が聞き書きしたとされる「啄木を採用したころ」には、郡視学になった時のことはまったく記されていない。これに対して、斎藤三郎著『啄木文学散歩――啄木遺跡を探る』の「平野郡視学の語る啄木――由井正雪を気取つていたその頃の彼――」には「(平野は)篠木小学校に高等科設置の時赴任し、それから間もなく郡視学を命ぜられた。当時岩手郡役所の職員間には旧南部藩と伊達藩出身者の対立が激しく、南部藩出身の原恭郡長(原敬の実兄)は何とかして伊達藩出身者の勢力を押さえようと考えて当時三〇歳の平野を推薦した」と書かれている。

明治三五年二月から三月にかけて岩手郡視学は短期間に目まぐるしく交替した。この時期の新聞記事を読み比べてみると、斎藤が書いている「南部藩出身と伊達藩出身者の対立を抑えるために原恭郡長は当時三〇歳の平野を推薦した」をそのまま鵜呑みにしてよいか疑問が湧きあがってくる。

郡視学制度を導入した当初様々な意見があったことはすでに説明したが、岩手日報は明治三〇年五月一四日三面の「郡視学に就て」と題した記事で「今後任命される郡視学について、二〜三〇円の薄給では東京やほかの地域から学識経験万般うち揃った人物を集めることが難しいので、地方の土着教育家の中から任用すべきである」と主張している。その後、六月から一〇月にかけて、県内一三郡の視学が任命されたが、東磐井郡以外はすべて県内の小学校長、訓導から選任されている。岩手日報の主張が全面的に受け入れられた形である。

一三人中最も早かったのが気仙郡と九戸郡で六月に、続いて翌七月に発令された初代岩手郡視学が大光寺忠恕であった。『岩手県教育史資料』には「七月一〇日　任命　岩手郡視学　大光寺忠恕」さらに「七月一九日　手当　宮古尋常小学校訓導兼校長　大光寺忠恕（金百円）」と記されている。

ところが大光寺は一年半ほどで郡視学を外され、三二年四月二日に岩手郡書記として採用された。この時の給料は一四円半と記されているが、郡視学になった時の給料が二五円なので一〇円以上減給になっていることから、何か重大な不祥事を起こしたと考えられる。四月一九日には「岩手郡書記が郡視学職務執行を命ぜられる」という新聞記事が掲載され、一年後の三三年四月三日には「従来の郡視学は廃官　一昨日岩手郡視学大光寺忠恕を任命」と報じている。したがって、大光寺はここで再度郡視学に復帰したことがわかる。それ以降、大光寺は宮城県へ学事視察に出かけたり、視学として郡内の学校を忙しく巡回していることが新聞の記事から確認することができる。

明治三四年一二月一四日には「教員の不埒《ふらち》（郡視学の無能）」と題した以下のような記事が掲載された。

岩手郡篊川小学校教員倉舘賢□＊は性来の怠惰者《なまけもの》にて本年六月以来一度も出勤せず病気と称してブラ〳〵遊び乍ら俸給は油断なく取立つるより村民一同呆れ果て遂に先ごろ村長より郡長迄其事由を開申して処分方を促せし次第なるが本人は何処を風が吹くかと知らぬ振りにて相も変らず傍若無人を極め郡視学亦《また》知らざる態《ふり》して居るとは奇々怪々

（岩手毎日新聞）

＊〔編註〕元資料の汚損により判読困難な文字

この記事が掲載されて間もなく、大光寺は郡視学に復帰してから二年足らずで再度休職に追い込まれることになった。きっかけは明治三五年に起こった太田村尋常小学校の「御真影奉遷事件」である。

岩手毎日新聞によれば、一月九日に太田村出張から戻ったばかりの大光寺郡視学は、一週間後に再度太田村尋常小学校を訪ねている。一月一七日記事には「御真影奉遷事件取調べとして」という理由が明らかにされている。御真影の取り扱いについて問題が生じていたようである。この後も、大光寺は近隣の小学校の巡回に忙しい日々を過ごしているが、二月四日の岩手毎日新聞、岩手日報ともに大光寺が突然休職を命ぜられたことを伝えている。毎日は「視学休職」という見出しで「岩手郡視学大光寺忠恕氏は文官分限令第11条第1項第10号により休職被命」と報じた。「郡視学事務規定」の「御真影および勅語謄本の奉置方」の検閲に不手際があったという判断が下されたと思われる。

さらに岩手毎日は「訓導転任」、岩手日報は「郡視学任命」という見出しで、山中竹樹が師範学校訓導から岩手郡視学に任ぜられたことを報じている（二月七日）。

山中は、大光寺よりも二カ月遅れて明治三〇年九月に山目尋常小学校長から二戸郡視学に任ぜられが、うまくいかず師範学校訓導として勤務していた。大光寺休職により二代目岩手郡視学として後を継ぐことになったが、山中の評判は思わしいものではなかった。

翌日二月八日の岩手毎日新聞三面には「新郡視学」と題した辛辣な記事が掲載されている。

> 岩手郡視学大光寺忠恕は休職を命ぜられその後任として付属の訓導山中竹樹命ぜられたるは昨紙所報の如くなるが偖て其の新任郡視学山中の人物に就いては読者の已に知れるが如く西磐井郡一関の教師であつたときから種々なる評判あり郡視学を置くことになりし時二戸郡の郡視学になりたれ共八方美人の政略計りで根が感服した方でなければ到底二戸人の気に入る筈なく付属の訓導に転じてからは例の主義で切り廻り過般師範学校の紛擾に就いても陰《ひそか》に四年生の肩を持ち黒幕とか何とか云ひて舎監共の尻持をなしたる一人なるが如才なき彼は長く付属に居ることの不利益なるを悟り大光寺の後任を希望したるを夫れを知つてか知らずでか採用したる郡長は愈々自己の無能を表示するものにして岩手郡の教育界も思ひやらるゝ次第なり

この記事で注目すべきは、最後の部分で山中を岩手郡視学に任命した原恭郡長の無能を厳しく批判している点である。岩手毎日新聞は、同じ日の二面に「記念品寄贈」の見出しで大光寺には好意的な以下のような記事を掲載している。

今回休職を命ぜられたる岩手郡視学大光寺忠恕氏は教育令発布以来就任せしにより郡吏一同にて送別会を催すべきを今回の事件もあればとて記念品を寄贈することとなし昨日寄贈せしと云ふ

大光寺は太田尋常小学校で起こった「御真影奉還事件」で管理責任を問われ、詰め腹を切らされた形である。事件の性格上送別会を開きたくても開けないので記念品を贈ることにしたという意味合いの記事と判断される。大光寺は四年半にわたり岩手郡視学を務めたが、郡役所内での評価は決して低くなかったのである。

岩手毎日新聞の原恭郡長の教育行政に対する批判と責任追及はその後さらに厳しくなる。

二月二一日には、三面下ほぼ一段を費やして「●視学の職責」と題した長い記事を掲載している。最初は「本県学校教師の堕落は殆どその極に達したとも云ふべく」で始まり「県下各小学校には教師として待遇すべからざる敗徳のもの」が少なからずいる。それにもかかわらず県視学、郡視学らは種々の情実拘束されて学校監督は実をあげておらず、旅費を稼ぐためだけの目的で巡回を行っているのが現状ではないかと批判してから太田村小学校の紛擾事件を取りあげている。

岩手郡太田村小学校は紛擾の当時より我社は早くもこれを探知し監督者に向かって注意を促したること一再にして止らず然るに郡長と郡視学は毫《ごう》もこれを知らざるものの如く装ひ県庁に対し

て如何なることを云ひたるや知らざれ共其の無能揃いの視学官及県視学は遂に一回の取り調べを為したることなく漸く騒ぎの大きくなるに至りて僅かに校長に休職を命じ他の一人を他に転じてこれを弥縫《びほう》せんとしたるは何たる緩慢ぞ

とした後で、山中竹樹の岩手郡視学就任前後の行動を厳しく批判し、さらにその矛先を郡長に向けている。沼宮内高等小学校の校長は非常に評判が悪いので町長他が交代して欲しいと郡長に請求し続けてきたが、無能郡長は姑息な手段を使って留任させてきた。それを良いことに、校長は少しも改めようとせず益々我ままな振舞が多い。町民は躍起となって反対の気焔を高めているという。

山中竹樹郡視学はその校長と同郷里のよしみで休暇中であるにもかかわらず沼宮内に出張し何事かを企んでいるが、「沼宮内小学校長の不評は今や負うべからざる事実として世人の了知する所なるを以て速やかに相応の処分を為すにあらずんば吾人は更に大いに監督者の責任を問わざるを得ざるなり」と記事を結んでいる。

この記事が掲載されて間もなく平野喜平郡視学が誕生した。三月一日の岩手日報に「郡視学異動」の見出しで、

稗貫郡視学馬場靜氏は文官分限令第11条第1項第10号により休職を命ぜらる岩手郡視学山中竹樹氏は稗貫郡視学に転任八給俸給与岩手郡視学篠木尋常高等小学校訓導兼校長平野喜平氏は岩手郡視学に任命八級俸給与

と報じられた。稗貫郡視学馬場静が休職に追い込まれ、その後釜として就任してまだ一月にも満たない山中が送り込まれた。空席になった岩手郡視学に平野が抜擢されたと考えられる。翌三月二日には「教員辞令」と題した記事で、平野が抜けた篠木尋常高等小学校長には沼宮内小学校長の鈴木俊治が廻され、その後任として岩手郡視学を休職になっていた大光寺忠恕が任命されたと報じられている。間に山中をはさんでいるが岩手郡視学と篠木小学校、沼宮内小学校の校長を入れ替えただけの玉突き人事であることがわかる。結局、岩手毎日新聞の主張が通った形である。

年度末を控えた三月上旬の複雑な事情が絡みあっていたことをうかがわせるあわただしい人事異動であるが、これに対して市民も敏感に反応している。三月四日付岩手毎日新聞の「矢たらじま」という投書欄に以下のような記事が掲載された。

岩手郡篠木小学校の平野が郡視学に転じたるは同人の為めに大に賀すべし今後奮つて大に岩手郡教育会の為めに尽くされたしそして大光寺の沼宮内学校長になつたのは之も適任である。何となれば大光寺と云ふ人は教師が適任で郡視学など云ふことは始めからいけなかつたのであるから之も同人の為めにはいいこととなるが篠木で計《ばか》りは少々迷惑することであらう併し已往は咎めず今後甘《うま》くやつて呉れるならば何も云ふことがないと只平野は評判が宣《よ》かつたから余程注意しないと村民に騒がれるだらうその時には郡長さんしつかり遣り玉へいつの時代も政府やお役所で行われていることは庶民の目に届きにくい。公文書を改ざんしたり隠ぺいするなどという時代遅れのことがいまだに平然と行われている。昔も今もそのような体質は変わっていないかもしれない。度々目まぐるしく変わる岩手郡視学人事に対して新聞社と庶民が鋭く反応している様子がうかがえる記事である。岩手毎日新聞は、このような騒動の源が時の郡長原恭《ゆたか》にあると痛烈に批判している。

原恭は原敬の実兄である。嘉永五年（一八五二）三月一八日南部藩の藩政を担う家老の家に生まれた。内務省の下級役人を経て全国の国有林を管理運営する地理局山林課勤務の後、東京の本省から青森、鹿児島事務所に移った後、岩手県大林区署が設置されると署長心得として盛岡へ赴任した。岩手県では明治三〇年四月から新郡制を施行することになり従来の一九郡を一三郡に改正した。東和賀郡と西和賀郡が合併になり和賀郡と名付けられ郡役所は黒沢尻町に置かれた。この時初代和賀郡長に任命されたのが原恭で、その後念願が叶い、三三年に四代目の岩手郡長に就任して盛岡に戻ることができた。

和賀郡長時代は、郡民の信頼も厚く後任の郡長たちも恭の示した方針に基づいて行動したと原敬記念館資料は伝える。岩手郡長時代の明治三五年二月には、郡庁舎を旧県会議事堂から改築移転したことは第三章で説明したとおりである。この時、岩手日報は「氏の手腕雄弁は今後着々効果を奏し、新庁舎外形の美と共に、郡治上一段の光彩を添ふべきを疑わず」と書き褒め称えている。

しかし、岩手日報以外の岩手毎日新聞などからは散々な酷評を浴びている。当時これほどの記事は珍しく、よほど評判が悪かったと思われる。原郡長の時代は、病を理由に一切の公職を辞任した三八年六月二九日まで続いた。平野と同様、堀合忠操もまた原郡長の直属の部下として岩手郡役所に籍を置いていたことになる。

齊藤三郎著『啄木文学散歩――啄木の遺跡を探る』の「平野郡視学の語る啄木――由井正雪を気取っていたその頃の彼――」に引用されている「(平野が郡視学を命ぜられた)当時岩手郡役所の職員間には旧南部藩と伊達藩出身者の対立が激し」いことと、郡視学のめまぐるしい交替がどのように関連するのかわかりにくい。わずか数カ月の間に郡視学が何人も解任され、次々に替わった背景には、当時渦巻いていた教育行政と原郡長に対する批判をかわす狙いがあったと考えられる。

三　平野郡視学による渋民小学校、篠木小学校人事

明治三〇年代後半の渋民村は混乱しており村長や助役がめまぐるしく替わった。また渋民小学校でも様々な問題が生じていた。平野が郡視学になって最初に取り組んだ課題が渋民小学校人事であった。『岩手県教育史資料』によれば、明治三五年の年度末三月二八日に小田島義祐訓導兼校長が退任した。退職した小田島校長には半年後の九月一一日付で退職金七二円が支払われているが、一〇月六日には「元教員の行為の件　小田島義祐に関する事件はそのまま完結」という文書が発せられている。小田島校長の行為には問題はあったものの退職したことによりこれ以上の責任追及をしないことで決着した。小田島の後任として三月三一日付で任命されたのが根守謙太郎訓導兼校長である。

しかし、新任の根守訓導兼校長もわずか一カ月半後の五月一九日には、小笠原徳兵衛訓導兼校長に交替している。そしてその半年後の一一月六日には、小笠原校長が退任し相馬徳次郎訓導兼校長が転任してくるのである。明治三五年の渋民尋常高等小学校には半年余りの間に四人の校長が在籍していたことになり、極めて異常な事態が生じていたことがわかる。

これらの人事異動の采配を振るっていたのが、郡視学に就任したばかりの平野である。平野が最後の頼みとして目を付けたのが、同じ岩手師範学校卒業の相馬徳次郎であった。信頼のおける校長を派遣することで、渋民小学校を安定させることを目指したものであろう。

相馬徳次郎は明治九年三月一五日生まれなので平野よりも三歳年長である。福岡尋常高等小学校を卒業後、漢学、英語修業して二六年に岩手県尋常師範学校入学、三〇年に卒業している。母校の福岡尋常高等小学校訓導を務めた後、三三年沼宮内尋常高等小学校訓導へ転任、わずか四カ月後に盛岡の仁王尋常小学校訓導に任用されている。この時代に津志田で開催された二戸郡友会で、相馬が同郷中学、師範、農学校生に対して講話したことが新聞記事に掲載されており、訓導としての評価が高まっていたと考えられる。

沼宮内は平野の出身地であり、ここの小学校にも校長として勤務したことがある。沼宮内小学校での相馬の実績をしっかりと見定めたうえで平野は、三五年一〇月に渋民小学校訓導兼校長に任命したのであろう。

相馬校長が就任したことにより、渋民小学校が落ち着きを取り戻したことは『岩手県教育史資料』からも読み取ることができる。赴任した翌年三六年六月一〇日、渋民尋常高等小学校訓導兼校長相馬徳次郎と同校訓導秋浜市郎が揃って同時に増給している。相馬校長の就任により混乱が収まり、安定した学校運営がなされていると評価された証拠と考えることができる。

一方、篠木小学校では平野喜平のあとを継いだ鈴木俊治二代目校長の時、完成して間もない校舎が全焼するという大事件が発生した。三六年三月二四日岩手毎日新聞は「篠木小学校の火事（御真影焼失）」の見出しで以下のように報じている。

昨暁四時岩手郡滝沢村篠木尋常高等小学校より出火一棟焼失せしか宿直の小使斎藤八十八は御真影を他に遷座とて教員室に至り取り出さんとせしに火焰に巻かれ既に梁さえへ落ちたる為御真影を擁して焼死せしとは無惨と云ふべし猶原因は取調中なりと

岩手日報は同様の内容を伝えた後、さらに次のように書いている。

同校舎は一昨年二千円近き建設費を以て新築したるものなるか幾何もなく此災厄に遇ふ同地方にとりては実に不幸といふべし殊更に新築せんも凶年柄村民の負担も思いやらるる次第なれは一層気の毒なる次第なり

さらに三月二七日岩手日報は「焼死使丁の村葬」と題して以下のように報じた。

> 岩手郡篠木尋常高等小学校焼失の際火焔中に飛入り御真影を奉遷として捧持のまま遂に猛火に包まれて無惨の焼死を遂げたる同校小使い斎藤八十八（六二）の殉職を憐れみ同村会は村葬を議決し且半年分の給料を遺族に贈りたりと左もあるべきことなり

この二日後の三一日、岩手日報は村長と校長に懲戒処分が下されたことを報じている。出火について、監督周到ならずという理由で篠木小学校長鈴木俊治は三カ月間月俸三分の一を減俸、滝沢村長主濱金太郎には出火の当日その筋の認可を得ずにこの校舎を他に使用した、という無理にこじつけたと思われるような理由で一〇円の過怠金が科せられた。

さらに、四月二日岩手日報二面には「郡視学譴責」という見出しで以下の記事が載った。

> 岩手郡視学平野喜平氏は去る三月二十三日岩手郡篠木尋常高等小学校より出火し校舎校具は勿論複写御影及勅語謄本を焼失するに至らしめたるは畢竟視察不行届に付文官懲戒令に依り譴責せらる

学校が焼け落ちたばかりでなく校舎の二階にあった「御真影」を持ち出そうとした仕丁（用務員）が焼死してしまったのである。この時代には火災の際に「御真影」を持ち出すために火の中に飛び込んだ校長や、「御真影」を焼失したため自殺をした校長までいた。

前節で明らかにしたように、平野郡視学が誕生した背景には、太田尋常小学校で起こった「御真影」の扱いをめぐる騒ぎがあり、当時の郡視学、郡長が厳しい批判を浴びる騒ぎに発展していた。

篠木小学校は、一年半前に校舎が新築されたばかりで、地域のコミュニティーセンターとして様々な催しに利用されて住民に親しまれていた。前年三五年は、東北地方が大冷害で農業を基幹産業にしている地域の民衆の生活はどこも火の車であった。このようなことが災いして、仕丁の殉死に同情し褒め称える一方で、村長、校長に対する風当たりが余計に強く管理責任が追及されたと思われる。最後は平野にまで批判の矛先が回ってきたのである。

鈴木俊治校長は「職務上不都合に付三箇月間俸給の三分の一減俸に処す」（『岩手県教育史資料』四月四日付）という処分を受けながら、一〇日には仮校舎を借り上げるべく申請し許可をもらい民家を使った仮の校舎で授業を再開した。しかし、六月一一日に体調不良を理由に休職しており、この年の後半からは校長不在の状態が続くことになった。地域住民の強い要望もあり、八月三一日に校舎新築が決まり九月一〇日から九〇日間の工期で急ピッチに工事が進められた。

新校舎建設工事が始まっても休職中の鈴木校長は復帰できず、年末を控え校長不在の日々が続くことになり、平野郡視学は窮地に追い込まれたのではないか。師範学校卒業以来ここまで順調に推移し、異例の早さで郡視学まで上り詰めた平野に訪れた最大の難関であったと思われる。

篠木小学校焼失事件により譴責処分を受けた平野にとって、この学校を再建することは至上命令であったに違いない。篠木小学校は郡視学自身の前任校であっただけに、再建にかける思いは特に強かったと思われる。校舎完成前の一二月一九日、平野郡視学は御堂へ巡回指導に出発し二四日に郡役所に帰庁している。私は、この出張の途中で平野は渋民小学校に立ち寄り、相馬徳次郎校長に会い篠木尋常高等小学校へ異動させる構想を伝え了解を得たのだろうと考えている。建設費三六四〇円を投じた新校舎は翌三七年一月一日に完成した。

渋民小学校は相馬徳次郎校長のもとで教員体制も整い安定したので、後任を遠藤忠志校長に委ね同時に新任の女教師上野サメを配置したのであろう。どちらの人事も岩手師範学校の人脈を最大限に利用したもので、特に相馬校長は平野にとって急場をしのぐ切り札的存在であったと思われる。

第三章で詳しく論じたとおり、相馬徳次郎校長は排斥運動によって異動させられたのではなく、平野郡視学が用意周到に練っていた明治三七年度人事構想に基づいて行われたのである。排斥運動が功を奏したと考えたのは啄木の思い違いである。啄木日記の「吉報来」を鵜呑みにした多くの研究者が誤りを犯してきた。

平野はこの年度、渋民小学校遠藤校長に上野サメを託したと同様、相馬校長に対しても注文をつけた。長年篠木小学校訓導を務めた山崎吉順の娘エキが四月初めに退職するのを機に、その後任として同僚堀合忠操の長女節子を引き受けてくれるよう頼んだのである。

四月末から節子が加わり、同じころ岩手県知事北條元利の紹介で北村南州生が、秋口からもう一人准訓導として新任教師が赴任して、総勢七人の職員体制を敷くことができた。

相馬校長が節子の退職を念頭にその後任として師範学校新卒の女教師を採用する手続きを踏んでいる最中に、衝撃的な事件が起こった。岩手日報三八年三月一〇日紙上に「篠木校長の自殺騒ぎ」という見出しで事件は報じられた。「教員中にありて中以上の人物と評したるが（略）昨朝突然兼ねて所有したる刀にて咽喉《のど》を突き即時自殺」したが「原因は発狂より起こりたるものゝ如しと尚詳細は取調べの上報ずることあるべし」と伝えた。その後この事件に関する記事は掲載されていない。

『岩手県教育史資料』には、事件から二カ月後の五月一一日に小学校教員遺族扶助金給与の件と題して相馬徳次郎の寡婦ミネに「(在職8年にして)扶助金46円80銭を給す」と記録されている。一年半前に結婚したばかりで子どもが一人残された。ミネにはわずかな扶助金が渡されただけである。

転任後一年足らずで、現職校長が自分ののどを刀で突きさして果てるという前代未聞の事件である。平野にとっても青天の霹靂であったに違いない。

平野は相馬が有能な教員であることは認めている。しかし、詳しいことは何も語っていない。師範学校時代の人脈を最大限にいかし、渋民小学校につづき、篠木小学校の再建を相馬校長に託したのだが結局失敗した。困った時の相馬校長恃みで頼り切ったが、平野の期待に応えようとして相当精神的な負担をかけていたことに気づき、悔いて負い目に感じていたと考えられないか。

平野が堀合忠操の娘婿石川一の就職を頼まれたのは、この年の秋から年末にかけてのことであったと思われる。

四　代用教員採用からストライキ事件にいたるまで

平野と堀合忠操の仲は郡役所勤務になった明治三五年からのものであるが、啄木と平野の関係も同じころ始まったようである。啄木については忠操を通して聞いていたほかに、北岩手郡同郷会の会長をしていたので、その関係で名前を知り将来性のある春秋に富む青年であると感じていたという。

遊座昭吾は『啄木と渋民』の中で、相馬徳次郎校長排斥事件により啄木と平野の関係が深まり、それが渋民小学校代用教員採用に結びついたと書いているが、これにはまったく根拠がない。相馬校長が自分たちの排斥運動により移動させられたと喜んだのは、啄木の早合点である。当時の渋民小学校や、篠木小学校に関する調査を行ったわけでもなく、啄木日記の一文と短歌一首からの想像で導き出した結論で大きな誤りである。

『回想の石川啄木』「啄木を採用したころ」によれば、平野はかねて忠操から「啄木と（節子が）相思相愛になったいきさつや、その詩文にすぐれた才能の持主である」ことを聞かされていた。その関係で啄木より就職を依頼され、代用教員として採用することに決めた。生活条件から見て渋民小学校に採用するのが最も良かったが、生憎この学校に欠員がなく無資格の啄木を採用するには誰か有資格の教員を転出させる必要があった。この学校の校長遠藤忠志は師範学校の同窓であり、温厚篤実な人物で気心も知れているので啄木を引き受けてもらうのに都合が良かった。無資格ではあるが、盛岡中学出身の文学青年で才気煥発の啄木を就任させることは渋民小学校のためにも良いと判断し、準訓導の高橋乙吉を隣村の滝沢小学校に転任させ、そのあとに啄木を採用した。

啄木が代用教員として赴任してから、平野郡視学は渋民小学校に四回足を運んでいる。学校巡視は郡視学の重要な任務の一つであるが、現在の盛岡市と岩手郡をあわせた広大な範囲に散在する多くの小学校を、隈なく歩くのは容易なことではない。車もバスもない時代である。一年間に四回という訪問回数は他の学校に比較すると多い方である。一回目の学校訪問は五月三〇日だったが、あいにく啄木は病欠で出勤していなかったことは、第四章で説明したとおりである。
上田庄三郎著『青年教師 石川啄木』の平野談話の中に以下のような一節がある。

啄木が渋民小学校にいる間に私も一二度、それとなく視察に行きました。四学級を三十分間ずつ見て廻りました。いつか渋民で泊まることになり、啄木はぜひ、せつ子も会いたがっているから自分の宿にきて泊まってくれという。私も泊まる義務があると考え、一晩中かたり明かしたいのは山々であったが、とうとう行きかねた。啄木には視学の立場からいろいろ話したいこともあったが行けば啄木もビールの一本もださねばならないだろうし、また次にしようとことわった。それにその晩は秋浜市郎や上野さめ子も話したがったので宿で泊まり、啄木にはまたゆっくりくるからといって別れた。（略）これが啄木との最後の別れとなったのです。

この談話は、自分を渋民小学校に採用したのが平野郡視学であることを啄木が良く認識しており、御礼のために自宅へ招いたことを示すものと考えられるが、一体いつごろのことなのか。
学校巡視に来た郡視学を、職場を欠勤した啄木が家に泊まるように誘ったということはあり得るだろうか。いくら世間知らずの啄木だとしてもその可能性はなさそうである。したがって、その日は五月三〇日ではないと考えられる。さらにその日は、平野は啄木の誘いを断り秋浜、上野と会って話を聴いていることから、一〇月以前であることがわかる。上野サメは、一〇月上旬に大宮小学校に転任しているので、啄木から家に招かれたのは九月以前に限定されるからである。

平野郡視学二回目の渋民小学校訪問が、夏休みに入る直前の七月二五日である。翌日二六日に、学校で生産した繭を販売した六円余りを、高等科の児童たちに分配したことは第八章で触れたとおりである。啄木が我が家に寄ってくれと言ったのは、この時であったと考えられる。「ビールの一本もださねばならない」という心配もこの時期ならば納得できる。

三回目の巡視は上野サメが離任し、後任の堀田秀子が初出勤してきた翌日の一〇月九日のことであった。

平野のこの年度最後の視察、すなわち四回目の巡視が二月二八日である。山根保男の調査によれば、渋民小学校日誌には「本日平野郡視学来校、本校各学年優等者七名に岩手郡教育會長長谷川四郎氏よりの賞状を授與せられたり」と記されているので、郡長の代理として平野が賞状を手渡したことがわかる。

一月の段階では、後三カ月足らずで学校を辞めると啄木は二度も日記に書いている。年度末にどうしても辞めたいと考えるのであれば、この時が最後のチャンスだったと思われるのだが、啄木が平野に何かを伝えた形跡はない。平野にはこの日啄木と顔を合わせた記憶がないので、啄木は欠勤していた可能性も考えられる。

三月二〇日の渋民小学校卒業送別会のあと、夜になってから啄木は平野宛に手紙を認めた。学校を良くするための要望の他に、三月いっぱいで渋民小学校を辞めたいと書いたと思われる。この手紙は、翌日二一日に投函され二二日には平野宅へ届いたはずである。平野は二二日夜か翌日二三日にはこの手紙を見たに違いない。平野からどのような返事が返って来たのか。啄木は何も書いていないし、平野もこのことに関して何も語っていない。しかし、新年度まで一週間余りしかなく、この時点で辞めますと言われても返答に窮したことであろう。ましてや、就職を依頼してきた時には「御採用下さった暁には、いかなる難問もこれを切り抜け、粉骨砕身必ずや御恩誼と御期待に御答えします。」などという美辞麗句を並べられた側としては、簡単に認めるわけにはいかなかったのではないか。あまりにも唐突で後先を考えない行動で、一人の教員の異動や配置替えにどれくらい苦労するのか、どれほどの時間とエネルギーを要するかまったくわかっていないからである。平野は申し出を無視したに違いない。

「啄木を採用したころ」の中で平野は「啄木は日本一の代用教員と自負していても、教育者として正規の教育を受けたこともないし、代用教員になったばかりで、当時の教育会の習慣や制度について熟知していなかった」と断言する理由はこのあたりにあったと思われる。

一方、啄木は三年前の相馬校長排斥に関しては自分たちの要求が受け入れられたと一方的に思い込んでいたので、郡視学に要望書を提出すればすぐ対処してもらえると安易に考えていた可能性がある。相馬校長排斥の時には、三月一九日に投函した手紙に対して一週間たたずして二三日には「吉報」が届いたのである。今回もすぐに返事が来ると思っていたかもしれない。卒業式当日の三〇日になっても何の知らせもないので、啄木は慌て始めたのではないか。この年度最後の日である三一日の啄木の慌てぶりが、四月一日の日記に示されていることはすでに指摘したところである。

四月一日に遠藤校長に提出された辞表のことは平野に伝えられたのであろうか。平野の談話の中にはまったく触れられていないので、郡視学は遠藤校長からこの件についてまったく何も知らされていなかった可能性もある。

五　平野証言と長谷川四郎郡長、遠藤忠志校長

ストライキ事件は平野にとっても重大なできごとであった。啄木が代用教員に採用されることを知った渋民の一部村民は、当初から不安を抱いていた。その心配は一年後現実のものとなった。渋民はもちろん、隣の巻堀村、郡役所ばかりか岩手県をも巻き込んだ一大学校騒動に発展したからである。

この時平野は、文部省主催の郡視学講習会に出席のため上京中で盛岡にはおらず、直ちに現地へかけつけることができなかった。その代わりに長谷川四郎郡長自らが現地に急行し、岩手県の学校教育に精通していた外岡元知の力を借り事態を収拾した。

当時私はこの年の四月十五日付で出張を命ぜられ、文部省主催の全国視学講習会に参加のため上京していた。会期は三か月で講習が終わってからも数班に分かれて、それぞれ地方の学校の視察を行ったが、私の留守中啄木のストライキ事件が起こったので、私がもし盛岡にいたらあのような校長の転任、啄木の免職という最悪の事態にならなかったのではないかとも考えるが……。

同年五月東京で愛国婦人会の総会が開催されたとき、長谷川郡長が上京してきたので、私はその宿舎を訪ね、啄木に関する顚末を聞いたが、（略）私は「とうとうやったな……あの男」と感

じたが、どうすることもできず、啄木の推せん者として一応郡長に詫びを入れておいた。

（岩城之徳編『回想の石川啄木』一九六七）

これは「啄木を採用したころ」の一節である。最初の「当時私はこの年の四月十五日付で出張を命ぜられ、」という個所を見て私は驚いた。この文章の最後には「あとがき」がついており、編者である岩城之徳の注として以下の文言が添えられている。

この平野喜平氏の思い出は、平野氏の生前、編者の希望により盛岡の歌人武島繁太郎氏が直接同氏より聞書きされたものより抄出したものである。

平野は昭和三七年に死去しているので、それ以前に聞き取り調査が行われたことは間違いないが正確な日付はわからない。私が発見した明治四〇年四月一七日岩手日報二面下の記事は「●上京被命岩手郡視學平野喜平氏郡視學講習會へ出席の為上京を命ぜらる」である。この記事が書かれたのは前日の一六日なので、平野の記憶と見事に一致している。この一点からしても、平野喜平による「啄木を採用したころ」を始めとした証言は極めて信憑性が高いと判断される。

平野は、ストライキ事件が始まる前のことにはまったく触れていないことに注目したい。平野の記憶力の確かさからいえば、事前に少しでも渋民小学校の異変が知らされていたとしたら、ここで必ず何か語ったに違いない。したがって、平野が出張に出かける前日一四日、当日一五日になってもストライキに関する情報は一切伝えられていなかったと判断される。

東京出張中に長谷川四郎郡長が上京した際に、「事件の顚末を聞いた」という平野の証言はそのとおりかもしれない。しかし、わざわざ郡長の宿舎まで平野が出向いたのは、事件について謝罪するためだったのだろうから、平野には郡役所から事前に知らせが入っていたと考えるべきである。

盛岡中学のストライキ事件の直後に起こった岩手師範学校騒動の時には、当時の県視学が大阪へ出張するため一緒に東京まで同行していた県職員の外岡元知は、急遽電報で呼び戻され、県視学と共に盛岡へ戻り対策に追われている。この事件から五年が過ぎているとはいえ、事態収拾にあたらなければならない郡視学が不在だったことは大きな問題であったに違いない。

長谷川郡長は、上京したばかりの平野の出張を取り止めさせ、直ちに呼び戻すことをも考えたのではないか。しかし事態は急を要したので、郡長自らが渋民に出向いて対応したというのが真相であろう。

翌五月の東京出張に合わせて、長谷川は研修中の平野を自分の宿舎に呼び出したと考えるのが自然な解釈であろう。郡役所から、ストライキ事件の概略と長谷川郡長の東京出張の知らせを受けた平野は、謝罪と弁明のため慌てて宿舎を訪ねたと思われる。

岩城の要請による晩年の聞き取り調査の際に、平野は都合の悪いことには口をつぐみ、たまたま上京した長谷川郡長からストライキ事件の報告を受けたような表現をしていることは明らかである。

この時、啄木を代用教員に採用した経緯を問いただされ、その後の人事管理に不行き届きがあったことを厳しくとがめられたに違いない。そのことをひた隠しに隠していることは明白である。「一応郡長に詫びを入れておいた」と平野は平静を装っているが、実際は平謝りに謝ったというのが本当のところではないのか。

平野を郡視学に任命したのは泰然自若として鷹揚なところがある原郡長である。この時代は原郡長の絶大なる信頼を得ていたので、自分の思うように采配を振るうことができたのであろう。その後、郡長は元会津藩士の流れをくむ長谷川に交替し、以前とはかなり事情が変わっていたのではないか。長谷川の人柄を示す記事として明治四三年四月三〇日岩手日報の「長所一百人」を紹介したい。

資性豪邁矯々として叨《みだり》に人に假さす信念確乎志操堅然、薄志弱行者をして顔色無からしむ、諄々として諭し段々として行ふ直情径行の快は殆ど傍若無人宛《えん》として古武士の俤《おもかげ》を想望せしむ

気分が大きく強く知勇に優れしっかりした信念を固く守り、意志の弱い実行力の乏しい者は、おそれ驚き顔色を失う。自分の意思や考えを相手に良くわかるよう手順を踏んで伝え、それを曲げることなく必ず実行に移す様子は、傍若無人にふるまう古武士のおもかげを想望させるという長谷川の性格からして、「啄木の推せん者として一応郡長に詫びを入れ」た程度で事が収まったとは考えにくい。

この一件により、平野は長谷川郡長に対して大きな借りを作ったことになる。自分がいたら「最悪の事態」を回避できたと述懐するが、長く負い目になったことは確かであろう。その証拠の一端を示す資料が明治四〇年の沼宮内徴兵検査記事である。

この年の沼宮内町での徴兵検査は、七月一〇日に行われた。啄木が丙種合格と認定され徴兵免除が決定したのは四月二一日であったので、前年よりも日程が約二カ月半遅れたことになる。詳しい事情

はわからないが、長年勤めた兵事主任の堀合忠操が前年秋に退職したことが影響していたかもしれない。

四月一五日に視学研修会のため上京した平野は、五月二一日に東京高等師範学校で執り行われた郡視学講習修了式に出席後、約一カ月間の研修旅行に出かけ六月二〇日に視学講習の全日程を終了して二四日に郡役所に戻った。二三日朝には岩手山に季節外れの降雪があり、出発した二カ月半前の山の雪景色、寒さが出張に出かけた時と変わっていないことに驚いたかもしれない。

郡視学講習全科終了証が授与されたのは二八日である。上京中の残務整理に追われる日々であったと思われるが、平野は七月一〇日に行われた沼宮内町での北岩手郡徴兵検査に他の吏員二人とともに出張した。これには前年同様、長谷川郡長自らが同行して陣頭指揮を執っている。

翌年四一年は、沼宮内での徴兵検査は四月一六、一七日に行われているが、これにも平野はほかの四人の郡役所吏員とともに出張させられている。一一日に松尾小学校敷地調査のため松尾村に出張し一三日に帰庁した後、一五日には長谷川郡長に同行するという強行日程であった。郡視学が徴兵検査に駆り出されることなどこれまで一度もなかったことである。郡内の学校を月に一五日以上隈なく巡視することを義務付けられている多忙な郡視学に対し、さらに徴兵検査に同行させるというのは、常識で考えられないほど過酷で異例である。

どちらの場合も、堀合忠操が玉山村長に抜けた後、兵事係の責任者を欠いた郡役所が、急場をしのぐため他の部署の職員まで徴兵検査に駆り出したと考えることもできるが、平野に対するペナルティーの意味があったとしか思われない。

「啄木を採用したころ」の平野証言は、極めて信憑性が高い部分がある一方で意図的に自分に都合の良いことを語っている箇所が見受けられることを指摘した。

さらに、平野は「紫波郡伝法寺にいた渋民出身の秋浜市郎氏を転任させて、首席訓導にしたのも、高等科を設置した渋民小学校の教育を向上させようという意図からで、」と証言しているがそれは事実ではない。平野の教員生活の始まりが紫波郡で片寄、上平沢両小学校で校長を務めていたので、郡視学就任前から秋浜市郎を知っていたことは確かである。しかし、平野が郡視学として渋民小学校ほかの教員人事を司るようになったのは明治三五年以降である。

『岩手県教育史資料』によれば、秋浜市郎が紫波郡南尋常小学校から大更村山小沢尋常小学校へ転任になったのが明治二七年四月八日である。三一年一〇月五日に、秋浜は遠藤忠志と入れ替わる形で山小沢小学校から渋民小学校に転任してきた。当時の郡視学は大光寺忠恕であり、沼宮内小学校訓導兼校長の平野にほかの学校の教員人事を決める権限はなかった。

秋浜市郎については平野の記憶違いで済まされるかもしれないが、見過ごせないのは、平野証言に見られる遠藤校長に対する評価である。

遠藤校長はすこぶる温厚で好人物であったが、どちらかといえば消極的で、万事事なかれ主義であったから、啄木とは意見があわなかったであろう。また日常酒を好み、学校経営に関しても十年一日のごときやり方であったので、啄木には「因循で姑息で、万事が御座成り」であると批判されたものと思う。（略）そんな教師たちを幹部に仰いで沈滞した空気の中に教鞭をとること

にたえられず　（「啄木を採用したころ」）

とストライキ事件の原因が遠藤校長の学校経営の拙さにあったと語っている。

しかし、第八章で詳しく説明したとおり、渋民小学校保護者の間では遠藤校長の評価は決して低いものではなかった。郡内の他の学校より早く養蚕教育を実施し、岩手県教育会部会の運営にも積極的に取り組んでいた。そもそも、平野が相馬校長の後釜に遠藤を抜擢したのは、遠藤校長の実績と人柄を見込んでのことであったはずだ。明治四〇年段階での評価とは思えない。死後時間の経過とともに、啄木の名声が高まってからの証言であり平野の言葉をそのまま鵜呑みにはできないと思う。

本章の二「郡視学に昇進した経緯」で取りあげたように、ストライキ事件が起こる五年ほど前に学校経営や人事管理で「事なかれ主義」「御座なりと」批判を受けていたのは、当時の原郡長、郡視学、学校長であった。平野自身も批判される側にいた人間である。岩手毎日新聞によれば事なかれ主義は原郡長でその流れをくむ平野も進歩的な改革派ではなかったということができる。

平野が遠藤校長を事なかれ主義と批判できる立場にあったようには思えない。当時のことをよく知る人間、すなわち大光寺忠恕や山中竹樹に聞きとり調査をすれば、原や平野にとって都合の悪い事実が語られていた可能性が濃厚である。平野にとっては曖昧なままにしておきたい触れられたくない部分であったであろう。

岩手郡視学としての現職時代の平野を見る限り、各学校の教職員とひざを交えて向き合い、日々郡内の教育向上のために尽力していたことは疑いない。そうした地道な努力の積み重ねの成果が実を結び、郡視学から県視学、郡長へと昇進したのであろう。平野は晩年、遠藤忠志が校長になったのは自分のお陰だと、将棋の駒のように配下として使いこなしていたと表現をしているが、現職時代は校長や教員たちと比較的近い目線で物事を考えていたはずである。

ストライキ事件直後に平野に話す機会が与えられていれば、証言も違っていたと考えられる。啄木の名声が日本中に広まり人気絶頂の時代の平野証言は注意深く吟味する必要がある。

「遠藤校長は辞任する必要がなかった」と言いながら、一方で平野はストライキ事件発生の責任を、遠藤校長一人に負わせようとしている。それではあまりにも遠藤校長が気の毒である。平野にも重大な過失があり遠藤校長はむしろ被害者だと考えるべきである。

明治三九年四月八日岩手毎日新聞二面下に「岩手県連合教育会人物月旦」と題した記事がある。新渡戸仙岳会長の「謹厳温厚の君子毎期会長の椅子にあるも亦宣なる哉」に続き二六人の連合教育会を代表するメンバーの短い人物評が掲載されており、その一三番目に平野喜平の欄がある。「頭脳緻密にして冷静」と記されている。平野は師範学校卒業直後に校長になり岩手郡視学から岩手県視学へ、そして最後は郡長にまで上り詰める出世をした。まさに頭脳緻密で冷静に数々の困難を切り抜け如才なく世渡りをする才覚を身に付けていたのであろう。晩年の平野は啄木の名声に目がくらみ、渋民小学校時代の啄木の負の遺産の責任をすべて遠藤校長におっかぶせ自分だけ良い子になろうとしていないだろうか。

校長がどんなに偉大な人物でも啄木は同じような騒ぎを引き起こしたに違いない。啄木が渋民村を飛び出すのは時間の問題で避けようがなかったと思われる。

六　二人の関係

「啄木を採用したころ」の最後で平野喜平は以下のように語っている。

啄木はこの（ストライキ事件）問題について私に一度も報告をせず、また申開きも、弁解もせず、そのまま北海道へ遁走してしまったきりで、死ぬまで手紙一本、ハガキ一本寄さなかった。就職にあたって誓ったことばとは正反対の事件を起し、多くの人に迷惑をかけて免職になったので、私に面目がないので便りを寄さなかったものと思う。しかしその心底では彼を採用した私のことを何時までも記憶していてくれたと今も信じている。

啄木が平野を恩人だと思っていたことは間違いないであろう。渋民日記末尾にある明治四十年一月年賀状発送名簿には、「平野喜平氏　盛岡市大沢川原小路」と記載されている。したがって、明治三七年三月に啄木が書き送った相馬校長排斥に関する書簡、翌年秋以降に出された代用教員就職斡旋依頼、明治四〇年三月二〇日に卒業生送別会の模様と渋民小学校に関する自分の考えを綴った書簡は、何れもこの住所宛に送られたと思われる。

平野に対する音信は、明治三九年暮れに書いた年賀状が最後であったかもしれない。四〇年一月一〇日の日記に「この新年に遥々賀状を寄せられたる諸氏左のごとし。」と記された後の部分には、地域別に分けられた多くの友人知人の名が連ねられているが、盛岡の部分に平野喜平の名は見当たらない。平野から賀状は来なかったのであろう。

ストライキ事件を引き起こし免職処分になってからは「死ぬまで手紙一本、ハガキ一本寄こさなかった」と平野が言っているとおり音信不通になったと思われる。しかし、「明治四十一年日誌」末尾の「清盟帖」と題した住所録に平野喜平は記載されている。「清盟帖」のあとには「明治四十一年一月賀状ヲ交換シタル知人の住所姓名録、及び其後の知人」という詞書が記されている。全部で百人の氏名と住所が、地域別に東京とそれ以外の都市、次に岩手県盛岡市、渋民村とそれ以外の岩手県内、続いて函館市とそれ以外の北海道内の市町村、最後に釧路の順に並べられている。

平野は、盛岡市の一六名中の一四人目に、住所が「盛岡市岩手郡役所」として記録されているが、渋民日記末尾の賀状発送名簿とは住所が変わっていることに注目したい。

「清盟帖」の住所録は、渋民日記賀状発送名簿よりも人数が増え、はるかに完成度の高い名簿になっているので、相当時間をかけて作成されたことがわかる。新渡戸仙岳の住所が「盛岡市馬町」になっていることから、明治四一年五月以前に作成されたと考えられる。おそらく釧路新聞に行くことが決まり、白石社長から預かった一〇円を沢田信太郎が啄木宅へ持ってきてくれ、その金で啄木は早速新しい日記帳を購入し、「丁未日誌」の余白を使って書き続けてきた「明治四十一年戊申日誌」を書き換えた時に、新しい日記帳の末尾を利用して「清盟帖」を整理したと思われる。まだ釧路へ出発する前だったので、そのような時間が充分にあったものと想像される。

「清盟帖」形成過程の詳細は別稿に譲るが、この名簿の最後が釧路の人間であること、三月末まで釧路にいた小泉長藏（奇峰）の住所が「東京、四谷区大番町」になっていること、まだ北海道にいた野口雨情の住所が「小石川高田老松町四七人見方」になっていることなどから、釧路の分は釧路を離れ東京へ出てから書き加えられたことがわかる。

話を、平野喜平の住所が一年の間に変ってしまったという本題に戻したい。啄木が北海道へ移住してからも住所は「盛岡市岩手郡役所」と変更して、平野の名前が住所録に記されていることの意味についてである。

年賀状や手紙を書き留め近況などの報告をしなければならない相手として啄木が認識していたことを示すものと考えられないだろうか。

平野は「死ぬまで手紙一本、ハガキ一本寄さなかった」と言いながら「（啄木は）心の中では自分（平野）に感謝していた」と自認する根拠はこのあたりにあったかもしれない。

ここまでは両者の思いは一致しているように見える。しかし、ストライキ事件を見る限り、どちらも相手に対する評価を見込み違いをしていたと私は思う。

啄木は代用教員に採用される一カ月前の三月一〇日の日記に「（月給八円の代用教員）は私自身より望んでの事の御座候。但し、自己流の教授法をやる事と、イヤになれば何時でもやめる事とは、郡視学も承知の上にて候へば、」と書き、それから三カ月後には「予が呑気に昼寝をして居る間に、郡視学が（採用を）決めてくれたのだ。決めてくれる筈だ、郡視学自身も予を恐れて居るのだもの。」と書いている。

平野に宛て啄木が代用教員採用依頼の手紙を書いたことは間違いないだろう。しかし、その中に「自己流の教授法をやる」だとか「イヤになれば何時でもやめる」などと本当に書いたであろうか。

一方の平野は「啄木は『御採用下さった暁には、いかなる難問もこれを切り抜け、粉骨砕身必ずや御恩誼と御期待に御答えします。』と固く誓ってきた。」と語っているが、いったいどちらが本当であろうか。

啄木側の主張である「平野郡視学自身も予を恐れている」は、平野が相馬校長排斥運動を例に、遠藤校長へ啄木の扱いに注意するよう促したことを指していると解釈される。採用を遠藤校長に頼んだ際に、排斥運動の顚末を伝えていたことが啄木の側に漏れたのだろう。当時の郡視学といえば教員の人事権を一手に握っている恐れられた存在であるにもかかわらず、啄木は平野を随分甘く見ている。

しかし、相手を甘く見ていたのは啄木の側ばかりではない。平野の方も啄木が持っている計り知れないほどの大きな力を軽く見過ぎていたと思う。軽く見ていたのではなく、平野には想像もつかないほど啄木の持つ才能とエネルギーは莫大であったというべきかもしれない。

ストライキ事件の背景には、平野の啄木に対する評価の甘さがあったと私は考えている。

啄木を渋民小学校に採用したのは、堀合親子に対する特別な配慮から始まったことだが、結果的に見ると平野の見通しが甘かったと言える。啄木が渋民村に舞い戻って来ることを知った村人の何人かは、恐れと不安を抱いており、すでにその結末を見越している者までいたのである。

代用教員の辞令を受け取る前から村人らの間では啄木が渋民小学校の教員として採用されるという情報が流れていたことは、三九年三月二三日の日記に「自分が学校に出るようになると、矢張一人でかき廻すからといふので、妨害の相談中だとか」と書いていることからわかる。

またさらに、代用教員に採用されてから二カ月以上過ぎた時期に書かれた「八十日間の記」には以下のように記されている。

予が盛岡の寓を撤してあの村に移らむとした時、彼等はいかにしても予を閫門に入れまいとした。然し予は平気で来てしまつた。予が学校に奉職しやうとした時、彼等は狂へる如くなつてこれを妨げた。（略）かくて彼らは怒つた。種々なる迫害を加へやうとした。

これらの村人たちの怒りや反感は、一禎に向けられたものではない。啄木自身に対する拒否反応である。そして彼等が心配していた恐れは見事に的中した。村始まって以来前代未聞の大事件が起こったのである。村人たちの怒りと不満は、このような人事を推し進めた平野郡視学に向けられて行ったに違いにない。平野はこのような結末を予測できなかった。

啄木を代用教員に採用する時点で平野が知っていたのは、相馬校長排斥事件だけであったと思われる。この件については、二年前に相馬校長や周囲の学校関係者から耳にし、さらに啄木本人から要望書まで届いていた。今回、相馬の後任である遠藤校長に啄木の採用を頼むにあたり「ただの学生とは違うと」念を押したのも排斥事件のことが頭にあったからである。その一件だけで、啄木が「何か仕出かす」のではないかと不安に思っていたふしがある。

平野は、排斥事件のあとに大々的に繰り広げられた「渋民村の祝勝会」のことは知らなかったと思う。もし知っていたら対応の仕方はもう少し違っていたかもしれない。

多くの村人たちは、相馬校長排斥運動のすさまじさと、その後四カ月後に繰り広げられた村始まって以来の「渋民村の祝勝会」を目の当たりにしているのである。この会は、啄木がリーダーシップを執り自分の周りにいた村の有志と共に計画、立案、実行に移した、盛岡市内でもめったに見られないくらいの大イベントであった（拙書『石川啄木と岩手日報』第三章参照）。

平野は「渋民村の祝勝会」を見ていないので仕方がないかもしれないが、啄木の持っている巨大なエネルギーと並外れたパワーはそれ以降もさらに増大していたことを予測しかねている。つまり、平野の方も啄木の力を大幅に過小評価していて相当見くびっていたと考えられる。

『回想の石川啄木』の「啄木を採用したころ」では、平野は自分に非がないととれる表現をしているが、そうではないだろう。任命責任があると思われる。ストライキ事件の勃発は決して渋民の住民の望んだことではなかった。子どもたちの心の中にも大きな傷を残した不幸なできごとであった。

相馬校長排斥事件は、渋民の中だけの騒ぎであり子どもたちに影響はなかった。今度は大勢の子どもを巻き込んでいることを忘れてはならない。高等科の生徒は渋民だけでなく巻堀からも来ているので問題は近隣の村にまで波及し、事態収拾には盛岡市から郡長や郡吏員、県職員が駆けつける重大事件に発展した。直接被害を被った住民は、子どもから大人まで膨大な数におよんだ。

啄木小説の中にたびたび「郡視学」が登場するが、決して立派な人物としては描かれているわけではない。それにもかかわらず作品中の「郡視学」のモデルが平野喜平だと書いているものを見たことがない。その一方で、小説中のS小学校校長は遠藤忠志だと思っている人が多いのはなぜか。同じ啄木作品に登場する人物でありながら平野は実在の人物と別の人間で、遠藤だけが実物だという根拠は何なのか。作品中の人物はどちらも作り物だと考えるべきではないのか。

郡視学には恩義を感じていた啄木は、平野を日記や書簡にそれほど悪く書いていない。一方の遠藤に対しては「ノンセンスな人相の標本」「予は狂へる如くなつ（て）一夕校長を捉えて、気味悪い嚇し文句を三時間も述べた」と日記の二箇所で辛辣なことを書いている。平野と遠藤の違いはこれしか見当たらないのだが、その差が小説のモデルを論じる際にどうして関係してくるのかが理解に苦しむところである。

自分がいたらストライキ事件を回避できたと追懐するところに、平野の啄木に対する認識の甘さが象徴されている。ただ啄木の持つ文学的な天賦の才と内に秘める莫大なエネルギーを正しく認識していた人間は、当時の渋民、盛岡にはほとんどいなかったので一概に平野を責めるわけにもいかない。

第一二章　堀合忠操の苦悩

はじめに

啄木日記の中に忠操という名は一度も出てこない。「堀合の父」のほかに堀合と書いている部分が三か所あるが、これらはすべて忠操を指している。

啄木は忠操のお陰で代用教員に採用され、渋民小学校在任中、日戸小学校で開催された授業批評会に出かけた際、玉山村長に就任したばかりの忠操と会っていた可能性が高いことは第七章で説明した。ここでも啄木は、日戸で授業批評会が行われたことを日記に書きながら、忠操に会ったことには触れていない。

代用教員時代の啄木と忠操との関係は良好であったが、明治四〇年以降、両者の関係は下降線をたどり、四四年には堀合家と義絶することになる。

本章では、ストライキ事件前後の啄木と忠操の関係に触れ、なぜ明治四〇年を境にして両者の関係が悪化していったのかを考察する。さらに、忠操が四年間村長を務めた玉山村日戸の旧家米島家に、啄木や忠操に関する記憶や言い伝えがないことの謎を探りながら、忠操の苦悩について論じ、啄木、節子死後、京子、房江の遺児を育て上げ二人を看取るまでの姿を追ってみたい。

一　渋民時代までの啄木と忠操の関係

父忠操は節子が啄木と交際することに難色を示し結婚にも反対した。婚約後も節子が啄木に手紙を書いたり会うことを快く思わなかった。篠木小学校代用教員に採用された時にも、節子の行動を監視するよう相馬校長に依頼している。

その一方で、平野郡視学に対し、忠操は啄木について様々なことを漏らしていたことがわかっている。結婚に反対しながらも忠操は内心では、啄木に少なからず期待していたことが明らかである。忠操が心配していたことは、結婚したとしても文学で食って行けるのかということであった。

三浦光子は『兄啄木の思い出』に、忠操からの申し出で啄木と会った際に、月並みな質問として「娘をやるには将来の方針を聞きたい」と言いこれに対して「兄はあまり考えず『新聞記者になります』」と答えたそうであると書いている。おそらく婚約が決まって間もないころだったと思われる。忠操は二人の将来を心配してこのように問いただささざるを得ない心境だったに違いない。

啄木が『あこがれ』の原稿を持って上京した三七年暮れ頃には、忠操は節子を退職させることを相馬校長に伝えていたと思われる。そうでなければ、三月上旬に相馬校長が自殺した後すぐ、四月一日付で篠木小学校に師範学校を卒業したばかりの後任女教師が赴任してくることはあり得ないからである。

忠操は二人の婚姻届を提出した時期を境に大きく変化したようだ。節子と啄木の生活を支えるために堀合家のそばに新居を見つけ、結婚式に顔を見せなかった啄木を捜し求め、役所を休んで渋民から寺田方面まで足を延ばした。ひたすら節子の幸せを願う父親になっていた。新婚の家で所帯を持った啄木と節子が、磧町の一軒家に移転する時にも借家を探し出して世話した。

啄木は盛岡で雑誌を発行しそれで生活費を賄おうという壮大な夢を見たが実現しなかった。『小天地』一号は出たが二号は出せなかった。

石川家の人間は節子を含めて大人が五人、光子は女学校在学中だが働き手がいない。結婚前に忠操が心配していたことがまさに現実になったのである。

借金メモに記された「堀合百円」は盛岡時代の借財であろう。

磧町での石川家の借金生活を見かねて生活の立て直しを提案、渋民小学校の代用教員に採用してもらうべく郡役所同僚の平野郡視学に依頼したのも忠操である。用意周到に事は運ばれ、計画通りに新年度が始まる四月上旬に啄木は母校の代用教員になることができた。普通では到底あり得ない、平野郡視学という権力を笠に着た強引な人事であった。

同時に徴兵検査の時期が迫っていた啄木に忠操は秘策を授けた。郡役所の教育兼兵事担当の書記であり徴兵検査にも再三立ち合っていた関係で、忠操は様々な機密情報を知り得る立場にいた。盛岡市内よりも農村地区で徴兵検査を受ける方が有利であることも熟知していたわけである。

渋民小学校代用教員辞令が交付されるのは四月に入ってからである。徴兵検査令状は年度末に在籍していた市町村から発行されるため、四月に移住するのでは沼宮内で徴兵検査を受けることができない。啄木一家が三月上旬に急遽渋民に引っ越した理由はそこにある。背景には徴兵検査が絡んでいることは間違いないだろう。そのように助言できた人物は忠操以外にいない。

この時期の啄木は全面的に忠操の助言に素直に従っていたようだ。啄木と忠操の間に節子が入って二人の関係をうまく取り持っていた可能性が高い。

三月二三日には「曹洞宗特赦令」の知らせが届き宝徳寺復帰に光が見え始め、四月一〇日に一禎は野辺地から戻って来た。啄木は四月二〇日過ぎには沼宮内で行われた徴兵検査に出向き丙種合格で徴兵免除になった。啄木一家の三つの課題、生活の立て直し（啄木の就職）、一禎の宝徳寺復帰、徴兵免除すべての道が開けたのである。

堀合了輔の『啄木の妻節子』によれば、出張で渋民に出かけるたびに忠操は石川家に寄り節子を励まして帰ったという。啄木一家が渋民に移住してから半年後、忠操は玉山薮川組合村の村長に選任され郡役所を辞任した。

小説「道」は渋民を離れてから三年半後の四三年二月に東京で執筆された作品であるが、啄木はストーリーの進行とは関係ない前半と後半部分のつなぎの部分に、玉山村の村長を登場させている。「道」は隣村で開催された小学校の授業批評会に行き帰りする五人の教師をモチーフにしているが、当時の玉山村長を務めていたのが忠操であった。村長就任間もなくの時期であり、忠操は近隣の町村の小学校の教師たちに挨拶をする絶好の機会ととらえ、各学校の校長に半年前から渋民で代用教員を始めた娘婿啄木の引き回しを依頼したのではないか。

小説では、授業批評会が終わって昼食がふるまわれる時に村長が登場して挨拶したことになっている。この時啄木の側には、忠操が長年勤めた郡役所を離れ玉山村長に就任したお祝いの言葉を伝えるほかに、もう一つ重要な依頼をする必要があったと思われる。節子が妊娠したことと出産を盛岡の実家でしたいという願いを伝えることである。

堀田秀子は、節子と二人で盛岡に出かけ堀合家を訪ねたことがあると回想しているがそれはいつのことであろうか。

節子は一一月には渋民を離れ、一二月末に京子を出産、渋民に戻って来たのは翌年三月四日のことである。これ以降は、学校が年度末で忙しくなり、新年度に入ってすぐ啄木の辞表が提出されストライキ事件へと続くことを考慮すると、秀子が節子と連れ立ってノンビリ盛岡へ出かけるような機会があったように思えない。秀子が渋民小学校に赴任した一〇月上旬から節子が出産のために盛岡を離れた一一月一七日までの時期に限定できる。

出産が近くなり節子は実家で出産したいという自らの願いを伝えるために盛岡へ出向いたのかもしれない。父忠操は玉山村長として赴任していたため、節子の要望を聞いたのは母親トキと妹たちであった可能性も考えられる。秀子が堀合家を訪ねたのはその時か、出産のため渋民を離れた一一月一七日の土曜日だったのではないかと思われる。

節子は忠操が日戸に単身赴任していた時期に実家に戻り、出産の費用ほかすべて堀合家に面倒を見てもらったのだろう。

渋民小学校代用教員時代の啄木は、すべて忠操がお膳立てしてくれた道を歩んでいたと考えることができる。渋民に移り住んでからも啄木一家の生活は決して裕福なものではなかった。それでも盛岡にいた時に比べたらましであった。曲がりなりに仕事を持ち、安いとはいえ給料をもらえることになったのだ。京子が生まれ、翌年三月に母親に付き添われて節子が渋民に戻るまでの石川家と堀合家すなわち啄木と忠操の関係は極めて良好であったと考えることができる。

ここまで忠操はいかに啄木一家のために心を砕いてきたかがわかるであろう。西脇巽は啄木が結婚式に出なかったことを「忠操恐怖症」という言葉を用いて説明しようとしているが、忠操はその後も啄木一家の面倒をよく見ている。啄木も忠操が敷いてくれた路線の上を素直に歩いており、二人の関係はうまくいっていたに違いない。

二人の間に大きな溝ができるのはストライキ事件以降である。

二　ストライキ事件の余波

ストライキ事件が起きた翌日、長谷川四郎郡長が盛岡発朝六時の列車で渋民を訪れ、事態の収拾にあたったことは第九章ですでに説明したとおりである。その日の午後に郡役所から出張してきた書記官による啄木への事情聴取が渋民村役場で行われたが、半年前に忠操が玉山薮川組合村村長に転出していなければ、この役目を忠操が務めなければならなった可能性が高い。啄木がストライキ事件を起こしたと聞いた忠操は、生きた心地がしなかったのではないか。

盛岡中学や師範学校のストライキ事件は当時の岩手日報、岩手毎日新聞に連日のように大きく取りあげられているのに、渋民小学校の事件については何一つ報じられていないのは実に不可解である。事件の収拾に当たったのは、郡長以下郡役所員、渋民村の関係者、さらに岩手県からも教育課長が駆けつけている。この事件は岩手県の教育界を揺るがす大事件だったのである。

事件発生を聞いた長谷川四郎郡長が、いち早く現地に駆け付け長引かないように処置したため新聞記事にならずに収まったとも解釈できるが、郡長と県の関係者が事件のもみ消しを図っていた可能性も否定できないと私は考えている。

忠操は、事件を起こす前になぜ自分に一言相談してくれなかったかと悔やんだに違いない。渋民小学校代用教員という職は、普通はあり得ない、平野郡視学という権力を笠に着て手に入れた強引な人事の賜物であった。この事件により、半生かけて築き上げてきた忠操の功績や名声すべてが崩壊したと表現しても過言でないと思う。

事件の数週間後、長谷川郡長が上京した時、自分の宿舎に同じく東京に出張中の平野喜平郡視学を呼び出し、叱責した可能性が高いことは前章で説明した。平野は啄木の父一禎が宝徳寺復帰を目指しているという事情を考慮し、あえて資格のある正規の教員を異動させて啄木を渋民小学校に採用してくれたのである。忠操が最も顔向けできなかったのが平野であったに違いない。

長谷川は、前年秋に玉山、藪川組合村村長に就任した時の郡長であり、七級俸に昇給の上に依願退職を認めるという特段の配慮してくれ、すべての書類に決裁印を押して送り出してくれた人物である。その郡長自らが啄木が引き起こしたストライキ事件収拾のために早朝から渋民小学校へ出向いたわけである。

前年四月の沼宮内浄福寺における徴兵検査にも長谷川四郎が行っており、そこで啄木と顔を合わせていた可能性については第五章で触れた。ストライキ事件後に郡長が説教している席で啄木はニヤニヤ笑っていたというが、免職辞令をどのような状況で手渡されたかについては何も伝えられていない。長谷川郡長は啄木が忠操の娘婿であることを知っていたはずである。

外岡元知もまた長谷川郡長とともにストライキ事件収拾に急遽駆り出された人物の一人である。外岡は郡役所書記から岩手県職員に転出した忠操直属の元上司である。

明治二〇年一月一九日岩手日日新聞によれば、県会議場において岩手県連合教育会が開催され、当日欠席の宮部郡長にかわり上田農夫が議長に選出され、盛岡高等小学校新築工事に関する議案が審議された。この時に説明委員として郡役所側から指名されたのが外岡元知書記と堀合忠操御用掛であった。この当時から忠操は外岡の下で教育係として働いていたことがわかる記事である。

第二章で、明治三陸大津波の被害者への郡役所からの義援金として忠操が一円、外岡が二円の募金をしていることを説明した。外岡は学務課長として教育担当部署の郡長に次ぐ地位にいた。明治三四年に岩手県内務部第三学事課に移り、広く県内外の教育行政にかかわり、三五年夏には上田に建設されることになった盛岡高等農林学校敷地に関する業務に携わっている。四四年には県学務課長から二戸郡長へ昇進した。

啄木が引き起こしたストライキ事件は、郡役所を飛び越えて岩手県学務課長が収拾に乗り出さなければならない事態に発展していたのである。

渋民村役場で事件の対応に追われたのは、事件前後の啄木日記に何度か名前が登場する岩本武登助役であろう。山根保男の「石川啄木と岩本武登『辿と線』」(二〇二一)によれば岩本は三陸沿岸部の村長時代から教育行政に熱心に取り組み多くの実績を上げており、ストライキ事件の半年前は郡役所に在籍していた。したがって忠操とも顔なじみであった。

さらに、忠操と遠藤忠志校長は、前任の大更、田頭小学校長時代から旧知の間柄であったことは間違いない。

岩手日報に就職して新聞社内で啄木がこのような騒ぎを起こしたのであれば、忠操はそれほど悩まずに済んだであろう。岩手日報主幹や主筆との人脈は、盛岡中学在学中から作品を投稿し啄木自らが築き上げたものだからだ。

忠操は、最初啄木がきちんと働いて節子一家が貧しくても安定した生活を送れることを期待していたと思う。そのための渋民小学校代用教員の道であった。この構想は平野喜平という郡役所の同僚の特段の配慮でうまく進んだのである。しかし結果は惨憺たるものであった。よかれと思って勧めた貧しくとも安定した生活は破綻し、啄木一家は離散、娘節子は初孫京子を抱きかかえ着の身着のままで盛岡の実家に戻って来た。ストライキ事件の影響は単に啄木が免職になり生活基盤を失ったということの他に、この人事を推し進めた人間の責任、人物評価にも関わってくる事態に発展したと思われる。

ストライキ事件が発生してから約一年半後の四一年一一月二七日岩手日報二面に「第三回農産品評会褒賞授与式」という見出しの記事が掲載されている。三段に及ぶ長いものであるが、そこで長谷川郡長が会長挨拶をしたこと、平野郡視学が各学校の展示物の責任者になり岩手郡内の産業博覧会が開催されており、岩手県から内務部長、警察部長ほかの職員、盛岡市からは大矢市長、師範学校小林、盛岡中学江崎、盛岡高等女学校吉野各校長、小学校では盛岡尋常高等小学校、城南、仁王、桜木小学校の校長、ほか郡内の各学校長と村長あわせて二〇〇人が列席していたと報じられている。産業博覧会には玉山村からの出展もあったので、当然のことながら忠操も出席していたと考えられるが名前は見当たらない。ここでも郡役所時代の元同僚、顔見知りの各学校の校長と顔を合わせなければならない忠操はまさに針の筵であったに違いない。

忠操は、文学よりも世の中で生きていく上で必要なことがら、最低限の世渡りの術を学んでほしいと思ったであろう。娘婿に期待を裏切られ情けなく悲しくて泣きたくなったのではないか。

ストライキ事件を起こす前までは忠操も啄木を評価していたのではないか。この事件により、忠操の面目は丸つぶれになり、以来距離を置いて考えるようになったと思われる。

第七章の最後で、忠操を玉山村長に迎えた米島重次郎の家に、啄木や忠操の記憶がないことをどのように解釈すべきであろうかという問題を提起しておいた。

堀合了輔著『啄木の妻　節子』には、ストライキ事件の後節子が村を離れるとき、「あれが今度学校を騒がせた石川の細君だ」「おかげでえらい迷惑したもんさ」とささやかれ罵声を浴びせられたと記されている。娘が一家離散して実家に戻されたばかりでなく、忠操の名声と信用が失墜するような事態になり、これ以降忠操は啄木と石川家に関する話題を一切口にしなくなったのではないかと私は解釈している。

日戸の玉山小学校で開催された授業批評会に啄木は出席しているが、その場に米島重次郎の孫逸郎がいた可能性が濃厚である。しかし逸郎にはその記憶さえないという。米島家だけでなく日戸周辺の人たちにも啄木との関係が伝わっていないことを、忠操が口を閉ざしたと考える以外に説明のしようがない。そうでなければ米島家を中心に啄木、忠操との縁が代々言い伝えられて現在まで残っていたはずである。

三　北海道へ移住

忠操は明治四三年一〇月に玉山村薮川村の村長を辞任した。就任したのが三九年秋なので一期四年務めて辞めたことになる。忠操は村から村長を解任されたわけでない。できればもう一期続けてもらいたいと要請されていたと思われる。忠操の後任として玉山村長に就任したのが渋民村助役を務めていた岩本武登であった。

岩本は四三年一〇月二七日に村長に認可されている（山根保男『国際啄木学会盛岡支部会報』第二十九号「石川啄木と岩本武登『辿と線』」）。長谷川四郎郡長による認可申請書には岩本と同村との関係について、「当選人は同村の住民にあらざるとも今回の選挙に多数の得点にて当選せり」とあり村会議員八名中七名の得票を得ていた。これは忠操の場合とまったく同じパターンでどちらも玉山村には縁がない人物が村長に就任したことになる。

忠操の時と同様、今回も村民の中から村長を選任することができなかったと思われる。忠操が四年の任期を終えて村長を辞任すると言い出した時、引き留められたが聞き入れなかったため、後任を推薦するように求められたのだと思う。岩本を次期玉山村長に推薦したのは忠操だったに違いない。

忠操が玉山村長を辞任したのは次の職場のあてがあってのことではなかった。

四三年九月二七日に出産のため盛岡に里帰りしていた妹ふき子宛の手紙の中に、節子は「父上はまだ何もつき給わぬにや考へると泣きたく出したくなりますよ。」と書いている。玉山村長を辞任した直後のことで、弟二人を中学に入学させなければならない実家の生活を案じているのだが、この言葉の言外に村長を「やめなくてもよかったのに」と、節子は忠操がやめた理由を薄々知っていて嘆き悲しんでいるように感じられる。

忠操はその後、一時期県庁の臨時職員をしていたが、給料は安く居心地も悪く生活は苦しかったようである。

大きな失敗をしたわけでもないのに忠操はなぜ一期四年で村長を辞任したのであろうか。啄木が引き起こしたストライキ事件の後遺症がいつまでも尾を引いて、岩手の地で役人勤めを続けることに限界を感じていたのではないか。

阿部たつを著『啄木と函館』によれば 堀合忠操は明治四三年、先ず単身来函して、青柳町の叔父村上祐平方に寄寓し、その世話で樺太建網漁業水産組合連合会事務所に勤めたが、翌四四年六月に家族を呼び寄せてからは、一家がその事務所に住み込んだ。事務所は当時富岡町五番地にあったが、大正元年に道路の向かい側に新築してその年の暮れそこに移転した。

函館移住の際にも忠操の行動は実に計画的である。前年秋に単身で函館へ行き、そこで就職先を決め生活の見通しをつけたうえで一家転住の決断をした。盛岡の家を処分することに決めたのは翌年になってからであり、いかに慎重かつ堅実な方法を採っているかがわかるであろう。

その時期に、堀合家の函館移住をめぐって東京の石川家では大騒動があった。

節子が京子を伴ない家出した頃の堀合家の人々。後列左から節子、ふき子、堀合忠直、孝子、忠操、赳夫。前列左端がとき子、2人おいて京子、右端が了輔

四二年六月に函館を離れて上京した節子が、秋になり東京での生活や姑との軋轢、病苦にたえかねて京子とともに家出をする事件が起き、啄木との関係がぎくしゃくし始めていた。堀合家との関係が断絶状態になるのは、堀合家の函館移住がきっかけである。

四四年五月三〇日に盛岡の堀合家から手紙がきて、家を売り払って函館に行くとの知らせがあった。堀合了輔の『啄木の妻節子』によれば「節子は函館に行きたいと思い、旧知の小山しげ（旧姓関）から五円を借りて、盛岡へ行こうとしたが、啄木に見破られ激怒をかって、ついには離縁するとまで言われた。」という。

その後、六月五日に節子の妹孝子から「アイタシスグコイヘンマツ」という電報が届き憤慨した啄木は孝子を問い詰める手紙を出した。翌日にも同じような電報があり、五円の電報為替が届き啄木は実家が一緒になっていると考え、節子に返電を禁じ送られてきた金を返す手紙の中に「もしも自分の

妻に親権を行おうとするなら離縁する」と書いた。節子は「気が狂いそうだ」と泣きわめいた。この手紙は孝子宛てであるが手紙の中で使っている「親権」という言葉から、忠操に宛てていることがわかる。この一件は前々年秋の節子家出事件に懲りた啄木が帰省を許さなかったことに起因するのだが、堀合了輔は以下のように書いている。

節子は実家が函館に移るとの知らせで、盛岡に行って母たちに会いたいと思い、盛岡のたか子に、「節子に盛岡に来るように」と手紙を書くことを頼んだ。しかし、すぐその手紙が来ないため、しかたなく、小山しげから金を借りて、「盛岡から手紙があって帰れといって五円送って来た」と言ったところ、啄木に疑われ、その後盛岡のたか子から二度にわたって電報や電報為替が来たが、啄木は怒って金を返させ、そしてたか子を問責している。

親権を行使できるのは女たちではあるまい。それを行えるのは父親忠操しかいないはずだ。（略）離縁を申し送るなら、これも忠操に言ってやるべきで、女たちを相手に一人ですごんでいるように思われる。

（『啄木の妻　節子』）

このようにして啄木と堀合家は義絶状態になるのであるが、それまでの啄木と孝子のやり取りの中に忠操が出てこないことをどのように考えたらよいだろうか。家同士のいさかいなのに堀合家の当主の名がないのは実に不可解である。

これでは喧嘩にならないのではないか。私は、この事件には後世につながる重要な意味が隠されていると考えている。この時、矢面に立っているのは節子の妹孝子であるが、自分一人の意思で勝手に行動していたなどとはとうてい考えにくいと思う。

啄木の墓を函館に移転する際に三浦光子が不満をもっていたことは『兄啄木の思い出』に記されているが、墓を建てる時忠操は消極的だったという。了輔はその理由を「啄木と堀合（忠操不在中）との間に義絶があった」のでと説明している。啄木からの一方的な義絶申し出の手紙を見せられた時、忠操のはらわたは煮えくりかえったであろう。

忠操には啄木に対して言いたいことは山ほどあったに違いない。しかし、ここで忠操が出て行けば両家の間は後戻りができない決定的な局面を迎えると判断したのではないか。最悪の危機的な事態を慎重に回避しようとする懐の深さが忠操にはあったように感じられる。

その後、堀合家が函館に移住した年の九月に「不愉快な事件」が起こり、啄木は友人で義理の弟である宮崎郁雨と義絶することになった。郁雨と節子の恋愛問題が露呈したいわゆる節子の「晩節」問題であるが、事件発生から一一五年を過ぎてもなお真相は闇の中で現在も論争が続けられている。怒り狂った啄木は忠操に長文の書留便を出し、郁雨に絶交状を書いた。これにより啄木は堀合家に続き、宮崎家とも義絶したことになり、一家は完全に孤立した。

函館での生活にも慣れ始めた明治四五年一月堀合家に重大事件が起こった。

堀合家の長男である節子の弟赳夫が、中学校の不成績に失望し、忠操が預かっていた漁業協同組合の金五〇円を拐帯して姿を消した。

赳夫の失踪は、岩手日報に「学生の無分別　父の金五〇円を拐帯す　遣ひ尽くして自殺を企つ」という見出しで以下のように報じられた。

昨夜市内四ツ家派出所詰めの南城巡査が上田組町を警邏中、絣木綿の着物に同じ羽織を着し目下流行の土耳古《トルコ》帽に絹製頸巻を無造作に巻たる年齢十八九位の一美少年は物案じ顔にて徐々と歩み来るを認め、何か曰くがあらめと呼止め聞糾せば、何れ死なねばならぬ事情がありと許り他は異才答へざりしが（四五年二月一日）

一八歳の赳夫は、前年六月、一家転住に伴い函館中学二年に転校したが、新しい学校の雰囲気になじめず勉強が嫌だったようだ。一月一五日朝、父の金五〇円と懐中時計をもち出し青森を経て、故郷の盛岡へ戻る。旧友を訪ねて茶菓の接待をし、貸座敷錦楼に登楼するなどして無一文となり、死に場所を探しているところを発見された。赳夫の身柄は叔父のもとへ引きとられた。

忠操は息子の行方が判明しない一月二〇日、「家事上の都合」を理由に赳夫を退学させた。赳夫の保証人は郁雨の父宮崎武四郎であった。父忠操は、長男が堅気の勤め人になることを望んだかもしれない。絵の才能はあったようだが他の教科の成績は中程度であった。理数科が不得手でむしろ文科系志向の長男は、きびしい父の眼には努力が足りないように思えたのか。娘婿啄木の少年時代に重なって見えたのか。

忠操は必要以上に息子にきびしかった可能性が高い。啄木との結婚生活の泥沼に全身つかって、実家とのゆききも、姉夫婦との文通も絶って孤立している節子の苦労を思う親心が、息子へある枠を強いようとしたのか。息子は反発し、その結果の失踪であり、有り金を全部使いはたして死に場所を探していたという衝撃的な新聞記事に、堀合家では世間の噂を思うと声もたてられぬ思いであったに違いない。

忠操夫妻は自分たちの方が死んでしまいたいと思っただろう。忠操は義絶した啄木のもとに三度手紙を書き、藁にもすがる思いで長男の動向を知っていたら教えてほしいと頼んでいる。ここで、義絶事件の時に忠操が表に出なかったことが幸いしたことになる。

啄木は一月一九日の日記に「今日は堀合から手紙が来た」と書いているが、差出人は忠操以外に考えられない。二二日には家出人は「来ていないが、来ても臨機の処置以外の世話は病人だらけの家だからできない」と突っぱねている。叔父に身柄を引き取られた赳夫の足取りは不明であるが、その後上京したことは確かである。しかし、石川家を訪ねることはなかった。赳夫は堀合家と姉の嫁ぎ先が義絶状態にあること知っていて姿を見せなかったのだろう。

この事件の後三月七日に啄木の母カツが病没し、四月一三日には啄木が亡くなった。四三年秋に生後一カ月足らずで長男を亡くしていた節子は三人目の児の出産まぢかであった。

四　父と娘の約束

啄木の葬儀を済ませた節子は四月三〇日に久方町の家を出て、五月二日に千葉県房総の片山家の離れに身を寄せた。六月一四日に次女房江を出産したが、産後の肥立ちが悪く高熱に悩まされていた。忠操は当面の支払いに充てるために必要な金を送っている。

八月一五日、節子は首もすわらない房江と京子をつれて千葉を離れ、東京へ寄って夫の墓参をし、盛岡に立ち寄り、二週間滞在して墓参や知己回りをして九月四日に函館に着いた。堀合家はまだ富岡町五番地の事務所に住んでいた。

義絶した実家に詫びを入れて帰ってきた形であるが、堀合家の方から義絶したわけでなく、啄木の側が一方的に言い出したことであるから、堀合家では温かく節子と京子、房江の三人を迎えた。

啄木の遺児二人を抱えた病身の節子には、函館の実家に帰る以外に選択肢はないのに、ここまで来るのに三カ月を要したのは、死ぬ直前に啄木から函館には行くなと言われていたほか、義絶を申し出た実家に戻ることに節子が躊躇したからであろう。ここでも、義絶の際に忠操が表に出なかったことが幸いしたと言えるのではないか。啄木と忠操とが正面から対立したのであればこうならなかった可能性がある。

ただ、堀合家が住まいとして使用していた組合事務所は、居室が手狭な上に家族が多くて病軀に二児をかかえた節子の静養に適さないので、青柳町に一軒借りてそこに移させた。節子の病状ははかばかしくなくその年の暮れ豊川病院に入院した。青柳町にいる時も、入院してからも節子の母や妹の孝子が看病をした。

肺結核に罹っていた節子は手厚い看護のかいなく、啄木の死後一年後の大正二年五月五日朝死去した。郁雨が金田一京助に宛てた臨終記には次のように記されてる。

なくなる時鉛筆で京子のことをよく頼むと書きました（房江はどうせ助からぬ子だとよく自分で云つていましたせゐか、その事は云ひませんでした）。（略）

それから私の顔を見て、妹（私の妻）を可愛がつてくれと云ひました。そして眼を閉じて、「もう死ぬから皆さんさようなら」と云ひましたが、二三分してまた眼を開き「なかく死なないものですねえ」と云つた時はもう皆が泣いてゐた時でした。それからもう一度「皆さんさようなら」と云つて眼を閉ぢると口から黄色い泡を一寸出しましたが、それで永久の別れでありました。

節子は二人の幼い娘が心残りで死にきれない思いであったはずなのに、なぜこのようなきちんとした挨拶をして静かに死ぬことができたのか。私は長い間疑問に思っていた。

節子と父親の関係を調べていくうちに、この謎がやっと解けて来たように思う。

臨終の場にいたのは、母トキ、妹孝子、一方井のいとこと宮崎郁雨である。そこに忠操はいなかった。節子が「京子のことをよく頼む」と言い残しただけでなく鉛筆で文章に書き残したのは、父忠操に宛てた最後の願いだったと私は気づいたのである。

娘を忠操に託したことにより、節子は安心して永遠の眠りにつくことができたのではないか。鉛筆書きは節子と忠操の最後の約束だったのだと思う。

節子と忠操の約束はもう一つあった。節子の死後、啄木日記ならびに遺稿類はひとまず堀合家に移され、後日忠操から宮崎郁雨に渡された。

生前啄木は節子に日記は焼いてしまえと言い残していたが、焼くに忍びず節子の遺志によって忠操から宮崎郁雨に贈られ、宮崎が函館図書館に寄託し、昭和一四年七月七日に永久保存を条件に寄贈したものである。明治四四年の日記一冊だけは、節子の遺志に従って忠操が孫娘京子のために残していた。（阿部たつを『啄木と郁雨の周辺』）

堀合了輔は「大正一〇年前後、京子が啄木を意識し、日記を読んだり、外へ持ち出し、高等小学校や遺愛女学校の友人先生に一枚、二枚と与えたり貸したりして一時行方が分からないこともあった。」と書いている。これは妻トキが亡き後忠操一人で家を管理し昼は事務所で仕事をしていて監督が充分でなかったことによる。京子が持ち歩くことがわかった後は、日誌を取りあげ、京子が結婚したとき改めて石川正雄に渡された。

啄木日記が残され公刊されたことにより啄木研究は飛躍的に発展した。この陰に節子の啄木にかける思いと、その意思を忠実に守り実行した忠操の存在があったことを忘れてはならない。これにより啄木日記と遺稿類は散逸を免れたのである。

節子は妹たちに宛てた手紙の中に「母に会いたい」「母が恋しい」と書くが「父に会いたい」とは書いていない。数多くの書簡の中で「お父さんによろしく」と書いたのは、函館を離れて上京の途に就く前に盛岡に立ち寄ることを知らせた四二年六月六日のふき子、孝子宛てた書簡一通だけである。この時期、忠操は玉山村長として単身赴任しており、平日はほとんど家にいなかったはずである。文面には出てこないが、節子の心の奥底には忠操の存在が感じられる。困った時の最後の最後には父親の忠操が控えており、支えてくれるという安心感があったに違いない。啄木が死に、自分の命が危うくなった時に頼ったのも父忠操だったのではないか。

五　節子死後の忠操

忠操は節子の願いを受け入れ京子、房江を養育した。大正七年六月に三女孝子が死去、翌八年一二月妻トキも結核で亡くなり、ここから六〇歳を過ぎた忠操が、男手一つで堀合家の子ども四人と孫二人の面倒を見たのである。

京子が女学校卒業後、須見正雄と結婚した際に須見と掛け合って、石川姓を名乗らせ石川家再興を図ったのは忠操である。

京子の結婚問題について一禎に宛てた長い手紙には何事にも用意周到に対処しようとする忠操の性格と人柄がよく表れているが、ここには啄木遺産の管理をいかに厳格に行っていたかが示されており興味深い。

この手紙は五五〇〇字に及ぶ原稿用紙（四〇〇字詰め）一四枚に相当する長いものであるが、忠操はこれを複写して一部を手元に残していたという慎重さである。コピー機のない時代にこれほど長い手紙の複写をして残しておいた理由について、啄木一族の遺骨を埋葬した際、一禎の了解を得ていたはずなのに、もめごとが生じたことから、万が一のことを考えてのことであったと了輔は回想している。

啄木死後、名声が高まり全集が出版され多額の印税収入があった時に、忠操は遺児のために啄木遺産の管理をきちんとやっていたばかりでなく、啄木の古い友人たちとの交流にまで気配りしている。

小沢恒一著『石川啄木　その秘められた愛と詩情』には「小沢宛啄木書簡を石上貫之氏の知人に譲り渡した謝礼に受け取った三五円にいくばくかを加えて函館にいた啄木の遺児、京子と房江二嬢に銘仙二反と帯などを送ってあげたところ、その祖父に当たる堀合忠操氏から、鮭の燻製を沢山いただいて恐縮したことを覚えている。」と記されている。小沢は盛岡中学時代のユニオン会の仲間の一人であるが、啄木と節子が結婚した三八年に絶交している。啄木死後、仲間とともに絶交を解消したあと、遺児たちに品を送ったことに対して、忠操が礼状と返礼の品を送っていたことがわかる。

塩浦彰は、忠操が一禎に宛てた長い手紙を紹介しながら、信義、節操、誠実、仁慈、義務遂行といったいわゆる「昔気質」特有の伝統的な徳目のなかのいくつかを重ねもつ忠操の人物を探ることができるとしている。そして、その人柄は生来のものであるとともに、若くして彼が入った「陸軍教導団」で育まれたものであろうと指摘している。

「陸軍教導団」は下士官軍人を養成、補充する学校で、優れた下士官を軍隊に送り込む役割を果たしていたとされている。ここで訓練と修養を目的とした高い徳育を身に着ける教育を受けたことが忠操の人格形成に大きな役割を持っていたと塩浦は考察する。

このほかに私は、忠操が陸軍教導団での体験から学んだ最も重要なことは教育の重要性だったと考えている。それが郡役所での教育担当として長く勤務した心のよりどころになっており、質素な暮しの中で娘三人を女学校に通わせ、長女の節子にはバイオリン、次女のふき子には油絵、三女の孝子には生け花などの個性に合った文化的な素養を身に付けさせようとしたことにつながっていると思う。

息子の了輔は、父親忠操を昔かたぎの厳格な人で、長身で容貌もいかつく、太い黒ひげを鼻下に貯え、しつけに厳しい反面子煩悩で、山川に遊んだり肩車で祭りの神楽や見世物に連れていってくれたという。

忠操がその生涯を通して守ろうとしたことは、家族が一体となった「家」の生活であり、これは日本の風土に根ざした「武士の魂」であったように思う。正に南部藩士の血を引く士族の生きざまそのものであろう。

忠操は節子と啄木の結婚に強硬に反対し節子を監禁するまでの騒ぎになったが、その心境を「中学時代の啄木は文学ばかりにこって学業は学校一と言われるほどに怠け者、おまけに身体が弱かったから娘の将来を考えるとどうしても賛成しかねた」と語っている。しかし、婚姻届を出してからは啄木一家の窮状を救うべく百円以上の大金を貸したばかりでなく、渋民小学校へ就職の世話をし、徴兵検査の心配までして全面的に後押しをした。それにもかかわらず、忠操の期待はストライキ事件により裏切られ面目は丸つぶれになった。

啄木は函館、小樽では家族一緒に生活していたものの釧路へは単身赴任し、ろくに生活費も送らなかった。そのうえ宮崎郁雨に母親と妻子をあずけ上京したまま一年以上ほったらかし、やっと東京で一家全員が揃っての生活が始まって三カ月で節子は娘を連れて盛岡の実家に戻ってきた。まわりの説得により節子は東京へ戻ったが、体調を崩し長男を出産するも一カ月足らずで死なせてしまう。さらに啄木の体調にも変化が生じ病気療養中に堀合家と義絶する騒ぎになった。

亡くなる半年前の秋に起こった「不愉快な事件」により、節子と宮崎郁雨の関係に疑いを持った啄木は郁雨とも義絶した。忠操にとって郁雨は啄木と同じ義理の息子である。家中の大人全員が病気にかかり親戚からも孤立していった。そのあげく、母親カツの死の翌月啄木が亡くなり、それからわずか一年あまりで節子も命を落としてしまった。

忠操にしてみれば節子はただただ不憫な娘であったであろう。節子の人生は何もいいことがなかったと忠操は嘆き悲しんだのではないか。

最愛の娘をなくした忠操にとって、節子にしてあげられることは遺児二人を立派に育て上げることだったのだろう。

京子は大正一五年に結婚し長女晴子、長男玲児の二子をもうけた。房江は小学校ではたまに休むことはあったが病気もせず卒業した後、聖保祿女学校に入学した。この学校は節子が卒業した盛岡女学校の姉妹校で、休むことが多かったが皆に可愛がられたようである。房江の性質は温順で、京子とは反対に手先が器用で裁縫が得意で卒業後は上京して勉強すると言っていた。その後体調が思わしくなく入院したが、医師から転地療養が良いと勧められ茅ケ崎の南湖病院へ入院することになり忠操が付き添って上京した。昭和五年一二月六日、京子は第三児懐妊中に急性肺炎を起こして亡くなり、二週間後の一九日には房江も姉を追うように亡くなった。

忠操は京子の死の時は上京しなかったが、房江の時は上京し相州甘沼《あまぬま》の火葬場でその骨上げをしたという。吉田孤羊は『啄木発見』の中で次のように言っている。

函館から駆けつけた堀合翁とはこの宿でであったように記憶するがたしかでない。京子さんのなくなったとき見えなかった翁も、房江ちゃんのときには来てくれたのである。それだけ房江ちゃんはお爺さんッ子だったのである。

房江さんが死んでようやく半年しか過ぎない今年の七月、（略）若くして逝った二人の可愛い孫達のあとを追ってしまった。（略）お祖父さんは頑丈な体格の持ち主だった。ちょっとやそっとの病気くらいでまいってしまう人とは思われなかったが、打ち続く精神的の打撃には、その老軀も堪え切れなかったかも知れない。

忠操は二人の孫をなくした翌六年七月一九日に亡くなった。享年七四であった。

死後啄木の名声はますます高まり莫大な収入があったはずである。忠操も啄木の名声と文学的な才能を認めざるを得なかったに違いない。しかし、忠操は最後まで節子と啄木の結婚には反対であったという。

〔編集付記〕

本文で引用された資料には、今日から見ると差別的、不適切と思われる語句や表現が見られますが、当時の時代背景を考慮し、また、資料の内容を正確に示す必要性から、原文のままとしました。

解説　文学者石川啄木と家族愛の堀合忠操との重層的な評伝

小林芳弘『石川啄木と義父堀合忠操』に寄せて

鈴木比佐雄

1

小林芳弘氏は、一九四五年に北海道函館に生まれ、岩手大学や北海道大学農学研究科の各大学院で学び、盛岡大学短期大学部で教授を務めていた方だ。それと同時に国際啄木学会評議員でもあり、石川啄木の日記、書簡、ほかの作品を研究されてきた。すでに啄木関係の著作物『啄木と釧路の芸妓たち』、『石川啄木と岩手日報』の二冊の著作を刊行している。

農学研究は、「農業・林業・水産業・畜産業などに関わる、応用的な学問」であり、また「生産技術の向上、生産物の加工技術などや、生産に関わる社会的な原理、環境の保全など」の多方面にわたるが、小林氏の研究はカイコほかの昆虫卵発生生理メカニズムの解析である。そのような小林氏が、啄木が新聞記者をしていた函館や、その生地である盛岡に暮らし続け、啄木の足跡や関わりの深い人びとたちへの実証的な研究に向かうことになったのは、雑誌『啄木と賢治』の主宰者で啄木、賢治研究者である佐藤勝治氏に師事してからだという。

小林氏はあとがきで、自らの研究の方法論を次のように明らかにしている。

明治期に盛岡で発行されていた新聞には、堀合忠操に関する消息記事が数多く掲載されている。

これらの記事や『岩手県教育史資料』「渋民小学校日誌」などを加えて従来の視点とは違う角度から啄木伝記を考察してきた。これまで語られてきた啄木伝記にはかなりの修正が必要であることを読み取っていただければ幸いである。そのうちのいくつかは人権にかかわる問題を含んでいることを再度強調しておきたい。

啄木伝記研究上の誤りのもとは、ほとんどを啄木日記、書簡、作品などのいわゆる啄木側からの資料に依存しながら、それが事実かどうか充分に吟味されてこなかったことにある。

相馬徳次郎、遠藤忠志の二人の渋民小学校校長、金矢光春、タツ夫妻の人間像は実物とはかけ離れて歪められて伝えられているのではないか。しかしこれは啄木の責任ではない。啄木愛好者、研究者は啄木の名誉や尊厳などには敏感だが、啄木周辺の人たちの人権に関しては非常に鈍感だと思う。研究者の解釈と姿勢の問題であり今後の啄木研究の大きな課題だと私は考えている。

小林氏は文学作品を読解する際の根本的なことを再確認させてくれている。特に小説というテキストは、作者が仮に現実の生きている人びとの出来事を物語化したとしても、主人公や登場人物たちに関して新たな名前を付けて、作者の内面が作り出した役割や思想・信条を仮託した想像的な人物像たちを作り出していく。啄木を巡る関係性が創り出す世界観を物語っていくことが小説などの醍醐味であり、フィクションによって読者に真実を伝えようとする試みなのだろう。小林氏は今までの多くの啄木研究の問題点が「啄木日記、書簡、作品などのいわゆる啄木側からの資料に依存しながら、それが事実かどうか充分に吟味されてこなかったことにある」と指摘している。その反省の下に本書が記述されていると明言している。仮に啄木の伝記や評伝で、例えば小説「雲は天才である」などの登場人物のモデルになった現実の人物が同様の人物であったかのような記述をすることは、創作と実相を混同するために故人の「名誉や尊厳」にも抵触する恐れがあるとも語る。そして小林氏は当時の新聞や『岩手県教育史資料』「渋民小学校日誌」などを読み込んで実証的に、啄木の作品や日記に出てくるモデルにもなった人物たちの評判に対して、様々な公的な証言を基にして、その人物像の実相に近い姿を明らかにしようと試みる。但しタイトル『石川啄木と義父堀合忠操』になった義父の堀合《ほりあい》忠《ちゅう》操《そう》については、作品や日記にはほとんど出てこないが、啄木と妻となる節子との関係を当初は快く思わなかった故に、批評家たちから啄木が恐怖症を抱いていた敵役のように扱われていた。しかし堀合忠操は優れた地方行政官であり、実際は結婚後には啄木と節子の二人やその孫たちを心配して陰で支えていた、素晴らしい人物であることを資料や証言を駆使して浮き彫りにしていく。小林氏は啄木の故郷の渋沢村で作られていった様々な「伝説」を検証していく。啄木の優れた詩文や評論を生み出した生きた実相を、啄木と関係した人びとを通して、より豊かに再現した新たな啄木論であり義父堀合忠操との壮絶な物語として本書をまとめたと私は考えている。

2

本書は一二章から構成されていて、この三、四の年の間に発表された論考をベースにした四六四頁の大冊だ。

第一章「啄木が在籍した二つの小学校と堀合忠操」では、「啄木がまだ生まれる前の明治一七年の新聞記事の中に、渋民小学校の新築祝いの開校式に岩手郡役所を代表して堀合忠操が出席している記事を見つけた。啄木と忠操との不思議な縁を感じ、これが契機になって本書を書くことを思いついた」と啄木との深い縁から語り始める。小林氏は『岩手県教育史資料』の第二二集によれば、「儀礼的に郡長に対して出席依頼したのではなく、校舎建設のために実質的に関わった忠操に出席を求めたものであることがわかる」と当時の忠操たちの新校舎にかけた様々な働きを記している。後に渋民小学校を舞台にして啄木に関して様々な伝説が作られていく。入学した啄木は「渋民の神童」と言われ、教員時代には「日本一の代用教員」だったこと、「故郷を追われた」伝説についても検証していく。しかし同級生の証言は「作文はずばぬけて上手だった」が神童とは思わないと言い、伝記作家からも教員時代の伝説について「本当のところは、よくわからない」と言われていることに対して小林氏はそれらを検証しようと考えるのだ。

第二章「忠操と明治三陸大津波、八甲田山雪中行軍遭難事件」では、一八九六年に起こった三陸大津波で二万二〇〇〇人が死亡したが、その内の一万八〇〇〇人以上は岩手県人だった。南北岩手紫波郡書記の忠操は人夫五〇人を引き連れて救援に向かったことが、当時の新聞に記されている。また二〇〇一年に起こった八甲田山雪中行軍遭難事件でも、岩手郡書記の忠操は遺体の確認や葬儀に関して県知事や県部長の代役としての務めを果たしていた。

第三章「相馬徳次郎校長排斥事件の真相」では、「啄木は最初のうちは相馬宅を訪ねて雑誌や書物を借り、足繁く学校に通いオルガンを弾かせてもらっている。村の友人たちから聞いた噂話をもとに、排斥すべきと決めつけて態度を硬化させ相馬校長を一方的に敵対視するようになったのは啄木の側であった。これに対し相馬は、渋民小学校を離れる時期に啄木らが騒いでいることを知ってはいたが、それ以前に新年度は篠木小学校へ移ることが決まっており、排斥運動により異動させられたとはまったく思っていなかった」と相馬が啄木を「敵」と思っていなかった根拠をいくつか挙げている。

第四章「好摩から盛岡　結婚式前後の啄木謎の行動」、第五章「啄木の渋民移住と徴兵検査」、第六章「宝徳寺再住問題とストライキ事件」、第七章「玉山村藪川村組合村の村長堀合忠操」、第八章「遠藤忠志は渋民小学校始まって以来の名校長であった」、第九章「ストライキ事件の謎」、第一〇章「石川啄木と金矢光春」、第一一章「石川啄木と平野喜平」においても、どの章も小林氏は、啄木と親しく関係していた人物たちの当時の活動報告を、新聞や公的な資料を発見してタイムスリップするように生き生きと描こうと試みている。一九世紀から二〇世紀初頭の大正時代の初めまでの啄木が生きた百年以上前の時代を身近に感じさせてくれる。

3

最後の第一二章「堀合忠操の苦悩」では、玉山村藪川村組合村の村長をしていた忠操が、娘の幸せを願い娘婿の啄木を渋川小学校の代用教員に推挙したり、二人の関係が良好であったことが記されている。ところが啄木がストライキ事件を引き起こした結果、村長の任期を延長して継続することを辞退し函館に移り住むことになり、啄木とは絶縁状態になる。しかし啄木が亡くなり娘節子と孫京子と房江の二人を引き取った。ところが肺結核だった節子も一年後に、その六年後には妻も肺結核で亡くなった。六〇歳になった忠操は、男手一つで残された子供四人と孫の二人の面倒を見続けた。小林氏は忠操が啄木・節子と孫二人のことを本当に大切にしていたことを次のように記している。

京子が女学校卒業後、須見正雄と結婚した際に須見と掛け合って、石川姓を名乗らせ石川家再興を図ったのは忠操である。／（略）／啄木死後、名声が高まり全集が出版され多額の印税収入があった時に、忠操は遺児のために啄木遺産の管理をきちんとやっていたばかりでなく、啄木の古い友人たちとの交流にまで気配りしている。／（略）／京子は大正一五年に結婚し長女晴子、長男玲児の二子をもうけた。房江は小学校ではたまに休むことはあったが病気もせず卒業した後、聖保碌女学校に入学した。／（略）／昭和五年一二月六日、京子は第三児懐妊中に急性肺炎を起こして亡くなり、二週間後の一九日には房江も姉を追うように亡くなった。／（略）／忠操は二人の孫をなくした翌六年七月一九日に亡くなった。享年七四であった。

小林芳弘氏の一二章の最後の記述を読むと、時代の危機を透視し詩文を書いた文学者石川啄木と家族愛・郷土愛に満ちた堀合忠操という二人の人物の複雑に交錯した重層的な評伝を読み終えたような思いに駆られてきた。本書が石川啄木の文学を愛し研究する人びとによって読み継がれることを願っている。

あとがき

本書は『石川啄木と岩手日報』（桜出版　二〇一九）の続編である。多くはコロナ禍の三年間に執筆したものであるが、部分的にはそれ以前に発表していたものもある。

第一章三の「渋民小学校と堀合忠操」は『国際啄木学会盛岡支部会報』第二十四号（二〇一五）、第二章「明治三陸大津波と堀合忠操」は『啄木・賢治』1号（二〇一六）、第三章「相馬徳次郎校長排斥事件の真相」は同書5号（二〇二〇）、第四章「好摩から盛岡　結婚式前後の啄木謎の行動」は同書4号（二〇一九）、第六章「宝徳寺再住問題とストライキ事件」は同書6号（二〇二一）、第七章「玉山村藪川村組合村の村長堀合忠操」は『国際啄木学会盛岡支部会報』第二十五号（二〇一六）および三十号（二〇二二）、第八章「遠藤忠志は渋民小学校始まって以来の名校長であった」は『啄木・賢治』7号（二〇二二）に掲載された文章をもとに加筆、訂正したものである。

明治期に盛岡で発行されていた新聞には、堀合忠操に関する消息記事が数多く掲載されている。これらの記事や『岩手県教育史資料』「渋民小学校日誌」などを加えて従来の視点とは違う角度から啄木伝記を考察してきた。これまで語られてきた啄木伝記にはかなりの修正が必要であることを読み取っていただければ幸いである。そのうちのいくつかは人権にかかわる問題を含んでいることを再度強調しておきたい。

啄木伝記研究上の誤りのもとは、ほとんどを啄木日記、書簡、作品などのいわゆる啄木側からの資料に依存しながら、それが事実かどうか充分に吟味されてこなかったことにある。

相馬徳次郎、遠藤忠志の二人の渋民小学校校長、金矢光春、タツ夫妻の人間像は実物とはかけ離れて歪められて伝えられているのではないか。しかしこれは啄木の責任ではない。啄木愛好者、研究者は啄木の名誉や尊厳などには敏感だが、啄木周辺の人たちの人権に関しては非常に鈍感だと思う。研究者の解釈と姿勢の問題であり今後の啄木研究の大きな課題だと私は考えている。

これまでの私の研究に対し、岩手大学名誉教授・ＮＰＯ石川啄木・宮澤賢治を研究し広める会理事長望月善次先生には新資料の扱い方、解釈、出版にいたるまでのすべての過程でご指導を賜った。国際啄木学会新潟支部の塩浦彰先生には『国際啄木学会盛岡支部会報』『啄木・賢治』掲載の拙稿をいつも丁寧にお読みいただき厳しいご批判とご意見を頂戴した。本書を書き上げる際に参考にさせていただいた。国際啄木学会東京支部の横山強さんからは電話と書簡で何度も励ましのお言葉をいただいた。弟小林眞哉には初期の段階の原稿を見てもらい校正をお願いした。

コールサック社鈴木比佐雄さんには編集・解説の労をとっていただき、座馬寛彦さんには校正・校閲を担当していただいた。

お世話になりました皆様に深く感謝の意を表します。ありがとうございました。

令和五年九月一八日

小林芳弘

参考文献

阿部たつを『啄木と郁雨の周辺』無風帯社（一九七〇）
阿部たつを『啄木と函館』幻洋社（一九八八）
秋浜三郎「代用教員時代の石川啄木先生（三）」『岩手日報』昭和二年四月一五日（一九二七）
天野仁『啄木の風景』洋々社（一九九五）
天野仁個人編輯『大阪啄木通信』〔14〜29号〕（一九九九〜二〇〇六）
天野仁「一禎和尚、宝徳寺入山の周辺」『大阪啄木通信』25号（二〇〇四）
天野仁「啄木曼荼羅13　再説石川一禎・カツ夫婦の家系」『大阪啄木通信』〔28号〕（二〇〇六）
飯田敏「啄木の故郷渋民村」〔その一〜その三〕『大阪啄木通信』〔20〜22号〕（二〇〇二〜二〇〇三）
飯田敏「渋民村川崎と金矢家」『大阪啄木通信』〔29号〕（二〇〇六）
飯田敏、斎藤清人『今にして啄木文に思うこと』〔第二号〕（一九九五）
伊五澤富雄『啄木と渋民の人々』近代文芸社（一九九三）
石川正雄「第一章　運命の人」渡辺順三、石川正雄編『新編石川啄木選集〈別巻〉啄木入門』春秋社（一九六一）
伊東圭一郎『人間啄木』岩手日報社（一九五九）
稲葉喜徳『私たちの教育紀行』花伝社（二〇一一）
今井泰子『石川啄木論』塙書房（一九七四）
岩城之徳『石川啄木傳』東寶書房（一九五五）
岩城之徳『啄木評伝』学燈社（一九七六）
岩城之徳『啄木歌集全歌評釈』筑摩書房（一九八五）
岩城之徳『人物叢書　石川啄木』吉川弘文館（一九八五）
岩城之徳『石川啄木伝』筑摩書房（一九八五）
岩手県教育会岩手郡部会『岩手郡誌』臨川書店（一九四一）
上田庄三郎『青年教師石川啄木』国土社（一九九二）
上田博『啄木　小説の世界』双文社出版（一九八〇）
碓田のぼる『啄木断章』本の泉社（二〇一九）
浦田敬三『啄木その周辺　岩手ゆかりの文人』熊谷印刷出版部（一九七七）
及川和哉『啄木と古里』八重岳書房（一九九五）
太田忠雄編著『姫神物語　玉山の歴史』姫神物語研究所（一九九〇）
大谷利彦『啄木の西洋と日本』研究社出版（一九七四）
大西好弘『啄木新論』近代文藝社（二〇〇二）

小川武敏『石川啄木』武蔵野書房（一九八九）
小沢恒一『石川啄木　その秘められた愛と詩情』潮文社（一九七六）
小田嶽夫『〈青春の伝記〉石川啄木』鶴書房（一九六七）
北邑壺月「石川節子のこと」『赤光』五六号（一九六〇）
河野仁昭『石川啄木　孤独の愛』洋々社（一九八六）
国際啄木学会編『石川啄木事典』おうふう（二〇〇一）
小林芳弘「啄木の借金メモ―盛岡工藤は寛得か」『国際啄木学会盛岡支部会報』〔一二〕（二〇〇四）
小林芳弘「啄木と工藤寛得」『国際啄木学会盛岡支部会報』〔一三〕（二〇〇四）
小林芳弘「石川啄木と工藤弥兵衛」『国際啄木学会盛岡支部会報』〔一四〕（二〇〇五）
小林芳弘「「渋民日記」四月二一・二二日を読む」『国際啄木学会盛岡支部会報』〔二一〕（二〇一二）
小林芳弘「渋民小学校と堀合忠操」『国際啄木学会盛岡支部会報』〔二四〕（二〇一五）
小林芳弘「堀合忠操と玉山村薮川村組合村」『国際啄木学会盛岡支部会報』〔二五〕（二〇一六）
小林芳弘「「渋民日記」三月五日～三十日を読む」『国際啄木学会盛岡支部会報』〔二七〕（二〇一八）
小林芳弘「明治三陸大津波と堀合忠操」『啄木・賢治』〔1〕（二〇一六）
小林芳弘「相馬徳次郎校長排斥事件の真相」『啄木・賢治』〔5〕（二〇二〇）
小林芳弘『石川啄木と岩手日報』桜出版（二〇一九）
昆豊『警世詩人　石川啄木』新典社（一九八五）
齊藤三郎『啄木文学散歩―啄木遺跡を探る』角川書店（一九五六）
佐々木祐子「渋民の暮らしと啄木　二」『岩手の古文書』〔三号〕岩手古文書学会（一九八九）
佐藤勝治「啄木の『委託金費消事件』の真相」『啄木と賢治』〔一三号〕（一九八〇）
佐藤静子「丁未日誌一月十六日～三月四日を読む―啄木が日記に書かなかった事・書けなかった事―」『国際啄木学会盛岡支部会報』〔二六〕（二〇一七）
佐藤善助「啄木のふるさと（七）ひらの生　磧町と中津川」岩手日報・昭和三年六月六日
佐藤則男「クリスチャンの女教師上野サメと啄木」『啄木賢治』〔第13号〕洋々社（一九八〇）
佐藤正美ほか『文学探訪　石川啄木記念館』蒼丘書林（一九八二）「明治三十九年　日誌　渋民尋常高等小学校」

澤地久枝『石川節子―愛の永遠を信じたく候』講談社（一九八一）
塩浦彰『啄木浪漫　節子との半生』洋々社（一九九三）
下田靖司『反骨の街道を行く』岩手復興書店（二〇一四）
鈴木芳行『蚕にみる明治維新　渋沢栄一と養蚕教師』吉川弘文館（二〇一一）
鈴木守『本統の賢治と本当の露』ツーワンライフ（二〇一八）
関口覺「高山社と岩手県と養蚕」『群馬文化』（第三二四号）（二〇一四）
妹尾源市「啄木の父〝一禎〟について」『大阪啄木通信』（No.2）（一九八〇）
瀧浦サメ「啄木の思い出」『国文学』（一九五八年四月号）学燈社
田中礼『論攷　石川啄木』（一九七八）洋々社
ドナルド・キーン（角地幸男訳）『石川啄木』新潮社（二〇一六）
長岡高人編『もりおか物語（五）上田かいわい』熊谷印刷出版部（一九七六）
中森美方『たった一人の啄木　石川啄木・流浪の軌跡』思潮社（二〇一八）
西脇巽『石川啄木 悲哀の源泉』同時代社（二〇〇二）
西脇巽『石川啄木 骨肉の怨』同時代社（二〇〇四）
西脇巽『石川啄木の友人―京助、雨情、郁雨』同時代社（二〇〇六）
西脇巽『石川啄木 東海歌二重歌格論』同時代社（二〇〇七）
西脇巽『石川啄木 不愉快な事件の真実』桜出版（二〇一五）
西脇巽『石川啄木―若者へのメッセージ』桜出版（二〇一五）
西脇巽『石川啄木 旅日記』桜出版（二〇一五）
西脇巽「問安について」『国際啄木学会盛岡支部会報』（二六）（二〇一七）
平岡敏夫『石川啄木の手紙』大修館書店（一九九六）
平野喜平「啄木を採用したころ」岩城之徳編『回想の石川啄木』八木書店（一九六七）
堀合了輔『啄木の妻節子』洋々社（一九七九）
三浦光子『悲しき兄啄木』初音書房（一九四八）
三浦光子『兄啄木の思い出』理論社（一九六四）
森嘉兵衛『岩手をつくる人々　近代編下巻』法政大学出版局（一九七四）
森永卓郎『物価の文化史事典―明治・大正・昭和・平成』展望社（二〇〇八）
森義真『啄木　ふるさと人との交わり』盛岡出版コミュニティー（二〇一四）

徳次郎」『国際啄木学会盛岡支部会報』〔二六〕（二〇一七）
森義真」『国際啄木学会盛岡支部会報』〔二七〕（二〇一八）
山崎潔「米沢と石川啄木　北條元一資料の再発見」『米沢文化』四七号（二〇一八）
山根保男「明治四十丁未歳日誌三月三十日〜ストライキノ記を読む」『国際啄木学会盛岡支部会報』〔二七〕（二〇一八）
山根保男「野村まり筆　滝浦サメ『啄木の思い出』との邂逅」『国際啄木学会盛岡支部会報』〔二八〕（二〇一九）
山根保男「石川啄木と岩本武登『山と鍬』」『国際啄木学会盛岡支部会報』〔二九〕（二〇二二）
山根保男「明治三九年度岩手郡教育部会・授業批評会・新年祝賀会」『国際啄木学会盛岡支部会報』〔三〇〕（二〇二二）
山下多恵子『忘れな草　啄木の女性たち』未知谷（二〇〇六）
山下多恵子『かなしき時は君を思へり　石川啄木と五人の女性』未知谷（二〇二〇）
遊座昭吾『啄木と渋民』八重岳書房（一九七一）
遊座昭吾『石川啄木の世界』八重岳書房（一九八七）
吉田孤羊編著『啄木寫眞帖』改造社（一九三六）
吉田孤羊『啄木発見』洋々社（一九六六）
吉田孤羊『啄木を繞る人々』改造社（一九二九）
吉田直美「啄木日記を読む」『国際啄木学会盛岡支部会報』〔二六〕（二〇一七）
吉田義昭編『目でみる盛岡今と昔』盛岡市公民館（一九七二）
吉田義昭、及川和哉編著『図説盛岡四百年　下巻Ⅰ』郷土文化研究会（一九九一）
米地文夫「『石をもて』追われた啄木と賢治―どのように追われ、どこへ逃げたのか―」『国際啄木学会盛岡支部会報』〔二七〕（二〇一八）
『石川啄木全集』〔第一〜七巻〕筑摩書房（一九七八〜八〇）
『岩手県教育史資料』〔第一集明治篇〜第三八集〕岩手県教育委員会（一八八一〜一九〇八）
『岩手県氏姓歴史人物大事典』角川書店（一九九八）
『岩手県農業史』岩手県（一九七九）
『岩手町史』岩手町史刊行会（一九七六）
『岩手山かしこに高く　下橋中学校百年史』盛岡市立下橋中学校創立百周年記念事業協賛会（一九八七）
『村誌　たまやま』玉山村役場（一九七九）
『啄木研究』〔創刊号〕洋々社（一九七六）
『西根町史　下巻』西根町（一九九六）一二六〜一二九頁
『陸前高田市史　第四巻沿革編』陸前高田市（一九九八）

著者
小　弘（こばやし
20年北海道函館市生まれ。岩手大
、北海道大学大学院農学研究科修了。農学博士。北
大学短期大学部教授。社団医療法人康生会豊富温泉病院理
事。国際啄木学会評議員。
著書に『啄木と釧路の芸妓たち』（みやま書房　1985年）、
『石川啄木と岩手日報』（桜出版　2019年）ほか。

現住所　〒020-0055　岩手県盛岡市繋湯ノ舘74-15-401

石川啄木と義父堀合忠操

2023年12月1日初版発行
著者　小林芳弘
編集・発行者　鈴木比佐雄
発行所　株式会社 コールサック社
〒173-0004　東京都板橋区板橋 2-63-4-209
電話 03-5944-3258　FAX 03-5944-3238
suzuki@coal-sack.com　http://www.coal-sack.com
郵便振替　00180-4-741802
印刷管理　（株）コールサック社　制作部

装幀　松本菜央

落丁本・乱丁本はお取り替えいたします。
ISBN978-4-86435-595-7　C0095　￥2000E